MARTIN MAURER

DIE KRIEGER

D1876895

MARTIN MAURER
DIE KRIEGER

Ein Fall
für Nick Marzek

DUMONT

Für Kristin

Nach einer wahren Begebenheit.

»Beyond all this good is the terror«

Joy Division,
»Heart and Soul«

I. DAS LOCH

Der Eingang befand sich zwischen Kofferbasar und Bosporus. Im Treppenhaus die vertraute Melange aus Fäkalien, Bratfett und Bier. Auf dem ersten Absatz konnte Nick, wenn er sich ein bisschen konzentrierte, in der Maserung des Steinfußbodens das Konterfei des bayrischen Ministerpräsidenten erkennen. Gruber hatte ihm die Stelle gezeigt. »Nach zwei Maß entdeckst du ihn sofort, nach vieren steht er auf und beschimpft dich.«

Irgendwer hatte das Bürogebäude Goethe-, Ecke Bayerstraße für geeignet befunden. Im Nachhinein wollte es natürlich keiner gewesen sein. Die sechs Mann von der 3 bildeten die Vorhut, bevor die anderen Mordkommissionen und die Kollegen von der Vermisstenstelle sowie die Brandermittler folgen sollten. Seit sie in dem heruntergekommenen Bau aus der Nachkriegszeit saßen, verfluchten sie den namenlosen Verantwortlichen jeden Tag. Sie fühlten sich in den viel zu großen Büroräumen mit den flackernden Neonröhren wie auf einem riesigen havarierten Raumschiff. Nichts funktionierte. Nie herrschte Ruhe. Um den Einsturz des Hauses zu verhindern, wurden ständig irgendwo Wartungsarbeiten durchgeführt.

Nick nahm zwei Stufen auf einmal. Die Metalltür im ersten Stock war verbogen und schwer zu öffnen, irgendwer hatte »Südkurve« hineingeritzt. Dahinter der lange, kahle Flur, an dessen Ende der Getränkeautomat stand.

Davor hatte sich eine Menschentraube gebildet.

Graziella, Hakan, der Geschäftsführer des Bosporus, und sein Bruder Mehmet, der Hakan zum Verwechseln ähnlich sah und die Bosporus-Spielhalle in der Goethe 7 betrieb. Mittendrin: Gruber. Die Stimmung war aufgeheizt, alle redeten durcheinander, keiner war zu verstehen, Gruber, der aus Niederbayern kam, am allerwenigsten.

Es war Dienstag, der 27. Dezember. Die Tür zum Besprechungszimmer stand offen. Hinter den drei grauen Schreibtischen, die in der Mitte des Raumes eine Insel bildeten, lehnte Aki am Fenster, rauchte und betrachtete die Lichter der Stadt.

Nick klopfte zur Begrüßung gegen den Türrahmen. »Was ist denn los?«

»Servus!« Aki wandte sich zu ihm um und drückte die Zigarette aus. »Es geht ums Loch.«

Das Loch befand sich im Boden neben dem Getränkeautomaten, hatte einen Durchmesser von etwa zwanzig Zentimetern und war von Anfang an da gewesen. Als Aki sich bei der Verwaltung erkundigt hatte, war ihm mitgeteilt worden, dass mit dem Loch alles seine Richtigkeit habe, die Baufirma nur noch ein paar Kabel verlegen müsse und das Loch dann geschlossen werden würde. Das war im November gewesen. Seither hatten sich Handwerker aller Couleur die Klinke in die Hand gegeben, aber für das Loch fühlte sich keiner zuständig. Mittlerweile hatten sich die Polizisten damit arrangiert, denn es hatte durchaus Vorteile. So konnten sie Hakan ihre Bestellungen bequem zurufen, ohne erst nach unten gehen zu müssen. Hakan schickte dann jemanden mit dem Essen hoch. Inzwischen riefen die Kollegen von der Sitte oder von der Drogenfahndung auf der Suche nach ihren Stammkunden routinemäßig bei der Mordkommission 3 an und baten sie, gelegentlich einen Blick durchs Loch zu werfen, denn früher oder später tauchten die gesuchten Zuhälter und Dealer ganz sicher im Bosporus auf. Der Laden war ein beliebter Szenetreff.

»Es hat wohl einen Vorfall gegeben«, sagte Aki.

»Mach's nicht so spannend.«

»Verkürzt gesagt, beschuldigen Hakan und Mehmet unsere Graziella, den Dreck beim Putzen einfach durchs Loch ins Bosporus zu kippen.«

Nick hatte sich inzwischen an die diversen Eigenheiten der Mordkommission 3 gewöhnt, aber die Personalie Graziella war ihm noch immer rätselhaft. Sie hatte einen gewissen Charme, das ja, kam ihm aber ziemlich schlicht vor, und bei Licht betrachtet war sie als Putzfrau völlig ungeeignet. Feste Arbeitszeiten kannte sie nicht; plötzlich tauchte sie auf, stürmte wie ein Berserker durch die Gänge des Raumschiffes und veranstaltete ein ungeheures Chaos. Sie schien den Staub nicht wegzuwischen, sondern totzuschlagen. Er konnte sich gut vorstellen, dass sie eine Ladung Dreck durchs Loch in den Tod gestürzt hatte, auf den Grund des Bosporus. Sie war zu grell geschminkt und trug die dunklen Haare immer auf die gleiche Weise in die Höhe toupiert. Aber die Kollegen liebten sie. Warum auch immer. Und wer sich mit ihr anlegte, legte sich automatisch mit der gesamten Mordkommission 3 an. Allerdings hatte Hakan als heimlicher Kantinenwirt einen ähnlichen Stand, und das machte einen Streit zwischen den beiden brisant.

»Und was sagt Graziella dazu?«

»Graziella sagt: ›Scheißtürken‹, und Gruber hat jetzt alle Hände voll zu tun.«

»Das bringt doch nichts. Die verstehen doch den Gruber nicht.«

»Wer versteht schon den Gruber?«, seufzte Aki.

Aber irgendwie bekam es Gruber doch hin, und wenig später saßen sie alle einträchtig beisammen im Besprechungsraum und tranken Bier und Raki. »Du musst uns verstehen, Graziella, Mann«, sagte Hakan, »keiner will die Sackhaare von den Bullen im Döner haben.«

»Einmal mit alles!«, rief Graziella und prostete Hakan zu. Als der Anruf kam, waren sie bereits wieder Freunde.

Nick fuhr. Gruber lotste ihn stadtauswärts. Seine Weihnachtslieder steckten noch im Kassettendeck.

»Stille Nacht« also.

Das Licht am Himmel über Neuherberg war zwar kein Stern, führte sie aber dennoch ans Ziel. Gegenüber der Gesellschaft für Strahlenforschung standen zwei Fahrzeuge in Flammen. Nick bog von der Ingolstädter Straße ab und fuhr an den Wohnmobilen, Bullis und umgebauten Postautos vorbei.

Vierzehn stünden hier nachts, hatte Gruber berichtet, 18 seien es tagsüber. Ab morgens um zehn ging's los. Alles war genau geregelt und zwischen zwei »Gas- & Schutzgesellschaften« aufgeteilt, zwei Zuhälterbanden, über die wenig bekannt war und an die die Mädels die Hälfte ihres Lohns als Standortmiete abdrückten. Fünfzig Mark pro Nummer, vier bis fünf Kunden die Stunde, Zehn-Stunden-Schichten. Ein Millionengeschäft. Vorausgesetzt natürlich, Nick hatte ihn richtig verstanden.

Haushohe Flammen. Funkengarben schossen in den Himmel. Gruber spähte nach draußen. »Die letzten beiden sind's.«

Die Feuerwehr war schon da.

»Oh je«, stöhnte Gruber. Feuer aus – Spuren vernichtet. So lief's meistens. Nick hielt an und versuchte die rotierenden Blaulichter zuzuordnen. Einmal Notarzt, einmal Krankenwagen, zwei Streifenwagen und natürlich der Löschzug. »*Jingle Bells*« hatte gerade begonnen, aber Gruber drückte auf Stopp und sagte: »Auf geht's.«

Ein Menschenauflauf hatte sich gebildet. Die Damen trugen größtenteils Leggings und hatten sich eilig irgendwas übergeworfen. Auf den ersten Blick wirkten sie wie die Aerobic-Abteilung vom TSV Neuherberg, auf den zweiten erkannte Nick verstörte Gesichter und zerflossenes Make-up. Sie hatten geweint oder taten es noch.

»'tschuldigung. Obacht.« Gruber bahnte sich einen Weg.

Als sie das Flatterband erreicht hatten, kam ihnen ein uniformierter Kollege entgegen. Während er sie auf den Stand der Dinge brachte, wandte sich Nick zu den Nutten um. Ihre Leggings und Paillettenoberteile reflektierten die Flammen und das zuckende Blaulicht. Sie glitzerten und funkelten.

Gruber hatte recht gehabt. Es waren die letzten beiden Fahrzeuge, die brannten. Ein Hymer und ein Ford Transit.

»Hier ist es.« Der Uniformierte richtete den Strahl seiner Taschenlampe auf eine Stelle am Boden, etwa Höhe Vorderachse Transit. Die Hand eines Mannes lag dort, voller Blut, die Fingernägel zum Teil eingerissen. Sie war zehn Zentimeter oberhalb des Handgelenks abgetrennt worden. Sauberer Schnitt. Der Knochen wirkte im Licht der Taschenlampe, als wäre er aus Porzellan.

»Mehr haben wir nicht?«, fragte Gruber.

»Nein«, sagte der Uniformierte. »Bis jetzt nicht.«

»Irgendwo muss ja der Rest sein.«

»Ja. Irgendwo schon.«

»Obacht!«, schrie Gruber die Feuerwehrkollegen an, die mit ihrem Schlauch gefährlich nahe kamen. Nick bemerkte die beiden Sanitäter, die gerade eine Person auf einer Trage zum Krankenwagen brachten.

»Und da drüben?«, fragte er.

»Andere Baustelle.« Der Uniformierte winkte ab. Offenbar hatte sich ein Freier nicht unter Kontrolle gehabt. »Sieht übel aus, die Kleine, hat aber mit der Hand nix zu tun. Stand jetzt jedenfalls.« Es wurde dunkel, als würde jemand langsam das Licht herunterdrehen. »Feuer aus!«, rief der Brandmeister. Von den Wohnmobilen waren zwei rauchende Ruinen übrig geblieben.

»Da war keiner drin?«, fragte Nick.

»Nein«, sagte der Uniformierte. »Soweit wir das bis jetzt in Erfahrung bringen konnten, sind beide Wohnmobile zum Zeitpunkt des Brandanschlags unbesetzt gewesen. Aber es ist alles noch ein bisschen unübersichtlich … und die Damen haben …« Er brach ab, dann schüttelte er den Kopf und sagte: »Irgendwie ist alles noch völlig unklar.«

»Gut«, sagte Nick, »dann wollen wir mal.«

Eine große Brünette und eine kleine Blonde stellten ihre Wohnmobile zur Verfügung. So konnten Nick und Gruber die Aussagen der Mädels und der wenigen Freier, die nicht rechtzeitig geflüchtet waren, gleichzeitig aufnehmen. Die uniformierten Kollegen hatten davor Stellung bezogen und riefen einen Zeugen nach dem anderen auf. Alle waren noch ziemlich durch den Wind. »Aber keiner weiß irgendwas«, sagte Gruber, als sie wieder in den BMW stiegen. Mittlerweile hatte es zu regnen begonnen.

Den Brandanschlag selbst hatte niemand beobachtet, auch eine gewalttätige Auseinandersetzung nicht. Einige hatten von einem Audi 80 berichtet, der mit ausgeschalteten Scheinwerfern in der Zufahrt der Gesellschaft für Strahlenforschung gestanden hatte. Manche hatten einen Mirko, andere einen Marko erwähnt, Jugo oder Grieche, der vor Ort für die Sicherheit der Nutten von Zigeuner-Heinz zuständig und nun spurlos verschwunden sei. Wer die anderen Standplätze kontrollierte, hatten sie nicht herausfinden können. Sobald es um die Zuhälter ging, wurden alle einsilbig. Keine schien zu wissen, an wen sie das Geld abdrückte. Weiß nicht. Kann ich nicht sagen. Nie gesehen.

»Müssen wir mal bei den Kollegen von der Sitte nachfragen«, sagte Gruber, »die wissen das.«

Sie vermuteten, dass Mirko/Marko ein und dieselbe Person war. Möglich, dass die Hand ihm gehörte. Auf jeden Fall hatte der Mann, der da draußen für Sicherheit sorgen sollte, heute Abend auf ganzer Linie versagt. Leopoldstraße. Schwabing. »Es ist ein Ros entsprungen«. Sie hatten das Raumschiff fast erreicht, als ihre Pager piepten. Gruber fluchte und schaltete beide aus. »Wart unten, ich schau, was los ist.«

Nick fand einen Parkplatz direkt vor dem Bosporus. Gruber hastete durch den Regen. Im Bosporus waren wenige Tische besetzt. Müde Gesichter. Neonlicht. Ein Junkie, auf einem Barhocker sitzend, war über einem Spielautomaten eingeschlafen. Sah aus, als klebte sein Gesicht daran fest. Stabil wirkte das nicht. Nick überlegte, ob er reingehen und Hakan Bescheid geben sollte. Dass er ihn runternahm, bevor er sich verletzte. Aber da kam Gruber schon wieder zurück. Er riss die Tür auf und ließ sich auf den Beifahrersitz fallen. »Zwischen den Jahren drehen sie alle durch«, stöhnte er. »Auf geht's.«

Die 56 war eines dieser Häuser, die, gerade gebaut, bereits verwahrlost wirkten. Das Blaulicht des Krankenwagens zuckte über den Beton und spiegelte sich in den Fensterscheiben des ersten Stocks. Auf der anderen Straßenseite ein Park. Aber kein freundlicher, sondern ein unheimlicher. Keine Ahnung, wo in dieser Stadt sie sich befanden. Nicht im besten Viertel jedenfalls.

Der uniformierte Kollege vor der Haustür nickte ihnen zu. »Vierter Stock.«

Nick war schon auf der Treppe, als er Gruber hinter sich rufen hörte: »Gibt an Aufzug.« Aber er kannte die Dinger. Die in den billigen Neubauten waren die schlimmsten.

Gruber folgte ihm über die Treppe. Es roch nach Essen. Im Zweiten links war die Tür einen Spaltbreit geöffnet. Händels *Messias* bis ins Treppenhaus. Ein neugieriges Augenpaar. »Hams sich gegenseitig umbracht?«

»Grüß Gott«, sagte Gruber.

Im Vierten wies der nächste Uniformierte den Weg. Sie traten durch den kalten Rauch ins Wohnzimmer. Es stank bestialisch. Gruber presste sich die Hand vor Mund und Nase. Rechts ragte, wie der Bug eines Schiffes, ein Bett in den Raum. Weil Notarzt und Sanitäter ihm die Sicht versperrten, nahm Nick nur den Fuchsschwanz wahr, der neben dem Haltegriff vom Bettgalgen heruntebaumelte. Und den geplatzten Katheter an der Seite. Die Sanitäter standen im Urin. Am Fenster ein Tisch, drauf ein Plastik-Weihnachtsbaum mit bunten Glühbirnen, ein voller Aschenbecher und leere Flaschen. Auf einem Stuhl daneben der in sich zusammengesackte Körper eines Mannes im Unterhemd. Vom Kopf übrig gebliebenen war eine Ruine, der Rest hatte sich über Fensterscheibe und Wand verteilt. Ein Helnwein-Plakat hatte es besonders schlimm erwischt. Neben seinem rechten Fuß, der in einer löchrigen Tennissocke steckte, lag eine 9-mm-Beretta. Blitzlicht. Die Spurensicherung fotografierte.

Nick wandte sich um und beobachtete, wie die Sanitäter den anderen Mann vom Bett auf die Trage hievten.

Mit leiser Stimme sagte Gruber zum Arzt: »Was ist mit dem?«

»Völlig dehydriert.«

Die Sanitäter nahmen die Trage auf. Jetzt konnte Nick das Gesicht des Mannes sehen: um die fünfzig, eingefallene Wangen, aufgesprungene Lippen, weit aufgerissene Augen. Infusion am rechten Arm und ein silbernes Armband ums ausgemergelte Handgelenk. Indien oder so.

»Ansprechbar?«, fragte Gruber.

»Schauen Sie ihn doch an«, sagte der Arzt, und die Spurensicherung entdeckte Sägespäne an der Tennissocke.

Die Identität des Toten hatten sie schnell geklärt. Christoph Rechberg, 45 Jahre, gebürtig aus München, Schreinermeister mit eigenem Betrieb, vier Angestellte, keine Vorstrafen. Einfamilienhaus am Stadtrand.

Ein Fenster war noch erleuchtet. Sie mussten also niemanden wecken. Immerhin. Gruber drückte den Klingelknopf. Kurz darauf erschien ein Schatten hinter der Milchglasscheibe. Die Tür wurde so weit geöffnet, wie es die Sicherheitskette zuließ. Ein misstrauischer Blick unter zerzaustem Haar.

»Frau Rechberg?«

Das Überbringen der Todesnachricht war das Schlimmste am Job. Aber auch hier halfen Regeln. Erst einmal nur informieren, die Befragung erfolgt später. Genügend Zeit einkalkulieren. Darauf achten, dass die Leute sitzen und dass ein Glas Wasser bereitsteht. Manchmal gab es Haustiere oder, wie in diesem Fall,

Kinder. Aber im Prinzip lief es immer gleich ab. Das Einzige, was in jeder Wohnung anders war, war der Geruch.

Ein paar Straßen weiter kannte Gruber eine Kneipe. Er bestellte zwei Bier und ging direkt durch zu den Toiletten. Nick holte eine HB aus der Packung und steckte sie sich in den Mund. Setzte sich an den Tisch, der am weitesten entfernt war von den anderen. Bullengespräche gehen keinen was an. Der Spielautomat orgelte blechern. Regen schlug gegen die Scheibe. Erst kam das Bier, dann Gruber, der sich gerade hingesetzt hatte, als es aus den Boxen dröhnte: »Polizisten fahren stets zu zweit um dunkle Ecken durch die Nacht …«

»Witzig!« Gruber prostete dem Wirt zu. »Aber bisschen leiser, bitte!« Der Wirt tippte sich grinsend an die Stirn und drehte die Musik leiser. Gruber wollte auch eine Zigarette und sagte, dass er drei Kreuze mache, wenn der Dienst rum sei, und dass er dann mit den Kindern zum Zirkus Krone gehe, wo sie diesmal sogar Artisten aus der DDR hätten und wo der Star des Abends Borra sei, der König der Taschendiebe.

»Weißt du, dass der eigentlich Borisav Milojkoirgendwas heißt und Kollegen in ganz Europa unterrichtet?«, sagte Nick.

»Was unterrichtet der?«

»Diebstahlsbekämpfung.«

Das hatte Gruber nicht gewusst. Fand es aber interessant, wollte es seinen Kindern berichten und erzählte noch ein paar andere Dinge, die jedoch nicht zu verstehen waren. Nick zog an der Zigarette. Seine Gedanken schweiften immer wieder ab zur Hand auf dem Straßenstrich, zu den brennenden Wohnmobilen, zur Urinlache in der Wohnung über dem unheimlichen Park, dem Blut überall und dem besonderen Geruch im Haus der Familie Rechberg am Stadtrand.

Sie bestellten noch ein Bier und losten aus, wer den Bericht schreiben und wer zur Klinik fahren und die zusammengeschlagene Nutte befragen sollte, deren Aussage noch fehlte. Ihm war's egal, aber weil er wusste, wie gerne Gruber zockte, machte er mit – und zog die Nutte.

»Viel Spaß!« Gruber grinste anzüglich und kramte ein paar Münzen aus seiner Tasche. »Zahlen!«

Vor dem Bosporus ließ Nick ihn aussteigen. Der Junkie war verschwunden. Irgendwer hatte ihn wohl vom Automaten geschält.

Die Nutte sei ins Schwabinger Krankenhaus gebracht worden, hatte der uniformierte Kollege gesagt. Nick holte den Stadtplan aus dem Handschuhfach, faltete ihn auseinander und drapierte ihn so auf dem Beifahrersitz, dass er die Innenstadt überblicken konnte. Trotzdem verfuhr er sich dreimal, bevor er endlich in die Leopoldstraße einbog. Von jetzt an ging es immer geradeaus. Die Lichter spiegelten sich im regennassen Asphalt. An einer roten Ampel öffnete er das Handschuhfach ein weiteres Mal und holte die Kassette heraus, die Jo ihm geschickt hatte. »Für Papa. Weihnachten 83« stand darauf. Immer noch dieselbe krakelige Jungenschrift. Er warf Grubers Weihnachtslieder raus und legte Jos Kassette ein. Joy Division. Die unverwechselbare Stimme von Ian Curtis: »*Don't walk away, in silence.*« Er umklammerte das Lenkrad. »*See the danger. Always danger.*« Zwei Punks, an einen Verteilerkasten gelehnt, glotzten ihn an. Die Ampel schaltete auf Grün.

»Warten S' bitte ein Moment«, sagte die Schwester am Empfang, nachdem Nick ihr seinen Dienstausweis gezeigt hatte. Also nahm er auf einem der Stühle Platz. Ein Mann im Bademantel kämpfte mit dem Getränkeautomaten. Sein rechter Arm steckte in einer Schiene. Nick überlegte kurz, ob er ihm helfen sollte, aber dann ließ er es bleiben. Ihm half auch keiner.

»Herr Kommissar?« Die Schwester sagte ihm, dass Frau Schmidl vor etwa einer Stunde auf eigenen Wunsch entlassen worden sei. Er musste dann noch mal warten, weil die Schwester erst klären wollte, ob sie befugt war, ihm die Wohnadresse von Frau Schmidl zu verraten. Sie war nicht nur befugt, sie war sogar verpflichtet, aber ihm glaubte sie nicht. Sie musste es noch mal von anderer Seite hören. Also setzte er sich wieder hin. Dem Mann im Bademantel war es inzwischen gelungen, sein Bier aus dem Automaten zu holen. Er sah es verliebt an, doch beim Versuch, es zu öffnen, rutschte es ihm aus der Hand. Die Flasche knallte zu Boden und zersplitterte in tausend Scherben. Der Mann sah aus, als wäre statt einer Flasche Bier sein ganzes Leben zu Bruch gegangen.

Die Schwester kam lächelnd zurück. »Ich darf!«

Na dann, dachte Nick.

Martina Schmidl wohnte in der Heigelstraße. Untergiesing, wie ihm sein Stadtplan verriet. Er musste also einmal quer durch die ganze Stadt. Ein Hin und Her. Den ganzen Abend schon.

Der Regen. Die Lichter. Joy Division. Das zweite Weihnachten ohne Susanne lag hinter ihm. Er hoffte, dass Jo klarkam, allein in Berlin. Nur noch ein paar Tage, dann würde er ihn wiedersehen. Er freute sich.

Schmidl stand ganz oben auf dem Klingelbrett. Er drückte den Knopf und wartete. Vorgarten. Vogelhäuschen. Gardinen an den erleuchteten Fenstern. Der Türsummer ging. Er drückte die Tür auf und ging hinauf in den dritten Stock. Im Türrahmen stand eine junge Frau im Schlafanzug. Um die zwanzig. Sie war verheult und sah ihn misstrauisch an. Er zeigte ihr seinen Ausweis. »Frau Schmidl?«

»Nein.«

»Dann bin ich hier …«

»Nein, Sie sind richtig. Nur bin ich nicht Frau Schmidl.«

»Wer sind Sie denn?«

»Geht Sie das was an?«

»Gut, also: Ich muss mit Frau Schmidl sprechen. Ich brauche ihre Zeugenaussage …«

»Die ist nicht hier.«

»Wo ist sie denn?«

»Woher soll ich das wissen?«

Eigentlich hätte er ihr jetzt gern die Waffe an die Schläfe gehalten und ihr klargemacht, dass man auch mit einem Bullen ganz normal sprechen konnte. Man musste nicht immer solche Nummern abziehen.

Er nahm aber nur die Hände aus den Taschen, trat einen Schritt vor und lehnte sich in den Türrahmen. »Wo ist Frau Schmidl?« Er konnte böse, das wusste er.

Das Mädchen wich ängstlich zurück. »Wahrscheinlich in ihrem Wohnwagen. Ingolstädter. Sie wissen schon. Da geht sie eigentlich immer hin, wenn sie Ruhe braucht.«

Nick bedankte sich für die Auskunft und wünschte eine gute Nacht. Noch während er zurück zum Wagen ging, beschloss er, morgen mit Martina Schmidl zu sprechen. Gleich morgen früh. Er würde nicht noch mal durch die ganze verdammte Stadt fahren. Es reichte jetzt.

Er war todmüde, als er auf die Brachfläche an der Senefelderstraße fuhr, die, von einer einzigen Laterne notdürftig beleuchtet, offiziell als Parkplatz, unter der Hand aber als Müllabladestelle für das gesamte Bahnhofsviertel diente. In den Ecken und Winkeln des weitläufigen Geländes stapelten sich kaputte Türen und rostige Abflussrohre, Teppiche moderten in Pfützen vor sich hin, tage- und wochenlang, und waren dann plötzlich verschwunden. Der Müll schien sich von selbst einzufinden und von selbst wieder zu gehen. Es war ein labyrinthartiges Gelände mit niedrigen Durchfahrten zu weiteren Hinterhöfen, die ebenfalls als Parkflächen vermietet wurden. Das Königreich des Krummen.

Der residierte in einem bunkerartigen Betonwürfel neben der Zufahrt, mit fünf zum Teil vergitterten Fenstern und mehreren Eisentüren, allesamt von unterschiedlicher Größe und derart willkürlich angeordnet, dass das Gebäude wie die missglückte Bastelarbeit eines Kindes wirkte. Eine Außentreppe mit rostigem

Geländer führte zu einer Tür auf halber Höhe, darüber stand, mit weißer Farbe hingepinselt: »Parkwächter«. Über das gesamte Gelände verteilt unterhielt er Außenposten – ein Wachhäuschen mit zersprungenen Fensterscheiben, ein von Grünspan überzogener Wohnwagen und eine verwitterte Blockhütte –, in denen er nie zu sehen und deren Nutzung unklar war.

Nick verließ die Brache, von Brandmauern und Fünfzigerjahre-Wohnblocks umgeben, ohne dem Krummen zu begegnen, und ging vorbei an Sexkinos, Stripbars und türkischen Im- und Exportläden in Richtung Schwanthaler, wo er wohnte. Das Bahnhofsviertel war voller Menschen. Mittelalte Männer aus Stöcking, Rottbach oder Kopenhagen, große Abenteurer allesamt, wähnten sich auf der Jagd und waren doch nur Beute. Ein ganzer Stadtbezirk – 15 Etablissements allein in der Schillerstraße – lebte von ihnen und ihrer Selbstüberschätzung. Erst gegen fünf Uhr morgens kehrte, zusammen mit der Müllabfuhr, wieder Ruhe ein.

II. DIE GEFÄHRTEN

Es war noch dunkel, als Nick aus unruhigem Schlaf erwachte. Er wusste nicht, was ihn geweckt hatte, wahrscheinlich ein Geräusch von der Straße, die Wohnung war hellhörig. Von seiner Matratze aus sah er auf den gegenüberliegenden Wohnblock. Zwei Fenster waren erleuchtet. Ein prüfender Blick auf den Pager: nichts. Gut so. Er stand auf, drückte den Lichtschalter und schloss sofort wieder geblendet die Augen. Das Licht der nackten Glühbirne war viel zu hell. Er musste Lampenschirme besorgen. Während er durch den Flur in die Küche schlurfte, nahm er sich fest vor, die Wohnung endlich einzurichten. Jo wollte über Silvester zu Besuch kommen, bis dahin musste sie halbwegs gemütlich sein. Der An- und Verkauf zwei Häuser weiter fiel ihm ein, gehörte einem Jugo. Dort gab es Möbel. War einen Versuch wert. Er setzte den Wasserkessel auf den Herd, füllte den Filter mit Kaffeepulver und setzte ihn der Kanne auf wie eine Krone. Dann ging er ins Badezimmer und stellte sich unter die Dusche. Während das Wasser über seinen Körper lief, lauschte er dem Knacken und Rattern in der Wand. Die alten Leitungen stöhnten vor Erschöpfung.

Wenig später stand Nick mit Kaffeetasse am Küchenfenster und sah einem trüben Tag beim Heraufdämmern zu. Die Birke und die Wäschespinne, die nebeneinander im Hof standen wie zwei alte Gefährten, schälten sich aus der Dunkelheit. Ein paar Krähen zeterten, und die Wäschespinne streckte ihre rostigen Metallfinger aus, als wollte sie von der Birke an die Hand genommen werden. Nick trank aus und stellte die Tasse in die Spüle. Jacke an. Treppe runter. Wo gestern noch ein Stapel Teppiche vor sich hin gemodert hatte, stand heute ein Sofa. Der Krumme, einen Plastikeimer in der Hand, verschwand im Labyrinth. Nick schloss den Wagen auf und holte den Stadtplan aus dem Handschuhfach.

Der hintere Teil des Straßenstrichs mit den beiden Brandruinen war abgesperrt. Dort und im Gelände ringsum war die Spurensicherung im Gange. In den anderen Wohnmobilen herrschte schon wieder Normalbetrieb. Nick stellte den BMW ab und wechselte ein paar Worte mit den Kollegen. Bis jetzt kaum Verwertbares. Der Regen, der Depp. Wir bleiben dran. Frohes Schaffen.

Nick machte sich auf die Suche nach Martina Schmidl. Wenn er sich recht erinnerte, hatten die Sanitäter sie aus einem der vorderen Wohnmobile geholt. Auf dem Weg sah er eine Frau vor einem Chevy-Van stehen. Schirm in der einen Hand, Zigarette in der anderen, blonde Haare, weiße Stiefel und ein Ganzkörpertrikot aus Kunstfaser. Er hielt ihr den Ausweis vor die Nase. »Martina Schmidl?«

»Die Post.« Sie deutete auf den gelben Mercedes-Bus, der ein paar Meter vor ihrem Chevy stand. »Aber der geht's nicht gut.«

Er nickte ihr zu, ging zum Postauto und klopfte an die Tür. »Frau Schmidl? Polizei.« Neben der Tür ein quadratisches Fenster, etwa vierzig mal vierzig Zentimeter groß, nachträglich eingebaut. Die Gardine wurde beiseitegeschoben und gab, für Sekundenbruchteile nur, den Blick frei – auf ein zertrümmertes Gesicht. Dann fiel die Gardine zurück. Nichts war mehr zu sehen.

»Ich bin nicht von der Sitte, Frau Schmidl. Ich bin von der Mordkommission und habe ein paar Fragen an Sie. Als Zeugin.«

Keine Reaktion.

»Ich kann Sie aber auch vorladen lassen, wenn Ihnen das lieber ist.«

Fast lautlos glitt die Schiebetür auf.

Bis auf das Quadrat mit der Gardine waren alle Fenster verhängt. Nick schloss die Tür hinter sich und hörte Frau Schmidl an irgendwas herumfummeln. Dann tauchte eine rote Lichterkette mit herzförmigen Lämpchen das Wageninnere in schummriges Licht. Die Ladefläche des ehemaligen Postautos war zu einer Miniaturwohnung umgebaut worden. Eine Puppenstube. Es gab eine Sitzecke mit Klapptisch – Tischdecke und Weihnachtsstern darauf –, eine Kochnische, Kühlschrank und in der Mitte, alles beherrschend, das Bett, auf dem sie saß, mit dem Rücken zu ihm, die Knie angewinkelt. Eine zierliche Frau. Ihre Füße steckten in dicken Wollsocken. Er setzte sich an den Klapptisch, versuchte, einen Blick auf ihr Gesicht zu erhaschen. Vergeblich. »Ich bin Hauptkommissar Marzek«, begann er. »Es geht um die abgetrennte Hand und den Brandanschlag auf die Wohnmobile.«

»Sie sind nicht von hier.« Eher Feststellung als Frage.

»Ich bin aus Berlin.«

»Berlin«, wiederholte sie. Ob es abschätzig oder andächtig gemeint war, blieb unklar. »Und warum sind Sie jetzt hier?«

»Ich brauche Ihre Zeugenaussage.«

»Hier in München, meine ich.«

»Wollen Sie sich nicht zu mir setzen? Da redet es sich gleich viel besser.«

Sie antwortete nicht.

»Ich würde gern Ihr Gesicht sehen, Frau Schmidl …«

»Sind Sie Bulle oder Arzt?«

»Ich bin kein Arzt, aber …«

»Die haben mich durchgecheckt. Das Jochbein ist am Arsch. Kannst eh nix machen.«

»Haben Sie Anzeige erstattet?«

Sie machte eine wegwerfende Handbewegung, und er entdeckte das Kruzifix über dem Bett. Tannengrün und ein Zweig mit roten Beeren darunter. Gott beschütze Martina Schmidl. Nick holte Kugelschreiber und Papier hervor.

»Bitte schildern Sie mir, was an dem Abend passiert ist, Frau Schmidl.«

Stockend begann sie zu erzählen, dass der Typ, dieses Schwein, gegen halb neun zu ihr ins Postauto gestiegen sei. Sie hatten sich über den Preis verständigt, alles war okay gewesen. Und dann hatte er sich aus irgendeinem Grund plötzlich betrogen gefühlt und war völlig ausgerastet. Sie hatte nicht mal mehr Mirko um Hilfe rufen können, so schnell war alles gegangen.

»Können Sie mir zu diesem Mirko noch etwas mehr sagen? Nachname? Alter?«

Konnte sie nicht. Leider. Immerhin hatte auch sie den Audi beobachtet, der in der Einfahrt der Gesellschaft für Strahlenforschung gestanden hatte.

»Ein Typ hinterm Steuer. Hat geraucht. Schien auf irgendwas zu warten.«

Beschreiben konnte sie ihn nicht. »War nur ein Schatten.«

Weder wusste sie zu sagen, wie lange der Wagen dort gestanden hatte, noch hatte sie auf das Kennzeichen geachtet. »Ich hatte weiß Gott andere Probleme.«

»Gut.« Nick machte sich eine Notiz. »Der Freier hat Sie verprügelt. Was ist dann passiert?«

»Dann ist er abgehauen. Und ich war erst mal … ich war total weggetreten. Ich kann nicht sagen, wie lange. Ich bin erst wieder zu mir gekommen, als ich die Schreie gehört habe. Da haben die Wohnmobile schon gebrannt.«

Sie hatte nichts mitbekommen. Gar nichts. Trotzdem fragte Nick ordnungsgemäß weiter: »Haben Sie einen Verdacht, wem die Hand gehören könnte? Wird jemand vermisst, den Sie kennen?«

Zögernd sagte sie: »Wie lange sind Sie jetzt in München?«

»Knapp drei Monate.«

Schweigen. Sie schien nachzudenken. Dann sagte sie mit leiser Stimme: »Könnten Sie mal nach Bigi schauen?«

»Wer ist Bigi?«

»Meine Mitbewohnerin. Mit der stimmt was nicht. Die dreht total durch. Ich hab Angst, dass sie Blödsinn macht.«

Den Eindruck, dass mit dem Mädel in der Heigelstraße was nicht stimmte, hatte Nick gestern auch gehabt. War aber nicht seine Baustelle. »Ich bin bei der Mordkommission. Aber ich kann veranlassen, dass jemand vom Sozialdienst nach ihr schaut.«

Sie wandte sich ihm zu. Ihre rechte Gesichtshälfte war dunkler Matsch, das Auge zugeschwollen. »Bitte gehen Sie zu ihr. Sie sagt, sie weiß ... Dinge, aber sie traut sich nicht zur Polizei.« Sie schien plötzlich über sich selbst erschrocken. »Und bitte, sagen Sie ihr nicht, dass das von mir kommt ... Ich musste ihr versprechen, dass ich es für mich behalte. Sie dreht total durch vor Angst. Deswegen habe ich es auch gestern nicht mehr ausgehalten in der Wohnung.«

»Haben Sie sich gestritten?«

»Ja.«

»Was weiß sie denn für Dinge?«

Martina Schmidl rang mit sich. »Bitte, das darf ich nicht ... das muss sie Ihnen selbst erzählen.«

»Wenn ich noch mal nach Untergiesing fahre, dann will ich wissen, warum. Sonst schicke ich den Sozialdienst hin.«

Nach kurzem Zögern sagte sie leise: »Sie glaubt, sie weiß, wem die Hand gehört.« Sie sah ihn unsicher an. »Sie müssen mit ihr reden. Bitte.«

»Wie heißt die Bigi denn mit vollem Namen?«, fragte er.

»Angermaier. Birgit Angermaier.« Sie wirkte erleichtert.

Er betrachtete ihr zerstörtes Gesicht. »Sie müssen Strafanzeige erstatten, Frau Schmidl.«

Untergiesing war weit und der Verkehr zäh. Nick fragte sich, ob er jemals in München ankommen würde. Er wartete noch immer darauf, dass sich Gewöhnung einstellte, in welcher Form auch immer. Dass er Gebäude wiedererkannte oder Straßen, dass sich ihm die Topografie der Stadt endlich erschloss. Aber nichts dergleichen geschah. Jeden Tag kämpfte er sich erneut mithilfe des verdammten Stadtplans oder eines Kollegen durch Straßen, die er noch nie zuvor gesehen hatte. Nichts von dieser Stadt blieb haften, München perlte an ihm ab. Und allmählich wurde das anstrengend. Ein bisschen mehr Normalität wünschte er sich. Aber offenbar war er noch nicht so weit.

Den Vorgarten und das Vogelhäuschen allerdings erkannte er wieder. Und sie auch. Verheult. Im Schlafanzug. Im Türrahmen. Exakt wie letzte Nacht.

»Frau Angermaier?«

»Woher kennen Sie meinen Namen?«

»Darf ich reinkommen?«

»Nein.«

»Können wir diese Spielchen heute lassen? Ich muss mit Ihnen reden.«

»Aber ich nicht mit Ihnen.« Weiter kam sie nicht. Er schob sie zur Seite und trat ein. Die Wohnung war klein, aber sauber und gemütlich. Auffallend viele Teddybären. Bigi und Tina waren noch halbe Kinder.

»Ich will, dass Sie gehen!« Ihre Stimme drohte sich zu überschlagen.

»Setzen wir uns in die Küche, Frau Angermaier?«

»Raus!«

Nick wandte sich zu ihr um. Sie stand im Flur, ein Wurzelzwerg im Schlafanzug. Wütend und machtlos. Die Wohnungstür in ihrem Rücken stand noch immer offen.

»Ich erkläre Ihnen jetzt die Situation, Frau Angermaier. Hören Sie bitte gut zu.«

»Ich will nichts hören!«, schrie sie und hielt sich die Ohren zu. Mit ruhiger Stimme sprach Nick weiter: »Mein Name ist Nick Marzek. Ich bin Hauptkommissar bei der Münchner Mordkommission und ermittle zum Fund einer abgetrennten Hand am Straßenstrich Ingolstädter Straße …«

»Hat Tina sie zu mir geschickt?« Sie hatte die Hände von den Ohren genommen.

»Sie und Ihre Probleme«, fuhr Nick fort, »interessieren mich dabei überhaupt nicht. Oder nur, wenn sie im Zusammenhang mit der Hand stehen. Dazu möchte ich Sie als Zeugin vernehmen. Sie haben das Recht, das aktuell zu verweigern. Das heißt, Sie müssen jetzt nicht mit mir reden. Dann geht es den offiziellen Weg …«

Birgit Angermaier hörte inzwischen aufmerksam zu.

»… und Sie bekommen eine schriftliche Aufforderung und einen Termin, an dem Sie sich dann bitte bei der Mordkommission einfinden.«

»Und wenn ich nicht erscheine?«

»Dann geht es noch länger. Aber am Ende werden Sie eine Aussage gemacht haben. Sie dürfen jetzt entscheiden, ob Sie den offiziellen Weg gehen wollen oder ob wir uns in Ihre Küche setzen.«

Sie atmete tief durch und nickte schließlich. »Gehen Sie schon mal vor«, sagte sie leise und schloss die Wohnungstür. Als sie zu ihm in die Küche trat, fragte sie: »Möchten Sie einen Kaffee?«

»Gern.«

»Bitte nennen Sie mich Vanessa«, sagte sie, während sie den Kaffee aufsetzte.

»Mach ich«, sagte Nick. Er hätte sie auch »Nikolaus« oder »Weihnachtsmann« genannt, wenn das ihr Wunsch gewesen wäre. Manchmal konnte man Zugeständnisse machen, manchmal musste man hart bleiben. Sie schenkte den Kaffee ein und begann zu erzählen. Nick hatte Mühe, ihrem Redefluss zu folgen. Sätze und ganze Gedankengänge brach sie ab, verwarf sie und setzte neu an. Trotzdem war Nick schnell klar, dass er sie ernst nehmen musste. Vanessa arbeitete als Bardame in verschiedenen Etablissements im Bahnhofsviertel, die alle zum Imperium des Rotlichtkönigs Josef Preuss gehörten, in letzter Zeit hauptsächlich im Liverpool, Pornokino und Stripclub, den Gästen die Flasche Sekt für hundert Mark andrehen, das volle Programm. Dort hatte sie Pavel kennengelernt, Pavel Zelenka, wie sie zwanzig Jahre alt, aus der Tschechoslowakei. »Ostrau, aber er hat's anders ausgesprochen.« Sie steckte sich eine Zigarette in den Mund. Nick gab ihr Feuer. »Der ist Mädchen für alles, Getränkekisten schleppen, Altglas wegbringen, sauber machen, Geld eintreiben. Spricht schlecht Deutsch. Ich hab ihm geholfen, wenn er nicht weiterwusste.« Dabei hatten sie sich ineinander verliebt. War alles noch ganz frisch und Pavel sowieso eher schüchtern. Aber egal. Er war gerade in eine eigene Wohnung gezogen, ein Zimmer mit Kochnische und Klo auf dem Flur. Um das zu feiern, wollten sie den gestrigen Abend bei ihm verbringen, die neue Wohnung einweihen sozusagen. »Ich wollte gerade los, als er mich angerufen hat. Er muss noch was erledigen und meldet sich, sobald er wieder zu Hause ist, hat er gesagt.« Nervös stieß sie den Rauch aus. »Aber er hat sich nicht mehr gemeldet. Erst war ich sauer, dann hab ich mir Sorgen gemacht. Weil … das ist echt nicht seine Art. Ich bin dann mit dem Fahrrad ins Westend zu seiner Wohnung. Aber er war nicht da. Da war mir klar, dass was passiert ist. Und als mir Tina dann das von der Hand erzählt hat …« Wieder brach sie ab. Nick brachte den Satz für sie zu Ende: »Da dachten Sie, dass es Pavels Hand sein könnte.«

»Nein«, sagte sie. »Ich *wusste*, dass es Pavels Hand ist.«

»Woher wussten Sie das?«

»Weiß ich einfach.« Sie sah ihm direkt in die Augen, hatte die Scheu verloren.

»Gut«, sagte Nick. »Sie haben also geglaubt, dass Ihrem Freund etwas zugestoßen ist. Warum sind Sie dann nicht sofort zur Polizei gegangen? Oder spätestens als ich vor Ihrer Tür stand, da hätten Sie mir das doch …«

»Haben Sie immer noch nicht kapiert, dass ich Angst habe?«

»Aber vor wem denn? Vor der Polizei etwa?«

Sie atmete tief durch und fuhr mit leiser Stimme fort: »Ich glaube, mein Chef hat was damit zu tun.«

»Wenn Sie so einen Verdacht haben, können Sie den mir oder jedem anderen Kollegen mitteilen.«

Sie sah ihn ungläubig an. »Wie lange sind Sie jetzt in München?«

»Warum wollen das alle wissen?«

»Ich verrate Ihnen jetzt was: Ihre Kollegen arbeiten mit Josef Preuss zusammen. Wenn ich mit dem Falschen spreche, weiß Preuss sofort Bescheid. Und wenn der erfährt, dass ich ihm die Bullen auf den Hals hetze, dann …« Sie stockte. »Keine Ahnung, was der dann mit mir macht.« Trotziger Blick. »Sie müssen mir nicht glauben, aber bitte helfen Sie mir, okay? Und vor allem: Verraten Sie mich nicht.« Ängstlich sah sie ihn an.

Plötzlich Pieptöne in regelmäßiger Abfolge und nervenzerrend. Der Pager. Nick griff zum Gürtel und schaltete ihn aus.

»Helfen Sie mir?« Vanessa sah ihn bang an.

»Ich brauche die Adresse von Pavel Zelenkas Wohnung«, sagte Nick.

Erleichtert nannte sie ihm die Adresse. »Erster Stock links.«

Nick erhob sich. »Woher kennen Sie sich eigentlich, Sie und Martina Schmidl?«

»Wir sind zusammen aufgewachsen. Im selben Dorf. Und wir wollten beide da weg und was sehen von der Welt, was erleben.«

Hat ja funktioniert, dachte Nick und verabschiedete sich.

»Wo hast du gesteckt?« Aki knallte den Kaffeebecher auf den Tisch.

»Zeugenvernehmung«, sagte Nick. Was ja irgendwie stimmte. Trotzdem war er froh, dass Aki nicht nachfragte, sondern erzählte, dass den ganzen Morgen schon die Hölle los gewesen sei. Auf dem Gerüst am Justizpalast hatte jemand einen Obdachlosen angezündet. Niemeyer und Mercks kümmerten sich darum. Gruber war zu Frau Rechberg gefahren, und Löscher befragte die Angestellten der Schreinerei. »Und du fährst bitte nach Pasing ins Krankenhaus. Herr Schmitter ist wieder ansprechbar.«

»Schmitter?«

»Der Dehydrierte. Der muss ja von seinem Krankenbett aus mitgekriegt haben, was passiert ist. Wenn er nicht selbst geschossen hat.«

»Eher nicht. Die Pistole lag neben dem Toten. Ich denke, dass Herr Rechberg sich selbst … Was sagt denn die Kriminaltechnik?«

»Noch nichts.«

»Wie komm ich nach Pasing?«

»Am Bahnhof links, dann immer geradeaus.« Aki beugte sich über ein Schriftstück. Sein Haar begann sich am Hinterkopf zu lichten. Auch Aki wird älter, dachte Nick mit Wehmut.

Sein Freund Aki, den er vor Ewigkeiten auf einem Lehrgang kennengelernt hatte und der vor einem Jahr plötzlich in Nicks verwahrloster Wohnung in Reinickendorf aufgetaucht war. Wie ein Heiland. Aki hatte sich umgesehen und gesagt: »Nick, du brauchst Hilfe.« Dann hatte er die Flaschen weggeräumt und sich zu ihm aufs Bett gesetzt wie zu einem kranken Kind. Er hatte in seine fiebrigen Augen geschaut und seiner zitternden Stimme gelauscht, sich die ganze Geschichte angehört. Dann hatte er gesagt: »Du bist Polizist, das ist das Einzige, was von dir übrig geblieben ist. Daran musst du dich jetzt festhalten.« Nick erinnerte sich, dass er die Bedeutung seiner Worte zunächst gar nicht verstanden hatte, aber ihr Klang war ihm vorgekommen wie der Gesang eines Vogels über einem Schlachtfeld. Aki hatte geduldig weiter auf ihn eingeredet. Irgendwann war Nick wieder zu sich gekommen, und das Ende ihres Gesprächs hatte er noch so deutlich im Ohr, als wäre es gestern gewesen: »In Berlin kann ich nichts für dich tun«, hatte Aki gesagt, »aber ich weiß, dass unsere Mordkommissionen in München aufgestockt werden sollen. Du bist ein guter Ermittler, ich hätte dich gerne in meiner Truppe.«

»Ich kann hier nicht weg. Ich muss bei Jo bleiben. Der braucht mich jetzt«, hatte Nick gesagt.

Und Aki hatte geantwortet: »Jo ist erwachsen, und so bist du ihm keine Hilfe, schau dich an. Du musst erst wieder auf die Beine kommen. Und ich möchte dir dabei helfen. Aber das kann ich nur, wenn du nach München kommst. Ich spreche mit deiner Dienststelle, kümmere mich um alle Formalitäten, und ich besorge dir eine Dienstwohnung für den Anfang. Überleg es dir.«

Aki hatte ihn gerettet. Dafür würde er ihm ewig dankbar sein. So beiläufig wie möglich fragte er: »Wie gut kennst du eigentlich Josef Preuss, den Rotlichtkönig?«

Aki sah auf. »Gut genug. Warum?« Misstrauen in der Stimme.

»Ich versuche zu verstehen, wie München funktioniert«, sagte Nick. »Bei Preuss scheinen die Fäden zusammenzulaufen. Vielleicht hat er ja mitbekommen, was auf dem Straßenstrich passiert ist. Wir sollten mit ihm reden.«

Aki musterte ihn schweigend, dann sagte er: »Mit dem Straßenstrich hat der eigentlich nichts zu tun. Aber du hast recht, schaden kann's nicht.« Und nach einer kurzen Pause: »Fahr nach Pasing. Am Bahnhof links.«

Aber so einfach war es nicht, und Nick musste mehrmals in den Stadtplan schauen, ehe er das Krankenhaus fand. Die Innere war im zweiten Stock.

»Einen Schluck Wasser, bitte.« Walter Schmitter fuhr sich mit der Zunge über die trockenen Lippen. Schon die Begrüßung hatte ihn angestrengt.

Nick reichte ihm die Schnabeltasse mit Trinkhalm vom Nachttisch. Als Schmitter keine Anstalten machte, die Tasse in Empfang zu nehmen, begriff Nick, dass der Mann seine Arme nicht bewegen konnte. Er war vom Hals abwärts gelähmt. Wie ein Fisch öffnete er den Mund, und Nick führte ihm den Strohhalm zwischen die Lippen. Schmitter sog gierig daran. Als er genug hatte, stellte Nick die Tasse zurück und wusste plötzlich nicht mehr, wo er beginnen sollte. Er hatte die entsetzlichen Bilder aus der Wohnung wieder vor Augen, den Geruch in der Nase und fühlte sich an die Rätsel erinnert, die Jo als Kind so geliebt hatte. *Romeo und Julia liegen tot auf dem Boden, neben ihnen Glasscherben und eine Wasserpfütze. Das Fenster steht offen. Was ist passiert?* Durch gezieltes Nachfragen hatte man die rätselhafte Situation auflösen und herausfinden müssen, dass Romeo und Julia Goldfische waren, dass der Wind das unverschlossene Fenster aufgedrückt hatte, wodurch das Aquarium zu Boden gestürzt war. *Christoph sitzt mit weggepustetem Gehirn auf einem Stuhl, eine Pistole liegt neben seinem rechten Fuß. Ihm gegenüber liegt Walter in seinem Pflegebett. Walter ist kurz vorm Verdursten, da er seit Tagen keine Flüssigkeit mehr zu sich genommen hat. Welche Geschichte verbirgt sich dahinter?* Vor dem Krankenzimmer befand sich ein Balkon, in dessen Fugen sich Moos gebildet hatte. Ein buntes Windrad, das sich nicht drehte, steckte in einem unbepflanzten Blumenkasten. Zigarettenrauch wehte vom Nachbarbalkon herüber, aber den Raucher selbst konnte Nick nicht sehen.

»Hallo? Herr Kommissar?« Schmitters brüchige Stimme. »Ich dachte, Sie wollten mit mir reden?«

Nick wandte sich ihm zu. »Was ist in Ihrer Wohnung passiert, Herr Schmitter?«

»Meine Stimme macht schnell schlapp«, sagte Schmitter, »setzen Sie sich.« Als Nick auf dem Stuhl Platz genommen hatte, erzählte Schmitter, dass er »Chris«, wie er ihn nannte, vor fünf Jahren auf dem Geburtstagsfest eines gemeinsamen Bekannten kennengelernt hatte. Sie hatten sich angeregt über alles Mögliche unterhalten, bis sie auf eine gemeinsame Leidenschaft gestoßen waren: Motorradfahren. Bald schon hatten sie sich für eine erste Tour verabredet, der schnell weitere folgten, in immer kürzeren Abständen. »Chris hat die Ausflüge genossen«, sagte Schmitter. »Sein

Betrieb, die Kinder, er hatte immer viel um die Ohren, und der Fahrtwind hat alle Sorgen weggeblasen.«

Pause.

»Auf einer dieser Touren ist es dann passiert.«

Wieder eine Pause.

»Was ist passiert?«, fragte Nick.

»Wir haben uns verliebt.« Er sah Nick an, schien auf eine Reaktion zu warten. Als die nicht kam, fuhr er fort: »Das muss ein Schock für ihn gewesen sein. Wenn Sie bedenken, wo er herkam: ein Handwerker mit Frau, Kindern, Reihenhaus ... Dabei hat er seine Familie geliebt, die Kinder hat er vergöttert.« Trotz dieser Zerrissenheit hatten sie drei glückliche Jahre miteinander. Bis zu der Tour nach Genua. Auf einer Serpentinenstraße, ziemlich genau an der Grenze zwischen Piemont und Ligurien, war Schmitter einem Tierkadaver ausgewichen und hatte die Kontrolle über seine Maschine verloren. »Das Ergebnis sehen Sie ja selbst«, sagte er mit bitterem Lächeln. »Ich war von einem Tag auf den anderen ein Pflegefall. Chris hat mir geholfen, so gut er konnte. Sie glauben nicht, was alles zu organisieren ist in so einem Fall, und ich konnte ja nichts selbst machen. Er hat sich um alles gekümmert. Dafür war ich ihm anfangs sehr dankbar. Inzwischen glaube ich aber, dass ihn die Verantwortung schlichtweg überfordert hat.«

Nach der Entlassung aus der Reha hatten sie gemeinsam entschieden, dass Schmitter zu Hause betreut werden sollte, mithilfe eines ambulanten Pflegedienstes und abwechselnden Hilfskräften. »Chris hat das fantastisch organisiert. Und ich war viel zu sehr mit mir selbst beschäftigt, um zu bemerken, dass etwas schiefläuft. Als ich es dann bemerkt habe, war es zu spät.« Schmitter brach ab. Fuhr sich mit der Zunge über die Lippen.

»Noch mal Wasser?«, fragte Nick.

Schmitter nickte. Nachdem er getrunken hatte, starrte er erschöpft an die Decke, und Nick überlegte fieberhaft, was er sonst noch für den Mann tun könnte, aber ihm fiel nichts ein. Also sagte er nur: »Was ist schiefgelaufen, Herr Schmitter?«

Stockend begann der Mann zu berichten, was im letzten halben Jahr passiert war. Dabei kämpfte er mit den Tränen und musste immer wieder pausieren. Hilflos hatte er mit ansehen müssen, wie sich Chris' Persönlichkeit veränderte. Jeden Tag wirkte er ein bisschen verzweifelter, und er trank immer mehr. Er war äußerst reizbar, der kleinste Fehler eines Pflegers, ein Zuspätkommen, eine Ungeschicktheit, und Chris flippte aus. »Eigentlich hatte ich mich immer auf ihn gefreut, aber jetzt hatte ich jedes Mal Angst, wenn er durch die Tür kam. Angst vor seiner Verzweiflung, Angst, dass er betrunken sein und Streit mit einem Pfleger anfangen könnte. Ich war dauernd in Panik. Das Gewitter kam näher, die Donnerschläge wurden lauter, und ich wusste, dass früher oder später der Blitz einschlagen würde, aber ich konnte nichts dagegen tun. Ich war hilflos. Er hat dann einen Pfleger verprügelt, weil der meine Windeln vergessen hatte. Natürlich hat der Pflegedienst den Vertrag sofort gekündigt. Chris hat mir versprochen, so schnell wie möglich einen neuen Pflegedienst zu organisieren. In der Zwischenzeit wollte er mich selbst versorgen …« Schmitters Stimme versagte. Eine Träne lief seine Wange hinunter. Nick überlegte kurz, ob er sie wegwischen sollte, aber er ließ es bleiben.

»Am Anfang hat er es noch versucht«, fuhr Schmitter fort, »aber irgendwann hatte er nicht mehr die Energie. Er war nicht mehr in der Verfassung, sich um mich zu kümmern. Am Schluss schien er mich einfach vergessen zu haben. Er hat nur noch am Tisch gesessen und getrunken. Und ich lag in meiner Scheiße und habe ihn angeschrien, aber er hat einfach nicht mehr reagiert. Irgendwann fehlte mir dann sogar zum Schreien die Kraft. Ich erspare Ihnen die Details, Sie können sich's vielleicht ungefähr vorstellen.« Er verstummte. Kinderlachen vom Flur und das Fiepen irgendwelcher Geräte aus der Ferne.

»Bitte noch einen Schluck Wasser.« Die Stimme ganz schwach.

Als Nick ihm zu trinken gegeben und die Tasse abgestellt hatte, sagte er: »Eine Frage noch: Woher hatte Herr Rechberg die Waffe?«

»Ich wusste nichts von einer Waffe«, sagte Schmitter. »Bis zu dem Moment, als er abgedrückt hat.«

Nick bedankte sich für die Auskünfte, wünschte Walter Schmitter »einen schönen Tag« und zog die Tür hinter sich zu. Während er in Richtung Ausgang ging, schämte er sich für den »schönen Tag« in Grund und Boden. Die Erkenntnis, dass es für bestimmte Situationen einfach keine passenden Worte gab, half wenig.

Er parkte vor einer Bombenlücke. Am Ende der Straße stand eine Kirche. Gott war hier präsenter als in Berlin, aber das nützte nichts. Die Nummer 73 war ein vierstöckiges Gebäude mit abblätterndem Putz. Vor einem Fenster im Dritten hing Wäsche. Irgendwo klopfte jemand Teppiche aus. Auf dem Klingelbrett suchte Nick nach »Pavel Zelenka«, fand den Namen aber nicht. Die Haustür ließ sich öffnen, das Schloss war kaputt. Im Treppenhaus lag Müll, die ausgetretenen Holzstufen knarzten bei jedem Schritt. Erster Stock links, hatte Vanessa gesagt. Nick klopfte an die Tür. Lauschte. Nichts war zu hören. Er drückte die Klinke hinunter, aber die Tür war verschlossen. Nick zog sein Besteck aus der Tasche – ein Handgriff, und die Tür war offen. Pavels Zimmer war leer. Es war komplett ausgeräumt, schien sogar gereinigt worden zu sein. Nur hinten in der Ecke entdeckte Nick in den Ritzen des Dielenbodens Tannennadeln und – dazu völlig unpassend – die Reste von Luftschlangen. Nick trat ans Fenster. Im Hof verprügelte eine Frau in Kittelschürze ihren Teppich, eine Katze schlich durch ein Gemüsebeet. Gestern war Vanessa hier mit Pavel verabredet gewesen, überlegte Nick. Die Wohnung musste also innerhalb weniger Stunden ausgeräumt worden sein. Hatte sich Pavel in einer Nacht- und Nebelaktion aus dem Staub gemacht? Musste er flüchten? Oder lag Vanessa mit ihrer Annahme richtig und ihm war tatsächlich etwas zugestoßen? Nachdem Nick jeden Winkel des Zimmers kontrolliert und keinen Hinweis darauf gefunden hatte, was hier vorgefallen war, zog er die Tür hinter sich zu und verschloss sie wieder. Am Ende des Flurs traf er einen Nachbarn an. Mitte zwanzig, lange Haare, Batik-Shirt. Nuckelte an einem Bidi und erzählte, dass Pavels Wohnung heute früh ausgeräumt worden sei, von zwei Typen, eher keine professionellen Umzugsleute.

»Aber Herrn Zelenka haben Sie nicht gesehen?«

»Nein«, sagte der Nachbar, »der war nicht dabei.« Die Männer hatten die Möbel auf einen Pritschenwagen gepackt und waren damit losgefahren. Natürlich hatte er sich weder das Kennzeichen gemerkt, noch wusste er Genaueres über den Pritschenwagen zu sagen.

»Wann haben Sie Herrn Zelenka zuletzt gesehen?«, fragte Nick.

»Was geht Sie das eigentlich an?« Misstrauisch zog er an seinem Bidi-Rest, Asche rieselte auf das Batik-Shirt. Nick zeigte ihm seinen Dienstausweis.

»Okay«, murmelte der Mann. Gestern Morgen war er Pavel Zelenka im Treppenhaus begegnet. Mit zwei Einkaufstaschen. Groß unterhalten war ja mit ihm nicht möglich, dafür war sein Deutsch zu schlecht, aber er war ihm ganz normal vorgekommen, eher vergnügt sogar. »Ist dem irgendwas passiert?«

»Wissen Sie, wie sein Vermieter heißt?«

Der Mann schüttelte den Kopf und drückte den Bidi gerade noch rechtzeitig aus, bevor er sich die Finger verbrannte. Als Nick aus dem Haus trat, dämmerte es. Er beschloss, Feierabend zu machen und auf dem Heimweg bei dem Jugo in der Schwanthaler vorbeizuschauen, wegen der Möbel.

III. DER ASCHENBECHER

Im Besprechungsraum stand der Qualm bis unter die Decke. Nick setzte sich auf einen freien Stuhl neben Aki und versuchte Gruber zu folgen, der bereits begonnen hatte, die Kollegen über seinen gestrigen Besuch bei Maria Rechberg zu informieren. Frau Rechberg sei schon wieder erstaunlich gefasst gewesen, berichtete Gruber. Sie hatte das damit erklärt, dass sie im letzten halben Jahr durch die Hölle gegangen und deshalb auf das Schlimmste vorbereitet gewesen sei. Sie habe den psychischen und physischen Verfall ihres Mannes miterleben müssen, ohne ihm helfen zu können. Ihrer Meinung nach sei die Arbeit schuld gewesen, der Betrieb habe ihn aufgefressen. Den Ärger mit Kunden und Angestellten habe er sich mit immer größeren Mengen Alkohol vom Leib zu halten versucht. Der bekannte Teufelskreis. Die beiden Kinder, 15 und 17 Jahre alt, bestätigten das im Wesentlichen. Aus dem liebevollen und lebensfrohen Ehemann und Vater war in kurzer Zeit ein körperliches und seelisches Wrack geworden. Je länger Gruber redete, umso größer wurde Nicks Unruhe.

»Entschuldige«, unterbrach er Gruber schließlich, »aber hat Frau Rechberg den Namen Walter Schmitter erwähnt?«

»Von sich aus nicht«, sagte Gruber, »aber ich hab sie natürlich nach ihm gefragt.«

»Und?«

»Sie sagte, Schmitter ist ein Motorradkumpel gewesen. Die beiden hätten oft längere Touren miteinander unternommen. Bis

Schmitter einen Unfall hatte, seitdem war er querschnittsgelähmt. Ihr Mann war dabei, als es passiert ist. Das hat ihn sehr mitgenommen, er hat ihn danach oft besucht.«

»Sonst nichts?«

»Nein, wieso?«

»Sie hat sich auch nicht darüber gewundert, dass ihr Mann sich in Schmitters Wohnung das Leben genommen hat?«

»Nein, glaub nicht.« Gruber zuckte die Achseln. »Wie gesagt, sie wusste, dass er oft bei ihm war.«

Scheiße, dachte Nick. Sie hatte keine Ahnung.

»Was ist los, Nick?« Aki sah ihn prüfend an.

Da berichtete Nick von seinem Besuch bei Walter Schmitter. Er bemühte sich, kein Detail auszulassen und die Geschichte genau so wiederzugeben, wie er sie von Schmitter gehört hatte. Auch dass er ihm zwischendurch immer wieder zu trinken gegeben habe, erzählte er, und dass Schmitter am Ende kaum mehr habe sprechen können, weil es ihn so angestrengt habe. Nur den »schönen Tag« zum Abschied behielt er für sich.

Als Nick fertig war, herrschte Schweigen. Dann hielt Aki ein paar eng beschriebene Schreibmaschinenseiten in die Runde und sagte: »Die kriminaltechnische Untersuchung bestätigt die Geschichte von Walter Schmitter.« Christoph Rechberg hatte sich demnach mit einer Pistole der Marke Beretta M951, die ihm laut Kollege Löscher ein Mitarbeiter seines Handwerksbetriebs beschafft hatte, selbst getötet.

Der Fall war gelöst.

Gruber stand auf und ging wortlos aus dem Raum.

»Sitzen zwei Schwule im Taxi«, begann Mercks, aber nur Löscher wollte den Witz hören, und so steckten sie die Köpfe zusammen und tuschelten. Löscher lächelte gequält. Besonders toll schien der Witz nicht zu sein. Das Klappern des Getränkeautomaten war zu hören, und Gruber kehrte mit sechs Bier zurück. Nick und Gruber tranken besonders langsam, denn es war ihre Aufgabe, ein letztes Mal zum Haus am Stadtrand zu fahren und Frau Rechberg über die genauen Todesumstände und das abschließende Ermittlungsergebnis zu informieren.

Bei Tageslicht wirkte die Siedlung noch trostloser. Ein Haus sah aus wie das andere. Während der Fahrt hatten sie geschwiegen, jeder mit seinen Gedanken beschäftigt. Nun, da sie ihr Ziel fast erreicht hatten, sagte Gruber: »Sind wir eigentlich verpflichtet, ihr die Geschichte mit Schmitter zu erzählen?«

»Sie hat das Recht, die Wahrheit zu erfahren, meinst du nicht?«

»Ich überleg nur, ob wir rein formal, also juristisch, dazu verpflichtet sind«, sagte Gruber. »Wenn wir da reingehen und sagen: Es war genau, wie Sie vermutet haben, Frau Rechberg, Ihr Mann hat sich aus Verzweiflung erschossen. Dann ist das doch die Wahrheit. Das Ergebnis der Ermittlungen. Zu hundert Prozent. Können wir ihr den Rest nicht ersparen?«

Nach kurzem Nachdenken sagte Nick: »Du an ihrer Stelle – würdest du es wissen wollen oder nicht?«

»Wir sind da«, sagte Gruber, und Nick parkte den Wagen ein.

Der Sohn öffnete die Tür. Er trug ein Löwen-Trikot und bat sie schüchtern ins Wohnzimmer. Sie hatten ihren Besuch telefonisch angekündigt und wurden erwartet. Kaffeeduft überlagerte den hauseigenen Geruch. Auf dem Tisch stand eine Schale mit Weihnachtsgebäck, und Frau Rechberg stellte gerade eine Kanne aufs Stövchen. »Bitte, setzen Sie sich.«

An den Fensterscheiben Sterne aus Papier, dahinter ein handtuchgroßes Stück Garten. Die Tochter war auch da, eine Zarte, Schmallippige. Nick und Gruber schüttelten ihr die Hand und nahmen Platz. Während Frau Rechberg Kaffee einschenkte, redete sie über das viel zu warme Wetter. Es stehe zu befürchten, dass die Pflanzen bald austrieben, wenn es so weiterginge, und wenn dann wieder Frost käme, wovon auszugehen sei … Frau Rechberg wollte sich die Folgen gar nicht ausmalen. Sie redete immer weiter, über Frühblüher und Weidenkätzchen, als könnte sie sich und die Kinder dadurch retten. Weder Gruber noch Nick wagten, ihr Einhalt zu gebieten. Stumm nippten sie am Kaffee. Schließlich trat der Sohn ans Fenster. Er schien den Garten zu betrachten, doch Nick sah, dass seine Schultern zuckten: Er weinte bitterlich.

»Ich bin gleich noch mit Miriam verabredet«, sagte die Tochter. Ein Zeichen dafür, dass das Leben weiterging oder dass sie es in diesem Haus keine Minute länger aushielt?

Nick wollte gerade ansetzen, aber Frau Rechberg kam ihm zuvor. Im selben Ton, in dem sie eben von den Pflanzen im Garten geredet hatte, erzählte sie nun, dass sie nicht wisse, wie es finanziell weitergehen solle. Die Schreinerei sei verschuldet. Wie hoch, wisse sie nicht genau. »Ich hab noch keinen rechten Überblick. Aber ich fürchte, ich kann das Haus nicht halten.« Die Kinder wirkten nicht überrascht, offenbar hatten sie schon darüber gesprochen. Frau Rechberg reichte die Gebäckschale herum. Da ergriff Nick das Wort und informierte sie darüber, dass die Ermittlungen nun abgeschlossen seien. Zeugenaussagen und kriminaltechnische Untersuchungen hätten ein eindeutiges Bild ergeben. Frau Rechberg und die Kinder lauschten konzentriert. Nick vermied den Blickkontakt mit Gruber. So sachlich wie möglich lieferte er Fakten und Erkenntnisse. Über Walter Schmitter verlor er kein Wort. Er brachte es einfach nicht fertig. Auf dem Weg zum Auto klopfte Gruber ihm auf die Schulter und sagte: »Sauber.«

Aki, mit Jacke und Aktentasche, kam ihnen auf dem Flur des Raumschiffes entgegen. »Und?«, fragte er. »Wie haben sie's aufgenommen?«

»Den Umständen entsprechend«, sagte Nick, und Gruber ergänzte: »Tapfer, alle miteinander.« Aki musterte sie eingehend, dann murmelte er: »Gut, bin ich ja beruhigt.«

»Ein Bier brauch ich jetzt trotzdem.« Gruber ging zum Automaten.

Aki sah müde aus, Schatten unter den Augen. Vielleicht lag's am Neonlicht.

Er sagte: »Josef Preuss will uns treffen. Morgen früh besuchen wir ihn.«

»Müsste der nicht zu uns kommen?«, fragte Nick erstaunt.

»Das wird ein Gespräch, keine Vernehmung«, sagte Aki. »War doch deine Idee, oder nicht? Ich hab gleich einen Termin im Präsidium«, fügte er schnell hinzu. »Alles Weitere morgen, okay?« Er klopfte Nick kameradschaftlich auf die Schulter und ging zum Ausgang. Die Tür fiel hinter ihm ins Schloss. Das Neonlicht flackerte.

Nick suchte alle Unterlagen zum Fund der abgetrennten Hand und zum Feuer auf dem Straßenstrich zusammen. Viele waren es noch nicht. Zwei dünne Ordner nahm er mit in sein Büro und schloss die Tür hinter sich. Er setzte sich an den Schreibtisch und öffnete den ersten Aktenordner. Die Spurensicherung hatte in einem Gebüsch hinter den Wohnmobilen, nicht weit vom Fundort der Hand, der allerdings auf der anderen Seite war, eine Blutlache entdeckt. Dann doch noch, trotz des Regens. Abgebrochene Zweige deuteten darauf hin, dass hier ein Kampf stattgefunden hatte oder dass zumindest der Körper des Opfers in das Gebüsch gezerrt worden war. Sehr wahrscheinlich war dem Opfer hier die Hand abgetrennt worden. Sie hatte sich noch nicht zuordnen lassen, obwohl die Fingerabdrücke mit allen zur Verfügung stehenden Dateien abgeglichen worden waren. Man wartete noch auf Rückmeldung von Interpol. Wie immer. Der Nachrichtenaustausch mit einigen der IKPO-Staaten lief noch auf dem normalen Postweg per Telex oder Telegramm. Nicht mal Tastfunk gab es. Brieftauben wären schneller und sicherer, meinten nicht wenige Kollegen. Es gab also drei Möglichkeiten: Entweder war das Opfer ein unbeschriebenes Blatt und nicht aktenkundig oder es stammte aus einem jener schwer zugänglichen IKPO-Staaten. Oder aus dem Ostblock. Nick nahm sich jede einzelne Zeugenaussage noch mal vor und versuchte, den Tathergang zu rekonstruieren. Niemand, weder Nutten noch Freier, hatte etwas gehört oder gesehen, was auf einen Kampf hindeutete. Nick war bis jetzt davon ausgegangen, dass die abgetrennte Hand eine Warnung an die gegnerische Zuhälterbande war. Aber wenn der Täter in Eile gewesen war, erfüllte sie vielleicht noch einen weiteren Zweck: den der Ablenkung. Während sich alle auf dem Fahrweg zwischen den Wohnmobilen und der B 13 um die Hand versammelt hatten, hatte der Täter sein Opfer auf der anderen Seite im Schutz der Büsche und Bäume ungesehen abtransportieren können. Die Frage war, warum er es nicht einfach hatte liegen lassen. Wollte er Spuren verwischen?

Der zweiten Akte entnahm Nick, dass die Rivalität zwischen den beiden Banden schon seit Längerem existierte und mit zunehmender Brutalität ausgetragen wurde. Beim Kampf um die besten Stellplätze auf dem Straßenstrich gingen seit einem Jahr immer wieder Wohnmobile in Flammen auf. In jüngster Zeit hatte es sogar Clubs in der Stadt getroffen, den Nostalgie Club und das Babylon. Und auch in diesem Fall hatten die Ermittler Spuren von Brandbeschleuniger festgestellt. Allerdings waren die Wohnmobile zum Tatzeitpunkt unbesetzt gewesen. Nick glaubte nicht an einen Zufall. Offenbar hatten keine Menschen zu Schaden kommen sollen. Hatte nicht funktioniert – irgendwem fehlte zumindest eine Hand.

Nick stand auf und öffnete das Fenster. Die frische Luft tat gut. Einen Moment lang dachte er, es würde schneien, aber vom Himmel fiel lediglich ein leichter Nieselregen. Ob es dieses Jahr überhaupt noch schneien würde? Wahrscheinlich nicht, denn es war unverändert mild und weit und breit keine Kaltfront in Sicht. Verkehrsgeräusche, ein Martinshorn aus der Ferne und das Gezeter eines Betrunkenen.

Nick schloss das Fenster und setzte sich wieder an den Schreibtisch: Außer Martina Schmidl erwähnten noch drei andere Zeugen diesen Mirko beziehungsweise Marko, der seither wie vom Erdboden verschluckt war. Das konnte bedeuten, dass Mirko tot, also das Opfer war oder dass er der Täter und auf der Flucht war. Wie auch immer – es musste noch ein zweiter Mann am Tatort gewesen sein. Mindestens. Denn ein Unbekannter war von mehreren Zeugen in einem Audi 80 auf der gegenüberliegenden Straßenseite gesehen worden, leider nur als Schatten hinter dem Steuer. Niemand konnte ihn detaillierter beschreiben, und keiner hatte ihn wegfahren sehen.

Pavel Zelenka hatte Vanessa am Abend des 27. Dezember, kurz bevor sie sich treffen wollten, angerufen und ihr gesagt, er habe noch etwas zu erledigen. Genau wie Mirko/Marko wurde er seither vermisst, wenn auch nur von Vanessa. War es denkbar, dass der zweite Mann am Tatort Pavel gewesen war? Aber Pavel arbeitete für Josef Preuss und hatte nichts mit den beiden Zuhälterbanden zu tun, die sich vor den Toren der Stadt bekämpften. Was hätte er da draußen verloren gehabt?

Plötzlich wurde die Tür aufgerissen, und Gruber stürzte mit zwei Bier in der Hand herein. Völlig aufgekratzt. Wenn er ihn richtig verstand, hatte Gruber beim Pferderennen gewonnen und wollte mit Nick feiern. Der Spuk war aber schnell vorüber, denn nach zehn Minuten war Grubers Bier, kruzifix, schon wieder leer, und er wollte nach Mercks schauen, mit einem Abstecher zum Getränkeautomaten vielleicht. »Servus.«

Also befasste sich Nick wieder mit den Akten und dachte über den Audi 80 nach.

»Nick! Aufwachen!«

Er fuhr hoch, sah sich benommen um. Er war in seinem Büro, das Licht brannte. Er musste am Schreibtisch eingeschlafen sein.

»Ni-hick!« Graziella zerrte an ihm herum.

»Was denn?«

Sie wirkte aufgeregt und redete ohne Punkt und Komma, aber

Nick verstand kein Wort. Genau wie bei Gruber. Er sah auf die Uhr: kurz nach Mitternacht.

»Hast du verstanden?« Graziella pustete sich die Haare aus der Stirn. Als Nick den Kopf schüttelte, packte sie seinen Arm und zog ihn mit sich in den Besprechungsraum. Eines der Fenster stand sperrangelweit offen. Es war kalt. »Da unten«, sagte sie.

Da unten standen im Schein einer Straßenlaterne drei Männer um die vierzig. Betrunken. Als sie Nick im Fenster erblickten, fingen sie an rumzukrakeelen. Aber er verstand sie nicht. Konnten Norweger sein, aber ebenso gut aus Rosenheim. Langsam ging's ihm wirklich auf die Nerven. Er lebte in einer Stadt, die er nicht verstand, und war umgeben von Leuten, die er nicht verstand.

»Was wollen die?«, fragte er.

»Ich hab's dir doch eben erklärt.« Graziella sah ihn an, als wäre er nicht ganz bei Trost.

»Erklär's mir bitte noch mal. Und langsam.«

Offenbar war Graziella beim Saubermachen auf die Männergruppe aufmerksam geworden. Nun war es im Bahnhofsviertel nicht ungewöhnlich, dass Männer herumschrien, aber sie hatte gemeint, auch eine Frauenstimme zu hören. Also hatte sie das Fenster geöffnet und beobachtet, dass diese drei Typen ein Mädchen belästigten.

Während Nick ihr zuhörte, bemerkte er, dass ihr Deutsch sogar sehr gut war, nur hatte sie einen unglaublichen Akzent.

Das Mädchen jedenfalls hatte sich zu wehren versucht, aber die drei ließen nicht von ihm ab. Also hatte Graziella sich eingemischt und zunächst versucht, die Situation verbal zu lösen, aber dann war ihr – leider – ein gefüllter Aschenbecher aus der Hand geglitten.

»Hast du die Wunde gesehen?« Sie tippte sich an die Stirn.

Nein, hatte er nicht. Also schaute er nach und tatsächlich: Im schütteren Haar des einen Mannes war eine blutende Wunde zu erkennen. Eine ziemlich große.

Jedenfalls waren die Männer jetzt sehr wütend, und Graziella fürchtete, dass sie da unten auf sie warten würden. »Solange die da sind, trau ich mich nicht nach Hause.«

»Gut«, sagte Nick, »ich kümmere mich drum.« Er warf sich die Jacke über und ging runter.

»Abend, die Herren!« Nick zückte seinen Dienstausweis. »Marzek. Mordkommission. Unsere Putzfrau hat mir eben berichtet, dass ihr ein Missgeschick passiert ist.«

»Missgeschick!«, heulten sie auf. »Von wegen!« Sie behaupteten, die Wahnsinnige da oben habe Klaus, so hieß der Mann mit der Wunde, den Aschenbecher gezielt und mit aller Kraft auf die »Rübe gezimmert«. Hörte sich lustig an, die Männer waren nämlich Franken, wie sich herausstellte, war aber nicht lustig, weil brandgefährlich und im Prinzip Körperverletzung. »Das sieht nicht gut aus«, sagte Nick nach einem Blick auf die Wunde. »Ich schlage vor, Sie kommen mit mir nach oben. Ich benachrichtige den Notarzt, und wir nehmen den Tathergang auf. Sie überlegen inzwischen, ob Sie Anzeige erstatten wollen. Tatzeit etwa Mitternacht, und passiert ist das Ganze …«, Nick sah die Straße hinauf und hinunter, »zwischen dem Bali-Sexkino und dem Hotel Sexyland. Es war noch eine junge Frau bei Ihnen, ist das richtig?«

Sie guckten misstrauisch, raunten einander Unverständliches zu. Dann murmelte einer: »Passt schon, danke.«

»Aber die Wunde unbedingt anschauen lassen!«, sagte Nick.

Sie nickten ihm zu und zogen davon.

Graziella, die vom Fenster aus alles beobachtet hatte, empfing ihn mit einem Strahlen im Gesicht. Sie deutete aufs Loch und sagte: »Kaffee kommt gleich.«

IV. DER KÖNIG

Sie fuhren auf der Wasserburger Landstraße stadtauswärts. Ein Gebrauchtwagenhändler nach dem anderen. Kaum hinter dem Steuer, hatte Aki das Radio eingeschaltet. The Human League und die neuesten Nachrichten auf Bayern 3. Immerhin erfuhr Nick auf diese Weise, dass es den von OB Kiesl und Umweltschutzreferent Schweikl lancierten Recycling-Stadtplan auch auf Türkisch, Italienisch, Serbokroatisch und Griechisch gab.

Als sie den Ortsausgang München erreicht hatten, drehte Aki das Radio plötzlich leise. »Du hast es ihr nicht gesagt, oder?«

»Wem hab ich was nicht gesagt?«

»Du hast ihr nicht gesagt, dass ihr Mann was mit dem Schmitter hatte.«

Verdammt, dachte Nick, er kennt mich einfach zu gut.

Ohne eine Antwort abzuwarten, fuhr Aki fort: »Wäre Schmitter eine Frau, hättest du es dann auch für dich behalten?«

Nick sah ihn verblüfft an. »Worauf willst du hinaus?«

»Interessiert mich einfach. Hättest du dann auch geglaubt, Frau Rechberg schützen zu müssen?«

Darüber hatte Nick noch nicht nachgedacht. »Ich glaube, wenn Schmitter eine Frau wäre, hätte es diese Situation überhaupt nicht gegeben«, sagte er schließlich.

»Wieso?«

»Weil Frau Rechberg dann spätestens nach der zweiten Motorradtour sehr, sehr misstrauisch geworden wäre. Sie war ja nur deshalb so arglos, weil hier etwas passiert ist, was völlig jenseits ihrer Vorstellungskraft liegt. Und ... ich fand ... warum soll sie sich in ihrer Lage damit jetzt auch noch auseinandersetzen müssen? Manche Wahrheiten sind einfach nichts wert.«

Aki sagte nichts, nickte nur.

Zigarette.

Feuer.

Nachdem sie eine Weile schweigend weitergefahren waren, sagte Nick: »Wollen wir nicht endlich über Josef Preuss sprechen?«

»Es ist höchste Zeit, dass du ihn kennenlernst.«

»Verdammt, Aki, du bist mein Freund, oder nicht? Ich muss wissen, was du und Preuss ...«

»Bitte, Nick«, unterbrach ihn Aki. »Wir fahren da jetzt hin und sprechen mit ihm. Wir hören uns an, was er zu sagen hat. Und danach beantworte ich dir jede Frage dieser Welt. Abgemacht?«

»Gut«, sagte Nick.

»Und das wird keine Vernehmung, okay?«

»Okay.«

Das Tor glitt zur Seite. Eine Kieseinfahrt führte auf eine geöffnete Garage neben dem bungalowartigen Hauptgebäude zu. Aki ging leicht vornübergebeugt, als kämpfte er gegen einen Sturm an, aber es war windstill, und Baldham lag unter einem milchigen Himmel. Das Anwesen war von vereinzelten Tannen, Birken und einer weiß getünchten Betonmauer umgeben, an deren Fuß in regelmäßigen Abständen Rosenstöcke standen, die man zum Schutz vor der Kälte mit Planen abgedeckt hatte, genau wie den Pool vor dem Bungalow und den Gartenteich am Rand des Grundstücks. Unnötigerweise, denn noch immer war es viel zu warm für Ende Dezember.

Ein Rolls-Royce und ein Lamborghini. Nick vermutete, dass das Garagentor nicht aus Versehen offen stand.

»Kommts rein!« Der König des Bahnhofsviertels empfing sie mit einem freundlichen Lächeln. Seine Strickjacke hatte die Farbe der Abdeckplanen. Er führte sie durch den Flur in das großzügige Wohnzimmer. Die Einrichtung war modern, Fenster bis zum Boden sorgten für Licht und einen freien Blick auf das chinesische Teehaus im hinteren Teil des Gartens. Das ein oder andere Alpenpanorama an der Wand zeugte weniger von schlechtem Geschmack als von souveräner Heimatverbundenheit. Auf dem Tisch standen eine Terrine mit Weißwürsten und drei Flaschen Weißbier.

»Setzts euch. Bedients euch.«

Aki griff zu, und als Nick, der morgens beim besten Willen keine Weißwurst herunterbrachte, dankend ablehnte, sagte Preuss seufzend: »Ich heiß nur Preuss, aber du bist einer.«

Dann kam er zur Sache: Erst hat der Nostalgie Club gebrannt, dann das Babylon, und als er gestern ins Liverpool kommt, grinst ihn die Trixie an, Titten-Trixie, die Kleine, grinst ihn an und sagt: In vierundzwanzig Stunden liegst du mit einer Kugel im Kopf auf dem Friedhof. Schönen Gruß vom Zigeuner-Heinz. Sagt die ihm ins Gesicht und grinst. »Ein Sturm zieht auf, Freunde. Die Vögel sind schon verstummt, und bald rüttelt er an den Dächern. Das Problem sind die Jugos.«

»Zigeuner-Heinz ist ein Jugo?« Aki legte die Haut säuberlich an den Tellerrand.

»Natürlich nicht, Depp, aber er lässt die für sich arbeiten, die Jugos, und die bringen eine Balkanbrutalität hier rein, da werden wir noch alle mit den Ohren … Und das kann keiner wollen. Hier gab es bis jetzt eine Ordnung, und es gab Regeln, und ohne Regeln versinkt alles im Chaos, weiß jedes Kind, da musst du kein großer Denker … Die gehen hier durch wie Godzilla durch Japan. Du hast kein Wort haltendes Gegenüber mehr, mit Ehre im Körper, nur noch Phantome mit ›-ovic‹ hintendran, die in den Kopf schießen und foltern und brandschatzen. Wie die Hunnen. Dann steht der Rauch über München, und ihr müssts die Scheiße wegräumen. Wollt ihr das?«

»Nein«, sagte Aki, »das wollen wir nicht.« Er nahm einen Schluck Weißbier.

Während sich Josef Preuss weiter echauffierte, versuchte Nick sich über die Art der Beziehung zwischen dem Rotlichtkönig und seinem Freund klar zu werden. Ihr Umgang wirkte beängstigend vertraut.

Preuss referierte, was Nick zum großen Teil bereits aus den Akten wusste: Zigeuner-Heinz war der Chef einer der beiden Zuhälterbanden, die den Straßenstrich auf der Ingolstädter kontrollierten. Am Anfang bekriegten sie sich da draußen nur gegenseitig. Dass er jetzt mit Macht ins Bahnhofsviertel drängte, war bekannt, und dass er tatsächlich hinter den Brandanschlägen auf den Nostalgie Club und das Babylon steckte, sehr wahrscheinlich. Leider war der wichtigste Belastungszeuge auf dem Weg vom Würzburger Gefängnis zum Münchner Justizgebäude in der Nymphenburger Straße abhandengekommen, sodass Zigeuner-Heinz die Taten nicht nachgewiesen werden konnten. »Ihr müssts da jetzt ran«, sagte Preuss. »Wenn ihr dem nicht das Handwerk legt, macht der immer so weiter.«

»Möglich«, murmelte Nick, in Gedanken bei Pavel Zelenka. Er war kurz davor, Preuss mit dem Namen zu konfrontieren, ließ es dann aber bleiben. Solange er ihn nicht besser einschätzen konnte, musste er vorsichtig sein. Er versuchte es anders. »Herr Preuss«, sagte er, »ungefähr zu der Zeit, als die Wohnmobile auf der Ingolstädter Straße brannten, ist dort von mehreren Zeugen ein Audi 80 gesehen worden. Können Sie uns dazu etwas sagen?«

Aki warf Nick einen vernichtenden Blick zu, aber Preuss lächelte nur. »Sepp, bitte. Ich bin der Sepp.«

»Kennst du den Audi, Sepp?«

»Nick!«, schaltete sich Aki ein, »wir hatten doch abgemacht …«

»Lass ihn nur«, sagte Preuss. »Er macht nur seine Arbeit. Und er kennt mich noch nicht.«

»Ich wüsste gern, wer den Audi am Abend des 27. Dezember

gefahren hat. Kurz bevor eine herrenlose Hand gefunden wurde und zwei Wohnmobile in Flammen aufgegangen sind, deren Besitzerinnen für Zigeuner-Heinz arbeiten.«

»Ich sag's ja: Die Jugos sind Bestien.« Er reichte Nick ein Briefkuvert mit einer Einladung zur Silvesterparty im Liverpool. »Im kleinen Kreis. Ausgesuchte Gäste. Entspannte Atmosphäre. Und bisschen knallen, vor und hinter der Tür, haha. Dann lernen wir uns mal richtig kennen. Wär doch schön.«

Zwischen zwei Gebrauchtwagenhändlern – bunte Wimpel und Lichterketten – stand eine Imbissbude. Aki parkte daneben und schaltete den Motor aus. »Komm.«

Er kannte den Imbisstypen.

Als der Kaffee vor ihnen stand, sah Aki ihn herausfordernd an, aber Nick sagte: »Nein, Aki, du bist jetzt dran.«

»Ich versteh dein Problem nicht«, sagte Aki. »Du bist ein erfahrener Polizist. Du weißt doch, wie's läuft.«

»Ja, aber in München läuft's vielleicht anders. Hat er dich auch zu seiner Silvesterparty eingeladen?«

Aki nickte. »Also«, sagte er, »ich erklär's dir. Josef Preuss kommt ursprünglich aus der Gastronomie, und er führt seine Läden genauso seriös wie seine Restaurants. Das ist das Geheimnis seines Erfolgs, deshalb ist er zum König des Bahnhofsviertels aufgestiegen. Dass es im Münchner Rotlichtmilieu vergleichsweise gemütlich zugeht, ist sein Verdienst. Hier ist nicht St. Pauli oder Frankfurt. Bis jetzt gibt's hier keine größeren Probleme mit Drogen. Seinetwegen. Wir wissen, was wir an ihm haben, und er weiß, dass er uns vertrauen kann. Aber der Frieden ist bedroht. Wenn Leute wie Zigeuner-Heinz ins Bahnhofsviertel drängen, ist es vorbei.«

»Dann bestellt Preuss seine Freunde von der Polizei ein«, sagte Nick, »serviert Weißwürste und sagt ihnen, was sie zu tun haben.«

Aki sah ihn kühl an. »Fakt ist: Es gibt gemeinsame Interessen. Wenn niemand was gegen Zigeuner-Heinz unternimmt, ist hier bald Chicago. Das kann niemand wollen. Und wir als Mordkommission schon gar nicht.«

Möglich, dass nicht mehr dahintersteckte. Dennoch beschloss Nick, Aki vorerst nichts von Vanessa und Pavel zu erzählen. Und eines interessierte ihn dann doch noch: »Wer wollte mich bei dem Treffen dabeihaben? Du oder Preuss?«

Das sei der Wunsch von Preuss gewesen, meinte Aki. »Ist ja klar, durch den Umzug ins Bahnhofsviertel ist die Mordkommission 3 praktisch in sein Haus gezogen, und natürlich willst du deine neuen Nachbarn kennenlernen. Logisch, oder?«

»Das war also mein Antrittsbesuch, ja?«

»So in etwa«, sagte Aki und grinste.

»Ich bin seit drei Monaten in München. Warum wollte er mich ausgerechnet jetzt kennenlernen?«

»Keine Ahnung.« Aki musterte ihn. »Sag du's mir. Ist mir irgendwas entgangen?«

Nick schüttelte den Kopf und nippte an seinem Kaffee. »Nicht dass ich wüsste.«

»Ich kann mich auf dich verlassen?« Aki holte seine Zigaretten hervor und bot Nick auch eine an.

»Natürlich.«

Schweigen. Nick sah einem Gran Torino nach, der vom Hof rollte.

»Du solltest die Einladung annehmen und Silvester im Liverpool vorbeischauen«, sagte Aki schließlich. »Du hast es doch nicht weit.«

»Ich kann nicht«, sagte Nick. »Jo kommt zu Besuch.«

V. SILVESTER

Auf Gleis 11 stand der »Orient-Express« zur Abfahrt bereit, fünfeinhalb Stunden nach Wien, zehn nach Budapest. Die Bahnhofsmission auf demselben Bahnsteig, katholisch und evangelisch. Gedränge, schweres Gepäck und Aufregung in allen möglichen Sprachen. Nick hatte eine Zeitung in der Hand und die Buchhandlung Sussmann im Rücken. Der Transitzug aus West-Berlin wurde in einer halben Stunde erwartet.

Vlado, der Besitzer des An- und Verkaufs, hatte schnell erkannt, dass Nick ein unentschlossener Kunde war, ihm die wichtigsten Entscheidungen abgenommen und alles in den zweiten Stock geschleppt, was sein Möbellager hergab. Nun konnte man Nicks Wohnung »eingerichtet« nennen, wenn auch in eigenwilligem Stil, einer Mischung aus nahöstlich und alpenländisch. Jedenfalls hing jetzt über jeder Glühbirne ein Lampenschirm, Nicks Matratze ruhte auf einem Bettgestell, er hatte ein Sofa, auf dem Jo würde schlafen können, und sogar einen Fernseher, dazu falsche Perserteppiche, reich bestickte Sitzkissen und Hirsche, in Form von Geweihen und in Öl gemalt, als Wandschmuck.

Nick, der sich sonst von dem ernährte, was Hakan im Bosporus anbot, war einkaufen gegangen, wild entschlossen, seinem Sohn am Silvesterabend ein Festmahl aufzutischen.

Je näher die Ankunft des Zuges rückte, desto nervöser wurde er. Seit er in München war, hatten sie in regelmäßigen Abständen telefoniert, aber Jo war nicht sehr gesprächig, und so war es schwer einzuschätzen, wie es ihm wirklich ging. Nick hatte sich mit Akis Hilfe nach München gerettet wie ein Schiffbrüchiger und Jo auf hoher See zurückgelassen. Das würde er sich ein Leben lang vorwerfen. Dass Jo das nicht tun würde, konnte er nur hoffen. Die Joy-Division-Kassette zu Weihnachten, die Tatsache, dass er extra nach München kam, um Silvester mit ihm zu verbringen und vielleicht noch ein paar Tage mehr, wertete Nick als gutes Zeichen. Er wusste, dass Aki recht und er keine Wahl gehabt hatte. In Berlin wäre er draufgegangen. Schuldig fühlte er sich dennoch. Das Gefühl, als Vater versagt zu haben, blieb. Er hatte Jo gefragt, ob er mitkommen wolle, aber Jo, der damals schon in der WG in Schöneberg wohnte, hatte den Kopf geschüttelt und gesagt, er wolle erst seine Lehre zu Ende bringen.

Nick blätterte die Zeitung durch. Mal sehen, was in München los war, schließlich wollte er seinem Sohn etwas bieten. OB Kiesl zog eine positive Bilanz für das zu Ende gehende Jahr. Achttausend Wohnungen fertiggestellt, die IGA mit 11,5 Millionen Besuchern ein großer Erfolg. Verschiedene demokratische Gruppen forderten von Bundesinnenminister Zimmermann ein Verbot der »Hilfsgemeinschaft auf Gegenseitigkeit der ehemaligen Angehörigen der Waffen-SS« (Hiag), und sechzig Mitglieder der katholischen Friedensbewegung Pax Christi reichten Verfassungsbeschwerde gegen die Stationierung der Mittelstreckenraketen des Types Pershing II und Cruise Missile auf dem Bundesgebiet ein. Endlich fand Nick den Veranstaltungskalender. Blue Öyster Cult und Judas Priest spielten, außerdem Eurythmics und Kool & the Gang, Karten zwischen 26 und 38 DM. Im Eldorado liefen die *Glücksritter* mit Dan Aykroyd & Eddie Murphy, im Mathäser Filmpalast *Die Rückkehr der Jedi-Ritter, The Day After, Der weiße Hai 3-D* und *Furyo – Merry Christmas, Mr. Lawrence.* Mit Ryuichi Sakamoto und David Bowie. Das könnte was sein. Jo mochte Bowie. ›*Ashes to Ashes*‹ und ›*Heroes*‹ hatte er eine Zeit lang hoch und runter gehört, die Anlage voll aufgedreht, Nick und Susanne waren fast verrückt geworden.

Der Zug kam pünktlich. Nick suchte im Strom der vorbeieilenden Passagiere nach seinem Sohn, bis sich der Bahnsteig leerte. Eine Frau mit müdem Gesicht zerrte ein kleines Kind hinter sich her, und ein junges Paar kam vor lauter Küssen nicht recht vom Fleck. Aber auch unter den Nachzüglern war er nicht.

Plötzlich tauchte er wie aus dem Nichts neben ihm auf. »Hi.« Die blonden Haare waren länger geworden. Spuren von Kajal unter den Augen. »Macht kaputt, was euch kaputt macht« in weißer Schrift auf den Springerstiefeln. Nick umarmte ihn, Jo ließ es geschehen.

»Warst du gar nicht im Zug?«

»Nee. Mitfahrgelegenheit«, sagte er. Spontan. Ein Kumpel. Gestern Abend ziemlich spät erst in München angekommen.

»Und dein Gepäck?«

Noch bei 'nem Freund von dem Kumpel in der WG, wo sie gepennt hatten.

»Sollen wir das gleich holen?«

»Später.«

»Hast du schon gefrühstückt?«

»Paar Schrippen wären gut.«

»Semmeln«, sagte Nick, »hier sind das Semmeln.«

»Von mir aus.«

Jo blieb draußen, um eine Zigarette zu rauchen.

»Alles?«, fragte die Verkäuferin.

»Ja, alles«, antwortete Nick. Während er auf die Semmeln wartete, beobachtete er seinen Sohn durch die Scheibe. Ein hübscher Kerl. Ein Fremder.

Beim Holzkollektiv in Schöneberg arbeite er inzwischen, erzählte er, während sie die Bayerstraße überquerten, und Nick überlegte, ob er das nicht wissen müsste.

»Seit wann?«, fragte er.

»Vier Monate etwa«, sagte Jo. Entspannte Typen, seine Chefs, Schwaben, Tübingen oder so. Egal. Viel besser jedenfalls als der

Betrieb, in dem er die Lehre gemacht hat. Aber er weiß nicht, ob er weiter Bock hat. Immer nur Fenster einbauen wird irgendwann öde.

Nick schloss die Tür auf. Während Jo seine Jacke auszog, sah er sich um, nicht sonderlich interessiert. Nick kochte Kaffee. Eine Taube landete auf dem Fenstersims und beobachtete sie durch die Scheibe.

»Vielen Dank für die Kassette«, sagte Nick.

»Bitte.« Jo biss in seine Semmel.

»Wie geht's dir denn inzwischen?«, fragte Nick, nachdem sie eine Weile schweigend voreinandergesessen hatten.

Jo zuckte mit den Schultern. »Ganz okay.«

Sein Sohn. Er musste etwa 13 oder 14 Jahre alt gewesen sein, überlegte Nick, als er von einem Tag auf den anderen verstummt war. Er hatte sich völlig in seine Welt zurückgezogen. Woraus diese Welt bestand, hatten Susanne und Nick nie so recht begriffen, nur dass Tolkiens *Herr der Ringe* eine Rolle spielte, war klar. Befreundete Eltern und sogar ein Psychologe, bei dem sie irgendwann Rat gesucht hatten, waren der Überzeugung gewesen, dass alles normal war. Jungs in dem Alter seien eben so. Der Psychologe hatte die Phase mit der Verpuppung der Raupe verglichen. Es brauche eben alles seine Zeit, und nur Geduld helfe da weiter. Und viel Liebe. Jo begann sich dann für Musik zu interessieren, und nach und nach trafen geradezu rührende Botschaften aus seiner fernen Galaxie ein, die zeigten, dass ihm das Urteil seiner Eltern doch nicht ganz so egal war, wie es den Anschein hatte. Etwa, als er mit der Joy-Division-Kassette ankam und zur Verblüffung aller Nicks Meinung dazu hören wollte. So hatte Jo nach und nach wieder Kontakt zur Außenwelt aufgenommen. Ob allerdings die Verpuppungsphase noch nicht ganz vorbei oder ob Jo nun einfach ein schweigsamer Schmetterling war, vermochte Nick nicht zu sagen. Lange und hitzige Debatten waren in den nächsten Tagen jedenfalls nicht zu erwarten, eher stumme Spaziergänge und vielleicht Kino, dachte Nick. Vielleicht wäre Kino wirklich am besten. *Merry Christmas, Mr. Lawrence.*

»Was hältst du vom Englischen Garten?« Nick sagte ihm nicht, dass er selbst noch nie dort gewesen war. Das fand Jo zwei Stunden später selbst heraus, als sie sich hoffnungslos verlaufen hatten. »Wie?«, fragte er verstört. »Du warst noch nie hier?«

»Es hat sich einfach noch nicht ergeben«, gestand Nick.

»Was hast du denn in München die ganze Zeit gemacht?«

Eine berechtigte Frage, auf die Nick keine einfache Antwort hatte. Es war eine merkwürdige Erfahrung, ein bisschen verkehrte Welt, zu spüren, dass sein Sohn sich Sorgen um ihn machte. Schließlich fanden sie aber doch hinaus, und Nick kaufte auf dem Rückweg zwei Stück Kuchen, es war Kaffeezeit.

»Ich brauch 'ne Pause.« Jo drückte die Zigarette aus. »Mache erstmal Interrail.«

»Wann?«

»Jetzt. Bin schon dabei. Du bist praktisch meine erste Station.« Jo erklärte ihm, dass man in dem Land, in dem man das Ticket kaufe, fürs Zugfahren löhne. Deshalb auch die Entscheidung, mit dem Auto nach München zu kommen. Er kaufe sich das Interrailticket hier und fahre gleich weiter nach Österreich, denn ab da sei die Fahrt dann kostenlos.

»Wo willst du denn hin?«

»Keine Ahnung. Überall. Vielleicht Portugal.«

»Und dein Job?«

»Ruht.« Er grinste. »Kein Problem, die nehmen mich wieder beim Holzkollektiv. Vorausgesetzt, ich will dann überhaupt noch. Aber jetzt muss ich erst mal da raus, was anderes sehen.«

»Ganz allein? Wird das nicht öde?«

»Bin gerne allein. Weißt du doch.« Er treffe sich aber mit einem Kumpel in Paris, vielleicht komme der ein Stück mit, mal sehen. Er habe viel gearbeitet, um sich das Geld für die Reise zu verdienen. Alles nebenbei und natürlich schwarz. Er zeigte Nick stolz die Travellerschecks, die er in einer Bauchtasche aufbewahrte. Jetzt ein paar Tage München und dann über Innsbruck weiter. Italien, Côte d'Azur.

»Und Silvester würd ich in der WG feiern, wo ich übernachtet hab. Irgendwo in Schwabing. Ich hoffe, das ist okay für dich.«

Nick war wie gelähmt. »Sehen wir uns denn noch mal, bevor du auf deine Tour gehst?«

»Ich glaub, eher nicht«, sagte Jo und zog die Jacke an. Zum Abschied umarmten sie einander. Nick, dem die Worte fehlten, öffnete die Wohnungstür, um seinen Sohn hinauszulassen. Jo polterte mit seinen Springerstiefeln die Treppe hinunter. »Alles Gute für das neue Jahr!«, rief Nick ihm nach und wartete, bis die Haustür ins Schloss fiel. Als er zurück in die Küche kam, saß die Taube noch immer auf dem Fensterbrett. Oder schon wieder. Oder es war eine andere.

Am Eingang zum Liverpool hing ein Schild: »Geschlossene Gesellschaft«. Nick reichte dem Türsteher seine Einladung. »Bittschön«, sagte der und öffnete die Tür. Dahinter war es dunkel. Eine steile Wendeltreppe führte ins Lokal hinunter. Discomusik. Der Raum ringsum holzvertäfelt und in schummriges Licht getaucht. Überall Luftschlangen. Die Gäste saßen an weiß gedeckten Tischen oder an der Bar, Paare schoben sich im Discofox über die Tanzfläche, und auf der Bühne räkelte sich eine Stripperin vor einem dschungelartigen Bühnenbild. Die große Leinwand, auf der, wie Nick vermutete, normalerweise Pornofilme liefen, war von Palmen aus Plastik eingerahmt, abstrakte Farbgebilde krochen darüber. Noch zwei Stunden bis zum Jahreswechsel, aber es herrschte bereits fiebrige Anspannung. Nick wusste nicht recht, wohin mit sich, also ging er zur Bar.

»Was darf's sein?« Die Bardame zeigte beim Lächeln bezaubernde Grübchen. Nick bestellte ein Bier und ließ seinen Blick durch den Raum wandern. Feiste Gesichter, angegraute Schläfen, Hüte mit und ohne Gamsbart, Perücken und neckische Partyhütchen, von Gummibändern gehalten, die ins Fleisch schnitten.

Überhaupt viel Fleisch, oft hängend.

Ein seriös aussehender Herr mit Brille kam die Treppe herunter und sah sich suchend um. Das hier ist nicht das übliche Sexclub-Publikum, dachte Nick. Wirkte eher wie ein Betriebsausflug der Stadtverwaltung. Die Stimmung heiter und aufgekratzt, von der schmutzigen Trostlosigkeit, die in derartigen Etablissements normalerweise herrschte, war kaum etwas zu spüren.

»Wohl bekomm's!« Vanessa, ein Tablett in der Hand. Goldenes Bikinioberteil, glitzernde Leggings. Während sie das Bier neben ihn auf den Tresen stellte, flüsterte sie: »Bleib hier sitzen, ich hol dich nachher ab.«

Hier war man offenbar per Du. Mit dem schweren Tablett bewegte sie sich gewandt durch die Menge und steuerte auf die weiß gedeckten Tische zu. Nick sah ihr nach und hatte plötzlich das Gefühl, beobachtet zu werden. Am Ende des Tresens redete Josef Preuss auf einen Mann im Trachtenjanker ein, aber über seinen Rücken hinweg fixierte er Nick. Wie lange schon?

Als er Nicks Blick bemerkte, setzte Preuss ein Lächeln auf und hob grüßend die Hand. Er verabschiedete sich von seinem Gesprächspartner und kam auf Nick zu.

»Wusst ich's doch.«

»Was wusstest du?«

»Dass du kommst. Wusst ich von Anfang an.«

»Bis vor ein paar Stunden wusste ich das selbst noch nicht.«

»Siehst du.« Josef Preuss betrachtete ihn zufrieden, dann wandte er sich an die Bardame: »Babsi! Champagner!«

»Schönes Fest«, sagte Nick. »Ist das alles Stammkundschaft?«

»Geschäftspartner, würd ich sagen.« Stolz ließ er den Blick über die Menge gleiten.

»Wo ist eigentlich Aki?«, fragte Nick.

»Hat leider abgesagt. Umso schöner, dass du hier bist.«

Babsi füllte zwei Gläser mit Champagner und stellte die Flasche in den Kühler.

»Auf dein Wohl!« Josef Preuss prostete ihm zu und nahm einen Schluck. In dem Moment trat ein Mann zu ihm und flüsterte ihm etwas ins Ohr. Um die dreißig, schätzte Nick, Oberlippenbart, Zuhälterfresse. Preuss' Miene wurde ernst. Er stellte das Glas ab und wandte sich, nun wieder lächelnd, an Nick. »Sie bekommen's nicht ohne mich hin«, seufzte er. »Entschuldige mich bitte.«

Er folgte dem Mann durch den Saal zu einer Tür mit der Aufschrift »Privat«.

»*Space Invaders*« dröhnte aus den Boxen. Die Tanzfläche füllte sich.

»Komm«, sagte Vanessa. Sie nahm ihn an der Hand und führte ihn so lasziv wie möglich, offenbar um jedem im Saal klarzumachen, dass ihr Verhältnis rein professioneller Natur war, zu einem der Separees. Auf einem kleinen Tisch standen eine Flasche Champagner und zwei Gläser. Kaum hatte sie den Vorhang zugezogen, zischte sie ihm wütend zu: »Spinnst du, hierherzukommen? Wenn er uns zusammen sieht ...«

»Ich bin nicht deinetwegen hier«, sagte Nick, »sondern wegen ihm.«

Sie sah ihn groß an.

»Er hat mich eingeladen«, erklärte Nick.

»Soll mich das jetzt beruhigen? Wieso hat der dich eingeladen? Was habt ihr miteinander ... Hast du ihm irgendwas ...?«

»Setz dich erst mal hin. Du machst mich nervös.«

Sie ließ sich neben Nick aufs Sofa sinken und legte sich seinen Arm um die Schulter wie eine Federboa, sodass seine Hand ihre Brust berührte. »Wenn einer reinkommt, packst du zu!«

»Macht dir die Arbeit eigentlich Spaß?«

»Klar. Ich lebe meinen Traum. Idiot.« Sie justierte seine Hand. »Es muss echt aussehen.«

Sie schenkte Champagner in beide Gläser, nahm einen Schluck. Plötzlich wirkte sie aufgeregt: »Hast du den Typen gesehen, mit dem Preuss vorhin abgezogen ist?«

»Der mit dem Bärtchen?«

Sie nickte. »Das ist Eddi, Preuss' Mann fürs Grobe. Und Geschäftsführer vom Sanssouci. Zwei Häuser weiter. Eine meiner Kolleginnen hat Pavel dort gesehen.«

»Wann?«

»Na, am selben Abend, bevor ihr dann seine Hand gefunden habt. Uhrzeit wusste sie nicht genau, auf jeden Fall war's schon dunkel. Er ist zusammen mit Eddi in den Laden gekommen. Pavel hat dann telefoniert. Vielleicht war das sein Anruf …«

»Um wie viel Uhr hat er denn angerufen? Erinnerst du dich?«

»Das muss so zwischen sieben und acht … Um acht waren wir verabredet, und ich war schon fast auf dem Sprung.«

»Was hat die Kollegin noch gesagt?«

»Sie waren wohl eine ganze Weile dort. Eddi hatte den Kofferraum voller Luftschlangen für die Silvesterdekoration. Die haben sie ausgeladen. Er ist dann im Büro verschwunden und kam irgendwann wieder raus. Mit einem Benzinkanister in der Hand.«

»Fährt dieser Eddi einen Audi 80?«

»Ja«, sagte Vanessa. »Wieso?«

Weil dann, überlegte Nick, Zuhälterfressen-Eddi Kanonenfutter-Pavel womöglich in seinem Audi 80 zum Straßenstrich an die Ingolstädter Straße chauffiert und ihm den Benzinkanister in die Hand gedrückt hat. In der Zufahrt der Gesellschaft für Strahlenforschung würde er auf ihn warten, hatte er ihm gesagt. Und Pavel hatte sich, wie befohlen, im Schutz der Dunkelheit an die Wohnmobile herangepirscht, und es war ihm tatsächlich gelungen, beide in Brand zu setzen, bevor Mirko ihn erwischt, getötet und ihm, als Warnung an die Konkurrenz, die Hand abgetrennt hatte.

So könnte es gewesen sein. Dann war allerdings sicher, dass Zuhälterfressen-Eddi nicht von allein auf die Idee gekommen war, die Wohnmobile anzuzünden. Dieser Befehl war von ganz oben gekommen. Von Josef Preuss persönlich. Wahrscheinlich hatte er gehofft, seine Konkurrenten, die beiden Straßenstrich-Schmuddelkinder, so gegeneinander ausspielen zu können. Keiner der beiden würde auf die Idee kommen, dass Preuss, der Saubermann aus dem Bahnhofsviertel, hinter dem Anschlag steckte. Sie würden sich also gegenseitig zerfleischen. Aber der Plan war schiefgegangen, und Mirko hatte ihm, stellvertretend für seinen Chef Zigeuner-Heinz, Pavels Hand wie einen Fehdehandschuh in den Ring geworfen. Also hatte Josef Preuss seinen Freund Aki einbestellt. Denn er wusste: Man hatte ihm den Krieg erklärt.

»Ha-llo!« Vanessa rüttelte an seinem Arm. »Nicht einschlafen!«

Nick sah sie an. Sie war sehr hübsch, fand er.

»Was ist denn los mit dir?« Vanessa war sichtlich irritiert.

Nick fühlte sich plötzlich sehr betrunken. Er hätte nicht schon zu Hause anfangen dürfen. »Jo macht Interrail«, sagte er, »ich weiß nicht, wann ich ihn wiedersehe.«

»Das tut mir furchtbar leid«, sagte Vanessa und strich ihm mit der Hand durchs Haar. Sie konnte nicht wissen, wovon er sprach, trotzdem klang, was sie sagte, ungeheuer tröstlich. Er küsste sie auf den Hals. In dem Moment wurde der Vorhang zur Seite gerissen. Im Gegenlicht war Josef Preuss nur als Schattenriss zu erkennen. »Hier steckts ihr«, sagte er. »Wusst ichs doch.«

Beide, Nick und Vanessa, mussten ihn derart entsetzt angesehen haben, dass er sich mehrfach entschuldigte. »Machts ruhig weiter. Ich wollt nicht stören. Aber um zwölf kommts ihr mal kurz raus, ja? Zum Anstoßen.« Kichernd schloss er den Vorhang wieder. Nick und Vanessa sahen sich an. »Gut, dass du zugepackt hast«, sagte sie.

Der Knall war so laut, dass er dachte, es herrschte Krieg. Über seinem Kopf Sternengewitter. Vor seinen ausgestreckten Beinen brannte ein Lagerfeuer. Funken flogen auf. Er saß auf einem zerschlissenen Sofa unter freiem Himmel. Es war kalt. Wo zum Teufel war er gelandet? Um ihn herum Autos, ein verrosteter Kühlschrank, ein Sessel. Schließlich entdeckte er den Betonwürfel mit dem Schriftzug »Parkwächter«. Wie war er hierhergekommen? Er konnte sich an nichts erinnern. Vor nicht allzu langer Zeit noch war ihm genau das als Lösung seiner Probleme erschienen, inzwischen waren die Aussetzer lästig und verunsicherten ihn, was wohl bedeutete, dass er sich auf dem Weg der Besserung befand. Wahrscheinlich hatte sein Arzt recht und er sollte die Finger ganz vom Alkohol lassen. Aber jetzt noch nicht. Später vielleicht. Überall knallte und böllerte es. Der Funkenregen spiegelte sich in den Pfützen auf dem Asphalt.

»Frohes Neues!« Ein Mann im weißen Overall reichte ihm eine Flasche Faber Sekt. Er trug schwarzen Lippenstift und eine Che-Guevara-Mütze mit rotem Stern. Aus dem Augenwinkel nahm Nick ein weiteres Feuer wahr: Der Krumme stand, einen Feuerlöscher in der Hand, vor einem Volvo und bekämpfte von der Beifahrerseite aus die Flammen im Fahrzeuginnern.

»Seit wann bin ich hier?«, fragte Nick.

»Keine Ahnung«, sagte der Geschminkte.

»Was ist denn passiert?« Nick betrachtete den brennenden Volvo.

»Alter, wie bist du denn drauf? Hast du das gar nicht mitgekriegt? Die Scheibe auf der Beifahrerseite war ein Stück offen, echt nur'n kleinen Spalt, und da ist 'ne Rakete rein. Peng. Flammeninferno. Hammer, oder?«

»Unglaublich«, sagte Nick, »Zufälle gibt's.«

Die Miene des Geschminkten gefror. »Du willst mir doch nicht erzählen, dass das ein Zufall war.«

»Lass gut sein.« Nick erhob sich. Sein Rücken schmerzte. Er

ging hinüber zum Krummen. Die Flammen waren gelöscht. Am Nachthimmel zerstob eine Feuerblume.

»Schönes neues Jahr«, sagte der Krumme.

»Ja«, sagte Nick. »Dir auch.«

VI. KRIEG

Er schaltete den Fernseher ein. Thomas Gottschalk präsentierte die Hits des vergangenen Jahres, Barclay James Harvest, Geier Sturzflug. Nick hatte extra freigenommen, um Zeit für Jo zu haben, aber der war vermutlich lange schon in Italien. Er hatte gehofft, sein Sohn würde sich vor seiner Abreise vielleicht doch noch einmal bei ihm melden, und die Wohnung deshalb kaum verlassen. Er wollte zu Hause sein, falls Jo vorbeikäme oder anriefe. Beides war nicht passiert, und inzwischen hatte er die Hoffnung aufgegeben. Er hatte ihn viel zu einfach ziehen lassen. Er hätte darauf bestehen müssen, dass sie sich noch einmal treffen. Doch er hatte den Moment verpasst, war einfach zu überrumpelt gewesen.

Aber auch als ihm klar war, dass Jo nicht wiederkommen würde, verließ er die Wohnung nur, wenn es unbedingt nötig war. Von seinem Bett aus konnte er ein Stück Himmel sehen und von der Küche aus die Gefährten im Hinterhof. Was sollte er also da draußen?

Er dachte an Susanne, und ihm fiel einer der Ausflüge in den Tiergarten ein, die sie so oft gemacht hatten, als Jo noch klein gewesen war. Ein schöner Tag, mild, leichter Wind. Susanne lag auf einer Decke und beobachtete Nick und Jo, die aus Zweigen ein Indianertipi bauten. Plötzlich fing sie an zu weinen und war kaum zu beruhigen. Später erklärte sie ihm, sie habe sich an eine Szene aus ihrer Kindheit erinnert gefühlt. Ein einziges Mal habe ihr Vater sich Zeit genommen und ihr dabei zugesehen, wie sie aus Bauklötzen ein Haus für ihre Puppen gebaut habe. Sie war sehr stolz gewesen und hatte ihm das fertige Haus vorgeführt, ihre Puppe hineingesetzt und auf das Urteil ihres Vaters gewartet. Der hatte sich das Haus mit ernster Miene angesehen, dann hatte er gesagt: »Schau genau hin«, und hatte einen Baustein aus dem Fundament herausgezogen, woraufhin das ganze Haus in sich zusammengestürzt war. »Ein Haus braucht ein stabiles Fundament«, hatte er gesagt, »bau es noch mal.« Nachdem sie Nick diese Geschichte erzählt hatte, nahm sie seine Hand und sagte: »Ich bin es so leid, mich mit diesem alten Zeug zu befassen, aber es ist wie in einem Albtraum – irgendwer greift nach meinen Füßen, um mich zu packen und in die Dunkelheit zu ziehen, und ich strample und versuche, ihn abzuwehren. Bis ich keine Kraft mehr habe.« Sie hatte ihn dabei angesehen, voller Schmerz und gleichzeitig voller Hoffnung. Sie schien bereit zu sein, den Kampf aufzunehmen. Diesen Blick würde er nie vergessen.

Als Thomas Gottschalk den unvermeidlichen Boy George ankündigte, war Nick froh, bald wieder zur Arbeit gehen zu können.

Aki empfing ihn in seinem Büro. Über die Jahreswende war es ruhig geblieben, und so war endlich mal Zeit für den Papierkram. Aki fragte nach Jo und wie sie Silvester verbracht hatten, und Nick erzählte ihm alles.

»Tut mir leid«, sagte Aki und klopfte ihm tröstend auf die Schulter.

Dann erzählte Nick, dass er, als er die Einsamkeit nicht mehr ertragen habe, am Silvesterabend doch noch ins Liverpool gegangen sei und berichtete, was er dort von Vanessa erfahren hatte.

»Vanessa?«, fragte Aki.

Da hatte Nick das Katz-und-Maus-Spiel plötzlich satt. Er wollte seinem Freund vertrauen können. Also erzählte er ihm die ganze Geschichte und auch von Vanessas Verdacht, dass Preuss gute Verbindungen zur Münchner Polizei habe. Schweigend hörte Aki zu und sagte schließlich: »Deshalb wolltest du wissen, wie ich zu ihm stehe? Hast du es wirklich für möglich gehalten, dass ich Polizeiinterna an Josef Preuss weitergebe? Dass ich Zeugen verrate, die sich uns anvertrauen?« Er wirkte ehrlich erschüttert, und Nick schämte sich sofort dafür, dass er das, einen Moment lang zumindest, tatsächlich für möglich gehalten hatte.

»Du bist ein Idiot.« Aki schüttelte fassungslos den Kopf.

»München ist immer noch eine fremde Welt für mich«, sagte Nick, wohl wissend, dass die Entschuldigung kläglich war.

»Ich sollte dich direkt wieder nach Berlin schicken, du verdammter ...« Aki beschimpfte ihn eine Weile übel und akzeptierte seine Entschuldigung dann trotzdem. So funktioniert Freundschaft.

Bei einem Bier überlegten sie, wie nun weiter vorzugehen wäre. »Wir haben weder eine Leiche noch eine ordentliche Vermisstenmeldung«, sagte Aki. »Außer deiner Informantin vermisst ihn offenbar niemand.« Pavel Zelenka gehörte zu den Menschen, die nahezu im Verborgenen lebten, ein Geist. Nirgends gemeldet, ohne Verträge und ohne Beziehungen. Mit dem Ausräumen seines Zimmers hatte man seine Existenz getilgt. Ohne Vanessas Liebe wäre er bereits verschwunden. Einzig seine Hand war übrig geblieben.

»Wir müssen mit Preuss reden.« Nick steckte sich eine Zigarette an.

»Wenn das stimmt«, sagte Aki nachdenklich, »und dieser Pavel in seinem Auftrag gehandelt hat, dann hat Preuss wahrscheinlich recht.«

»Womit?«, fragte Nick.

»Dann ist es nur eine Frage der Zeit, wann hier die Hölle losbricht.«

Am Samstag, den 7. Januar, saß Nick allein im Büro. Es war 23.30 Uhr, als der Notruf aus dem Liverpool einging. Jacke über und los. Es hatte geregnet. Die Kollegen von der Schutzpolizei sperrten die Schillerstraße weiträumig ab, das erste Löschfahrzeug kam von der Schwanthaler, das zweite vom Bahnhof herunter. Meterhohe Flammen drangen aus dem Eingang des Lokals. Gellende Schreie.

»Eine Explosion offenbar«, rief der uniformierte Kollege.

»Wie viele sind da unten?«

»Wissen wir noch nicht.«

Der Einsatzleiter der Feuerwehr trat zu ihnen. Kurze Absprachen, klare Kommandos an seine Leute. Das Dröhnen der Dieselmotoren und weitere Geräusche, die Nick nicht einordnen konnte. Er sah am Gebäude hinauf: Im dritten Stock des Hotels Royal, das sich über dem Liverpool befand, hämmerte eine Frau mit bloßen Händen gegen die Fensterscheibe. Der Rauch war inzwischen so dicht, dass die Frau immer wieder dahinter verschwand. Die Leiter wurde ausgefahren. Das Hotel musste evakuiert werden; noch war nicht bekannt, wie viele Gäste sich darin aufhielten.

Der Wasseranschluss war gelegt, die Löschtrupps bekämpften die Flammen.

Plötzlich zerbarst die Fensterscheibe mit einem Knall. Glassplitter regneten auf den Gehsteig. Die Frau stand laut schreiend mit blutigen Händen an der Fensterhöhle. Ihr Haar wehte im Luftzug.

Sie wirkte derart außer sich, dass Nick befürchtete, sie würde gleich springen.

»Treten Sie vom Fenster zurück!« Die besonnene Stimme des Brandmeisters durchs Megafon. »Wir holen Sie da raus.«

Aber weder trat die Frau zurück noch hörte sie auf zu schreien.

Inzwischen waren die Flammen am Eingang gelöscht. Während ein Feuerwehrmann über die Leiter zu der Frau am Fenster hochkletterte, machte sich der erste Löschtrupp bereit, ins Liverpool hinunterzusteigen. Die Feuerwehrleute halfen einander beim Anlegen des Atemschutzes, ihre Handgriffe waren schnell und präzise, ohne jede Hektik.

»Ich gehe mit«, sagte Nick zum Brandmeister. Der schüttelte den Kopf. »Auf keinen Fall.« Und nach einem Blick in Nicks entschlossene Miene: »Gut. Aber nur mit Helm und Atemschutz. Und Sie bleiben hinter den beiden Kollegen!«

Der Gang über die Wendeltreppe war wie der Abstieg in die Hölle, der Rauch so dicht, dass die Treppenstufen nicht zu erkennen waren. Vorsichtig tastete sich Nick voran. Noch immer Schreie, Stöhnen, aufgeregte Stimmen von der anderen Seite des Lokals und alles übertönend *»Rivers of Babylon«*. Die Musikanlage lief noch, auch die Discokugel drehte sich stoisch weiter und durchsetzte den Rauch mit farbigen Lichtpunkten. Schemenhaft zu erkennen: Tische und Stühle, teilweise umgestürzt und brennend. Taschen und Jacken, von den flüchtenden Gästen zurückgelassen, lagen verstreut umher. Im Eingangsbereich unterhalb der Wendeltreppe loderten die Flammen am höchsten, hier schien der Brandherd zu sein. Den Gästen war der Fluchtweg abgeschnitten, das Liverpool zur tödlichen Falle geworden. Die beiden Feuerwehrleute kämpften sich mit Mühe voran. Brennende Deckenteile waren heruntergefallen und versperrten den Weg.

Durch den Rauch erkannte Nick erst jetzt, dass über die Leinwand hinter der Bühne ein Pornofilm flimmerte. Daher das Stöhnen. Es mischte sich mit der Musik und den panischen Schreien. Und mitten hinein in dieses Chaos stolperte plötzlich eine Gestalt. Sie brannte lichterloh. Schreiend schwankte sie über die verwaiste Tanzfläche und schien sich im Takt der infernalischen Geräuschkulisse zu bewegen. Ein hypnotischer Auftritt – für einen Moment schienen sogar die Feuerwehrmänner zu vergessen, dass sie eigentlich hier waren, um Leben zu retten. Sie starrten reglos auf die brennende Gestalt, die nur aus einem riesigen aufgerissenen Mund zu bestehen schien. Ihr Schreien wurde immer lauter, und plötzlich erkannte Nick in den Flammen die verzerrten Gesichtszüge Vanessas.

Er wollte losstürzen, um sie zu retten, aber einer der Feuerwehrleute, die wieder zu sich gekommen waren, hielt ihn fest. »Sind Sie wahnsinnig, Mann?!«

Sie traten die brennenden Deckenteile aus dem Weg und versuchten gleichzeitig, den Löschschlauch auf Vanessa auszurichten.

Hilflos musste Nick mit ansehen, wie sie in sich zusammensank. Ihre Schreie verstummten. Dann gelang es den Feuerwehrleuten endlich, sie zu löschen. Schnell waren sie bei ihr, nahmen sie in die Mitte und trugen sie die Wendeltreppe hinauf ins Freie.

Nick blieb allein auf der Tanzfläche zurück, schwer atmend unter seiner Maske und der grauenhaften Geräuschkulisse ausgesetzt – die plötzlich erstarb.

Der Film stoppte, und alle Lichter gingen aus. Die Stromversorgung war ausgefallen. Nur die Flammen spendeten noch Licht. Plötzlich war es sehr still im Liverpool. Nick wollte eben umkehren, um nach Vanessa zu sehen, als er, in die Stille hinein, Schläge hörte. Sie schienen aus der Küche zu kommen. Langsam tastete er sich an der Bar entlang. Die Tür zur Küche stand offen, aber der Zugang war durch Flammen versperrt. In dem engen Raum konnte er zwei leicht bekleidete Bardamen erkennen, die sich mit feuchten Tüchern vor dem beißenden Qualm zu schützen versuchten und einen Turm aus Bierkisten festhielten, auf dem ein Mann im Anzug balancierte und mit einem Kochlöffel gegen ein schmales Fenster unterhalb der Decke schlug. Der einzige Weg ins Freie.

»Beeil dich«, schrie eine der Frauen. »Ich kann gleich nicht mehr!«

Aber der nächste Schlag brachte den Mann aus dem Gleichgewicht. Er stürzte polternd zu Boden und schrie vor Schmerz auf. Die Flammen am Kücheneingang loderten immer höher. Die drei saßen in der Falle. Während Nick noch überlegte, wie er ihnen helfen könnte, ertönte von draußen eine Stimme: »Vorsicht! Zurücktreten!«

Die Eingeschlossenen wichen zurück. Ein Knall, und das Fenster zersprang in tausend Scherben. Das Gesicht eines Feuerwehrmannes tauchte in der Öffnung auf. Er half zuerst den beiden Frauen, dann dem Mann ins Freie.

Über die Wendeltreppe drangen inzwischen vier weitere Feuerwehrleute ins Lokal und bekämpften die Flammen. Nick entdeckte das grüne Schild des Notausgangs. Durch den Rauch konnte er erkennen, dass die Tür offen stand. Er folgte der Notbeleuchtung. Am Ende des schmalen Gangs waren Stimmen zu hören. Plötzlich kam ein Mann auf ihn zu, der sich einen feuchten Lappen vors Gesicht presste. Als er Nick entdeckte, nahm er den Lappen fort und rief ihm zu: »Sind alle draußen?«

»Ich glaube, ja«, antwortete Nick. Trotz der Atemmaske hatte ihn der Mann, der Nick irgendwie bekannt vorkam, offenbar verstanden. Er nickte ihm zu, sagte: »Hier lang«, und führte Nick über den Flur hinaus auf einen Hinterhof. Sofort riss sich Nick die Maske vom Gesicht und atmete tief durch. Endlich Luft. Vom Hinterhof führte ein Durchgang zur Schillerstraße.

Verängstigte Barfrauen und Clubbesucher wurden von Einsatzkräften betreut, die Verletzten zum Teil vor Ort versorgt, zum Teil mit Ambulanzen in die umliegenden Krankenhäuser gebracht. Nick entdeckte Gruber, der im Gespräch mit einer jungen Dame war. Blonde Haare, blaues Kostüm. Sie überreichte ihm irgendwelche Papiere. Dann eilte sie zu einem Kleinbus, der auf der gegenüberliegenden Straßenseite wartete. Kaum war sie eingestiegen, fuhr der Bus los.

»Die Rezeptionistin vom Hotel Royal«, erklärte Gruber. »Die evakuierten Gäste werden auf andere Hotels verteilt …« Er hielt inne und musterte Nick argwöhnisch. »Spinnst du eigentlich? Da mit runterzugehen … bist du lebensmüde oder so?«

Als Nick nichts entgegnete, legte ihm Gruber die Hand auf die Schulter und sagte: »Gut, dass dir nix passiert ist.« Dann wedelte er mit den Papieren herum.

»Die Rezeptionistin hat mir jedenfalls eine vollständige Liste mit allen Namen gegeben.«

»Wie viele Verletzte?«, fragte Nick.

Grubers Redeschwall entnahm er, dass Vanessa mit lebensgefährlichen Brandverletzungen in die Poliklinik Pettenkofer Straße gebracht worden war. Ob sie überleben würde, war noch völlig unklar. Außer Vanessa wurden noch weitere sechs Personen mit mittelschweren bis schweren Verletzungen stationär versorgt. Nick beobachtete, wie der Mann, der ihn in den Hinterhof gelotst hatte, die Einsatzkräfte mit heißem Kaffee versorgte. Alle schienen ihn zu kennen.

»Wer ist das?«, fragte Nick. »Der kommt mir so bekannt vor.«

»Das ist Rudi Brunnenmeier, Ex-Löwe, hat in den Sechzigern mal in der Nationalmannschaft gestürmt. Dem gehört jetzt die Dolly-Bar nebenan.« Nach einer kurzen Pause sagte er: »Sieben zum Teil schwer Verletzte sind schlimm genug. Aber stell dir mal vor, irgendwas hätte mit dem Notausgang nicht funktioniert …«

Der Brandgeruch in der Luft war noch immer beißend. Nick schaute an der Fassade hinauf. Schwarz vor Ruß, die meisten Fensterscheiben herausgebrochen. Wie im Krieg, dachte er.

Zu Hause riss Nick das Fenster auf. Birke und Wäschespinne, die zwei Gefährten, wachten im Hinterhof, als wäre nichts geschehen. Aber Brandgeruch auch hier, wahrscheinlich über dem ganzen Bahnhofsviertel, ja über der ganzen Stadt. Es gab kein Entkommen.

Eine HB in den Mund.

Feuerzeug.

Seine Hände zitterten.

Ruhig war in diesem Moment nur der Pager. Aki hatte ihm das Ding an den Gürtel gesteckt und ihn nach Hause geschickt. »Leg dich hin.«

Aber daran war nicht zu denken. Wahrscheinlich würde er gleich wieder rübergehen zu den Kollegen. Obwohl die bestimmt noch keine neuen Erkenntnisse hatten. Erst mal waren die Brandermittler dran.

Hinter der Absperrung hatte Aki auf ihn gewartet, zusammen mit Josef Preuss und zwei Herren, die Aki ihm als Bürgermeister Zehetmeier und Polizeipräsident Häring vorstellte.

»Fängt ja gut an, das neue Jahr«, hatte einer der Herren gesagt.

»Sie waren da unten?«, fragte der andere. An seine Antwort konnte sich Nick nicht mehr erinnern. Er hatte das Geschehen wahrscheinlich in Beamtendeutsch übersetzt: Verbrennungsindex, Identifizierungsbericht ... Damit kannst du die Hölle beschreiben, ohne dass der Puls steigt.

Kippe aus dem Fenster.

Bier aus dem Kühlschrank.

Er hatte zusehen müssen. Er hatte nichts tun können. Am schlimmsten waren die Schreie gewesen.

»Du stehst unter Schock.« Aki hatte ihn beiseitegenommen, wollte ihn zu einem der Krankenwagen bringen. Die Sanis hatten wieder Kapazitäten frei, nachdem die Verletzten auf die umliegenden Krankenhäuser verteilt worden waren. Aber Nick wollte lieber einen Schnaps im Bosporus.

Hakan brachte ihn persönlich und fragte, was los sei.

»Brand im Liverpool«, antwortete Aki knapp.

»Wasch dir mal das Gesicht, Nick«, sagte Hakan. »Du siehst furchtbar aus.« Es war fürsorglich gemeint. Im Raumschiff kümmerten sich dann Gruber und Graziella um ihn. Es hatte Hochbetrieb geherrscht. Aki war gar nicht mehr vom Telefon weggekommen.

Nick stand mit dem Bier am geöffneten Fenster. Kein einziges Licht im Wohnblock gegenüber. War es möglich, dass die Nachbarn von alldem nichts mitbekommen hatten?

Die Discokugel. Der Pornofilm. Das Gestöhne und die Musik von Boney M. Und Vanessa, als würde sie dazu tanzen.

Dieses Bild würde er nie wieder loswerden.

VII. EISEN UND FEUER

In den folgenden Tagen überschlugen sich die Ereignisse. Nick und seine Kollegen kamen nicht mehr zur Ruhe. Auf ihren Schreibtischen türmten sich die Akten.

Die Brandermittler hatten die Reste von zwei mittelbraunen Kunststoffreisetaschen im Eingangsbereich des Liverpool sichergestellt. Innenfutter schwarz-weiß kariert, auf dem messingfarbenen Klappverschluss die Buchstaben HOMA. Sie gingen davon aus, dass mit diesen Taschen die Brandmittel zum Tatort transportiert worden waren, die sich mit hoher Wahrscheinlichkeit in zwei Zwanzig-Liter-Wasserkanistern – mit einer TÜV-Plakette 6/83 und der Einprägung »Plastik-Pack 20 SKS« am Boden – befunden hatten. In einer der Reisetaschen wurden ein Wecker der Marke Peter und eine schwarze Cordhose der Marke Ufo gefunden. Außerdem ein Schlangenledergürtel sowie eine blaue, rautenförmig gemusterte Krawatte mit roten Punkten.

Ein Gast hatte das Liverpool kurz vor dem Anschlag verlassen und dabei zwei junge, gut gekleidete Männer bemerkt, die ihm mit braunen Reisetaschen in den Händen entgegenkamen. Darüber hinaus konnte der Gast, der einigermaßen betrunken gewesen war, leider keine genaueren Angaben machen.

Ein Taxifahrer hatte gegen 23.30 Uhr, also kurz nach dem Anschlag, einen »italienisch aussehenden jungen Mann«, wie er es formuliert hatte, von der Schillerstraße kommend schnell die Adolf-Kolping-Straße entlangrennen sehen. Der junge Mann habe ausgesehen, als wäre er auf der Flucht, hatte der Taxifahrer ausgesagt. Dazu schien zu passen, dass sich am Tattag zwei italienische Staatsbürger im Hotel Royal eingemietet hatten. Ein Herr Silvestro, Antonio, aus Ischia, zweiundzwanzig Jahre alt, und ein Herr Cantone, Vincenzo, aus Bari, zwanzig Jahre. Beide waren seit dem Anschlag nicht mehr gesehen worden und auch nicht unter den evakuierten Hotelgästen. Sie waren sofort zur Fahndung ausgeschrieben worden. Die Polizeiführung beschloss nach Rücksprache mit Aki, die Beschreibung der beiden flüchtigen Italiener an die Presse weiterzugeben.

Josef Preuss meldete sich, um eine Belohnung für die Ergreifung der Täter auszusetzen. Er wirkte ehrlich betroffen und sagte, er tue, was in seiner Macht stehe, um Vanessa zu unterstützen. »Wenn sie überhaupt durchkommt.« Nick und Aki vernahmen ihn als Zeugen.

»Pass auf, Sepp«, sagte Aki freundlich, aber bestimmt. »Wenn wir die Verantwortlichen kriegen wollen, musst du uns jetzt ein paar Fragen beantworten.«

»Alles, was ihr wollt«, sagte Preuss.

»Hast du Eddi und Pavel Zelenka damit beauftragt, am Abend des 27. Dezember die Wohnmobile auf dem Straßenstrich anzuzünden?«

Einen Moment lang wirkte Josef Preuss verblüfft. »Ich weiß davon nix«, sagte er, »aber ich möchte euch natürlich helfen.« Eilig verließ er die Mordkommission.

»Was passiert jetzt?«, fragte Nick.

»Schau mer mal«, sagte Aki.

Eine halbe Stunde später saß Edwin Stemmer, Geschäftsführer des Sanssouci, genannt Eddi, vor Nick und Aki und sagte: »Ihr habt völlig recht, genau so war's, aber der Herr Preuss hat nix davon gewusst, das war meine Idee.«

»Ja, ist klar«, sagte Aki und warf Nick einen vielsagenden Blick zu, »erzähl.«

Eddi bestätigte im Wesentlichen, was Nick und Aki vermutet hatten: Er – und wirklich nur er allein, Ehrenwort – hatte gehofft, die Konkurrenten seines Chefs damit gegeneinander aufhetzen zu können. Der Plan war leider furchtbar schiefgelaufen, und dass der kleine Tscheche dabei draufgegangen war, tat ihm leid. Was die Jugos von Zigeuner-Heinz, diese Bestien, mit seiner Leiche angestellt hatten, wusste er nicht. Er erzählte detailliert, wie er am Abend des 27. Dezember mit Pavel zum Straßenstrich gefahren war und ihm den Benzinkanister in die Hand gedrückt hatte. Er hatte gesehen, wie die Wohnmobile in Flammen aufgingen, aber Pavel war nicht zurückgekommen. Eddi hatte in seinem Audi 80 so lange in der Zufahrt der Gesellschaft für Strahlenforschung gewartet, bis sich von der Stadt her die ersten Blaulichter genähert hatten. Dann war er in Richtung Autobahn davongefahren. Seine Mitarbeiter hatten gleich am nächsten Morgen Pavels Wohnung in Westend ausgeräumt.

»Eine letzte Frage noch«, sagte Nick am Ende der Vernehmung. »Die Reste von Luftschlangen in Pavels Zimmer … diese Luftschlangen kamen von Ihnen, richtig?«

»Ich hab den Pavel abgeholt«, erzählte Eddi. »Der hatte da so einen traurigen Christbaum stehen. Keine Sterne, kein Lametta, ganz nackert war er, der Baum, kaum zu ertragen. Ich dachte, gut, der Pavel ist halt Kommunist, der weiß es nicht besser, und ich hab ihm gesagt, Weihnachten ist zwar vorbei, aber so geht's nicht. Auf den Baum muss was drauf. Irgendwas muss da drauf.« Er sah trotzig in die Runde. »Besser Luftschlangen als gar nix, oder?«

Der Brandanschlag auf die »Sexdisco« Liverpool war das große Thema in allen regionalen und überregionalen Zeitungen.

Die Staatsanwaltschaft leitete offiziell ein Ermittlungsverfahren wegen versuchten Mordes ein und bewilligte die Durchsuchung gewerblicher und privat genutzter Immobilien von Heinz Kirchner, genannt »Zigeuner-Heinz«, und seinen Mitarbeitern.

Zwei Tage nach der Tat nahmen Kollegen der Schutzpolizei die beiden gesuchten Italiener fest. Antonio Silvestro, den Nick in der U-Haft zuerst vernahm, sprach so gut Deutsch, dass kein Übersetzer hinzugezogen werden musste. Nach zwei Minuten war ihm klar, dass die jungen Männer zwar verdächtig waren – er tippte auf Drogengeschäfte –, aber mit dem Feuer im Liverpool nichts zu tun hatten. Er riet den Kollegen von der Drogenfahndung, sich die beiden vorzunehmen, bevor man sie aus der U-Haft entlassen musste.

Während die Ermittler herauszufinden versuchten, wo die Taschen und die Kanister gekauft und wo letztere mit Benzin befüllt worden waren, wurde die Razzia bei Zigeuner-Heinz erfolgreich abgeschlossen. Die Kollegen hatten Unmengen Material beschlagnahmt. »Aber wer zum Teufel soll das alles sichten?«, fragte Gruber.

Am 10. Januar wurde im Polizeipräsidium die »Sonderkommission Liverpool« gegründet und Aki mit der Leitung betraut. Die gesamte Mordkommission 3 wurde für die Soko abgestellt. Polizeipräsident Häring versprach, je nach Bedarf kurzfristig weitere Beamte zur Unterstützung hinzuzuziehen.

Die Soko hatte gerade offiziell mit der Arbeit begonnen, als am frühen Abend ein Notruf einging: In einem Separee des Sanssouci war ein Mann erschossen worden – von zwei Zivilfahndern.

»Was soll denn das jetzt?«, fragte Gruber ungläubig.

»Geht mal rüber«, sagte Aki.

Als Nick und Gruber im Sanssouci eintrafen, wurden die beiden Kollegen gerade abgeführt. »Den einen kenn ich«, flüsterte Gruber Nick zu. »Stefan Persin heißt der, ein ganz erfahrener Mann.«

»So sieht man sich wieder«, sagte Eddi. Er sah ziemlich mitgenommen aus. Der Laden lag genau wie das Liverpool im Kellergeschoss. Viel Holz und Plüsch. Nick brauchte einen Moment, bis sich seine Augen an das schummrige Licht gewöhnt hatten.

Die lange Bar war mit Luftschlangen dekoriert, wahrscheinlich noch von Silvester.

Die Spurensicherung untersuchte bereits das Separee. Das Opfer, der 22-jährige Sami Salah Mahmud-Gonheim aus Augsburg, Mutter Deutsche, Vater Ägypter, hatte um 17.45 Uhr das Kellerlokal betreten und sich an die Bar gesetzt, wo er eine halbe Flasche Whiskey für sechzig Mark bestellt, mit einem Hunderter bezahlt und einen Pornofilm geschaut hatte. Mit Gabi, einer der Animierdamen, war er dann im Separee verschwunden, wo er einen Packen Tausender und einen Trommelrevolver auf den Tisch gelegt hatte.

»Ein richtiger Angeber war das«, sagte Gabi. Er hatte eine Flasche Champagner bestellt, die die blonde Karin, die Serviererin, den beiden ins Separee gebracht hatte. Dabei hatte Karin den Revolver entdeckt und Eddi gemeldet, der unverzüglich die Polizei verständigt hatte. Um 18.15 Uhr kamen Polizei-Obermeister Persin und sein Kollege ins Sanssouci. Zunächst wurde Gabi unter dem Vorwand, sie würde am Telefon verlangt, aus dem Separee gelockt. Als die Polizisten den Vorhang des Separees aufrissen, richtete der junge Mann, ohne zu zögern, seine Waffe auf sie. Im Dämmerlicht konnten die Beamten nicht erkennen, dass es sich lediglich um eine Schreckschusswaffe handelte, und schossen. Der junge Mann war sofort tot.

Inzwischen war Josef Preuss eingetroffen. Er wirkte gleichermaßen atem- wie fassungslos. »Nehmts die verdammten Luftschlangen runter!«, herrschte er seine Mitarbeiter an. »Wir haben hier einen Toten. Bisserl Pietät, bitte!« Dann wandte er sich an Nick: »Zwei meiner Lokale, innerhalb von drei Tagen. Die wollen mich fertigmachen.«

Aber nachdem Nick und Gruber die beiden noch immer völlig verstörten Kollegen vernommen hatten, waren sie sich einig, dass die Schüsse in einer Notwehrsituation abgegeben worden waren. »Würde mich sehr wundern, wenn die Kriminaltechnik zu einem anderen Ergebnis kommt«, sagte Gruber. Auch darüber, dass der

Vorfall nichts mit dem Feuer im Liverpool zu tun hatte und zudem nicht gegen Josef Preuss gerichtet war, bestand bald Einigkeit. Dass es innerhalb weniger Tage zwei seiner Etablissements getroffen hatte, war, so unglaublich es auch klingen mochte, nichts weiter als ein Zufall. Ein tragisches Missverständnis hatte einen jungen Mann das Leben gekostet und zwei Kollegen mehr oder weniger zerstört.

»Was für ein Scheiß«, sagte Gruber danach beim Bier.

Aber auch wenn die beiden Vorfälle nichts miteinander zu tun hatten, steigerten sie die ohnehin schon große Nervosität im Bahnhofsviertel nochmals erheblich.

Nur einen Tag später stand der Wirt des Hotels Drei Löwen mit zitternden Händen und weiß wie die Wand vor Nick im Büro: »Ihr müssts das ganze Viertel räumen, hier geht gleich eine Bombe hoch.« Nick ließ dem Wirt ein Glas Wasser bringen und bat ihn, sich zu setzen. Dann holte er Aki und die Kollegen. Als der Mann sich ein wenig beruhigt hatte, erzählte er, dass er einen Anruf bekommen und ein Unbekannter, dessen Stimme er noch nie gehört habe, wörtlich gesagt habe: »Wir haben in einem Auto eine Bombe deponiert.«

»Hat er noch mehr gesagt?«, fragte Aki. »Versuchen Sie sich bitte zu erinnern.«

Aber der Wirt schüttelte nur den Kopf. In dem Moment stürmte Löscher herein und sagte: »Kommt mal bitte.«

Auf dem Flur berichtete er, dass sich eben die Besitzerin der Pension Schiller gemeldet habe. Ein anonymer Anrufer habe ihr gesagt, vor ihrer Tür stehe ein Bombenauto. Um 18 Uhr werde gezündet.

Nick sah auf die Uhr. Es war kurz nach vier. Aki sprach sich sofort mit der Polizeiführung ab. Keiner wollte ein Risiko eingehen, was zur Folge hatte, dass das gesamte Bahnhofsviertel abgesperrt wurde. Zwanzig Polizeibeamte und acht Kripoleute kontrollierten in der Folge alle 170 Autos, die in der Schillerstraße abgestellt waren. Drei verdächtige Wagen wurden abgeschleppt und auf dem Polizeiparkplatz geöffnet. Nichts. Aber die Anspannung bei Nick und seinen Kollegen war mit Händen zu greifen, als es 18 Uhr schlug.

Nichts passierte.

»Gott sei Dank«, sagte Aki.

Der 18. Januar war ein Donnerstag. Zehn Tage waren seit dem Anschlag auf das Liverpool vergangen, und Nick war noch nicht einen Moment zum Durchatmen gekommen. Er hatte nicht einmal Zeit gefunden, um Vanessa im Krankenhaus zu besuchen. Und es wurde nicht besser. Dauernd riefen Journalisten an und stellten Fragen zum Bombenalarm. »Krieg im Bahnhofsviertel«, titelte eine Zeitung. »Gangster drohen mit Autobombe«, »Erschossen im Separee« lauteten weitere Schlagzeilen. Alle Vorfälle wurden munter zusammengerührt und »Verhältnisse wie in Chicago« diagnostiziert.

Um kurz nach zwölf, mitten in der Besprechung, wurde Aki ans Telefon gerufen. Er lauschte nur und sagte schließlich: »Ich komme sofort.« Als er den Hörer aufgelegt hatte, erklärte er: »Das war Häring persönlich. Ich soll ins Präsidium kommen.« Worum genau es ging, hatte der Polizeipräsident nicht verraten, aber alle wussten, dass etwas Bedeutendes geschehen sein musste.

»Macht ohne mich weiter«, sagte Aki, während er seine Jacke anzog.

Zwei Stunden später kam er zurück. Mit Graziella im Schlepptau. Beide wirkten sehr ernst. Aki bat alle Kollegen in den Besprechungsraum und blieb am Kopfende des Tisches stehen. Graziella nahm neben ihm Platz. Merkwürdig genug. Während sich alle einfanden und am Tisch verteilten, fuhr sich Aki immer wieder nervös durchs Haar. Dann öffnete er seine Aktenmappe und holte einen Wecker hervor, in Plastik verpackt. Nick brauchte einen Moment, bis er begriff, dass dies der Wecker sein musste, der in einer der braunen Reisetaschen im Liverpool gefunden worden war. Aki musste ihn aus der Asservatenkammer geholt haben. Stille im Raum. Alle sahen Aki erwartungsvoll an.

»Polizeipräsident Häring«, begann er schließlich, »hat mich eben davon in Kenntnis gesetzt, dass …« Er brach ab und räusperte sich. »Heute früh ist bei der Nachrichtenagentur ANSA in Mailand Post eingegangen. Die italienischen Kollegen haben uns den Schrieb per Telefax weitergeleitet.« Er hielt ein Stück Papier in die Höhe, aber Nick konnte nichts darauf erkennen. »Mit diesem Schreiben«, fuhr Aki fort, »bekennt sich eine sogenannte ›Gruppe LUDWIG‹ zum Brandanschlag auf das Liverpool.«

Unruhe entstand. Kopfschütteln, ungläubige Blicke.

»Diese Gruppe«, fuhr Aki fort, »bekennt sich außerdem zu einem nicht näher bezeichneten Anschlag in Amsterdam. Die Kollegen versuchen gerade herauszufinden, was es damit auf sich hat. Das Schreiben ist auf Italienisch verfasst.« Er reichte Graziella das Papier. »Würdest du das bitte im Wortlaut für uns übersetzen? Es ist wichtig, dass das alle mitbekommen, denn es hat Auswirkungen auf unser weiteres Vorgehen. Bitte.«

Graziella erhob sich ein wenig unsicher. »Also«, ihre Stimme war belegt, »das ist nicht von mir, ja? Das haben die so geschrieben.«

»Bitte, Graziella.« Aki klang ungeduldig. Graziella räusperte sich und trug langsam und stockend vor:

»WIR BEKENNEN UNS ZUM ATTENTAT VON AMSTERDAM
MIT EINER BOTSCHAFT AN DIE PRESSEAGENTUR ANSA.
WIR BEKENNEN UNS ZUM PYROTECHNISCHEN SPEKTAKEL IN MÜNCHEN.
IM LIVERPOOL WIRD NICHT MEHR GEFICKT.
EISEN UND FEUER SIND DIE STRAFEN DER NAZIS.
AM TATORT HABEN WIR EINEN WECKER DER MARKE PETER ZURÜCKGELASSEN, MIT DER SERIENNUMMER 520-708.
GOTT MIT UNS.«

Totenstille im Raum. Bis Löscher sagte: »Ist das ein blöder Scherz?«

»Habe ich auch sofort gedacht«, sagte Aki. »Bis ich mir den Wecker genauer angeschaut habe, der in der Reisetasche im Liverpool gefunden wurde.« Er hielt den Wecker in die Höhe. »Marke Peter, die sechsstellige Seriennummer lautet 520-708. Exakt wie im Bekennerschreiben angegeben.«

Er nahm Graziella den Schrieb aus der Hand und schob ihn über den Tisch. »Lasst das mal rumgehen.«

Nick schnappte sich das Papier. Oben auf der Seite ein stilisierter Reichsadler, der ein Hakenkreuz in den Klauen hielt. Über seiner linken Schwinge, runenförmig, die Buchstaben »LUD« und über der rechten »WIG«. Bis auf das »GOTT MIT UNS« am Schluss war der Text auf Italienisch verfasst, mit Großbuchstaben in Runenschrift.

»Das heißt«, sagte Gruber, nachdem er das Schreiben überflogen hatte, »eine Gruppe von Nazis hat das Liverpool angezündet, oder was?«

»Da will uns doch einer verarschen«, sagte Mercks. Die Unruhe wurde immer größer, bis Aki sagte: »Leute, bitte!« Als sich alle wieder etwas beruhigt hatten, fuhr er fort: »Das ist der aktuelle Stand. Mehr wissen wir im Moment nicht. Keine Ahnung, was es mit dieser Gruppe LUDWIG auf sich hat. Im Präsidium versuchen sie fieberhaft, an Informationen zu kommen. Ist wohl nicht ganz einfach, offenbar sind auf italienischer Seite die Zuständigkeiten unklar. Ich bin genauso ratlos wie ihr. Sobald ich etwas erfahre, lass ich es euch wissen. Wir machen erst mal weiter wie gehabt. Ist ja nicht so, dass wir uns langweilen. Fragen?«

Jeder hatte Fragen, viele Fragen sogar, Nick konnte es in den Gesichtern der Kollegen sehen, aber da alle wussten, dass sie keine Antworten bekommen würden, schüttelten sie nur stumm die Köpfe.

»Gut«, sagte Aki, »an die Arbeit.« Während alle anderen aufstanden und den Besprechungsraum verließen, blieb Graziella sitzen. Aki flüsterte ihr etwas ins Ohr. Nick war schon fast draußen, als Aki rief: »Nick? Kommst du bitte kurz mit in mein Büro?«

Sie gingen über den Flur. Aki schloss die Tür hinter ihnen. Als Nick Platz genommen hatte, sagte Aki: »Ich wollte erst mit dir persönlich ... bevor ich da vor der ganzen Mannschaft ...« Er druckste herum, berichtete von der Verwirrung, die das Bekennerschreiben im Präsidium ausgelöst hatte. »Wie ein Meteoriteneinschlag. Und Häring ist jetzt natürlich in der Zwickmühle. Er musste alle informieren, den OB und auch das Innenministerium, logisch, und jetzt laufen die Drähte heiß, und alle wollen Antworten. Und Häring hat keine.«

»Was sagen denn die Italiener, die uns das Ding geschickt haben?«

»Das Einzige, was wir bis jetzt sicher wissen, ist, dass das Telefax von der Questura di Milano kam, vom Mailänder Polizeipräsidium. Die Presseagentur ANSA hat natürlich direkt die Polizei verständigt, als das Schreiben eintraf, und die italienischen Kollegen haben es mehr oder weniger automatisch an uns weitergeleitet. Aber es war wahnsinnig schwierig, dort jemanden zu erwischen, der irgendwas dazu sagen konnte oder wollte. Jedenfalls ... nachdem sie im Präsidium den ganzen Vormittag versucht haben, an Informationen zu kommen, war es Häring jetzt zu dumm. Er will, dass einer von uns ...« Aki sah Nick ernst an. »Kurzum: Fährst du bitte nach Mailand und versuchst rauszufinden, was da los ist?«

»Wann?«

»So schnell wie möglich. Häring braucht Antworten. Bitte, Nick.«

Nick steckte sich eine Zigarette in den Mund. Das Feuerzeug wollte nicht recht, er musste sich von Aki aushelfen lassen. Italien also.

»Gut«, sagte er schließlich.

Aki war sichtlich erleichtert. »Es gibt da noch einen Punkt«, fuhr er fort. »Obwohl wir sofort alle Hebel in Bewegung gesetzt haben, war es nicht möglich, so kurzfristig einen beeidigten Übersetzer zu finden, der dich begleitet. Und du brauchst natürlich jemanden, der ...«

Plötzlich verstand Nick. »Deswegen ist Graziella hier? Ich soll mit unserer Putzfrau nach Mailand fahren?«

»Ist das ein Problem?«

»Nein«, sagte er. Aber er klang nicht besonders überzeugt, das wusste er selbst. »Ich weiß nur nicht recht, wie das gehen soll.«

»Wir haben keine Wahl, Nick. Es ist im Moment die einzige Möglichkeit. Und ich bin ihr sehr dankbar, dass sie sich dazu bereit erklärt hat. War für sie auch nicht ganz einfach. Sie hat einen fünfzehnjährigen Sohn, der noch zur Schule geht. Den kann sie wohl bei einer Freundin unterbringen.«

Nick stellte fest, dass er so gut wie nichts über Graziella wusste. Weder ob sie verheiratet war noch aus welcher Gegend Italiens sie stammte und wie lange sie schon in München lebte.

»Wie ist das rechtlich?«, fragte er. »Ich werde mir wahrscheinlich ein paar Dokumente anschauen müssen. Eine nicht beeidigte Privatperson wie Graziella kann ja nicht einfach Ermittlungsakten ...«

»Hab ich mit Häring schon besprochen«, unterbrach Aki. »Er sichert uns da ab. Ist alles so halb offiziell, aber wie gesagt: der Zeitdruck. Ihr bekommt ein Schreiben vom Präsidium mit, falls die italienischen Kollegen etwas sehen wollen, was ich aber nicht glaube.«

Graziella habe ihm gesagt, fuhr Aki fort, sie könne morgen gegen 8.30 Uhr losfahren. Bis dahin habe sie alles geregelt. Sie verabredeten, dass Nick vor der Abreise noch einmal bei Aki im Büro vorbeischauen würde. Vielleicht gab es bis dahin neue Informationen. Aki holte Graziella dazu. »Bitte findet heraus, was es mit dieser Gruppe LUDWIG auf sich hat«, wiederholte er eindringlich. »Solange wir nicht wissen, ob wir das Bekennerschreiben ernst nehmen müssen, können wir nicht seriös weiterermitteln.« Sie verabredeten, dass Nick Graziella am nächsten Tag um 8.30 Uhr zu Hause abholen würde. Als es keine weiteren Fragen gab, wünschte Aki beiden eine gute Reise und viel Erfolg.

Nick hatte Blumen gekauft. Die Ärzte wollten ihn, Mordkommission hin oder her, zunächst gar nicht zu ihr lassen, da nicht verwandt, aber er redete so lange auf sie ein, bis ihn ein junger Assistenzarzt zu Vanessa führte. »Sie ist nicht ansprechbar, Sie brauchen also gar nicht erst zu versuchen, sie zu verhören.« Nick versicherte, dass dies nicht seine Absicht sei.

»Wie ist denn ihr Zustand?«

»Verbrennungen dritten Grades. Sechzig Prozent der Haut sind betroffen. Sie hat glühend heiße Luft in die Lungen bekommen. Normalerweise überlebt man das nicht. Aber sie ist jung und kräftig. Wer weiß?«

Nick folgte dem Arzt schweigend über den langen Flur.

»Hatte sie Besuch?«, fragte er, als sie das Krankenzimmer erreicht hatten. »Waren ihre Eltern schon da?«

»Hab ich nicht mitbekommen«, sagte der Arzt und öffnete die Tür. »Bitte nur fünf Minuten. Höchstens.«

Zögernd trat Nick ein. Was da im Krankenbett vor ihm lag, durch Schläuche mit Maschinen verbunden, hatte mit einem menschlichen Wesen nur die Konturen gemein. Er setzte sich auf einen Stuhl und betrachtete, was von Vanessa übrig geblieben war. Der Enge ihres Dorfes war sie entflohen, um etwas zu erleben, und nun lag sie hier.

Nick blieb so lange an ihrem Bett sitzen, bis der Arzt wütend hereinstürmte: »›Nur fünf Minuten‹ hab ich gesagt!«

»Danke, dass Sie mich zu ihr gelassen haben«, sagte Nick.

Als er auf die Pettenkofer Straße trat, kam ihm ein Mann entgegen, die etwa dreijährige Tochter auf den Schultern. Das Mädchen hielt dem Vater immer wieder die Augen zu, worauf er so tat, als würde er die Orientierung verlieren, was die Kleine wiederum vor Vergnügen kreischen ließ. Nick war kurz davor, sie anzuschreien: »Reißt euch zusammen, verdammt noch mal!« Er war schon in die Schillerstraße abgebogen, als er bemerkte, dass er die Blumen noch in der Hand hielt. Er legte sie vor dem Eingang zum Liverpool auf den Gehsteig. Die Fassade des Gebäudes war noch immer rußgeschwärzt. Aber dann sah er, dass die Fensterscheiben bereits ersetzt worden waren. Die Wunden verheilten langsam – ob Narben zurückblieben, war die Frage; die Passanten in der Schillerstraße jedenfalls gingen ihren alltäglichen Geschäften nach, als wäre nichts passiert. Kaum einer blieb vor dem gezeichneten Gebäude stehen, kaum einer hielt inne. Die Menschen waren so. Für einen Moment hielt Nick das Undenkbare für möglich: dass diese Geschichte eines Tages in Vergessenheit geraten könnte. Aber das durfte nicht sein. Und erst einmal musste sie richtig erzählt werden.

In einer Wechselstube am Bahnhof tauschte er hundert DM in Lire um, und bei Sussmann besorgte er sich eine Karte von Norditalien und einen Stadtplan von Mailand.

»Schönen Urlaub«, wünschte ihm die Verkäuferin zum Abschied. Er bedankte sich, ging nach Hause und packte.

VIII. MAILAND

Nick hatte schlecht geschlafen. Zwei Tassen Kaffee mussten es richten. Geld, Autoschlüssel, Reisetasche. Als er um kurz nach halb acht in Akis Büro saß, bekam er eine dritte Tasse Kaffee. Danach wurde es langsam besser. Auch Aki sah aus, als hätte er die ganze Nacht kein Auge zugetan. »Das Wichtigste vorneweg.« Er schob Nick einen Zettel zu. Darauf ein Name, eine Adresse und eine Telefonnummer.

»Commissario Tomei ist dein Ansprechpartner in der Questura di Milano«, erklärte Aki. »Er ist über deine Ankunft informiert.«

»Und sonst?« Nick steckte den Zettel ein.

»Ach, hör auf.« Aki winkte ab. Das Telefon stehe nicht mehr still, erzählte er. Entweder Journalisten oder jemand vom Innenministerium oder Häring. Die Holländer, immerhin, waren auf Zack. Die Kollegen aus Amsterdam hatten sich noch gestern Abend zurückgemeldet. Es gab nur einen Sachverhalt, der mit dem »Attentat von Amsterdam« aus dem Bekennerschreiben gemeint sein konnte: der Brandanschlag auf das Casa Rosso, einen Sexclub. Dort waren am 16. Dezember 1983 13 Menschen umgekommen und 16 schwer verletzt worden.

»Allerdings«, sagte Aki, »ist der Brandstifter wenig später in Den Haag verhaftet worden. Der Mann heißt Joseph Lan und hat die Tat gestanden. Lan war ein Mitarbeiter des Sexclub-Betreibers und hat angegeben, das Casa Rosso aus Wut über seinen ehemaligen Chef angezündet zu haben. LUDWIG, wer immer das ist, hatte nichts damit zu tun.«

»Trittbrettfahrer also«, sagte Nick. »Spinner, die sich mit fremden Federn schmücken.«

»Vielleicht«, sagte Aki, »aber in unserem Fall kannten sie Marke und Seriennummer des Weckers.«

»Sonst noch was?«

»Ja. Ein Anruf bei der Presseagentur ANSA in Mailand hat ergeben, dass das Bekennerschreiben in Novara aufgegeben worden ist. Das liegt etwa fünfzig Kilometer westlich von Mailand.«

Nick machte sich eine Notiz.

»Außerdem«, Aki holte ein Blatt Papier hervor, »habe ich recherchieren lassen, woher die Parole ›GOTT MIT UNS‹ eigentlich kommt.«

»Und?«

»Das war ursprünglich der Wahlspruch des preußischen Königshauses und wurde während der Befreiungskriege von preußischer Seite als Schlachtruf gebraucht. Später hat der Ausspruch die Koppelschlösser erst der Reichswehr und dann der Wehrmacht verziert. Bei der Wehrmacht thronten die Worte ›GOTT MIT UNS‹ über dem Reichsadler, der das Hakenkreuz in den Klauen hielt. Und offenbar ist der Spruch auch bei heutigen Neonazis wieder sehr in Mode.«

Wieder machte sich Nick ein paar Notizen. »Aus welcher Richtung der Wahnsinn kommt, ist klar.«

»Bitte ruf mich sofort an«, sagte Aki, »auch zu Hause. Jederzeit.«

Nick versprach es ihm. Das Telefon klingelte. »Gute Reise«, sagte Aki und nahm den Hörer ab. Bevor Nick die Tür hinter sich schloss, konnte er noch hören, wie Aki sagte: »Tut mir leid, aber dazu kann ich momentan noch keine Angaben machen.«

Auf dem Flur begegnete er Gruber, der ihm ebenfalls eine gute Reise wünschte und ein paar unverständliche Tipps mit auf den Weg gab.

Nick verstaute die Reisetasche im Kofferraum und setzte sich hinter das Steuer des BMW. Gang rein, Motor an. Da bemerkte er den Krummen. Er stand auf der rostigen Außentreppe des Betonwürfels wie ein Kapitän auf der Brücke. Als Nick an ihm vorbeifuhr, hob er grüßend die Hand.

Mit Susanne hatte Nick immer mal nach Rom fahren wollen, aber sie hatten es nie geschafft. Sein Wissen über Italien war bescheiden: Der Norden wohlhabend, im Süden herrschten Armut und die Mafia. Die kommunistische Partei war stark wie sonst nirgendwo in Westeuropa. Der Sozialist Craxi war seit letztem Jahr Ministerpräsident. Außerdem verband Nick mit Italien politisches Chaos und Terrorismus. Die Entführung von Aldo Moro durch die Roten Brigaden hatte er mit Interesse verfolgt, auch weil die Terroristen ähnlich vorgegangen waren wie die RAF bei der Entführung von Hanns Martin Schleyer. Außerdem: Strände, Sonne, Pizza, Gastarbeiter, Paolo Rossi, Dino Zoff und die ganze verfluchte Squadra Azzurra.

Er überquerte die Isar. Haidhausen. Graziella wohnte in einem zweistöckigen Gebäude. Hinter einem Fenster im Erdgeschoss entdeckte Nick ein Plakat: Che Guevara, »*Hasta la victoria siempre!*«. Es diente offenbar zur Isolierung, denn die Fensterscheibe hatte ein Loch, wie Nick erst bemerkte, als er aus dem Wagen stieg. »Altieri« stand auf dem Schild. Kaum hatte Nick den Klingelknopf gedrückt, da ging im zweiten Stock ein Fenster auf und hochtoupiertes Haar kam zum Vorschein. »Komme!«, rief Graziella.

Ein paar Minuten später trat sie aus dem Haus. Rüschenbluse, knielanger Rock, Lackschuhe, die Handtasche in der einen, den Koffer in der anderen Hand. Eine Landpomeranze auf großer Fahrt. Das konnte ja heiter werden. Ein junger Punk mit »Stoppt Strauß«-Plakette an der Jacke folgte ihr. Sie wechselten ein paar Worte und verabschiedeten sich – Nick konnte es kaum glauben – mit Küsschen auf die Wange. Dann trat sie zum Wagen.

»*Ciao*, Nick!« Als sie ihm den Koffer reichte, umwehte ihn der Duft ihres Haarsprays.

»War das dein Sohn?«

Sie lachte, als hätte er etwas besonders Absurdes gesagt.

»Das war Kralle, aus der WG unten.« Sie zeigte auf das Fenster mit dem Che-Guevara-Plakat. »Ist zwar ein Linker, aber er gießt meine Blumen. Falls es länger dauert.«

Nein, erklärte sie, während sie ins Auto stieg, Matteo sei schon in der Schule. Zum Glück habe die Mutter von Matteos Schulfreund Ralf angeboten, ihn bei sich aufzunehmen. »Sonst könnte ich das nicht machen.«

»Du rettest gerade die Münchner Polizei.« Nick startete den Motor. »Dafür sind dir alle dankbar.«

»Ich mach das nur fürs Geld, Nick. *Andiamo*.«

Sendling, Kleinhadern, Lochham. Graziella übernahm die Navigation, hantierte mit der Straßenkarte und lotste Nick in westlicher Richtung aus München hinaus. Allerdings verfuhren sie sich ein paarmal. So richtig vertraut wirkte auch sie mit der Stadt nicht. Oder mit dem Stadtplan. Aber irgendwann hatten sie es geschafft und die Stadtgrenze hinter sich gelassen. Auch Graziella schien – zum Glück – keinen Redebedarf zu haben, also fuhren sie schweigend, und Nick hing seinen Gedanken nach.

Aki hatte recht gehabt. Die Arbeit war alles, was ihm geblieben war, sie gab ihm Struktur; er führte sie aus wie ein Roboter, ohne darüber nachzudenken. In München war es zunächst nur darum gegangen, sein Leben wieder in den Griff zu bekommen, alles andere war nebensächlich gewesen. Nun, da sie die Stadt hinter sich gelassen hatten und die Gegend immer ländlicher wurde, kehrte etwas zurück, was Nick unwiederbringlich verloren geglaubt hatte und was der Motor seines früheren Lebens gewesen war: der unbedingte Wille, ja das Bedürfnis, die Wahrheit herauszufinden. Er wollte wissen, wer den Brand im Liverpool gelegt hatte. Wer trug die Schuld daran, dass von Vanessa nichts weiter übrig geblieben war als jene schemenhafte Gestalt unter der Bettdecke, reglos und künstlich am Leben gehalten?

Grauer Himmel, Hochnebel wahrscheinlich.

»Kühe«, sagte Nick.

»Allgäu«, antwortete Graziella nach einem Blick auf die Karte.

Österreich. Schweiz. Die Mienen der Grenzbeamten immer gleich, nur die Uniformen sahen anders aus. »Die Ausweise, bitte! Führen Sie Waren mit? Danke. Gute Reise.«

Sie fuhren am Rhein entlang, der hier rührend schmal war und durch keinerlei Anzeichen erkennen ließ, dass er später zu einem bedeutenden Strom heranwachsen und Frachtschiffe transportieren würde. Die Berge rückten näher, ihre Gipfel verschwanden in der Wolkendecke.

Plötzlich begann Graziella zu kichern.

»Was?«, fragte Nick.

»Diese Ortsnamen: Cazis, Thusis, Zillis. Wer denkt sich so was aus?«

»Graubünden«, sagte Nick.

»Ich muss mal.«

Vor dem San-Bernardino-Tunnel fuhr Nick raus. Tanken. Toilette. Kaffee. Der Kiosk verkaufte neben heißen Getränken und belegten Brötchen auch Reiseandenken: Wappen für den Wanderstock, Tassen mit Schweizerkreuz. Es war kalt. Mit hochgezogenen Schultern nippte Graziella an ihrem Kaffee. Nick bot ihr eine HB an.

Das Dröhnen eines Motors. Ein Lkw fuhr im Schritttempo vorbei.

»Wie lange putzt du schon bei der Mordkommission?«

»Ein Jahr? Anderthalb? Weiß nicht genau.«

»Und vorher?«

»Kellnerin, Verkäuferin. Kindermädchen. Was sich so ergeben hat.«

Eine Weile rauchten sie schweigend.

»Mir ist kalt«, sagte sie dann. »Fahren wir weiter?«

Sie warfen ihre Kippen weg und stiegen ins Auto. Der Tunnel schluckte sie. Neonröhren an der Decke, Notfallbuchten in regelmäßigen Abständen. Wenig Verkehr. Wo war Jo wohl inzwischen? Vielleicht lange schon in Portugal. Im Radio hatte Nick irgendwann gehört, wie sehr das Land unter der Austeritätspolitik litt. Die Menschen hungerten. Zehn Jahre nach der Nelken-Revolution musste die Polizei Supermärkte in den Vororten Lissabons vor Plünderungen schützen. Jo hatte nicht mehr angerufen. Hoffentlich ging es ihm gut. Nick legte die Kassette ein.

»I've been waiting for a guide to come and take me by the hand.«

»Kenn ich«, sagte Graziella sofort.

»Du kennst Joy Division?« Nick war überrascht.

Die WG, erklärte Graziella. Kralle und seine Mitbewohner hörten das hoch und runter. In voller Lautstärke. Sie bekam alles mit. Aber was sollte sie tun? Eine andere Wohnung konnte sie sich nicht leisten.

»Stört's dich? Soll ich es ausmachen?«

»Nein, lass ruhig.«

Und plötzlich hatte Nick das Bedürfnis zu reden. Er erzählte Graziella, dass sein Sohn ihm die Kassette zu Weihnachten geschenkt habe. Der Witz dabei war, dass Jo nicht einfach nur die beiden Joy-Division-Alben samt »Licht und Blindheit« aufgenommen hatte, nein, die Abfolge der Lieder entsprach genau der des Konzertes im Kant Kino, das sie gemeinsam besucht hatten. Einige Wochen vorher, es musste kurz vor Weihnachten gewesen sein, war Jo mit einer Kassette in der Hand ins Wohnzimmer gekommen und hatte gesagt: »Ich muss dir was zeigen.« Er legte die Kassette ein, drückte auf Start und setzte sich Nick gegenüber aufs Sofa. Der treibende Rhythmus, der Bass, die Dringlichkeit im Gesang von Ian Curtis. Sofort hatte Nick Bilder maroder Fabriken und anonymer Wohnblocks vor Augen. Nie zuvor hatte er etwas

Vergleichbares gehört. Es war der Soundtrack der zerfallenden Industriegesellschaft. Sein Sohn saß vor ihm, in der ganzen Verletzlichkeit seiner 15 Jahre, begeistert, stolz auf seine Entdeckung und gleichzeitig unsicher, ob er dem eigenen Urteil trauen konnte. Immer wieder warf er Nick scheue Blicke zu, auf der Suche nach Bestätigung oder Ablehnung. Obwohl sie mit der Art Musik, die Nick sonst hörte, überhaupt nichts gemein hatte, wusste er sofort, dass diese Band etwas Besonderes war, und schon nach dem ersten Song sagte er: »Das ist toll, Jo. Wo hast du das her?« Jo strahlte und erzählte, dass ihm einer aus der Elften die Platte aufgenommen habe. Sie kursierte als Geheimtipp unter den Coolen an seiner Schule. Gemeinsam hörten sie das ganze Album einmal durch. Wenige Tage später entdeckte Nick in der Zeitung die Ankündigung, dass Joy Division am 21. Januar 1980 im Kant Kino spielen würden. Das war nun, fast auf den Tag genau, vier Jahre her. Er hatte zwei Karten im Vorverkauf besorgt, 10 DM das Stück, und sie Jo als Geschenk unter den Weihnachtsbaum gelegt. Obwohl sich nur etwa hundertfünfzig Besucher im Saal verloren und der Ton schlecht war – das Konzert war eine Offenbarung gewesen.

»Danach«, sagte Nick, »hatte ich das Gefühl, so eng mit meinem Sohn verbunden zu sein wie noch nie. Von da an gehörten wir zu einem Zirkel Eingeweihter.«

Sie fuhren schweigend weiter. Erst als am Ende des Tunnels wieder Licht zu sehen war, sagte Graziella: »Das ist eine schöne Geschichte.«

Ja, dachte Nick, eine schöne Geschichte. Eine Geschichte aus einem anderen Leben.

Raus aus dem Tunnel. Blauer Himmel und Sonne über dem Tessin. »So gehört sich das.« Graziella grinste. Dafür staute sich plötzlich der Verkehr. Eine Reihe Lastwagen quälte sich die Serpentinen hinunter in Richtung Bellinzona. Überholen war unmöglich. »*Camion di cazzo*«, fluchte Graziella und schnappte sich eine von Nicks HB. Wenn das so weiterging, würde er bald neue kaufen müssen. Ob es in Italien HBs gab?

»Was sagst du denn zu diesem LUDWIG-Bekennerschreiben?«, fragte er.

»Den Namen LUDWIG hab ich schon mal gehört«, sagte Graziella. »Ich glaube, im Zusammenhang mit einem Verbrechen in Italien … aber Genaueres weiß ich nicht mehr.«

»War das Italienisch auf dem Bekennerschreiben eigentlich korrekt? Ich meine, können wir davon ausgehen, dass der Verfasser Italiener ist und Nazisymbole und einen deutschen Namen benutzt, oder könnte es auch ein Deutscher sein, der auf Italienisch schreibt?«

»Das Italienisch war korrekt«, sagte Graziella. »Aber das ›GOTT MIT UNS‹ war auch richtig geschrieben, oder?« Nach einer kurzen Pause fuhr sie fort: »Ich glaube, man muss sich darüber klar sein, dass alles, was mit den Nazis zu tun hat, Reichsadler, Hakenkreuz, Runenschrift, das fasziniert die Italiener. Vielen macht es Angst, einige haben Freude daran … so wie man Horrorfilme anschaut. Und dann gibt's natürlich noch die vielen Faschisten, die die Nazis bewundern. Norditalien ist voll von denen.«

Nun konnte Nick nicht länger an sich halten: »Wie hast du eigentlich Deutsch gelernt, Graziella?«

»Warum?« Sie sah ihn misstrauisch an.

»Na weil … ich finde … wie soll ich sagen? … Du sprichst mit starkem Akzent, aber die Grammatik und der Wortschatz, das ist alles sehr gut …«

»Traut man mir nicht zu, ja?«

»Nein, so würde ich das nicht …«

»Hast du aber.«

Hatte er. Völlig richtig. »Tut mir leid«, sagte Nick. Nachdem sie eine Weile schweigend weitergefahren waren, begann Graziella plötzlich zu erzählen. Von ihrer Anfangszeit in München. Wie schwer das alles gewesen war, als Mädchen vom Land und alleinerziehende Mutter, mit Matteo, der gerade geboren war. »Dann habe ich endlich eine Arbeitsstelle gefunden. Die Caritas hat das vermittelt. Die haben sich sehr um die italienischen Gastarbeiter gekümmert. Aber alleinerziehende Frauen gab es damals so gut wie nicht. Katholisch, wie wir alle sind.«

Nick hatte den Eindruck, als wartete sie auf seine Nachfrage, aber als er schwieg, fuhr sie fort: »Michael war Deutschlehrer an einem Gymnasium in München. Zwei kleine Kinder. Seine Frau war gestorben. Er hat jemanden gesucht, der den Haushalt macht und die Kinder versorgt. Er hatte ein Haus mit Einliegerwohnung, da konnte ich mit Matteo einziehen.« Michael, erzählte sie weiter, habe viel an Kultur und Sprache gelegen und sei sehr hinterher gewesen, dass Graziella schnell Deutsch lernte. Allerdings mehr, um Schaden von seinen Kindern abzuwenden, als um ihr Chancen zu eröffnen, aber das habe sie erst später verstanden. Dass er befürchtete, sie könnte seine Kinder mit ihrem schlechten Deutsch anstecken wie mit einer Krankheit. Deshalb habe er ihr Kassetten mit selbst eingesprochenen Texten aufgenommen, die sich Graziella dann anhören musste, während sie putzte, wusch und die Kinder versorgte.

»Das hat jedenfalls gut funktioniert«, sagte Nick schnell. »Dein Deutsch ist wirklich gut, Graziella, das wollte ich vorhin eigentlich sagen.«

Graziella blickte ihn durchdringend an und schwieg.

Und Nick war in Gedanken schon wieder bei der Gruppe LUDWIG. Italienische Neofaschisten, überlegte er, die in München einen Sexclub anzünden? Wie passte das zusammen? Wie er es auch drehte und wendete – mit dem bis jetzt vorhandenen Wissen war die Vermutung, dass der Brand im Liverpool mit den Revierkämpfen im Münchner Rotlichtmilieu zu tun hatte, immer noch am naheliegendsten. Dass die Täter italienische Neonazis sein sollten, klang dagegen zumindest abenteuerlich. Nick spürte, wie ihn Unruhe erfasste. Je näher er der italienischen Grenze kam, desto größer wurde sie. Sein Ermittlerinstinkt war erwacht. Er wollte endlich Antworten.

Als sie die Stadtgrenze von Mailand erreichten, war es schon Nachmittag. Die Fahrt hinter der Lkw-Kolonne hatte sie aufgehalten. Um nicht noch mehr Zeit zu verlieren, hatten sie an einer Raststätte schnell ein Panino gegessen. Nicht sonderlich gemütlich, dafür hatte es hervorragend geschmeckt. Den Stadtplan von Mailand in der Hand, lotste Graziella sie von der Tangenziale herunter und am Cimitero Monumentale vorbei durch das Straßengewirr der Millionenstadt. »Hier gibt's sogar ein Viertel, das ›Chinatown‹ heißt«, bemerkte Graziella erstaunt. »Wusste ich gar nicht.«

»Aus welcher Ecke von Italien kommst du eigentlich?«

»Aus Ligurien«, sagte Graziella. »Aber nicht von der Küste, sondern aus dem Hinterland. Bauern. Oliven und Knoblauch.«

Die Via Fatebenefratelli lag in einem noblen Stadtviertel. Prächtige Palazzi links und rechts. Das Gebäude Nummer 11, das die Questura di Milano beherbergte, war besonders eindrucksvoll: lang gestreckt, ockergelb, mit einem riesigen Portal, das von zwei Säulen eingerahmt wurde. Darüber wehte die Trikolore. Ein paar Meter hinter dem Gebäude fanden sie einen Parkplatz.

»Können wir das Gepäck im Auto lassen?«, fragte Nick.

»Das hier ist Mailand«, sagte Graziella, »nicht Neapel. Außerdem ist die Polizei in der Nähe.«

Nick wurde bewusst, dass er sich auf fremdem Terrain bewegte. Noch fremder als München. Er war vollkommen von Graziella und ihrer Einschätzung abhängig. Und von ihren Sprachkenntnissen. Ohne sie ging von nun an nichts mehr.

Der Beamte an der Pforte verzog keine Miene, während er ihre Ausweise prüfte, dann griff er zum Telefonhörer. Nick meinte, aus seinem Wortschwall den Namen Tomei herauszuhören, mochte sich aber täuschen. Der Beamte legte den Hörer auf und sagte etwas zu Graziella. »Durch den Hof und dann links«, übersetzte sie. Im prächtigen kopfsteingepflasterten Innenhof standen Einsatzfahrzeuge der Polizia di Stato. Eine ausgetretene Steintreppe führte in den zweiten Stock hinauf. Nick öffnete eine mit Intarsien verzierte Holztür, aber der dahinterliegende Flur stand dem Raumschiff der Mordkommission 3 an Schäbigkeit und Tristesse in nichts nach. Der Putz blätterte von den Wänden, Neonlicht an der Decke. Hinter der herausgeputzten Fassade beherbergte der Palazzo ganz einfach eine Behörde. Diese Erkenntnis hatte fast etwas Erleichterndes.

Graziella wandte sich an einen uniformierten Beamten, der ihnen entgegenkam. Sie wechselten ein paar Sätze, woraufhin der Mann in einem Büro verschwand.

»Was macht er?«, fragte Nick.

»Er erkundigt sich.«

Aber ehe Nick nachhaken konnte, kam der Uniformierte schon wieder heraus und führte sie zu einer Tür am Ende des Flurs. Sie traten in ein spartanisch eingerichtetes Büro, ein Schreibtisch voller Akten, zwei Stühle. Nachdem Graziella ein paar Sätze mit dem italienischen Kollegen gewechselt hatte, erklärte sie Nick, dass Commissario Tomei verhindert sei und sie heute leider nicht mehr empfangen könne. »Er hat die Akten für uns zusammengestellt, lässt uns grüßen und erwartet uns morgen um 8.30 Uhr in seinem Büro.«

»Aber er wusste doch, dass wir heute ankommen?« Nick fühlte sich wie bestellt und nicht abgeholt. Er sah sich in dem kargen Raum um. Bis auf ein Kruzifix waren die Wände völlig kahl. Es war kalt. »Ist das Tomeis Büro?«

»Nein, das ist gerade frei. Hier können wir uns in Ruhe einarbeiten.«

»In was einarbeiten?« Nick trat an den Schreibtisch und nahm die erste Akte vom Stapel. Sie trug die Aufschrift »Guerrino Spinelli«. Er schlug sie auf. Zuoberst lagen mehrere Schwarz-Weiß-Fotos, auf denen ein ausgebrannter Alfa Romeo zu sehen war.

Unter den Fotos ein Formular, vermutlich der Bericht der Spurensicherung. Oben rechts: »Verona, 25/08/1977«. Ein fast sieben Jahre alter Fall sollte mit dem Brandanschlag auf das Liverpool und diesem ominösen LUDWIG zusammenhängen? »Frag den Kollegen doch bitte, ob Tomei uns sonst noch irgendetwas hat ausrichten lassen. Irgendeine Nachricht … ich meine, wir wissen doch überhaupt nicht, wonach wir eigentlich suchen.«

Während sich Graziella wieder an den italienischen Kollegen wandte, griff Nick nach der nächsten Akte. Ein weiterer Mordfall, ein Jahr später, offenbar in Padua. Was sollte das? Der Uniformierte zückte einen Stift und schrieb etwas auf einen Zettel, den er Graziella reichte. Wort- und gestenreich erklärte er ihr irgendetwas. Nick wurde immer ungeduldiger. Sie schienen ihn vergessen zu haben. Schließlich tippte sich der Beamte an die Uniformmütze und verließ das Zimmer. Graziella wandte sich zu Nick und sagte: »Nein.«

»Was, ›nein‹?«

»Tomei hat uns keine Nachricht hinterlassen.«

»Und der Kollege? Konnte der irgendwas zu den Akten sagen?«

»Der weiß von nichts.« Graziella ging zur Heizung am Fenster. »Hoffentlich funktioniert die, sonst erfrieren wir hier.«

»Das gibt's doch nicht.« Nick war jetzt richtig sauer. »Die setzen uns in ein eiskaltes Zimmer und legen uns kommentarlos alte Akten vor?«

»Immerhin organisiert er uns ein Hotelzimmer«, sagte Graziella, während sie am Heizkörper herumschraubte, »die Adresse steht auf dem Zettel, aus dem Haupteingang rechts und gleich wieder rechts.«

Na prima, dachte Nick. Und nun? Da ihnen hier niemand irgendwelche Informationen geben konnte oder wollte, blieben nur die Akten. »Sind offenbar verschiedene Fälle, chronologisch angeordnet. Bitte verschaff dir schon mal einen Überblick, und ich bring inzwischen das Gepäck ins Hotel.«

Graziella legte beide Hände prüfend auf den Heizkörper. »Da passiert gar nichts. Ich fürchte, ich muss erst noch einen Heizlüfter organisieren.« Aus irgendeinem Grund wirkte sie plötzlich nervös.

»Bitte, Graziella. Je schneller wir Aki etwas sagen können, desto besser.«

»Natürlich«, sagte sie.

»Ist alles in Ordnung?«

»Ja. Geh nur.«

Als Nick an der Pforte vorbeigehen wollte, rief der diensthabende Beamte ihm etwas zu und winkte ihn heran. *»I documenti.«* Und als Nick nicht gleich reagierte: *»Il passaporto.«* Nick reichte ihm auf gut Glück seinen Ausweis und schien damit richtig zu liegen. Der Beamte übertrug die Daten auf ein Papier. Er tat das mit großer Genauigkeit, und Nick wünschte, Tomei hätte bei der Übergabe der Akten nur halb so viel Sorgfalt walten lassen wie sein Kollege an der Pforte. Die Italiener hatten ihn einfach auflaufen lassen. Ob böser Wille dahintersteckte oder Gedankenlosigkeit, würde er herausfinden. Spätestens morgen.

»Prego, signore.« Der Beamte überreichte Nick seinen Ausweis und ein Papier, bei dem es sich offenbar um einen Besucherausweis handelte, den Nick beim Wiedereintritt vorweisen sollte. Der Beamte tippte sich grüßend an die Mütze.

Auf der Via Fatebenefratelli herrschte reger Betrieb. Wendige Motorroller und Vespas umkurvten hupende Autos. Gut gekleidete Herren, die meisten mit Hut und Aktenmappe, hasteten auf dem Bürgersteig dem Feierabend entgegen. Drei Damen trugen Pelzmäntel zur Schau und schienen viel Zeit zu haben. Immer wieder blieben sie stehen, wild gestikulierend. Es schien um Leben und Tod zu gehen. Nick schloss den Wagen auf und holte ihr Gepäck aus dem Kofferraum. Graziellas Koffer war um einiges schwerer als seine Tasche. Das Albergo Due Spade war tatsächlich direkt um die Ecke. Der Padrone begrüßte ihn freundlich, schnappte sich die Schlüssel und führte ihn in den zweiten Stock. Die Zimmer, schlicht, aber sauber, lagen nebeneinander. Nachdem der Padrone sich verabschiedet hatte, verteilte Nick das Gepäck auf die Zimmer. Er wusch sich die Hände und betrachtete sein Gesicht im Spiegel: grau und verärgert.

IX. ABSCHAUM

Graziella blickte erschrocken auf, als Nick das Büro betrat.

»Und?«, fragte er. »Womit haben wir es zu tun?«

»Ich bin noch nicht sehr weit. Es ist … viel, weißt du.« Sie hielt die Akte Guerrino Spinelli in der Hand, die zuoberst auf dem Stapel gelegen hatte.

»Aber du hast doch sicher alle Akten schon mal durchgeschaut … oder nicht?«

Graziella starrte ihn an wie das Kaninchen die Schlange. »Du hast doch gesagt, das ist zeitlich angeordnet … von oben nach unten … ich muss überhaupt erst mal …«

Nick atmete tief durch. Geduld, ermahnte er sich, du musst Geduld haben. »Alles klar, mach einfach weiter.« Er nahm ihr gegenüber Platz und schnappte sich die nächste Akte: Stefanato, Luciano, Padua, 19. Dezember 1978. Nick blätterte durch: Obduktionsberichte, Vernehmungsprotokolle. Natürlich alles auf Italienisch. Er konnte nichts damit anfangen. Dann ein paar Fotos. Schwarzweiß. Eines war im Inneren eines Autos aufgenommen worden, vom Beifahrersitz aus, dessen Lehne offenbar nach vorn geklappt worden war. Das Opfer hing, mit dem Gesicht zur Tür, über dem Fahrersitz, mit dem linken Arm schien der Tote nach etwas zu greifen, das zwischen Rückbank und Vordersitz auf dem Boden lag. Ein Stück Hinterkopf mit längeren dunklen Haaren war zu sehen.

»Han-no chia-ma-to …«, murmelte Graziella.

Nick sah auf: »Was?«

»Nichts ...« Sie lächelte ihn an. Warum war sie bloß so nervös?

Er widmete sich wieder dem Foto. Im Rücken des Opfers, zwischen den Schulterblättern, steckte ein Messer, die Klinge so tief ins Fleisch getrieben, dass nur noch der Griff herausragte. Ein zweites Messer weiter rechts am Hals war nicht so tief eingedrungen. Der Tote trug eine Baumwolljacke über dem Hemd. An mehreren Stellen war der Stoff dunkel vor Blut. Nick zählte sechs Verletzungen, die von den Messerstichen stammen mussten.

Als Graziella wieder etwas murmelte, fühlte sich Nick erneut angesprochen, aber offenbar hatte sie nur laut gelesen. Er beobachtete sie über den Rand der Akte hinweg. Konzentriert tastete sie sich Wort für Wort voran, wobei sie den Zeigefinger zu Hilfe nahm, um nicht in der Zeile zu verrutschen. Zwei tiefe Falten hatten sich über ihrer Nasenwurzel gebildet. Immer wieder las sie einzelne Worte halblaut mit, offenbar ohne es selbst zu bemerken, und Nick verstand plötzlich, was ihr Problem war: Sie konnte nur langsam und stockend lesen.

Fassungslos sah er ihr zu. Was für ein groteskes Schauspiel, es war nicht zu glauben! Er spürte Wut in sich aufsteigen. Aber was hatte er eigentlich erwartet? Das kam eben dabei heraus, wenn man die Putzfrau der Mordkommission 3 mit solch einer Aufgabe betraute. Er war inzwischen richtig geladen und hatte gute Lust, Aki anzurufen und ihm klarzumachen, was das für eine Schnapsidee gewesen war.

Graziella pustete sich eine Haarsträhne aus der Stirn. Sie schwitzte und ackerte.

Er konnte es nicht länger mit ansehen.

»Ich vertrete mir mal kurz die Beine.« Nick flüchtete nach draußen und knallte die Tür hinter sich zu. Auf dem Büroflur hätte er am liebsten um sich geschlagen. Erst die Italiener, die sich einen Dreck kümmerten, und jetzt Graziella, die sich schwitzend und im Schneckentempo durch die Akten kämpfte. Würde sie auf diese Weise überhaupt ihren Sinn erfassen und dann noch so wiedergeben können, dass er etwas damit anfangen konnte? Das schien ihm mehr als fraglich. Er überlegte, ob er nicht wirklich in München anrufen und Aki davon unterrichten müsste, was hier los war. Denn falls Graziella tatsächlich nicht in der Lage sein sollte, ihre Aufgabe zu erledigen, musste schnell eine andere Lösung her. Laute Stimmen aus einem Büro, dann wurde die Tür aufgerissen, und zwei Uniformierte gingen den Flur entlang in Richtung Ausgang. Sie schienen ihn nicht zu bemerken. Seine Anwesenheit kümmerte hier niemanden.

Scheiße, alles!

Zigarette.

Während Nick rauchte, entschied er sich dann aber, mit dem Anruf in München noch zu warten. Vielleicht musste er Graziella einfach Zeit lassen. Also wanderte er durch das Gebäude der Questura und rauchte eine Zigarette nach der anderen. Vor einem Fenster blieb er stehen. Draußen wurde es allmählich dunkel. In den Büros auf der anderen Seite des Innenhofs gingen nach und nach die Lichter an. Langsam beruhigte er sich wieder. Er hatte keine Wahl. Er musste jetzt das Beste aus der Situation machen und hoffen, dass man in München schnell professionellen Ersatz für Graziella finden würde.

Als er glaubte, ihr nun einen komfortablen Vorsprung verschafft zu haben, ging er zurück ins Büro. Graziella hatte die Schreibtischlampe eingeschaltet.

»Wie hältst du das bloß aus?« Ihre Stimme war belegt.

»Was?« Er nahm auf der anderen Seite des Schreibtisches Platz.

»Dieses Grauen. Wenn man täglich mit so was zu tun hat …« Sie brach kopfschüttelnd ab, ließ sich Zigarette und Feuer geben. »Ehrlich gesagt … je mehr ich lese, umso unklarer wird mir das alles …«

Na so was, dachte Nick. Aber sie schien nicht das Bedürfnis zu haben, über ihr Problem zu sprechen. Vielleicht war es auch gar nicht so wild, denn offenbar hatte sie ja etwas in Erfahrung gebracht. Wie auch immer, er würde die Klappe halten und mitspielen, er war gespannt. »Verona 1977, richtig?«

»Ja. Donnerstag, 25. August 1977«, sagte Graziella. »Bist du bereit?«

Er nickte.

»Verona also«, begann sie, »Hochsommer. Selbst in der Nacht kühlt es kaum noch ab. Um vier Uhr morgens ist es wohl passiert. Vor Sonnenaufgang jedenfalls. Guerrino Spinelli, geboren in Montesilvano in den Abruzzen, zuletzt gemeldet in Fossacesia ... In den Akten benutzen sie verschiedene Begriffe, nennen ihn ›*zingaro*‹, woanders ›*nomade*‹ und ›*senzatetto*‹, also ›Zigeuner‹ oder ›Obdachloser‹ ... Auf jeden Fall ist der Mann dreiunddreißig Jahre alt. Irgendwo steht auch ›drogenabhängig‹, und er wird verdächtigt, selbst mit Drogen zu handeln. Die Via Taormina ist eine ruhige Seitenstraße in Borgo Nuovo, so heißt das Stadtviertel von Verona. Corso Milano ist nicht weit, das ist die Hauptverkehrsstraße, die vom Stadtzentrum westlich Richtung Brenner und Gardasee führt. Guerrino Spinelli hat also seinen alten Alfa Romeo vor dem Wohnblock Nr. 9 in der Via Taormina geparkt und sich darin schlafen gelegt, das Fenster, wegen der Hitze, ein Stück heruntergekurbelt ...«

Lesen war ihr Problem, nicht das Vermitteln. Ihr Vortrag war erstaunlich flüssig, Nick konnte ihren Ausführungen besser folgen als befürchtet. Dass er keinen blassen Schimmer hatte, was ein Obdachloser in Verona mit dem Brandanschlag auf das Liverpool zu tun hatte, war nicht ihre Schuld.

»Seine Frau, Carolina Morello«, fuhr sie fort, »schläft ganz in der Nähe in einem zweiten Auto ...« Sie zog an ihrer Zigarette. »Die Täter werfen zwei Molotowcocktails in das Auto, zwei landen draußen. Als Spinelli aufwacht, steht sein Wagen schon in Flammen ...«

»Und dann?«

»Er erkennt zwei oder drei vermummte Personen, ›*incappucciati*‹ steht hier ... Also die sieht er durchs Fenster, und die flüchten sofort. Es gelingt ihm gerade noch, die Wagentür zu öffnen und sich nach draußen zu schleppen. Durch seine Schreie wird Carolina Morello wach. Sie findet ihren Mann, *›una torcia umana‹*, schreiben sie, eine ›menschliche Fackel‹, auf dem Boden vor dem Alfa Romeo. Obwohl sie unter Schock steht, ist sie geistesgegenwärtig genug, ihn vom Wagen wegzuziehen, weil ... sie hat Angst, das brennende Fahrzeug könnte explodieren. Inzwischen *hanno chiamato* ... haben Anwohner die Polizei verständigt. Spinelli wird mit Verbrennungen zweiten und dritten Grades ins Krankenhaus gebracht. Carolina Morello sagt aus, sie hat drei Personen vom Tatort flüchten sehen, ist sich aber nicht sicher. Sonst gibt es keine Augenzeugen, niemand aus der Nachbarschaft hat etwas gehört oder gesehen ... *proprio nessuno.* Als die Polizisten den kaum ansprechbaren Spinelli im Krankenhaus befragen, macht er die Aussage mit den drei vermummten Männern ... Am zweiten September, eine Woche nach der Tat, stirbt er an seinen schweren Verletzungen, unter anderem an ...« Graziella beugte sich über die Akte und entzifferte mit Mühe: »*›In-suf-fi-cienza re-na-le‹* ... puh ... keine Ahnung, wie heißt das hier, dieses Organ?« Sie tippte sich mit dem Finger in die Seite, und Nick fragte sich, ob sie auch wirklich die wichtigen Informationen wiedergab. War ihr Wortschatz überhaupt groß genug? »Die Leber?«

»Nein, verdammt, wie heißt denn das auf Deutsch ...?«

»Ist egal!« Nick wurde ungeduldig. Schlimme Geschichte, keine Frage, aber wo war die Verbindung nach München? Das Opfer hatte gebrannt wie eine Fackel. Genau wie Vanessa. Aber mehr Gemeinsamkeiten konnte Nick nicht erkennen. Bis jetzt zumindest nicht. »Was steht da noch?«, fragte er.

»Jetzt hab ich's!« Graziella strahlte. »Die Nieren. Er ist an Nierenversagen gestorben.«

»Prima. Und weiter?«

»Die Ermittlungen kommen nicht voran, es gibt keine Zeugen, und die Täter scheinen sich in Luft aufgelöst zu haben. Am 28. Februar 1978 schließt Mario Sannite, der Untersuchungsrichter von Verona, den Fall.« Graziella brach ab und sah Nick unsicher an.

»Das war's?«, fragte Nick.

»Hier sind noch Zeitungsausschnitte und weitere Fotos vom Tatort.« Sie reichte ihm die Akte. Während Nick die Fotos betrachtete, kämpfte sich Graziella durch die Zeitungsmeldungen und kam nach einiger Zeit zu dem Ergebnis: »Hier werden immer nur zwei Molotowcocktails erwähnt. In den Ermittlungsakten war von vier die Rede.«

Nick durchblätterte die Akten, die den qualvollen Tod von Guerrino Spinelli dokumentierten und die Unfähigkeit der Behörden, die Täter zu ermitteln. Er konnte die Papiere nicht lesen, hatte aber das Gefühl, dass Brandgeruch von ihnen ausging.

Es klopfte an der Tür. Als niemand hereinkam, öffnete Nick. Vor ihm stand der Uniformierte mit einem Heizstrahler. Er stellte ihn neben Graziellas Stuhl auf und schloss ihn an. Graziella bedankte sich lächelnd. Der Kollege verabschiedete sich und verließ den Raum.

»*Va bene*«, sagte Graziella, »wo waren wir?«

»Gibt es noch mehr zu dem Obdachlosen?«

»Nein«, sagte Graziella, »das war alles. Die Ermittlungen wurden eingestellt.«

»In der Akte steht nichts, was eine Verbindung zu LUDWIG oder zum Brandanschlag aufs Liverpool nahelegt?«

»Nein.« Graziella schüttelte den Kopf.

»Das gibt's doch nicht, da muss doch ein Zusammenhang … Bist du sicher, dass du nichts übersehen hast?«

»Eigentlich … ich glaube …« Unsicher blätterte sie durch die Akte, dann sagte sie: »Aber die Täter haben beide Male Feuer gelegt. Das ist doch eine Verbindung, oder nicht?«

»Ja«, sagte Nick, »die einzige. Und keine besonders überzeugende …«

»Soll ich alles noch mal durchgehen?«

Bloß nicht, dachte Nick und sagte: »Nein, lass uns weitermachen. Vielleicht wird der Zusammenhang ja klarer.« Er hoffte inständig, dass sich die Italiener wenigstens bei der Auswahl der Akten etwas gedacht hatten. Er schob ihr den Ordner mit der Aufschrift »Stefanato, Luciano« über den Tisch. »Das ist der nächste Fall. Lies in Ruhe, ich geh mal spazieren.«

Kein Mensch begegnete ihm, während er auf dem Flur auf und ab ging. Offenbar hatten hier alle schon Feierabend. Die Bereitschaft musste woanders untergebracht sein, das Gebäude war groß. Aber er würde genug Zeit haben, es auszukundschaften, denn er würde viele Zigarettenpausen machen müssen und ausgedehnte Spaziergänge. Es würde eine lange Nacht werden.

»Wo hast du denn gesteckt?«, fragte Graziella, als er zurückkam. Immerhin hat sie Humor, dachte er, doch dann sah er in ihrem Gesicht, dass sie die Frage ernst gemeint hatte. War es möglich, dass sie überhaupt nicht mitbekam, was er hier veranstaltete?

»Am 19. Dezember 1978«, begann sie, »um null Uhr dreißig wird in Padua, in der Via Ludovico Ariosto, hinter dem Steuer seines roten Alfa Romeo Giulia 1300 die Leiche des Kellners Luciano Stefanato, vierundvierzig Jahre alt, gefunden ... Er hat zahlreiche Stich- und Schnittverletzungen am ganzen Körper. In seinem Hals und im oberen Rückenbereich stecken noch zwei Küchenmesser mit orangen ... orangefarbenen Plastikgriffen, die Klingen sind jeweils etwa fünfundzwanzig Zentimeter lang ... Die Fotos hast du schon gesehen?«

»Ja«, sagte Nick, »aber gib sie mir noch mal rüber.«

Sie nahm die Fotos aus der Mappe und reichte sie ihm. »Der Wachmann Bruno Zangrandi fährt auf dem Moped seine übliche Runde, als er auf den Alfa Romeo aufmerksam wird. Der Wagen steht an einer dunklen Stelle in der Nähe des Gasometers. Hier befindet sich der Straßenstrich. Schwule und Transvestiten hauptsächlich. Zangrandi bemerkt, dass die Beifahrertür offen steht. Der linke Blinker ist eingeschaltet. Kurz vorher hat er zwei junge Männer in blauen … Jacken … solchen Windjacken … beobachtet, vielleicht achtzehn, neunzehn Jahre alt, um die eins siebzig groß, der eine mit kastanienbraunem Haar, die sich eilig von dem Alfa Romeo entfernten. Deshalb waren sie ihm aufgefallen, weil sie so eilig … Zangrandi entdeckt Luciano Stefanato auf dem Fahrersitz und verständigt die Polizei. Während er auf die Rettungskräfte wartet, beobachtet er einen roten Mini mit zwei Personen darin, der auf ihn zufährt. Plötzlich wendet der Mini mitten auf der Straße und fährt in die andere Richtung davon, ohne dass Zangrandi das Nummernschild erkennen konnte …«

Die Falten über der Nasenwurzel, die Haarsträhne, die ihr in die Stirn gefallen war. Graziella leistet Schwerstarbeit, dachte Nick. Aber wo führte das hin? Zu einem Strichermord in Padua? Er fragte sich inzwischen, ob man ihnen überhaupt die richtigen Akten vorgelegt hatte.

»Luciano Stefanato, zusammen mit seinen neun Brüdern in Meduna di Livenza aufgewachsen, ist mit zwanzig nach Australien ausgewandert, wo er sich als Maurer durchschlug. Seit wann er wieder in Italien ist, steht hier nicht, oder ich find's nicht, jedenfalls arbeitet er jetzt als Kellner im Hotel Eden in Abano Terme etwa zehn Kilometer südwestlich von Padua. Von den Arbeitskollegen wird er geschätzt. Mit seiner Homosexualität geht er offen um. Alle wissen, dass er sich regelmäßig Jungs vom Straßenstrich holt. Die Stricher kennen ihn als sympathisch und freundlich, allerdings auch als geizig. Viel Trinkgeld haben sie nach dem Sex nicht von ihm zu erwarten. Um halb elf, also etwa zwei Stunden bevor Stefanato tot aufgefunden wird, beobachtet ein Zeuge an einer anderen Stelle des Straßenstrichs, wie zwei gut gekleidete junge Männer in den Alfa Romeo steigen. Der Polizei kann er aber nur einen beschreiben: etwa achtzehn Jahre alt, eins siebzig bis eins achtzig groß, schlank, elegant gekleidet, … *vi-so ro-ton-do ef-fe-mi-nato*, also ein rundes, weibliches Gesicht … ein Mann, der ein bisschen wie eine Frau …«

»Ja, hab ich kapiert. Und weiter?«

»Stefanato fährt mit den beiden jungen Männern davon. Es ist kalt und windig, gegen elf beginnt es zu schneien.«

Konzentriert blätterte Graziella in der Akte hin und her. Sie hatte noch etwas gefunden: »Die Untersuchungen der Rechtsmedizin ergaben, dass es sehr wahrscheinlich zwei Täter waren, die Stefanato erstochen haben. Die eine Stichwunde wurde ihm vom Rücksitz, die andere seitlich vom Beifahrersitz aus zugefügt. Außerdem hatte Stefanato kurz vor seinem Tod Sex ... also ... in seiner geöffneten Hose wurden blonde Haare gefunden und Spermaspuren ... puh«, stöhnte sie, »wenn das so weitergeht, brauch ich einen Schnaps.«

»Du kriegst alles, was du willst.«

»Ich nehm dich beim Wort. Außerdem steht hier noch, dass die Ermittler erst von einem Auftragsmord ausgegangen sind. Ein paar Tage danach ging eine anonyme Anzeige bei den Carabinieri ein, die den Verdacht auf einen gewissen Giuliano Macchion lenkte. Dieser Giuliano Macchion war in der Homosexuellenszene von Padua bekannt, hat sich am Tatabend mit Stefanato getroffen. Der Mann wurde verhaftet, aber zwei Jahre später, am 12. Januar 1980, entlassen. Er war unschuldig.«

Graziella legte die Papiere auf den Schreibtisch. »Und jetzt hab ich Hunger.«

Nick sah auf die Uhr. Es war fast neun. »Okay, wir machen eine Pause.«

Graziella erhob sich sofort und schaltete den Heizstrahler aus. »Ich krieg nämlich schlechte Laune, wenn ich Hunger habe, also beeil dich.«

Ihre Schritte hallten über den Innenhof. An der Pforte saß nun ein anderer Beamter. Graziella fragte ihn nach einem Restaurant in der Nähe und wartete mit grimmiger Miene auf die Ausstellung ihres Besucherausweises. Sie schien wirklich großen Hunger zu haben.

Das Restaurant war schlicht. Holztische, Neonröhren an der Decke, ein lärmender Fernseher. Irgendeine Spielshow mit halbnackten Frauen. Nur zwei Tische waren besetzt.

»Wo ist denn die Speisekarte?« Nick sah sich suchend um.

»Da kommt sie schon«, sagte Graziella mit Blick auf den dicken Wirt, der zu ihnen an den Tisch trat und sie mit Handschlag begrüßte. »*Buona sera, professore*«, sagte er zu Nick. Während dieser sich noch über den »*professore*« wunderte und sich fragte, ob das höflich gemeint war oder man ihn verarscht hatte, stützte sich der Wirt mit beiden Händen auf der Tischplatte ab und begann ein ernstes Gespräch mit Graziella. Sie schienen zu verhandeln. Nick überlegte, ob er sie auf ihre Leseschwäche ansprechen sollte. Vielleicht wäre es gut, die Dinge beim Namen zu nennen …

»*Va be'*«, sagte der Wirt, drehte sich um und schlurfte in Richtung Küche.

»Er kommt aus Ligurien.«

»Freut mich.« Nick war verwirrt. »Aber ich hätte gerne bestellt.«

Graziella erklärte ihm milde lächelnd, das habe sie bereits getan. »Hier kann man nichts auswählen, es wird gegessen, was auf den Tisch kommt.«

»Und was gibt es?«

»Lass dich überraschen.«

Und Nick beschloss, genau das zu tun. Er würde jetzt das Essen genießen und versuchen, die Akten, das kalte Büro und Graziellas Leseproblem für einen Moment zu vergessen.

Ein dickes Mädchen mit Pferdeschwanz und Zahnspange, die Tochter des Wirtes vermutlich, stellte zunächst drei Karaffen auf den Tisch: Rotwein, Weißwein, Wasser. Dann kamen die ersten Vorspeisen. Zuerst dünn geschnittenes Rindfleisch, mit Olivenöl bedeckt, etwas Parmesan und Rucola, danach eine Art Quiche: »*Carpaccio di manzo, torta verde.*« Graziella erklärte Nick, was er da aß, und zeigte ihm, als eine große Schüssel »*lumache*« auf den Tisch kam, wie man die Schnecken mithilfe eines Zahnstochers aus ihrem Haus zu pulen und den Darm abzutrennen hatte. Nach der sechsten Vorspeise hörte Nick auf mitzuzählen. Graziella schenkte erst Weißwein und ab einem bestimmten, offenbar klar definierten Moment, der sich Nick jedoch nicht erschloss, Rotwein in die Gläser. Überhaupt hatte er das Gefühl, an einer Zeremonie teilzuhaben, deren Regeln er nicht verstand. Nur eines war völlig klar: Noch nie in seinem Leben hatte er so gut gegessen. Die »*pasta genovese*«, so nannte sie Graziella, war, wie es sich gehörte, mit dem Basilikum zubereitet, das auf den Hügeln Genuas wuchs, das Fleischgericht unglaublich zart. »*Coniglio*«, sagte Graziella, »Kaninchen.« Sie strahlte. Ihre Wangen waren erhitzt, und ihre Begeisterung hatte sich auf Nick übertragen. Er fühlte sich wohl wie schon lange nicht mehr. Vor dem Nachtisch trat der Wirt abermals zu ihnen und erkundigte sich, ob alles recht sei. Nick bat Graziella, dem Wirt auszurichten, dass er diesen Abend nie vergessen werde, was nicht übertrieben war und den Wirt wiederum zu freuen schien. Er klopfte Nick auf die Schulter. Semifreddo, Tiramisù, Grappa, und ganz am Schluss, als Nick um die Rechnung gebeten hatte, kam der Wirt noch einmal. Er trug irgendetwas in seiner Schürze vor sich her, griff hinein und ließ, als würde er Reis über ein Brautpaar werfen, Nüsse über den Tisch regnen.

»Was für ein Spektakel«, sagte Nick auf dem Rückweg. Der ganze Ärger war wie weggeblasen. Zumindest für den Moment.

»Danke für die Einladung.« Graziella lächelte.

»Spesen«, sagte Nick.

Der Beamte an der Pforte warf ihnen einen misstrauischen Blick zu, ließ sie aber passieren, ohne ihre Besucherausweise sehen zu wollen.

Graziella schaltete den Heizstrahler wieder ein und beugte sich über die nächste Akte. Ohne dass sie sich darüber verständigt hätten, blieb die Deckenbeleuchtung aus. Die Schreibtischlampe war so ausgerichtet, dass Graziella die Papiere gut lesen konnte, aber nicht geblendet wurde. Nick schnappte sich seinen Stuhl und setzte sich neben Graziella; um sie herum versank das Büro in Dunkelheit.

Während Graziella, zwei tiefe Furchen über der Nasenwurzel, in den Papieren blätterte, sah Nick die Fotos durch. Das Opfer war ein junger Mann, sein ganzer Körper übersät mit Stich- und Schnittwunden.

Der Raum wurde langsam wärmer. Der Heizstrahler half.

Die Zeit verging.

»Der nächste Mordfall. Venedig diesmal«, begann Graziella endlich. »12. Dezember 1979, kurz nach Mitternacht. Es ist feucht und neblig, die Gassen sind wie ausgestorben. Das Haus Santa Croce 654 liegt direkt am Kanal, auf der anderen Seite der Bahnhof Santa Lucia. Im ersten Stock schreckt Gemma Lis Schiocchet aus dem Schlaf. Sie hört schnelle Schritte auf dem Straßenpflaster, erst eine, dann, glaubt sie, mehrere Personen.« Graziella brach ab. »Das ist jetzt ihre Aussage bei der Vernehmung später, *capisci*?« Als Nick, der schon wieder ungeduldig wurde, signalisierte: Ja, verstanden, sagte sie: »Signora Schiocchet glaubt, dass vor ihrem Haus jemand verfolgt wird. Dann hört sie einen furchtbaren Schrei und steigt aus dem Bett. Während sie zum Fenster geht, hört sie draußen jemanden rufen: ›Haut ab! Lasst mich in Ruhe, ihr Hurensöhne!‹ Sie denkt einen Moment lang, das könnte die Stimme ihres Sohnes sein, und ist umso erschrockener. Sie öffnet die Fensterläden und sieht im Schein der Straßenlaterne vor der Rosticceria Capri im Gebäude 656, nur wenige Meter entfernt, zwei Personen, die auf einen jungen Mann einprügeln. Sie beschreibt ihn als schmächtig. Aber es ist nicht ihr Sohn ...« Graziella stockte, blätterte in der Akte herum, fuhr die Zeilen mit dem Zeigefinger nach, und je länger sie brauchte, desto schwerer fiel es Nick, seine Ungeduld zu zügeln. Die Entspannung, die sich nach dem wunderbaren Essen eingestellt hatte, war dahin. Er fühlte sich ausgebremst. Es war mühsam, einfach nur mühsam. Aber er versuchte, sich zusammenzureißen.

Endlich fuhr Graziella fort: »Entsetzt beobachtet Signora Schiocchet, wie die beiden den jungen Mann gegen die Mauer stoßen und auf ihn einschlagen – ›*non è sem-pli-ce rab-bia*‹, nicht einfach voller Wut, sondern völlig entfesselt sind die Täter vorgegangen und mit ›*fe–ro-cia as-so-luta*‹, mit absoluter Grausamkeit.«

Graziella nahm sich eine Zigarette, Nick gab ihr Feuer.

»Der junge Mann geht zu Boden, da ziehen die Angreifer Messer aus den Taschen ihrer Windjacken …«

»Wieder Windjacken?«

»Ja.«

»Blau?«

»Steht hier nicht … glaub ich.«

»Irgendeine Verbindung zwischen den Fällen muss es doch geben. Wenn sich schon kein Zusammenhang zum Anschlag aufs Liverpool erkennen lässt. Egal. Weiter.«

»Sie stechen auf ihn ein. Er versucht sich mit den Händen zu schützen, aber wie gesagt: ›*ferocia assoluta*‹. Er hat keine Chance. Sie haben ihn einfach abgeschlachtet. Als er sich nicht mehr rührt, flüchten sie in Richtung Rio Marin.«

»Rio Marin?«

»*Rio* ist ein kleiner Fluss.«

»Ein Bach?«

»Wahrscheinlich ist ein kleiner Kanal gemeint, davon gibt's ja ein paar in Venedig«, erklärte Graziella und fuhr fort: »Die völlig verängstigte Zeugin ruft die Polizei. Sie beschreibt die Täter als jung, zwischen zwanzig und zweiundzwanzig Jahre alt …«

»Okay«, sagte Nick, »die Täterbeschreibung passt zumindest in zwei Fällen.«

»Der eine etwa eins achtzig groß, schlank, längere, helle Haare, bekleidet mit Blue Jeans und … ah, hier steht's: einer hellgrünen Jacke. Der zweite war kleiner, stämmiger und trug, glaubt sie, einen kleinen Hut. Aber sie ist sich nicht ganz sicher. Das Opfer, der drogenabhängige Claudio Costa, zweiundzwanzig Jahre alt, liegt tot auf dem Rücken, als die Rettungskräfte eintreffen. Sein Körper ist voller Stichwunden, vor allem an der Brust, am Rücken und am Kopf. Und natürlich an den Händen, weil, mit denen hat er sich zu schützen versucht. Die Polizisten entdecken eine Blutspur, die vor einem Hauseingang am Campo dei Tedeschi beginnt und sich über den Rio Marin bis zum Tatort verfolgen lässt. Die Täter scheinen Costa also durch die Gassen gejagt zu haben, bevor sie ihn dann … Die Ermittler finden allerdings keine Spur von den Messern, die Signora Schiocchet in den Händen der Täter gesehen haben will, dafür aber, dreißig Meter vom Tatort entfernt, eine blutverschmierte Brille, Marke Ray Ban ›Nouvelle‹ mit Umbramatic-Gläsern der Firma Zeiss. Als klar ist, dass die Brille nicht dem Opfer gehört, konzentrieren sich die Ermittlungen darauf. Auf der Suche nach der Brille werden sämtliche Optiker zunächst in Venedig und dann in ganz Norditalien befragt, bis der Inhaber des Studio Rigattieri in Verona schließlich bestätigt, dass diese Brille in seinem Geschäft verkauft worden ist. Leider lässt sich nicht mehr herausfinden, an wen.«

»Wieder Verona«, sagte Nick. »Der erste Mord wurde auch in Verona begangen.« Er fasste zusammen: »Erst ein Obdachloser, möglicherweise drogenabhängig. Angezündet in seinem Auto. Dann ein Homosexueller in Padua. Erstochen mit zwei Messern. Ermittelt wird in der Homosexuellen- und Stricherszene. Jetzt ein junger Drogenabhängiger …«

»Und hier«, unterbrach Graziella, »führen die Ermittlungen in die Drogenszene Venedigs. Zwei junge Männer, Gianni Zanata und Salvatore Zedda, werden festgenommen. Sie sind von mehreren Zeugen zur Tatzeit am Kanal gesehen worden. Bei der Vernehmung erzählen sie eine Lüge nach der anderen. Es wird immer klarer, dass sie Claudio Costa unmittelbar vor seiner Ermordung begegnet sind. Das geben sie endlich zu, leugnen aber, ihn getötet zu haben. Sie werden angeklagt. Der Prozess endet 1982 mit Freispruch.«

Nach kurzem Zögern nahm sie ein weiteres Papier zur Hand und sagte: »Dann gibt es hier noch eine Notiz ... Nach einem nicht näher benannten Hinweis wurde Ende 1980 im Rio Marin von Tauchern nach den beiden Messern gesucht, mit denen Claudio Costa getötet worden ist. Vergeblich.«

»Die sind nie gefunden worden?«

»Nein«, sagte Graziella, »offenbar nicht.«

»Obdachlose, Stricher, Drogenabhängige«, sagte Nick, »ich verstehe einfach nicht, was das mit unserem Fall zu tun haben soll.«

Schweigen. Jeder hing seinen Gedanken nach. Graziella blätterte weiter in den Akten. »Nick!«, rief sie plötzlich. »Schau dir das an.« Sie reichte ihm ein Blatt Papier über den Schreibtisch: das gleiche Schriftbild wie das Bekennerschreiben zum Liverpool-Attentat. Die nachgeahmten Runen, die Großbuchstaben und wieder der stilisierte Reichsadler, das Hakenkreuz in den Klauen und »LUD« und »WIG« über den Schwingen. Der Text auf Italienisch, die letzten Worte wieder auf Deutsch: »GOTT MIT UNS«.

Da war er endlich, der Zusammenhang. Nick schüttelte ungläubig den Kopf. Keiner sagte ein Wort.

Graziella studierte ein weiteres Papier aus derselben Akte. »Dieses Schreiben«, erklärte sie dann, »wurde laut Poststempel am 4. November 1980 in Bologna aufgegeben. Also ... elf Monate nach dem Mord in Venedig. Es war an die Redaktion der Tageszeitung *Il Gazzettino* in Mestre adressiert.«

Sie streckte die Hand aus, Nick reichte ihr das Schreiben zurück, und Graziella übersetzte, Wort für Wort mit dem Zeigefinger unterstreichend:

»DIE ORGANISATION LUDWIG ÜBERNIMMT DIE
VERANTWORTUNG FÜR FOLGENDE TÖTUNGEN:
GUERRINO SPINELLI, VERONA, AUGUST 77.

LUCIANO STEFANATO, PADUA, DEZEMBER 78.
CLAUDIO COSTA, VENEDIG, DEZEMBER 79.
ALS BEWEIS FÜR DIE AUTHENTIZITÄT DIESES BEKENNERSCHREIBENS PRÄSENTIEREN WIR EINIGE DETAILS ZU DEN ATTENTATEN, DIE IN DER ÖFFENTLICHKEIT BISHER NICHT BEKANNT WAREN …«

»›Attentate‹?«, unterbrach Nick. »Sie schreiben wirklich ›Attentate‹?«

»Ja«, bestätigte Graziella, »›Attentate‹ oder ›Anschläge‹.« Und sie übersetzte weiter:

»BEIM ERSTEN WURDEN VIER MOLOTOWCOCKTAILS EINGESETZT (NICHT ZWEI, WIE DIE ZEITUNGEN BERICHTET HABEN), HERGESTELLT AUS ZWEILITERFLASCHEN, VON DENEN ZWEI INS INNERE DES WAGENS UND ZWEI ANS ÄUSSERE GEWORFEN WURDEN.
BEIM ZWEITEN WURDEN MESSER MIT ORANGEFARBENEN PLASTIKGRIFFEN VERWENDET.
BEIM DRITTEN WURDEN ZWEI KÜCHENMESSER MIT WEISSEN PLASTIKGRIFFEN VERWENDET, DIE UNTER DIE BRÜCKE GEWORFEN WURDEN, IN DEREN NÄHE DAS OPFER ZUM ERSTEN MAL VERLETZT WURDE …«

Hier brach Graziella ab. »Also hat dieses Schreiben die Suche nach den Tatwaffen im Kanal ausgelöst … ›è *stata colpita per la prima volta la vittima, morta nello stesso vicolo*‹… ›GESTORBEN IN DERSELBEN GASSE NACH ZWEI WEITEREN KÄMPFEN‹. Keine Ahnung, was die hier ausdrücken wollen … ›GOTT MIT UNS.‹«

Es war so still im Raum, dass das Knistern und Knacken des Heizstrahlers zu hören war. Ja, den Zusammenhang hatten sie nun, aber Erleichterung oder gar Freude darüber wollte sich nicht einstellen. Im Gegenteil. Nick fühlte sich plötzlich zutiefst erschöpft. Wie nach einer langen und beschwerlichen Wanderung. Sie durchquerten einen Sumpf, ohne ihr Ziel zu kennen. Jeder Schritt kostete Kraft. Nick fröstelte. Während Graziellas Ausführungen schien die Temperatur im Raum trotz des Heizstrahlers um mehrere Grad Celsius gesunken zu sein. Sie hatten es hier mit einer Dimension des Bösen zu tun, die weit über das hinausging, was einem Mordermittler normalerweise begegnete, wenn aus Gier, Eifersucht, Habsucht oder aus welchen Gründen auch immer getötet wurde. Jeder Mensch war unter bestimmten Umständen zu allem fähig. Das hatte Nick gelernt. Es ging in den allermeisten Fällen um Beziehungen, die aus dem Lot geraten waren. Um Kränkungen, Verletzungen. Doch hier hatten sie es mit etwas anderem zu tun.

»Ich rufe in München an«, sagte Nick, »und gebe den Zwischenstand durch. Dafür brauche ich eine schriftliche Übersetzung des Bekennerschreibens.«

Graziellas Blick wanderte hilflos über die Akten.

»Graziella? Bitte.«

Sie nahm sich einen Stift, der tonnenschwer zu sein schien, und begann zu schreiben.

Das dauerte.

Sie schrieb den Text mit derselben Konzentration, mit der sie die Berichte entzifferte. Die Diagnose war klar: Lesen und Schreiben ungenügend. »Was hältst du davon«, schlug Nick vor, »wenn du es mir einfach diktierst?«

Aki war noch im Büro. Natürlich. Er ging sofort ran. »Und?«

Er hörte schweigend zu, während Nick die drei Morde zusammenfasste, dann fragte er: »Und wo ist der Zusammenhang zum Liverpool?«

»Im November 1980«, fuhr Nick fort, »also fast ein Jahr nach dem letzten Mord, geht bei einer Zeitungsredaktion in Mestre ein Bekennerschreiben ein, in dem sich unser LUDWIG zu allen drei Morden bekennt. Gleiches Schriftbild, der Reichsadler, das Hakenkreuz. ›GOTT MIT UNS‹.«

Nick las Aki die Übersetzung des Schreibens vor. Danach herrschte Stille in der Leitung.

»Aki? Bist du noch dran?«

»Ja, ich bin noch da. Also wäre der Anschlag auf das Liverpool Teil einer Mordserie, die 1977 begonnen hat.« Aki wollte wissen, ob die italienischen Ermittler irgendeinen Zusammenhang zwischen den Morden festgestellt hatten, irgendetwas außer dem Bekennerschreiben, was auf denselben Täter hindeutete.

»Wie man's nimmt«, sagte Nick. »In Padua wurde im Homosexuellen- und in Venedig im Drogenmilieu ermittelt. Aber es gab in beiden Fällen Augenzeugenberichte.«

»Und?«

»Zwei junge Männer im Alter zwischen achtzehn und zweiundzwanzig sind jeweils entweder in der Nähe des Tatgeschehens beobachtet worden oder, wie in Venedig, direkt bei der Ausführung der Tat.« Nick betonte, dass es sich hierbei nur um einen Zwischenstand handele und auf dem Schreibtisch noch weitere Akten warteten. Er versprach, sofort anzurufen, sobald es neue Erkenntnisse gab.

»Auch mitten in der Nacht«, sagte Aki, »das Telefon steht neben meinem Bett.«

Im Moment, da waren sich beide einig, war nur eine Sache klar: Als Spinnerei irgendwelcher Trittbrettfahrer war das Bekennerschreiben zum Liverpool-Brand nicht abzutun. Sie mussten es ernst nehmen und brauchten dringend mehr Informationen.

»Klappt das mit Graziella?«, wollte Aki zum Schluss noch wissen.

»Es ist sehr mühsam«, sagte Nick. »Ich bin von jemandem abhängig, der nicht gut lesen kann, das ist ein Scheißgefühl.« Er machte seinem Ärger Luft, und Aki hörte ihm geduldig zu. Dann sagte er: »Es gab keine Alternative, Nick. Und es bringt nichts, sich über

Graziella aufzuregen. Sie wollte helfen. Außerdem habt ihr ja etwas herausgefunden. Bitte macht weiter. Häring, ich, die ganze Münchner Polizei ist von euch abhängig.«

»Wir geben unser Bestes«, sagte Nick.

Als er wieder ins Büro trat, blickte Graziella von den Akten auf und sagte: »Ich komme nicht mehr klar.«

»Was ist los?«

»Es gibt hier noch mehrere Bekennerschreiben, aber die dazugehörigen Taten finde ich nicht … Offenbar fehlen einige Akten. Soweit ich das überblicke, liegen hier noch die Ermittlungsakten zu zwei weiteren Verbrechen. Eine Sache in Mailand«, sie deutete auf zwei Ordner, »das sind diese Akten. Und ein Mord in Trento, also Trient …«

»Warte mal kurz.« Nick entfaltete die Landkarte und schob sie so in den Lichtkegel der Schreibtischlampe, dass Oberitalien gut zu sehen war. »Ich muss mich mal orientieren.« Gemeinsam suchten sie zunächst Trient und dann die Schauplätze der bisherigen Taten. Verona, Padua, Venedig. Sie suchten Mestre, wo die Redaktion saß, bei der das erste Bekennerschreiben eingegangen war.

»Und Bologna«, sagte Graziella, »wo das Schreiben aufgegeben wurde.«

Also umkreiste Nick auch Bologna mit seinem Bleistift. »Das Liverpool-Bekennerschreiben ist in Mailand eingegangen. Aufgegeben worden ist es … Moment …«, Nick durchsuchte seine Notizen, »in Novara.«

Er zog einen weiteren Bleistiftkreis. Novara, Mailand, Verona, Padua, Venedig. Aufgereiht wie Perlen an einer Kette lagen die Orte nebeneinander, nur Trient und Bologna tanzten aus der Reihe. Mit ihrem Zeigefinger zog Graziella einen Kreis und murmelte: »*La culla del fascismo.*«

Nick sah sie fragend an.

»Hier in dieser Gegend ist alles voller Neofaschisten. Verona ist ihre heimliche Hauptstadt«, erklärte sie.

Nachdem sie einen Moment lang schweigend auf die Karte gestarrt hatten, sagte Nick: »Lass uns weitermachen.«

»Womit?«

»Am besten chronologisch. Was kommt zuerst?« Schnell blätterte er durch die Akten. »Trient«, sagte er dann und schob Graziella den entsprechenden Ordner über den Tisch. Während sie die Papiere durchackerte, rauchte Nick eine Zigarette und betrachtete noch einmal die Landkarte. Die Tatorte, sauber aneinandergereiht. Verona, die heimliche Hauptstadt des italienischen Neofaschismus, wie Graziella gesagt hatte. Was halfen all diese Informationen bei der Aufklärung eines Verbrechens in München? Nachdenklich faltete er die Karte zusammen und beobachtete Graziella. Die Furchen zwischen ihren Augenbrauen wurden immer tiefer, mehrmals schüttelte sie ungläubig den Kopf.

Irgendwann, Nick hatte inzwischen jegliches Zeitgefühl verloren, reichte sie ihm stumm ein paar Fotos über den Tisch. Eines zeigte eine Gestalt mit verbundenem Kopf, ob männlich oder weiblich, war nicht zu erkennen, auf einer Trage liegend, die von einem Mann in weißem Kittel in einen Krankenwagen geschoben wurde. Von rechts ragte ein Arm ins Bild, Digitaluhr ums Handgelenk, Infusionsbeutel in der Hand. Auf einem weiteren Foto, offenbar von der KTU, war ein spitzer Gegenstand zu sehen, ein Meißel vielleicht, auf den, so schien es, ein Kreuz montiert war, 21,5 cm lang, wie der danebenliegende Zollstock anzeigte.

»Es wird immer schlimmer, Nick.«

»Was ist in Trient passiert?«

»Der 26. Februar 1983 ist ein Samstag«, begann Graziella.

»Also ziemlich genau vor einem Jahr«, warf Nick ein.

»Es ist windig und regnerisch. Pater Armando Bison ...«

»Wo hast du das her?«

»Was?« Graziella blickte verwirrt auf.

»Dass es windig und regnerisch war. Das steht ja wohl kaum so in der Akte, oder?«

»Bring mich nicht durcheinander!« Graziella sah ihn streng an. »Es ist windig und regnerisch an diesem Abend. Pater Armando Bison, einundsiebzig Jahre alt, hat in der Barockkirche Santa Maria del Suffragio die Abendmesse gehalten. Gegen neunzehn Uhr beobachtet ein Augenzeuge, Mitglied der Gemeinde, wie Don Armando die Kirche verlässt und die Via del Suffragio hinuntergeht. Er durchquert den Park auf der Piazza Venezia und biegt dann auf die Via dei Giardini ab. Er ist auf dem Weg nach Hause. Im Fall von Padre Bison ist das die … Con-gre-gazione di Ge-sù Sa-cer-dote … das scheint ein Orden zu sein … ein Orden, der irgendwie dem Papst unterstellt ist …«

»Ein päpstlich anerkannter Orden«, sagte Nick, »ja, davon gibt's einige.«

»Manchmal verwenden die hier … ist das Latein?« Mit dem Finger fuhr sie die Worte nach und sprach langsam: »Con-gre-ga-tio Iesu Sa-cer-do-tis …«

»Ja, das ist Latein. Und weiter?«

»Dieser Orden liegt in einem ruhigen Villenviertel. Viel Grün. Weinreben. An diesem regnerischen Abend dürfte nicht viel los gewesen sein.« Sie hielt inne und sah ihn herausfordernd an, aber Nick hatte keine Lust auf eine Diskussion. Grün, regnerisch, wenig los. »Von mir aus.« Er winkte ab. »Mach einfach weiter.«

»Ein Mitbruder, Pater Giovanni Gambarato, findet Armando Bison kurz nach neunzehn Uhr vor dem Gebäude Via Giardini zweiunddreißig, nur ein paar Meter von seinem Zuhause entfernt, er liegt auf dem Boden. Mit schweren Kopfverletzungen. Ein … ›*uno scalpello da muratore*‹, schreiben sie … weiß nicht, was das auf Deutsch ist … eine Art spitzer Meißel oder so etwas, mit aufgeklebtem Kruzifix, ist ihm von hinten in den Nacken getrieben worden. Aber er atmet noch. Er wird ins Krankenhaus Borgo Trento von Verona gebracht, wo er am 8. März stirbt.«

Graziella machte eine Pause. »Zigarette.« Nick gab ihr Feuer. Ein Spitzmeißel mit einem aufgeklebten Kruzifix. Das Werkzeug auf dem KTU-Foto. Graziella hatte recht: Es wurde immer schlimmer.

Sie atmete tief durch: »Am Tatort wurden zwei Plastiktüten gefunden. Eine blaue mit dem Aufdruck ›Sport Acherer, Bressanone, Telefon 22049‹ … also Brixen, Südtirol. In der Tüte ein zerrissener Schal aus Wolle. Die zweite Tüte ist gelb und trägt die Aufschrift ›Profanter, Schuhe und Lederwaren‹, ebenfalls Brixen. Darin befindet sich ein Hammer – ›*a prima vista nuovo*‹ schreiben sie, also … auf den ersten Blick war der neu – mit quadratischem Kopf und abgerundeten Kanten. Der Griff ist aus hellem Holz …« Graziella brach ab. »Musst du das alles wissen? Die ganzen Details?«

»Ich fürchte, ja«, sagte Nick. Er wusste nun, dass jene ominöse Gruppe LUDWIG behauptete, all diese Verbrechen begangen zu haben. Aber das einzige verbindende Element waren bis jetzt die Bekennerschreiben und Augenzeugenberichte, die in zwei Fällen Täter im selben Alter beschrieben hatten. Das war es aber auch schon. Er hoffte, darüber hinaus unter all den Informationen, die Graziella ihm vortrug, endlich die entscheidende Verbindung zum Brandanschlag auf das Liverpool zu entdecken. Indizien, Beweise, ein vergleichbarer Tathergang. Bis jetzt konnte er keinerlei Muster erkennen.

»Gut. Also«, sagte Graziella, »außer dem Hammer sind in der gelben Tüte noch ein gebrauchtes Handtuch, der Ärmel eines Unterhemdes aus Wolle, an der Naht aufgerissen, sowie ein schwarzer Müllbeutel. Neben den Tüten wird ein blutverschmierter Hammer gefunden und eben dieser Meißel mit dem Kruzifix. Der Meißel trug die Aufschrift ›FABA‹. Der Pater, der zu Hilfe geeilt war, hat ihn dem Opfer aus dem Nacken gezogen und auf den Boden geworfen. Die Ermittler glauben, dass der oder die Täter Don Armando die Via Giardini entlang gefolgt sind und ihn von hinten angegriffen haben. Sie haben ihm erst mit dem Hammer den Schädel eingeschlagen und ihm dann, als er schon schwer verletzt auf dem Boden lag, den Meißel mit dem Kruzifix in den Nacken gerammt.

Laut Obduktionsbericht des Rechtsmediziners Dr. Franco Alberton stirbt Padre Bison an den Folgen schwerer Hirnverletzungen und einem Schädel-Hirn-Trauma. Außerdem steht in dem Bericht: Die Schläge, mindestens zehn an der Zahl, waren heftig und verursachten … ›*la frattura del cranio con affondamento della teca*‹ … puh … das heißt in etwa ›Bruch des Schädels und das Einsinken des … Hirnkastens‹? Nein … ›der Hirnschale in verschiedenen Bereichen‹ …«

Graziella brach ab. Nick rauchte zwei Zigaretten nacheinander und beobachtete, wie sie sich beflissen durch das Buchstabenmeer pflügte. Sie nahm sich Abschnitt für Abschnitt vor, indem sie einzelne Worte halblaut vor sich hin murmelte. Das war der mühsame Teil und brauchte Zeit. Alles Weitere fiel ihr offensichtlich leichter. Die Informationen schien sie zu speichern und gab sie in einem Stück wieder. So entstanden erstaunlich flüssige Passagen mit guten und plastischen Beschreibungen. Nick hatte eine ziemlich genaue Vorstellung von den Geschehnissen. Er konnte nur hoffen, dass die Fantasie nicht mit ihr durchging und Graziellas Schilderungen halbwegs den Tatsachen entsprachen.

Sie blickte auf. »Das geht seitenweise so weiter, aber unterm Strich ist Padre Bison mit einem Hammer der Schädel eingeschlagen worden. Die Verletzungen an seinen Händen und Armen lassen darauf schließen, dass er zumindest am Anfang versucht hat, sich vor den Schlägen zu schützen. Es gab keine Augenzeugen, niemand hat die Tat unmittelbar beobachtet. Aber es gab Zeugenaussagen zu Geschehnissen, die sich kurz vor der Tat zugetragen haben: Fünf verschiedene Zeugen berichten den Ermittlern, dass sie einige Tage vor dem Mord beziehungsweise am selben Tag in der Via Giardini zwei junge Männer mit Plastiktüten gesehen haben. Die Männer waren zwischen zwanzig und fünfundzwanzig Jahre alt, schlank und etwa eins siebzig groß. Eine Ordensschwester sagt aus, dass sie am Nachmittag des 23. oder 24. Februar von zwei jungen Männern verfolgt worden ist, etwa achtzehn bis zwanzig Jahre alt und, wie sie hier schreiben, ›*di corporatura esile*‹, also von zierlicher Gestalt. Als die beiden sie bemerkt haben, so die Ordensschwester, sind sie zu einer Parkbank gegangen, haben zwei offenbar dort versteckte Plastiktüten geholt und sind ihr damit gefolgt …«

Ihr Vortrag wurde immer flüssiger. Nick fand, dass sie viel weniger verkrampft wirkte als zu Beginn. Sie schien sich sicherer zu fühlen.

»… und ein weiterer Zeuge, dem die Beschreibung der Täter vorgelegt wurde, sagt, dass einer der beiden Männer am Tag vor dem Mord in der Mensa des Ordens Pasta gegessen hat.« Graziella holte ein weiteres Papier aus der Akte. »Am 28. Februar, zwei Tage nach der Tat, geht, wieder bei der Presseagentur ANSA hier in Mailand, ein Bekennerschreiben von LUDWIG ein.« Graziella übersetzte:

»WIR BEKENNEN UNS ZUR EXEKUTION VON TRIENT.
DIE MACHT LUDWIGS HAT KEINE GRENZEN.
DAS KRUZIFIX TRÄGT DIE AUFSCHRIFT ›FABA‹.
GOTT MIT UNS.«

Sie reichte Nick den Schrieb über den Tisch. Während er sich das Papier ansah, sagte sie: »Und jetzt wird es interessant. Die Ermittler stellen nämlich einen Bezug zu einem anderen Verbrechen her. Dazu fehlen leider die Akten. Aber aus dem, was sie hier schreiben, schließe ich, dass ein Jahr zuvor in Vicenza schon einmal zwei Geistliche umgebracht worden sind, auf ganz ähnliche Weise, mit einem Hammer erschlagen.«

Nick horchte auf und legte das Bekennerschreiben zur Seite. »Gibt es mehr Informationen dazu?«

Graziella holte ein Papier hervor. »Es gibt hier ein Bekennerschreiben, in dem von Vicenza die Rede ist. Aber daraus lassen sich keine Schlüsse auf die Tat ziehen.«

»Lies mal bitte vor.«

Graziella übersetzte: »›LUDWIG HAT NACH DEM SCHEITERHAUFEN VON SAN GIORGIO IN VERONA ERNEUT ZUGESCHLAGEN‹ ... – San Giorgio, Verona. Keine Ahnung, was damit gemeint ist. Dazu gibt es in den Akten keinen Hinweis.« Sie las weiter: »›IN VICENZA AUF DEM MONTE BERICO, WIR SIND DIE LETZTEN ERBEN‹ ...« Graziella brach ab. »›*Gli ultimi eredi del nazismo*‹, schreiben sie, also ›DIE LETZTEN ERBEN DES NAZISMUS‹?« Sie sah Nick hilfesuchend an. Als er nicht reagierte, fuhr sie fort: »›DAS ZIEL UNSERES LEBENS IST DER TOD DERER, DIE DEN WAHREN GOTT VERRATEN HABEN. DIE BEILIEGENDEN AUFKLEBER PASSEN GENAU ZU DENEN AUF DEN GRIFFEN DER BENUTZTEN WERKZEUGE‹. Und dann wie immer: ›GOTT MIT UNS‹. Offenbar haben sie als Beweis für ihre Täterschaft irgendwelche Aufkleber mitgeschickt.«

»›Das Ziel unseres Lebens‹«, wiederholte Nick, »›ist der Tod derer, die den wahren Gott verraten haben.‹ Und gleichzeitig sehen sie sich als die ›letzten Erben des Nazismus‹. Christliche Nazi-Fundamentalisten? Gibt es in den Akten sonst noch irgendetwas, was auf die Tat in Vicenza verweist?«

Graziella schüttelte den Kopf. »Leider nicht. Ich kann hier nur sehen, dass es einen Austausch mit den Ermittlern in Vicenza gab und dass man offenbar zum ersten Mal so etwas wie ein Tatmuster zu erkennen glaubte. Das hat aber vor allem damit zu tun, dass die Ermittler in Trient eher zufällig auf etwas gestoßen sind ... und das ist ziemlich ungeheuerlich.« Graziella verstummte und starrte mit finsterer Miene auf das Kreuz an der Wand.

»Bitte, Graziella, mach's nicht so spannend.«

»Die Carabinieri, die im Mordfall Armando Bison ermittelt haben, standen nicht nur ohne Augenzeugen da, sondern zunächst auch völlig ohne Motiv. Also haben sie sich Don Armandos Vergangenheit näher angeschaut. Und haben etwas entdeckt ...«

»Ja?«

»*Porca puttana!*« Fluchend beugte sich Graziella über den Heizstrahler und fummelte daran herum. Irgendetwas schien nicht richtig zu funktionieren.

Nick fragte sich, ob ihr allmählich bewusst wurde, wie viel Macht sie über ihn hatte, und ob es ihr Freude bereitete, ihn zappeln zu lassen.

»Was haben die Carabinieri entdeckt, Graziella?«

Ein wenig umständlich erläuterte Graziella, dass die Ermittler herausgefunden hatten, dass Don Bison 25 Jahre zuvor Pfarrer der kleinen Gemeinde Rovolon bei Padua gewesen war. San Giorgio hieß die Pfarrkirche. 1958 wurde Don Bison seines Amtes enthoben. Der Vorwurf lautete, er habe sich an einem ihm anvertrauten Jungen vergangen. Daraufhin wurde er von Rovolon direkt zur Congregatio Iesu Sacerdotis nach Trient versetzt, wo er bis zu seinem gewaltsamen Tod lebte und weiterhin die Messe las. »Für die Ermittler war das der Anlass, sich diesen Orden genauer anzusehen.« Graziella zeigte Nick einige Fotos aus den Akten: Hinter einem schmiedeeisernen Tor führte eine Auffahrt zu mehreren eindrucksvollen Villen in einem weitläufigen Garten. Am Tor ein Marmorschild mit der Aufschrift: »Congregazione di Gesù Sacerdote«. Ein zweites Foto zeigte vor einem Villeneingang eine Christus-Statue aus weißem Marmor, die den Besucher mit offenen Armen empfing.

»Der Orden«, erläuterte Graziella mit Blick auf die Unterlagen, »manchmal ist auch von einem ›*Istituto*‹ – einem Institut die Rede, wurde 1926 von Padre Mario Venturini gegründet. Deshalb werden die Glaubensbrüder auch ›Venturini‹ genannt. Von seinem Gründungsort in der Provinz Venetien ist der Orden dann schon 1928 nach Trient umgezogen. Zweck des Ordens ist es laut Selbstauskunft, ›Angehörige des Klerus mit allen Mitteln dabei zu unterstützen, ein würdevolles Leben zu führen‹.«

»Was soll das heißen?«

»Das heißt wohl, dass dieses Institut in Trient ein Ort für katholische Geistliche ist, die … die irgendwas falsch gemacht haben … die sich jedenfalls nicht richtig …«

»Um was für Fälle geht es da?«

Graziella blätterte in der Akte hin und her. »Manche hatten sich an Kindern vergangen ... Schwule ... Alkoholiker ... Und weil die Kirche einen Skandal vermeiden wollte, musste sie diese Leute schnell aus der ... wie sagt man? Aus der Schusslinie bringen.«

»Die katholische Kirche«, sagte Nick, »hat ihre straffälligen, pädophilen und alkoholabhängigen Kleriker in dieses Institut gebracht, wo sie, abgeschirmt von der Öffentlichkeit, weiterhin ›ein würdevolles Leben führen‹ konnten. Also eine Art päpstliches Therapiezentrum?«

»Jedenfalls haben die Ermittler das so gesehen.«

Stille.

Nur das Knacken des Heizlüfters.

Der Sumpf wurde immer tiefer.

Nicks Stimme war belegt, als er sagte: »Die beiden Opfer in Vicenza haben sich auch etwas zuschulden kommen lassen?«

»Jedenfalls hat LUDWIG das so gesehen und hat ›denen, die den wahren Gott verraten‹, den Tod gebracht.«

»Das wäre immerhin mal ein Motiv.« Nick sah auf die Uhr. Fast zwei Uhr morgens. Er beobachtete Graziella, die müde und blass durch die Akten blätterte. Immer wieder gähnte sie hinter vorgehaltener Hand. Das bringt nichts mehr, dachte er. Wir müssen Schluss machen. Er fühlte sich selbst nicht mehr in der Lage, einen klaren Gedanken zu fassen. Einen Moment lang überlegte er, Aki noch einmal anzurufen und ihn auf den aktuellen Stand zu bringen, verwarf den Gedanken dann aber. Was hätte er für neue Erkenntnisse zu bieten? Dass LUDWIG auch noch Geistliche ins Visier nahm? Mutmaßlich pädophile Kleriker, die hinter den Mauern des »Instituts« von der Außenwelt abgeschirmt wurden? Was sollte Aki mit dieser Information anfangen? Er beschloss, das Gespräch mit Commissario Tomei am nächsten Morgen abzuwarten und München danach zu verständigen. Häring musste sich noch gedulden.

Graziella nahm gerade die nächste Akte vom Stapel und schlug sie auf.

»Feierabend«, sagte Nick. »Wir machen morgen weiter.«

»Danke«, sagte Graziella und gähnte.

Die Via Fatebenefratelli war verwaist. Kein Mensch war mehr unterwegs. Sie gingen schweigend nebeneinander her. Vor dem Hoteleingang saß eine Katze, die widerstrebend den Weg frei machte. Während sie über den schummrigen Flur zu ihren Zimmern gingen, fragte Graziella: »Wie lange wird das hier dauern?«

»Ich weiß es nicht. Ich dachte, wir klären die Sache und fahren sofort zurück nach München. Inzwischen bin ich mir da nicht mehr so sicher.«

»Du hast es gar nicht gemerkt, nicht wahr?« Graziella sah ihn durchdringend an.

»Was hab ich nicht gemerkt?«

»Dass ich nicht so gut lesen kann. Die ganzen Akten … Brrr.« Sie schüttelte sich. »Ich hab ganz schön geschwitzt, ehrlich gesagt … aber dafür ist es eigentlich ganz gut gegangen, oder? Ich meine … du hast es nicht mal gemerkt.« Sie grinste wie nach einem gelungenen Streich.

Nick versuchte, sich seine Verblüffung nicht anmerken zu lassen. »Du hast recht. Dafür ist es erstaunlich gut gegangen, Graziella. Vielen Dank für deine Hilfe.«

Sie lächelte und schloss die Tür auf. »*Buona notte, Commissario.*«

»Schlaf gut.«

Nick machte kein Licht. Er ließ sich aufs Bett fallen und verschränkte die Arme hinter dem Kopf. Im Zimmer nebenan konnte er Graziella hören. Sie schien auf und ab zu gehen. Vielleicht räumte sie ihr Gepäck in den Schrank. Die Straßenlaterne zeichnete einen Schatten an die Decke, der aussah wie ein Labyrinth. In kürzester Zeit hatte er sich darin verloren.

X. EROS SEXY CENTER

Ein Schrei. Nick schreckte aus dem Schlaf hoch. Das Labyrinth an der Decke half ihm, sich zu orientieren. Mailand. Das Hotel. Die Schreie kamen aus dem Nachbarzimmer.

Graziella!

Nick sprang aus dem Bett, eilte auf den Flur und drückte die Klinke. Die Tür war verschlossen.

»Graziella!« Er trommelte mit den Fäusten gegen die Tür. Die Schreie verstummten. Unheimliche Stille plötzlich.

»Mach auf, Graziella!«

Nick war kurz davor, die Tür einzutreten, als die Klinke nach unten gedrückt und der Schlüssel im Schloss gedreht wurde. Die Tür wurde einen Spalt breit geöffnet. Große, verängstigte Augen blickten ihn an. »Was ist denn los?« Als Graziella ihn erkannte, öffnete sie die Tür ein Stück weiter. Verwuscheltes Haar, geblümtes Nachthemd. Sie war noch von der Wärme des Schlafes umhüllt.

»Du hast geschrien … Ist alles in Ordnung?«

»Ich habe tief und fest geschlafen, Nick.«

Auf der anderen Seite des Flurs ging eine Tür auf. Ängstlicher Blick. Eine Frage auf Italienisch. Graziellas Antwort. Offenbar beruhigend, denn die Tür schloss sich wieder.

»Ich muss schlecht geträumt haben, aber ich kann mich an nichts erinnern.«

»Hat sich schlimm angehört. Bist du sicher, dass alles in Ordnung ist?«

»Ja.«

»Dann schlaf weiter. Und lass bitte das Träumen bleiben.«

»Versprochen.« Sie lächelte. »*Buona notte.*«

Nick ging zurück in sein Zimmer und legte sich wieder hin. Aber er konnte nicht mehr einschlafen. Was, überlegte er, war Graziella im Traum widerfahren? Was hatte sie derart verängstigt? Allerdings beantwortete sich die Frage wohl von selbst: Sie waren gestern Nachmittag in Mailand angekommen und hatten sich bis tief in die Nacht mit Grausamkeiten und menschlichen Abgründen befasst. Kaum verwunderlich, dass das Spuren hinterließ, dass sich die fürchterlichen Bilder in Graziellas Unterbewusstsein festgesetzt hatten. So wie er das Bild der brennenden Vanessa nicht mehr loswurde. Das Licht des frühen Morgens verwischte die Konturen des Labyrinths. Es verblasste zusehends und verschwand schließlich. Der neue Tag war angebrochen, und Nick hoffte, endlich Klarheit über die Organisation LUDWIG zu gewinnen.

Sie verzichteten auf das Frühstück im Hotel und gingen in eine Bar um die Ecke. Während Nick sich nach der unruhigen Nacht wie gerädert fühlte, wirkte Graziella frisch und unternehmungslustig. Sie trug eine gepunktete Bluse zu ihrem Rock und den Lackschuhen. Das Lokal war voll, ein Kommen und Gehen. Mit eleganten Bewegungen reihte der Barmann Kaffeetassen aneinander und befüllte sie im Akkord. Die Abläufe schienen jahrelang erprobt und zu höchster Perfektion gebracht worden zu sein. Betrat ein neuer Gast das Café, wurde eine der vorbereiteten Tassen befüllt und genau an der Stelle auf den Tresen gestellt, an der sich der Gast kurz darauf, wie von unsichtbaren Kräften geführt, einfand. Ein Nicken, ein kurzes »*Buon giorno!*«, in einigen wenigen Fällen ein Scherz. Generell ging alles mit großer Ernsthaftigkeit und Würde vonstatten. Neben ihnen am Tresen standen zwei Geschäftsmänner in dunkelblauen Anzügen. Sie schienen gewichtige Fragen von großer Tragweite zu erörtern, tatsächlich ging es aber, erklärte Graziella, um die Zukunft des AC Mailand. Das Gerücht ging um, der Unternehmer Silvio Berlusconi könnte mit viel Geld einsteigen und den Verein endlich wieder in die Erfolgsspur zurückbringen. Eine Vorstellung, die den beiden Herren zu gefallen schien. Nick schaute auf die Uhr. 8.20 Uhr. Er konnte es kaum erwarten, dem Kollegen Tomei endlich die Meinung zu geigen.

»Graziella«, sagte er, während sie die Via Fatebenefratelli entlang auf die Questura zugingen, »es ist jetzt ganz wichtig, dass du alles genau so übersetzt, wie ich es sage. Er muss kapieren, dass er so nicht mit uns umgehen kann. Macht man einfach nicht unter Kollegen. Der scharfe Ton muss rüberkommen, ja?«

»Kümmer du dich um deinen Job und lass mich meinen machen, okay?« Graziella überquerte die dicht befahrene Straße, ohne auf den Verkehr zu achten, und tatsächlich blieben die Autos, wie durch ein Wunder, einfach vor ihr stehen.

An der Pforte zeigten sie ihre Besucherausweise vor. Innenhof. Treppenaufgang. Auf dem Flur im zweiten Stock herrschte geschäftiges Treiben. Uniformierte und zivile Beamte, mit und ohne Kaffeetassen. Der Geruch von Zigarettenrauch, Rasierwasser und Schweiß. Telefone klingelten. An der ersten Tür links ein Schild: »Commissario Claudio Tomei«. Nick klopfte.

»Entrate!«

Das Büro war groß und hell. Eine Sitzecke mit gepolsterten Stühlen, alte Stadtansichten von Mailand an den Wänden. Die Einrichtung versuchte zu kaschieren, dass auch dieser Raum heruntergekommen war. Hinter einem mächtigen Schreibtisch aus dunklem Holz saß ein Mann im Anzug, schwarze Haare, blaue Augen, militärischer Habitus. Um die vierzig, schätzte Nick. Tomei telefonierte und gab ihnen gestisch zu verstehen, dass er gleich für sie da sein würde. Als er das Telefonat beendet hatte, erhob er sich und kam lächelnd auf sie zu. Er war einen Kopf größer als Nick. Fester Händedruck. Einige klärende Sätze vorab: Nick spricht kein Italienisch. Graziella übersetzt. Sehr erfreut. Willkommen in der Questura di Milano. Hatten Sie eine gute Reise? Dann wollen wir mal. Tomei schnappte sich seinen Mantel. *»Andiamo.«*

»Was hat er vor?« Nick war überrascht.

»Er will uns etwas zeigen«, erklärte Graziella.

»Kann er gleich machen, aber vorher muss er sich noch anhören, was ich zu sagen habe.« Nick baute sich vor Tomei auf und sah ihm fest in die Augen, während er ihm klarmachte, was er von der Gastfreundschaft in diesem Hause hielt, gar nichts nämlich, und dass er sich zumindest eine Einweisung gewünscht hätte, wenn schon nicht durch den Commissario persönlich, dann zumindest durch einen Kollegen. Er redete lange, formulierte klar und bestimmt. »Der Hinweis auf eine Mordserie hätte ja schon genügt. Das hätte uns viel Kopfzerbrechen erspart.«

Gespannt beobachtete er, wie Tomei auf Graziellas Übersetzung reagierte. Doch schon nach wenigen Sätzen schien sich, was als Standpauke gedacht war, zu einer entspannten Plauderei zwischen den beiden zu entwickeln. Tomei schien einen Witz erzählt zu haben, jedenfalls lachte Graziella charmant. Immer angeregter wurde ihre Unterhaltung und immer ungeduldiger Nick. Irgendwann konnte er nicht mehr an sich halten und grätschte scharf dazwischen: »Hat er mein Anliegen verstanden?«

Graziella und Tomei blickten ihn irritiert an.

»Entschuldigung, dass ich euch unterbreche, aber …«

»Ja«, sagte Graziella, »er hat verstanden. Tomei wird uns alles erklären, aber erst will er uns etwas zeigen.«

Der Commissario war bereits an der Tür.

Während sie hinter ihm die Treppe hinunterstiegen, flüsterte Nick Graziella zu: »Hast du ihm klargemacht, dass ich sauer bin? Für mich sah das eher aus, als hättet ihr euch nett unterhalten.«

»Haben wir auch.«

»Du musst die Sachen so übersetzen, wie ich sie sage und meine, Graziella, das ist wichtig.«

Plötzlich blieb Graziella stehen. »Pass auf, Nick: Der Commissario ist ein sehr netter Mann, zu dem darf man ruhig freundlich sein. Es tut ihm leid, dass er uns gestern nicht persönlich empfangen konnte. Damit ist die Sache jetzt aber auch gut.« Sie ging weiter und ließ Nick auf der Treppe stehen. Er nahm sich vor, demnächst einmal generell mit ihr über Sinn und Zweck des Übersetzens zu sprechen.

Im Innenhof stiegen sie in einen blauen Lancia. Nick nahm auf dem Beifahrersitz, Graziella auf der Rückbank Platz. Als Commissario Tomei das Steuer umfasste, bemerkte Nick, dass er Handschuhe aus edlem Leder trug. Das Tor öffnete sich. Sie bogen nach links auf die Via Fatebenefratelli ab. Während Tomei den Wagen an luxuriösen Geschäften und prächtigen Palazzi vorbei durch den Stadtverkehr manövrierte, erkundigte er sich danach, was in München passiert war. Nick schilderte den Brandanschlag auf das Liverpool in allen Details. Graziella übersetzte. Tomei fragte nach dem Ermittlungsansatz der Soko Liverpool, und Nick berichtete, dass sie zunächst von einem Revierkampf im Rotlichtmilieu ausgegangen seien. Bis das Bekennerschreiben aufgetaucht sei. Tomei hörte konzentriert zu und fragte immer wieder gezielt nach. Besonders zu interessieren schienen ihn die Taschen und Kanister, mit denen die Täter das Benzin zum Tatort transportiert hatten. Doch als Nick selbst Fragen stellte, blockte der Commissario höflich, aber bestimmt ab. »Du sollst dich bitte noch kurz gedulden«, übersetzte Graziella.

In der Ferne war für einen Moment das gewölbte Dach von Milano Centrale zu sehen. Je weiter sie sich von der Innenstadt entfernten, desto unansehnlicher wurden die Gebäude. Der Kontrast zum prächtigen Zentrum wurde immer deutlicher. Hinter der Metrostation Rovereto führte eine Eisenbahntrasse über die Fahrbahn. Der nördliche Ausgang des Bahnhofs, erklärte Tomei, sei ganz in der Nähe. Vor der Unterführung parkte er den Wagen ein. »Hier entlang, bitte.« Der Viale Monza war laut, voller Verkehr und gesäumt von hohen, fünfstöckigen Wohngebäuden. Schmutzige Fassaden, kleine Läden im Parterre. Sie überquerten die Straße und gingen auf ein bis auf die Grundmauern ausgebranntes Gebäude zu. Hier habe, erklärte der Commissario, bis zum 14. Mai vergangenen Jahres das Eros Sexy Center gestanden, das größte Pornokino der Stadt. Tomei redete schnell, und Graziella musste ihn mehrmals bitten, Pausen einzulegen, damit sie übersetzen konnte.

Der Bauzaun, der die Ruine sichern sollte, war an mehreren Stellen verschoben worden und offenbarte große Lücken. Er schien allenfalls noch symbolische Bedeutung zu haben. Durch eine der Lücken zwängte sich Tomei und forderte Nick und Graziella auf, ihm zu folgen. *»Venite pure!«*

An jenem 14. Mai 1983, berichtete er, hätten etwa dreißig Personen im dunklen Kinosaal gesessen und auf die zweite Hälfte des amerikanischen Pornofilms *Lyla, Duft der Frauen* gewartet.« Der Filmvorführer habe die Rollen gewechselt und den Film gerade wieder gestartet.

»State attenti!«, rief der Commissario plötzlich.

Aus dem Boden der Ruine wuchsen, regelmäßig angeordnet, Metallkreuze, alle gleich aussehend. Nick meinte für einen Moment, auf einem Soldatenfriedhof gelandet zu sein. Doch dann begriff er, dass es sich um den Unterbau der Sitzreihen handelte. Mehr als diese verrußten Metallstelen hatte das Feuer vom Kinosaal nicht übrig gelassen. Nick schaute auf. Sie standen unter freiem Himmel.

»Das Dach«, erklärte Tomei, »bestand aus Holz und Eternit. Es ist sofort eingestürzt.«

»Was ist hier passiert?«, fragte Nick.

Um 17.45 Uhr, berichtete der Commissario, kurz nachdem der Film wieder angelaufen sei, hätten die ersten Besucher Benzingeruch wahrgenommen. Aber sie hatten keine Zeit mehr zu reagieren. Die Täter hatten im ganzen Saal Benzin verteilt, vor allem auf Höhe der letzten Reihen und bei den Vorhängen vor den Türen. Ein Streichholz reichte, um das Kino in eine Flammenhölle zu verwandeln. Einige der Zuschauer konnten sich durch die Notausgänge retten, andere durchbrachen in Panik die Flammenwand, die ihnen den Weg versperrte, und stolperten in brennenden Kleidern auf die Straße. Apokalyptische Szenen hatten sich abgespielt. Tomei hielt für einen Moment inne, bevor er weitersprach: »Die Feuerwehr, die zwei Minuten nach dem Notruf vor Ort war, konnte nur noch verhindern, dass die Flammen auf die angrenzenden Wohngebäude übergriffen. Sechs Menschen starben an ihren schweren Verbrennungen, das letzte Opfer zwölf Tage nach dem Anschlag.«

Eine Pause entstand. Auch wenn er nun wusste, worum es sich bei den schwarzen Metallstelen handelte – Nick hatte trotzdem das Gefühl, auf einem Gräberfeld zu stehen. Ein Pornokino in Bahnhofsnähe. Das Benzin. Die Räumlichkeiten, die sich sofort in eine tödliche Falle verwandelt hatten. Die Parallelen zum Anschlag auf das Liverpool lagen auf der Hand.

»Frag ihn, ob jemand die Täter gesehen hat.«

Während Graziella mit Tomei sprach, sah sich Nick in der Ruine um. Die gegenüberliegende Wand war bis zu einer Höhe von etwa zweieinhalb Metern schwarz, darüber grau. Die Grenze war wie mit dem Lineal gezogen. Hier war offenbar eine Zwischendecke gewesen.

Graziella wandte sich wieder Nick zu. »Der Commissario sagt, ein Zeuge hat drei oder vier junge Männer aus dem Saal stürzen sehen, und die Kassiererin erinnert sich, von vier oder fünf aus dem Saal rennenden Männern aufgefordert worden zu sein, zu flüchten. ›Hau ab!‹, haben sie gerufen. Aber sie hat niemanden beobachtet, der das Kino mit Taschen oder Ähnlichem betreten hätte. Ein anderer Zeuge sprach von drei Jugendlichen, die ihm verdächtig erschienen waren. Aber es gab keine Beschreibungen. Nichts, was die Ermittler irgendwie weitergebracht hätte.«

»Hat eigentlich Tomei persönlich die Ermittlungen geleitet?«, wollte Nick wissen.

»Ja«, bestätigte Graziella nach Rücksprache mit dem Commissario, »und die Ermittlungen sind noch nicht abgeschlossen. Deshalb wollte er ja auch unbedingt wissen, was in München passiert ist.«

»Frag ihn doch bitte, was sie über die Brandmittel herausgefunden haben.«

Nachdem sie mit dem Commissario gesprochen hatte – sie musste ihn mehrmals unterbrechen –, berichtete Graziella, es sei zunächst sehr schwierig gewesen, überhaupt Spuren zu sichern. Das Löschwasser der Feuerwehr hatte das Wenige zerstört, das von den Flammen verschont geblieben war. Dazu hatte es am Tag des Anschlags und in den Folgetagen heftig geregnet. Sie hatten also noch kaum verwertbare Informationen, als sechs Tage später bei der ANSA …

»Wieder die ANSA«, unterbrach Nick. »Genau wie nach dem Liverpool-Anschlag.«

»Ja«, sagte Graziella. »Genau wie nach dem Münchner Attentat ist das Bekennerschreiben bei der Mailänder Presseagentur eingegangen. Tomei kennt den Text noch auswendig.« Sie bat Tomei, ihn nochmals zu wiederholen, und übersetzte Zeile für Zeile:

»WIR BEKENNEN UNS ZUM SCHEITERHAUFEN DER SCHWÄNZE.
EINE TODESSCHWADRON HAT MÄNNER OHNE EHRE
HINGERICHTET,
DIE DAS GESETZ LUDWIGS NICHT BEFOLGEN.
UM DAS KINO IN BRAND ZU STECKEN, SIND EIN KANISTER
UND EIN PLASTIKBEHÄLTER BENUTZT WORDEN,
AN DESSEN GRIFF …«

Graziella brach ab und besprach sich mit Tomei. Dann sagte sie: »›*Una catenella da lavandino*‹, haben sie geschrieben. Das ist so eine Metallkette, an der die Gummistöpsel im Waschbecken befestigt sind … Weißt du, was ich meine?«

»Ja.«

»Also. So eine Kette war an dem Griff, schreiben sie, ›UND EINE METALLKLEMME DER MARKE SERFLEX‹ …«

»Was muss ich mir darunter vorstellen?«, fragte Nick.

Graziella zuckte die Schultern und fragte Tomei, dann erklärte sie Nick, dass es sich um einen Metallring handele, den Klempner benutzten, um Rohrverbindungen zusammenzusetzen und abzudichten.

»Aha«, sagte Nick, der noch immer keine genaue Vorstellung hatte. »Sonst noch was?«

»Nein«, sagte Graziella. »Nur noch ›GOTT MIT UNS‹. Allerdings«, fuhr sie fort, »konnten die Ermittler weder die Kette noch die Klemme im Brandschutt finden.«

»Also ein Bluff. Trittbrettfahrer.«

Genau das hatten Tomei und seine Kollegen auch vermutet – bis das abschließende Gutachten der Brandermittler vorlag. Die Spezialisten hatten den Brandschutt nochmals mit einem speziellen Siebverfahren durchsucht und zum Teil kleinste Partikel der beschriebenen Gegenstände gefunden. »Im Gutachten stand wörtlich«, sagte Graziella, »die Brandursache war das Verbrennen von Super-Benzin, das aus einem 15-Liter-Kanister und einem 10-Liter-Plastikbehälter vorwiegend im Eingangsbereich verschüttet wurde.«

Diese Informationen hatten die Ermittler vorher nicht. Die Verfasser des Bekennerschreibens aber sehr wohl. Nun verstand Nick, weshalb sich Tomei so sehr dafür interessiert hatte, wie die Brandmittel ins Liverpool gekommen waren. Der Commissario war inzwischen in die Mitte des Saals getreten und winkte sie heran. Er zeigte ihnen, wo sich die Leinwand befunden hatte, wo die Kasse, die Bar und die Notausgänge. Zwischen den aus dem Boden ragenden Metallstümpfen eine lange Schneise: der Mittelgang. Die Wohnblocks links und rechts seien inzwischen renoviert worden, erklärte Tomei, aber die Flammen hätten bis in den vierten Stock gereicht und die Fensterrahmen in Brand gesetzt. Der Commissario wandte sich mit einer Frage an Nick. Graziella übersetzte: »Handelt es sich hier und in München um dieselben Täter? Er möchte deine Meinung wissen.«

Nach kurzem Zögern sagte Nick: »Es gibt auf jeden Fall Ähnlichkeiten. Die Auswahl des Ortes, das Vorgehen der Täter ... Ich halte es für möglich, ja.«

Tomei nickte zustimmend, dann sagte er mit ernster Miene: »Es tut mir leid, dass ich Sie gestern nicht persönlich empfangen konnte. Ein neuer Fall ist dazwischengekommen. Ich verstehe Ihren Wunsch nach einer klaren und knappen Einordnung der LUDWIG-Verbrechen gut. Aber das ist leider kaum möglich.« Das liege zum einen daran, übersetzte Graziella, dass bisher keine zentrale Ermittlungsstelle existiere, bei der die Fäden im Falle LUDWIG zusammenliefen. Die Verbrechen hatten in verschiedenen Provinzen stattgefunden und waren von unterschiedlichen Behörden untersucht worden. In einigen Fällen hatte die Polizia di Stato ermittelt, in anderen waren die Carabinieri zuständig gewesen. »Jede Behörde verfolgte im Prinzip ihren eigenen Ermittlungsansatz, und es ist ungeheuer schwierig, an die notwendigen Informationen zu kommen. Der Anschlag auf das Eros Sexy Center«, fuhr Tomei fort, »hat uns vermutlich ähnlich kalt erwischt wie Sie der Liverpool-Anschlag. Auch wir sind zunächst von Verteilungskämpfen im Rotlichtmilieu ausgegangen. Die Mafia stand ganz oben auf der Liste der Verdächtigen. Als dann das Bekennerschreiben kam, haben wir erst einmal versucht, uns einen Überblick über alle Taten zu verschaffen, die der Gruppe LUDWIG zugeschrieben wurden beziehungsweise ... zu denen sich die Gruppe LUDWIG bekannt hat. Genau das war nämlich das Problem: dass die Ermittlungen nirgends, weder in Verona noch in Padua oder Venedig, auf eine neofaschistische Terrorgruppe hindeuteten. Es gab dafür keinerlei Anzeichen. Bis dann aus heiterem Himmel die Bekennerschreiben eintrudelten und eine Verbindung herstellten, die vorher nicht zu erkennen war. Das nächste Problem war, wie schon gesagt, überhaupt an die nötigen Informationen zu kommen. Die Fälle und Zuständigkeiten waren verteilt über ganz Norditalien, mehrere Provinzen, verschiedene Behörden. Und als wir die Informationen endlich beisammen hatten, ergab sich kein stimmiges Bild. Wir glaubten, drei unterschiedliche Tatkomplexe zu erkennen: zum einen die frühen Fälle bis 1981, allesamt, grob gesagt, im Drogen- und Strichermilieu, dann die Morde an den Kirchenmännern. Da wurde ein Zusammenhang gesehen, den die Ermittler in Vicenza auch konsequent verfolgten, der aber, soweit ich weiß, ebenfalls ins Leere geführt hat. Der Brandanschlag auf das Eros Sexy Center war etwas völlig anderes. Sowohl was die Wahl des Anschlagsziels als auch was die Ausführung selbst anging. Wir konnten beim besten Willen keine Übereinstimmung mit den älteren LUDWIG-Taten erkennen.« Tomei wartete, bis Graziella alles übersetzt hatte, dann wandte er sich direkt an Nick: »Vielleicht verstehen Sie jetzt, warum es so schwierig ist, den Tatkomplex LUDWIG kurz und knapp zusammenzufassen.«

Ja, Nick verstand allmählich. Er hatte gehofft, Aki endlich eine klare Einschätzung übermitteln zu können. Aber je mehr er über LUDWIG erfuhr, desto rätselhafter wurde alles. Schweigend standen sie in der Ruine des ausgebrannten Pornokinos.

»Mit wie vielen Morden haben wir es denn insgesamt zu tun?«, fragte Nick schließlich.

»Zusammen mit dem Anschlag auf das Liverpool«, übersetzte Graziella, »hat sich die Gruppe LUDWIG zu neun Verbrechen bekannt, mit insgesamt vierzehn Toten.«

Und der schwerverletzten Vanessa, ergänzte Nick für sich.

»Haben Sie noch weitere Fragen?« Tomei sah ihn freundlich an.

»Wie ist denn der aktuelle Stand Ihrer Ermittlungen?«

»Den habe ich Ihnen eben zusammengefasst.«

Mit anderen Worten: Sie hatten nichts. »Ich denke, ich sollte jetzt in München anrufen«, sagte Nick. Also beschlossen sie, zurück zur Questura zu fahren. Das Büro, versicherte Tomei, stehe ihnen weiter zur Verfügung, auch das Telefax, falls sie Dokumente nach München schicken wollten, und die Kopien der Akten könnten sie auch mitnehmen. Nick bedankte sich für die Gastfreundschaft. Er meinte es wirklich so. Als sie sich durch den Bauzaun geschoben hatten, drehte sich Tomei noch einmal zu der Ruine um und murmelte etwas vor sich hin. Graziella übersetzte: »Hier, an dieser Stelle, ist ein Mann brennend auf die Straße gerannt und direkt vor mir zusammengebrochen. Es war wie im Krieg.«

Die Rückfahrt verbrachten sie weitgehend schweigend. Neun Verbrechen, überlegte Nick, und zu einigen hatten sie noch kaum Informationen. Er bat Graziella, bei Tomei nachzuhaken, und erfuhr, dass in Verona nicht nur Guerrino Spinelli umgebracht worden war, sondern dass es Jahre später weitere Opfer gegeben hatte.

»›Der Scheiterhaufen von San Giorgio in Verona‹«, ergänzte Graziella, »und neben den Geistlichen auf dem Monte Berico gab es in Vicenza noch ein Opfer. Aber zu keinem der drei Fälle haben sie hier Akten.«

»Die habe ich selbst nie gesehen«, sagte Tomei, während sie durch das Tor der Questura in den Innenhof fuhren. »Ich hatte sie zwar angefordert, aber nie erhalten.«

»Wie?« Nick war perplex. »Sie mussten ermitteln, ohne Einsicht in diese Akten zu haben?«

Ein Schulterzucken, ein ergebenes Lächeln; so läuft es eben, schien Tomei sagen zu wollen. Sie stiegen die Treppen hinauf. Der Commissario bat sie in sein Büro. Er hatte aber mit den Kollegen gesprochen und erinnerte sich gut daran, dass sie in Verona von einem Mord im Drogenmilieu ausgegangen waren. Der leitende Ermittler hatte die LUDWIG-Bekennerschreiben nicht ernst genommen. Während Tomei erzählte, dass ihm der Kollege, ein Carabiniere übrigens, seine Einschätzung damals ausführlich und durchaus plausibel begründet habe, blätterte er in seinem Notizbuch und notierte etwas auf einen Zettel.

»Nicht alle Carabinieri sind schlechte Polizisten.« Er lachte.

»Warum haben eigentlich in einigen Fällen die Carabinieri und in anderen die Staatspolizei ermittelt?« Nick wusste, dass die Carabinieri als Teil der Streitkräfte dem Verteidigungsministerium angehörten und die Polizia di Stato dem Innenministerium unterstellt war. »Aber gibt es, was die Zuständigkeiten angeht, irgendein System?«

Tomei winkte ab: »Wer will, erkennt vielleicht eines, ich nicht. Machte die Sache im Fall LUDWIG jedenfalls nicht einfacher. Aber zurück zu den fehlenden Akten.« Im Vicenza-Fall hatte es sich anders verhalten. Dort hatten die Ermittler Verbindungen zur Ermordung von Padre Bison kurz darauf in Trient und, wenn er sich recht erinnerte, sogar zu einem weiteren Fall hergestellt. Eine vielversprechende Piste. Aber wenn er dazu genauere Informationen wolle – er reichte Nick den Zettel –, solle er sich doch direkt mit den Kollegen in Verona und Vicenza in Verbindung setzen. »Name, Durchwahl, steht alles drauf«, erklärte Graziella. Nick bedankte sich und steckte den Zettel ein. Er versprach, noch einmal vorbeizuschauen und sich zu verabschieden, bevor sie abreisten.

Auf dem Flur war mittlerweile deutlich weniger los als am Morgen. Aus den Zimmern das Klappern der Schreibmaschinen und Stimmengewirr. Zurück in ihrem kargen Büro, beschlossen sie, dass Graziella die Zeit nutzen und die Akten zum Fall Eros Sexy Center durchkämmen sollte. Vielleicht versteckten sich darin ja noch Informationen, die im Hinblick auf den Liverpool-Brandanschlag von Bedeutung waren. Sie machte sich sofort an die Arbeit, und Nick ging ins Büro nebenan, wo ein Telefonapparat stand, und wählte Akis Nummer. Nachdem es lange geklingelt hatte, meldete sich Gruber. Wenn Nick ihn richtig verstand, war Aki gerade in einer Besprechung, aber Gruber wollte ihn ans Telefon holen. Das dauerte. Endlich meldete sich Aki: »Was gibt's Neues?«

Nick brachte ihn auf den neuesten Stand der Erkenntnisse, berichtete von den Parallelen zum Anschlag auf das Pornokino in Mailand und dass sie es hier seiner Einschätzung nach mit denselben Tätern zu tun hätten. Im Hinblick auf die anderen Morde, die die Organisation LUDWIG für sich reklamiert hatte, war er da weniger sicher. Zu drei Taten, einer in Verona und zweien in Vicenza nämlich, konnte er noch kaum etwas sagen, außer dass man dort wohl jeweils völlig unterschiedliche Ermittlungsansätze verfolgt hatte. Um sich ein noch umfassenderes Bild von der Organisation LUDWIG zu machen, würde man mit den dortigen Ermittlern reden müssen. »Es gibt in Italien nämlich keine Behörde, die zentral für alle Fälle zuständig wäre.«

»Wir sprechen hier von einer Mordserie mit insgesamt vierzehn Toten, ist das richtig?« Nick konnte die Verstörung in Akis Stimme hören.

»Ja. Von 1977 an. Neun verschiedene Verbrechen, sieben Bekennerschreiben, vierzehn Tote.«

»Nicht zu fassen«, sagte Aki.

Nick versprach ihm, die Bekennerschreiben von Graziella übersetzen zu lassen und sie zusammen mit den Originalen nach München zu faxen. »Graziella und ich gehen jetzt noch mal die Mailänder Ermittlungsakten durch. Sollen wir dann wieder zurück nach München kommen?«

Aki meinte, er werde zunächst einmal Polizeipräsident Häring über die neuesten Erkenntnisse informieren und dann mit ihm absprechen, wie sie weiter verfahren wollten. Er ließ sich von Nick die Durchwahl für das Mailänder Büro geben. »Ich melde mich, sobald ich mit Häring gesprochen habe. Vielen Dank, Nick, und Grüße an Graziella.«

Nachdem Graziella alle Bekennerschreiben übersetzt und Nick diktiert hatte, setzte sich wieder an die Akten zum Brandanschlag auf das Eros Sexy Center. Nick machte sich auf die Suche nach einem Telefax und schickte die Unterlagen, unterstützt von einem dicklichen Beamten, der leicht schielte, nach München.

»Ich habe Hunger«, sagte Graziella, als Nick zurück ins Büro kam.

»Dagegen sollten wir«, befand Nick, »möglichst schnell etwas unternehmen, bevor die Laune kippt.«

»Das Gutachten der Brandermittler«, sagte Graziella stolz und legte ein Blatt Papier auf seine Seite des Schreibtischs. Sie stand auf und warf sich den Mantel über. »Du hältst hier die Stellung, und ich hol uns was zu essen.«

Nachdem Graziella die Tür hinter sich geschlossen hatte, nahm sich Nick das Papier vor. Graziella hatte die Übersetzung tatsächlich selbst aufgeschrieben. Der kurze Text strotzte nur so vor Fehlern und war eigentlich kaum lesbar. Dazu war er voller technischer Details über das Siebverfahren, mit dem die Spezialisten den Brandschutt untersucht hatten. Sie hatten offensichtlich enormen Aufwand betrieben. Während Nick noch zu verstehen versuchte, worum es in dem Gutachten eigentlich ging, klopfte es an der Tür und ein uniformierter Kollege bat Nick ins Nachbarbüro. »Telefono.«

Der Hörer lag neben dem Apparat. Aki war dran. Mit ernster Stimme sagte er, dass Polizeipräsident Häring äußerst alarmiert gewesen sei, als er ihm von den Parallelen zum Brandanschlag in Mailand berichtet habe und davon, dass es hier um eine Mordserie mit 14 Toten gehe. Um jeden Preis, so Häring, müsse verhindert werden, dass die Gruppe LUDWIG in München oder anderswo in Deutschland erneut zuschlage. »Deshalb«, sagte Aki, »haben wir beschlossen, dass du in Italien bleibst und alle Informationen zusammenträgst, die du kriegen kannst. Wir müssen alles über diese Organisation wissen, damit wir entsprechende Maßnahmen ergreifen können. Fahr bitte morgen nach Verona. Dort triffst du dich mit Dr. Wengert.«

»Wer ist Dr. Wengert?«

»Der beeidigte Übersetzer, der Graziella ablösen wird. Er fährt morgen früh mit dem Zug hier in München los. Ich denke, er wird gegen vierzehn Uhr in Verona sein. Dann hast du endlich einen Profi an deiner Seite und musst dich nicht weiter mit Graziella herumschlagen ... Nick? Hallo? ... Bist du noch dran?«

»Ja.«

»Das ist doch in deinem Sinne, oder nicht?«

»Ja«, sagte Nick, »natürlich.«

»Du klingst aber nicht so.«

»Doch, doch.«

Sie verabredeten, dass er Dr. Wengert am nächsten Tag um 15 Uhr in der Caserma Pastrengo, dem Sitz der Carabinieri, treffen würde. Nick holte Tomeis Zettel hervor und nannte Aki den Namen des leitenden Ermittlers. »Massagrande heißt der Mann, Capitano Giorgio Massagrande. Bei ihm soll sich Dr. Wengert melden.«

»Alles Gute«, wünschte Aki zum Abschied.

Nick legte den Hörer auf und ging zurück in das andere Büro. Setzte sich an den Tisch. Stimmen vom Flur und Verkehrsgeräusche aus der Ferne. Zigarette. Feuer. Seine HBs waren fast alle. Er versuchte, sich wieder auf das Brandgutachten zu konzentrieren, aber es gelang ihm nicht. Da wurde die Tür aufgerissen, und Graziella, zwei flache Pappkartons vor der Brust, trat schwungvoll ein. »Mittagessen!« Sie stellte die Kartons auf den Schreibtisch. »Pizza und Focaccia.« Aus ihrer Handtasche zauberte sie Servietten, und von jedem Karton riss sie den Deckel ab. *»Buon appetito!«*

Nick beschloss, ihr nach dem Essen von seinem Telefonat mit Aki zu berichten. Wie sie wohl reagieren würde? Er beruhigte sich mit dem Gedanken, dass sie wahrscheinlich froh und erleichtert sein würde, schnell wieder nach Hause zu kommen. Immerhin wartete ihr Sohn dort auf sie.

Genussvoll biss sie in ihre Focaccia. »Schmeckt's dir? Gut, oder?«

»Ja, sehr gut.«

»Wie geht's denn jetzt weiter?«

»Also, ich denke … hier können wir nicht mehr viel ausrichten. Wir packen zusammen und verabschieden uns von Tomei … und morgen fahren wir dann nach Verona …«

»Verona ift gut«, sagte Graziella mit vollem Mund, »föne Ftadt.«

»Dazu muss ich dir noch etwas sagen.« Nick hielt den Moment nun für gekommen.

Aber Graziella war schneller: »Wenn wir erst morgen fahren, können wir uns doch eigentlich noch den Dom anschauen, oder? Den hab ich nämlich noch nie gesehen.« Sie lächelte unternehmungslustig.

»Können wir eigentlich machen.« Nick biss in seine Pizza. Also gut, erst noch der Dom, aber dann, gleich danach, würde er es ihr sagen.

Nachdem sie gegessen hatten, räumten sie auf, packten die Akten in eine Kiste und gingen zu Tomeis Büro. Nick klopfte.

»*Sì!*«

Mit Graziellas Hilfe bedankte sich Nick bei Tomei und erläuterte ihm seine weiteren Pläne.

»Ich wäre froh«, sagte Tomei, »wenn Sie mich informieren würden, sobald es im Liverpool-Fall Neuigkeiten gibt.«

»Versprochen.«

Fester Händedruck. Guter Typ, dachte Nick.

Sie brachten die Akten ins Hotel und gingen dann zu Fuß in Richtung Zentrum. Graziella hatte den Stadtplan in der Hand und übernahm wie selbstverständlich die Führung. Sie trug eine an einer vergoldeten Kette befestigte Sonnenbrille, zwar nicht auf der Nase, denn der Himmel war inzwischen bedeckt, aber dafür mal lässig im hochtoupierten Haar, mal vor der Brust baumelnd. Fasziniert beobachtete Nick, was sie mit der Brille alles anzustellen wusste: Sie diente als Zeigestock, um die Route auf dem Stadtplan zu verdeutlichen oder die Eissorte in der Vitrine auszuwählen. Graziella kämmte sich damit die Haare, kratzte sich hinterm Ohr, und wenn sie mal nicht mehr weiterwusste, kaute sie nachdenklich auf der goldenen Kette herum. »Ich glaube, am besten durch den Park und dann die Via Manzoni runter.«

Die Siesta war gerade vorbei. Rollläden wurden hoch- und Gitter beiseitegeschoben. Prächtig dekorierte Schaufenster kamen zum Vorschein. Straßenzüge, eben noch trist und unwirtlich, waren plötzlich bunt und einladend. Die ganze Stadt kleidete sich um und machte sich hübsch, als wollte sie Nick zeigen, dass es noch andere Dinge gab als Tod und Grausamkeit. Plakate kündigten beispielsweise an, dass die Ramones nächste Woche im Palatrussardi spielen würden und drei Tage später Eric Clapton. Als sie auf dem Platz vor der Scala standen und das weltberühmte Opernhaus bestaunten, fühlte sich Nick beinahe wie ein ganz normaler Tourist. »Leonardo da Vinci«, sagte Graziella und wies mit dem Bügel ihrer Brille zur Statue auf der Piazza. Am Fuß des Denkmals saß ein weißhaariger Herr auf einem mitgebrachten Kissen und las Zeitung. Auf der Rückseite entdeckte Nick Werbung für HB-Zigaretten. Er machte Graziella darauf aufmerksam. »Gibt's die in Italien auch? Ich brauch nämlich dringend neue.« Graziella zuckte mit den Schultern, ging zu dem Zeitungsleser und sprach ihn an. Nick beobachtete, wie der Mann die Zeitung umdrehte und interessiert prüfte. Ein längerer, von beiden Seiten intensiv geführter Disput schloss sich an, und als Nick sich bereits ernsthaft fragte, was die beiden da verhandelten – es hatte ihn doch nur interessiert, ob es in Italien HBs zu kaufen gab –, verabschiedeten sie sich. Graziella kam zurück, schob entschlossen die Brille ins Haar und sagte: *»Dunque ...«*

Während sie in Richtung Galleria Vittorio Emanuele II weitergingen, erklärte sie, dass in der *Gazzetta dello Sport*, die der Herr gelesen hatte, über das morgen stattfindende erste Rennen der diesjährigen Rallye-Weltmeisterschaft berichtet werde, das Rennen von Monte Carlo nämlich.

»Ich wollte eigentlich nur wissen, ob ich hier HBs kriege.«

»Geduld!« Graziella hielt ihm mahnend die Sonnenbrille vor die Nase. Audi, berichtete sie weiter, trete dieses Jahr mit zwei verschiedenen Modellen an, dem altbewährten Audi quattro A2, aber alle fragten sich natürlich, wie sich Walter Röhrl im neuen Audi Sport quattro schlagen würde, der erst letztes Jahr gebaut worden …

»Motorsport interessiert mich nicht, Graziella. Ich will nur Zigaretten.«

»Pass auf«, sagte Graziella, »jetzt kommt's: HB ist als Hauptsponsor bei Audi eingestiegen. Das spült denen jährlich sieben Millionen Mark in die Firmenkasse. Und natürlich ist HB jetzt auch einer der Hauptsponsoren in Monte Carlo.« Sie sah ihn herausfordernd an. »Erkennst du den Zusammenhang?«

»Nein.«

»Egal«, sagte sie. »Du bekommst deine HBs jedenfalls in der Galleria Vittorio Emanuele.«

»Na also«, sagte Nick. »Geht doch.«

Die Einkaufspassage Vittorio Emanuele II: Stuck, Marmor, das tonnenförmige Glasdach mit der riesigen Kuppel über dem achteckigen Platz. *»L'ottagono«*, sagte Graziella andächtig. Auf dem Boden vier große Mosaike: die Wappen von Rom, Turin, Florenz und Mailand. Elegant gekleidete Menschen, noble Geschäfte. Nick entdeckte eine blaue Tafel mit weißer Schrift und großem T: *»Tabacchi«*.

»Ist das der Kiosk?«

»Ja«, sagte Graziella. Sie traten ein. Ein Kiosk war es definitiv nicht, der Laden wirkte eher wie ein exklusiver Beichtstuhl. Dunkles Holz, Intarsien, handgeschnitzt, vermutete Nick. Der Verkäufer mit Einstecktuch und bestimmt adlig. Aber es gab Zigaretten, das war das Wichtigste, eine riesige Auswahl, und sie hatten tatsächlich HBs. Nick kaufte gleich eine Stange. Wer wusste schon, wann sich wieder eine Gelegenheit ergeben würde.

Sie ließen sich mit der Menschenmenge treiben und vor die Auslagen der Geschäfte spülen. Graziella drückte sich an den Schaufenstern der großen Modemarken die Nase platt und wies mit dem Bügel ihrer Sonnenbrille auf Schuhe, Taschen und Jacken. »Schau mal! *Com'è bello!*«

Nick empfand es als wohltuend, im Strom der Menschen, umgeben vom Stimmengewirr, neben Graziella zu stehen und teilzuhaben an ihrer Begeisterung. Ausgerechnet hier in Mailand, mit der Putzfrau der Mordkommission 3 an seiner Seite, stellte sich eine Normalität ein, die Nick schon lange nicht mehr erlebt hatte. Fast hatte er vergessen, dass er auch einmal zu den Menschen gehört hatte, die nach Feierabend mit ihren Partnern durch Geschäfte bummelten, vom Café aus Passanten beobachteten, die einfach ganz normale Dinge taten. Auch er hatte einmal solch ein Leben geführt.

Nachdem Graziella zunächst hinter jedem Schaufenster eine Sensation entdeckt hatte, schien sie plötzlich das Interesse zu verlieren und verkündete: »So, jetzt gehen wir in den Dom.«

Das gewaltige Bauwerk verursachte Nick Unbehagen, kaum dass sie das von Kerbtieren, Biestern und Fabelwesen gesäumte Hauptportal durchschritten hatten. Die riesigen Säulen, den verzierten Marmorboden, die hohen Glasfenster, die jede Helligkeit aus dem ohnehin trüben Tag herausfilterten und nur Dämmerlicht übrig ließen, das alles empfand er als einschüchternd. Er meinte, sich im Bauch eines Ungeheuers zu befinden.

»Schau mal.« Graziella führte ihn ins Querhaus zu einer Heiligenfigur. Nackt und bloß stand sie auf ihrem Podest, jeder Muskel, jede Sehne deutlich sichtbar. Man hatte dem Heiligen die Haut abgezogen, er trug sie, fast lässig, wie einen Umhang über die Schulter geworfen. »Brrr.« Graziella schüttelte sich. »Was ist dem denn passiert?« Dann sagte sie: »Warte kurz«, stürmte auf einen Herren in Soutane zu und stellte sich ihm in den Weg. Ob der Mann

Pfarrer oder Küster war, konnte Nick nicht erkennen. Jedenfalls schien er Graziella etwas zu erklären und deutete immer wieder in Richtung der Statue. Graziella schien sich zu bedanken und kam zurück. »*Dunque.* Das ist San Bartolomeo«, erklärte sie, »einer der zwölf Apostel. Er predigte in Persien … oder war es Indien? Egal. Den Märtyrertod starb er jedenfalls in Albanien. Man hat ihm die Haut abgezogen. Deshalb …« Sie brach ab und sah suchend an der Figur hinauf. »Da!«, rief sie schließlich und zeigte auf einen kurzen, stumpfen Gegenstand in der rechten Hand des Märtyrers. »Das Schindermesser. Sieht aber eher aus wie eine kleine Pistole«, befand sie, zwei Furchen über der Nasenwurzel.

Nach und nach erkannte Nick das ganze Ausmaß des Schreckens: An allen Wänden und in allen Ecken der riesigen Kathedrale wimmelte es von furchterregenden Fabeltieren und sadistischen Henkersknechten. Überall leidende Heilige und Märtyrer in grausigem Todeskampf. Es gab kein Entkommen. Da hing ein gepeinigter Körper kopfüber in züngelnden Flammen, dort, in einer schummrigen Ecke, wurden einem Heiligen bei lebendigem Leib die Gedärme aus dem Bauch gezogen. Zu ihnen gesellten sich in seiner Vorstellung die Bilder der brennenden Vanessa und des Priesters mit dem Kruzifix im Nacken. *Zweck unseres Lebens ist der Tod derer, die den wahren Gott verraten.* Ausgerechnet in einem der größten Gotteshäuser der Welt fühlte er sich zurückgestoßen in den Sumpf, in das grausame Universum LUDWIGs. Wer immer dieser LUDWIG war, hier, im Tempel der Angst, war sein Zuhause.

»Der Pfarrer hat mir außerdem noch erzählt, dass die Mailänder ihre Kathedrale ausgerechnet dem Teufel verdanken. Wusstest du das?«

»Nein«, sagte Nick. »Aber das erklärt einiges.«

»Der Teufel, so die Legende, stand in einer kalten Winternacht des Jahres … weiß nicht mehr … irgendwann im Mittelalter … am Bett des Stadtherrn Gian Galeazzo Visconti«, berichtete Graziella. »Er hatte, wie es sich gehört, rot glühende Augen, stank nach Schwefel aus dem Maul und forderte den schreckensbleichen Fürsten auf, in seinem Namen eine Kirche mit Abbildern teuflischer Geister und Dämonen zu errichten. Andernfalls, hat er gesagt, schnapp ich mir deine Seele und du schmorst für immer in der Hölle.«

»Visconti scheint die Drohung sehr ernst genommen zu haben«, sagte Nick.

Graziella ging zu einem Gestell an der Wand, warf ein paar Münzen in den Schlitz des Opferstocks und entzündete eine Kerze. Nachdem sie die Kerze auf einen der Ständer gestellt hatte, bekreuzigte sie sich und murmelte ein Gebet.

»Komm, du auch«, sagte sie dann.

Widerspruch war zwecklos. Graziella drückte ihm eine Kerze in die Hand und warf erneut Münzen in den Opferstock. »Kann nicht schaden«, sagte sie. Gehorsam zündete Nick seine Kerze an und dachte, während er sie aufstellte, an Susanne und Jo. Wo die beiden wohl gerade steckten?

Die Piazza del Duomo war voller Menschen und Nick froh, endlich wieder an der frischen Luft zu sein.

»Und jetzt«, sagte Graziella, »gehen wir zu Fiorucci.« Während sie Nick über den Corso Vittorio Emanuele führte, erzählte sie ihm, dass das Modekaufhaus Fiorucci an der Piazza San Babila 1967 eröffnet worden sei. »Da war ich neunzehn Jahre alt und saß in meinem ligurischen Bergdorf fest, nur dreißig Kilometer vom Meer entfernt, aber in einer anderen Welt. Die meisten Leute aus meinem Dorf hatten das Meer noch nie gesehen. Auch meine Eltern nicht und ich auch nicht. Ich habe mich um die Tiere gekümmert. Milch, Käse, und das wichtigste im Jahr war die Olivenernte. Ich saß in diesem Dorf fest und habe von zwei Dingen geträumt: das Meer zu sehen und einmal bei Fiorucci in Mailand einkaufen zu gehen.«

»Aber du warst noch nie hier?«

»Nein.«

»Was ist dazwischengekommen?«

»Das Leben.«

Sie hatten die Piazza San Babila erreicht. Das Kaufhaus war nicht zu übersehen. Es war schlicht und einfach pompös. Staunende Passanten standen davor. Hinter den riesigen Schaufenstern waren Zimmer eingerichtet, in denen statt Schaufensterpuppen Models aus Fleisch und Blut umhergingen, Fernsehen schauten, Bücher lasen oder ihre Nägel lackierten. Nick beobachtete, wie Graziella immer ernster und schweigsamer wurde, je länger sie vor dem Kaufhaus standen.

Das Ganze, sagte sie schließlich, erinnere sie ein bisschen an die *presepi viventi*, die Krippenspiele aus ihrem ligurischen Heimatort. Zur Adventszeit stellten die Dorfbewohner jedes Jahr das Geschehen im Stall von Bethlehem nach. Alle, Omas, Opas, Nachbarn, würden in historische Gewänder gehüllt und zusammen mit Kind und Kegel und allen Haustieren, die sich auftreiben ließen, in einen Stall im Ort verfrachtet, wo sie dann, im Schichtbetrieb, lebten und dabei bestaunt werden könnten. »Das Prinzip ist ähnlich«, fand sie.

»Gehen wir rein?«

»Ich weiß nicht …« Graziella stand da und beobachtete die Models hinter den Scheiben und die schick gekleideten Passanten um sie herum. Dann schüttelte sie den Kopf und sagte: »Komm, wir gehen weiter.«

»Was ist los? Ich dachte, das war dein großer Traum?«

»Vielleicht werden Träume ja auch alt«, sagte sie nachdenklich. »Schau doch nur. Da sind lauter schicke junge Leute drin. Das ist nichts für uns.«

Aber da hatte Nick sie schon untergehakt und zog sie mit sich. Er fühlte sich plötzlich verpflichtet, dafür zu sorgen, dass sie endlich in dieses Kaufhaus, dass sie wenigstens einmal in ihrem Leben zu Fiorucci kam.

»Hey! Was machst du?«

»Wir erfüllen dir jetzt deinen Traum, komm.«

Und danach würde er ihr erzählen, dass sie morgen um diese Zeit wieder in München sein würde.

Drinnen war die Hölle los. Ein DJ legte Platten auf, die Menschen tanzten. Der ganze Raum, Decken, Wände, sogar die Möbel, war mit lustigen Figuren und bunten Mustern besprüht. Der Laden wirkte mehr wie ein Jugendtreff oder ein Kulturzentrum als wie ein Modegeschäft. Staunend und ein wenig verloren standen sie da. Graziella hatte natürlich recht gehabt. Das Fiorucci war etwas für junge Leute. Sie waren wie Aliens hier drin.

»Lass uns gehen«, sagte Graziella, und sie wollten gerade umdrehen, als eine junge Frau auf sie zukam, die aussah wie Boy George. Sie sprach Graziella an. Wahrscheinlich eine Verkäuferin, dachte Nick. Nachdem sie ein paar Sätze mit ihr gewechselt hatte, taute Graziella ein wenig auf. »Kennst du Keith Haring?«, wandte sie sich an Nick.

Er schüttelte den Kopf.

»Und Madonna?«

»Nein«, sagte er, »nie gehört. Muss man die kennen?«

»Keine Ahnung«, sagte Graziella. »Aber sie« – sie meinte Boy George – »hat mir gerade erklärt, dass dieser Keith Haring den gesamten Laden mit seiner Graffiti-Kunst gestaltet hat.« Sie sah sich staunend um. »Alles. In einer Achtundvierzig-Stunden-Live-Performance. Dafür haben sie letzten Herbst das gesamte Geschäft ausgeräumt. Gerade hat Fiorucci in London und New York weitere Filialen eröffnet. Und in New York ist eben diese Madonna aufgetreten.«

Gut, dachte Nick – wusste er das nun auch.

»Bin gleich wieder da!«, rief Graziella und ließ sich von Boy George durch die Menge führen. Sie verschwanden hinter einer Gruppe von Teenagern in Karottenhosen. Nick sah sich um, er fühlte sich unwohl. So recht verstand er nicht, was die jungen Leute da machten. Kauften sie ein, besuchten sie eine Kunstausstellung oder waren sie zum Tanzen hergekommen? Es schien von allem etwas zu sein. Der DJ spielte *»Heroes«*, und Nick beobachtete die Passanten, die draußen vor dem Schaufenster standen und die Models und die Menschen im Laden bestaunten. Hier waren alle Darsteller und Publikum zugleich. *»We can be heroes«*, sang Bowie, *»just for one day.«*

Irgendwann kam Graziella wieder, behängt mit Fiorucci-Tüten, die Sonnenbrille im hochtoupierten Haar und zwei Gläser Campari in den Händen.

»Ich habe mir was Schickes gekauft.« Sie lächelte etwas unsicher, als hätte sie etwas sehr Verwegenes getan. »Das habe ich so lange nicht mehr gemacht. Und ich verdiene ja ganz gut gerade.«

Du musst dich dafür nicht entschuldigen, dachte Nick. Aber er sagte nichts.

Sie sah sich um. »Mir gefällt's eigentlich doch«, sagte sie. »Und dir?«

»Ja«, sagte Nick.

»Ja, mir gefällt's, oder ja, ich will hier raus?«

Aber sie wartete seine Antwort nicht ab, sondern drückte ihm die beiden Gläser in die Hand. »Halt mal.«

Sie kramte in einer ihrer Taschen und holte eine Zeitschrift hervor.

»Das musst du dir ansehen«, sagte sie. »Es ist unglaublich.« Sie hielt ihm das Magazin vor die Nase. »Das hatten die in ihrer Schaufensterdekoration liegen. Die meinen das natürlich ironisch, aber ich bin damit aufgewachsen.« *Donne rurali*, »Landfrauen«, hieß das Blatt. Fast jeder Haushalt in ihrem Dorf, berichtete Graziella, habe es abonniert. Kochrezepte. Die Rolle der Frau in der Gesellschaft. Lebenshilfe. Umgang mit Tieren. Wie man einen guten Mann findet. »Getarnt als moderne Illustrierte, aber eigentlich ein antikommunistisches Kampfblatt. Auf Seite drei und vier ...«, sie schlug die Zeitschrift auf, »gab es immer irgendeinen Hetzartikel ... *ecco qua*!« Sie übersetzte die Überschrift: »›Der Kommunismus ist eine verbrecherische Diktatur und muss als solche benannt und bekämpft werden, immer – in jedem Moment.‹ Schreibt der Herausgeber Paolo Bonomi.« Sie blätterte durch die Zeitschrift. »Das ist die Welt, aus der ich komme, Nick.«

Als das erste Glas leer war, holten sie einen weiteren Campari. Es gab tatsächlich eine richtige Bar in diesem Laden. Auch Nick fand es mittlerweile nett zwischen all den jungen Leuten und beschloss, sich den Namen Keith Haring zu merken. Die Figuren waren eigentlich ganz drollig.

Nach dem dritten Cocktail bekam Nick allmählich Durst und bestellte an der Bar ein Bier für sich und einen weiteren Campari für Graziella. Die Musik war lauter geworden, »*Azzurro*« dröhnte aus den Boxen, der DJ heizte dem Publikum ein. Während er auf die Getränke wartete, bemerkte er, dass sich um Graziella herum eine Menschentraube bildete. Sie stand vor einer Reihe junger Leute, unter ihnen Boy George und einige von den Teenagern mit den Karottenhosen, und schien auf sie einzureden. Aber Genaueres war aus der Entfernung nicht zu erkennen. Er riss dem Barmann die Drinks aus den Händen und stürmte los, allerdings kam er nicht weit, denn inzwischen stand das Publikum dicht gedrängt und verstellte ihm laut singend und klatschend den Weg. Er quetschte sich durchs Gedränge und musste sich ziemlich verrenken, um zu sehen, was Graziella da trieb: Sie brachte den jungen Leuten Tanzschritte bei. Die ganze Reihe horchte auf ihr Kommando und bewegte sich im Takt von »*Azzurro*«: rechts, links, einmal drehen. Das Ergebnis erinnerte an eine Art Line Dance. Graziella, strahlend und mit roten Wangen, stemmte die Arme in die Hüften und pustete sich die Haare aus der Stirn: »*Andiamo, ragazzi*!« Die Menge klatschte und johlte. Alle feierten Graziella.

»Nick!« Sie hatte ihn entdeckt und winkte ihn mit beiden Händen heran. Da er nicht sofort reagierte, kam sie im Tanzschritt auf ihn zu. Sie nahm ihm die Getränke ab und reichte sie einem wildfremden Nebenmann, dann packte sie ihn am Arm und begann mit ihm zu tanzen: »Der Oberkörper bleibt ruhig«, brüllte sie gegen den Lärm an, »nur die Beine. Mach's mir einfach nach.« Das tat er, und nach wenigen Takten hatte er das Gefühl, dass es eigentlich ganz gut funktionierte. Was eben noch völlig undenkbar gewesen war, schien plötzlich selbstverständlich zu sein: Nick tanzte. Was, wusste er zwar nicht, aber das spielte auch keine Rolle, er machte einfach Graziellas Bewegungen nach. Die Umstehenden klatschten und sangen mit. »Danke, dass du mich hierhergebracht hast«, brüllte ihm Graziella ins Ohr, »es ist genau so, wie ich es mir damals vorgestellt habe.«

»Ich muss mich bei dir bedanken, Graziella, es ist das erste Mal seit … seit einer Ewigkeit … ich habe das Gefühl …«

»Was? Ich versteh kein Wort bei dem Lärm!«

»Egal!«, brüllte Nick. »Nicht so wichtig.«

»Oberkörper gerade, Nick, sonst wird das nichts!«

»*Azzurro.*« Das ganze Kaufhaus sang mit.

Kurz darauf saß Nick in einem geräumigen Büro des Fiorucci. Er hatte Boy George gebeten, beim Hinausgehen die Tür hinter sich zu schließen. Die Bässe wummerten nun etwas gedämpfter. Er nahm den Hörer ab und wählte. Aki ging sofort ran. Er wirkte überrascht. »Gibt es Neuigkeiten?«

»Nein«, sagte Nick, »eigentlich nicht. Ich habe nur noch mal nachgedacht … und … ich würde lieber mit Graziella weitermachen.«

»Aha?« Erstaunen auf der anderen Seite. »Gestern hast du doch noch erzählt, wie schwierig das alles …«

»Das war gestern«, sagte Nick, »aber inzwischen sind wir wirklich gut eingespielt. Und ich glaube, nein, ich bin überzeugt davon, dass Graziella uns weiterhelfen kann.« Nick hörte sich reden, und alles, was er sagte, klang gut und richtig. Es entsprach den Tatsachen, war aber nur die halbe Wahrheit. Die andere Hälfte war zu kompliziert, um sie Aki am Telefon zu vermitteln. Deshalb beschränkte sich Nick auf das Nötigste: »Sag Dr. Wengert bitte ab.«

Schweigen in München. Dann sagte Aki: »Du weißt, Graziella war eine absolute Notlösung. Wir müssen das jetzt in offizielle Bahnen lenken, Nick. Tut mir leid.« Und nach einer kurzen Pause fügte er hinzu: »Außerdem können wir ihr das auch gar nicht weiter zumuten. Sie hat einen Sohn, um den sie sich kümmern muss. Nimm sie bitte mit nach Verona und setz sie dort in den Zug nach München.«

»Aber …«

»Nick! Es geht hier nicht um dich oder Graziella, es geht darum, die richtigen Maßnahmen zu ergreifen, um eine mutmaßliche rechtsextreme Terrorgruppe daran zu hindern, erneut zuzuschlagen. Deshalb triffst du dich morgen in Verona mit Dr. Wengert. Und das ist keine Empfehlung, Nick, das ist eine Dienstanweisung.«

Nachdem er angemessen lange geschwiegen hatte, sagte Nick: »Gut, ich schicke sie morgen nach Hause.«

Sie verabschiedeten sich, und er legte den Hörer auf. Das Gespräch war genauso verlaufen, wie er es erwartet hatte. Trotzdem hatte er es zumindest versuchen wollen. Als er aus dem Büro trat, stürmte Graziella auf ihn zu. »Wo hast du gesteckt? Ich hab dich überall …«

»Ich musste noch mal in München anrufen.«

»Und?«

»Viele Grüße von Aki. Es gibt eine kleine Planänderung …«

Graziella sah ihn gespannt an.

»Sie wollen, dass wir zuerst nach Vicenza fahren. Ich ruf gleich den Ermittler dort an …«

»Morgen«, sagte Graziella. »Den rufen wir morgen an. Komm jetzt!« Sie nahm ihm das Glas aus der Hand und zog ihn hinter einen Kleiderständer mit Batikhemden, wo sie weitertanzten.

Ein paar Stunden später stolperten sie ineinander verhakt über den Hotelflur. »Pscht.« Graziella kicherte. »Nicht so laut auftreten.«

»Soll ich fliegen?«

»Oh ja! Bitte!«

»Wie weit ist es eigentlich nach Verona?«

»Vicenza. Wir fahren nach Vicenza, *tesoro*. Der Plan ist geändert worden. Schon vergessen?«

»Wie weit ist es nach …?«

»Weiß nicht.«

Sie hatten ihre Zimmer erreicht, standen einen Moment lang unschlüssig davor.

»Na, Commissario?« Sie knabberte am Bügel ihrer Sonnenbrille.

»Wir haben morgen viel vor.« Nick bemühte sich um einen förmlichen Ton. »Wir sollten jetzt ins Bett gehen.«

»Absolut«, sagte Graziella und küsste ihn.

Keine Spur mehr vom Labyrinth, als Nick am nächsten Morgen die Augen öffnete. Dafür Kopfschmerzen. Unangenehme Helligkeit. Und ein Ziehen im Magen, das nichts mit den Drinks der vergangenen Nacht zu tun hatte, sondern mit dem nagenden Gefühl, dass etwas falsch gelaufen war. Ganz falsch. Es hatte mit Graziella zu tun. Sie war … Erschrocken fuhr er auf. Sah sich um. Sie war nicht hier. Weder in seinem Bett noch irgendwo sonst im Zimmer. Immerhin. So weit, so gut. Aber beruhigen konnte ihn die Erkenntnis trotzdem nicht. Er meinte plötzlich, den Geruch von Graziellas Haarspray in der Nase zu haben. Irgendetwas war passiert, was nicht hätte passieren dürfen.

Es hatte einen Kuss gegeben.

Draußen vor der Tür, auf dem Flur.

Und dann?

Wie war es danach weitergegangen?

Diese verdammten Aussetzer, sosehr er sich auch das Hirn zermarterte, er konnte sich an nichts erinnern. Schließlich gab er auf, schlurfte ins Bad und stieg unter die Dusche. Aber aus dem Duschkopf kam nur ein dünnes Rinnsal. Und warm wurde es auch nicht. Also kletterte er schlecht gelaunt wieder heraus und absolvierte die restliche Körperpflege am Waschbecken. Dabei legte er sich die Dinge noch einmal ordentlich zurecht. Je länger er nachdachte, umso unschuldiger wurde alles. Ein geschwisterlicher Gutenachtkuss nach einem aufregenden Abend. Was auch sonst? Alles andere wäre ja auch völlig absurd. Allerdings hatte er sich lange nicht mehr so wohl gefühlt, das musste er zugeben, und so ausgelassen getanzt wie in diesem Keith-Haring-Graffiti-Modeladen, in dem der DJ, je später der Abend wurde, nur noch schlechten Italo-Pop gespielt und die Menge damit zum Toben gebracht hatte. »*Gloria*«. Umberto Tozzi. Den Namen hatte er sich gemerkt. Bis dahin reichte die Erinnerung.

Als er aus dem Bad kam, war er überzeugt, dass alles okay war.

Es klopfte an der Tür. Graziella. Lächelnd. Ein Glas sprudelndes Wasser in der Hand. »Frühstück!« Sie trat ins Zimmer und stellte das Glas auf den Nachttisch. »Ich dachte, ein Aspirin könnte helfen. In Vicenza habe ich angerufen, die erwarten uns.« Sie reichte Nick ein Stück Papier. Es war der Zettel, auf dem Tomei die Adressen der Ermittler in Verona und Vicenza notiert hatte. Nick konnte sich nicht erinnern, ihn Graziella gegeben zu haben. Während sie ihm mitteilte, dass sie schon gepackt habe und er das bitte auch tun solle, sie müssten nämlich die Zimmer verlassen, es sei schon spät, durchwühlte sie zunächst sein Bett, dann ging sie auf die Knie und kroch darunter.

»Suchst du etwas?«

»Was ist denn das für eine bescheuerte Frage?« Dann: »*Ecco qua*!« Als Graziella wieder auftauchte, hielt sie triumphierend ihre Sonnenbrille in der Hand.

»Mach dich fertig, ja? Wir treffen uns an der Rezeption.« Sie tätschelte ihm die Wange und verließ den Raum. Nick trank das

Aspirin in der Hoffnung, es möge nicht nur gegen Kopfweh, sondern auch gegen Albträume helfen.

Die aufgeregten Stimmen waren bis ins Treppenhaus zu hören. Als er, die Reisetasche in der Hand, an der Rezeption auftauchte, befand sich Graziella in einem hitzigen Streit mit dem Padrone. Es ging wüst zu.

»Was ist denn los?«

Graziella tippte mit dem Zeigefinger auf ein Blatt Papier. »Hier unterschreiben und bezahlen. Und dann nichts wie weg!«

Nick tat, wie ihm geheißen, und folgte Graziella, die durchgehend schimpfte und den Padrone lauthals zu verfluchen schien.

»Erklärst du mir mal, was los ist?«, fragte er, als sie auf den BMW zugingen.

»Das Arschloch hat behauptet, Gäste hätten sich beschwert. Wir wären zu laut gewesen letzte Nacht.«

Nick erstarrte.

»Ich hab mich entschuldigt, aber der Idiot hat mich weiter behandelt wie den letzten Abschaum. *Brutto pezzo di merda!*«

Sie rüttelte an der Beifahrertür. »Machst du mal auf, oder willst du hier so stehen bleiben?«

Sie ließ sich auf den Beifahrersitz fallen und schnappte sich den Stadtplan. Erst jetzt fiel ihm auf, dass sie die Kleider trug, die sie gestern im Fiorucci erstanden hatte. Anders war ihr Aufzug nicht zu erklären. Ein Hosenanzug, quietschbunt, wie von Keith Haring entworfen. Sie sah aus wie ein Papagei. Als sie vom Parkplatz fuhren, sagte Nick: »Wir müssen reden, Graziella.«

»Worüber denn?«

»Über gestern Nacht.«

»Fang du nicht auch noch damit an.« Graziella zeigte aus dem Fenster. »Die nächste links.«

Vielleicht hat sie recht, dachte Nick. Immerhin widersetzte er sich gerade einer dienstlichen Anordnung und entführte, nach einer offenbar wilden gemeinsamen Nacht, die Putzfrau der Mordkommission 3. Ein guter Moment, um einfach mal die Klappe zu halten.

XI. DER SCHWARZE PRINZ

Die Questura von Vicenza, ein düsterer Palazzo in einem alten Industrieviertel, hatte etwas Furchteinflößendes. An der Pforte ließ sich ein streng dreinblickender Uniformierter die Ausweise geben und verschwand damit. Erst nach einer Ewigkeit kam er zurück, reichte ihnen wortlos die Dokumente und salutierte.

Dottor Guido Burzomato, Chef der Squadra Mobile, empfing sie in seinem Büro im obersten Stock. Der Ausblick war nicht schön. Nachkriegsbauten, schachbrettartige Straßenzüge. Von hier oben wirkte Vicenza wie ein einziges großes Industriegebiet. »Mehr als zweitausend zivile Opfer durch alliierte Bombenangriffe. Die am meisten zerstörte Stadt Venetiens«, sagte Burzomato, der Nicks Irritation bemerkt hatte. »Herzlich willkommen.« Dann blieb sein Blick auf Graziella in ihrem Papageienkostüm haften. Nick erschrak, denn er las unverhohlene Verachtung darin. Der Mann wirkte regelrecht angewidert.

Einen Moment lang schämte sich Nick für Graziella und ihre Geschmacklosigkeit – aber was maßte er sich eigentlich an? Sollte sie doch tragen, was ihr gefiel. Er überlegte trotzdem, ob er sie nicht darauf hinweisen sollte, dass sie sich in diesem Aufzug lächerlich machte.

Wie nach einem Gewitterschauer klärten sich Burzomatos Züge schnell wieder auf, und er lächelte. Er sei, wie er entschuldigend anmerkte, ein sehr beschäftigter Mann und sehe sich deshalb – leider – außerstande, sie persönlich zu betreuen.

»Ja«, bestätigte Graziella, »er hat ›betreuen‹ gesagt.«

Deshalb werde ihn Commissario Solari, ohnehin der beste Kenner des Falls, vertreten. Nick folgte Burzomatos Blick und bemerkte erst jetzt, dass sich noch ein weiterer Mann im Raum befand. Er saß in einem Sessel im hinteren Teil des Büros, die Beine übereinandergeschlagen, die Hände gefaltet. Kühler Blick. Sein Schädel war kahl, die Nase ein wenig schief. Ein alter Pitbull.

»Commissario Solari verfügt über alles nur erdenkliche Material«, übersetzte Graziella, »und stellt es uns gern zur Verfügung.«

»Glaub ich nicht«, flüsterte Nick ihr zu, »der sieht nicht so aus, als würde er überhaupt irgendwas *gerne* tun.«

Nachdem sie Burzomato gedankt und sich verabschiedet hatten, stand Solari auf, nickte dem Chef der Squadra Mobile kaum merklich zu und verließ den Raum, ohne Nick und Graziella auch nur eines Blickes zu würdigen. Das also war der Mann, dessen Ermittlungen, laut Tomei, noch einmal in eine ganz andere Richtung geführt hatten. Nick war gespannt. Sie beeilten sich, um den Anschluss nicht zu verlieren. Beamte, die Solari auf dem Flur begegneten, salutierten. Nick meinte, in ihren Gesichtern Bewunderung und Mitleid gleichermaßen zu erkennen. Solari hob bei jeder Begegnung den Arm, schien aber nicht genug Kraft zu haben, die Bewegung zu Ende zu führen. Sie verkümmerte auf Brusthöhe, der militärische Gruß blieb Andeutung. Auf dem Weg zum Wagen sprach er kein Wort. Nick schloss auf. Solari ließ sich auf die Rückbank fallen und fragte, nachdem Nick den Motor angelassen hatte, unvermittelt: *»Di destra o di sinistra?«*

Graziella antwortete schnell, worauf Solari zufrieden nickte und *»Va bene, andiamo«* sagte.

Rechts oder links. Das hatte Nick verstanden, was ihn gleichzeitig freute und verwirrte. »Wieso fragt er uns das?«, wandte er sich an Graziella. »Er muss doch wissen, wo's hingeht.«

»Er wollte wissen, ob wir rechts oder links *stehen*«, sagte Graziella. »Politisch.«

»Ist das nicht eine etwas merkwürdige Frage?«

»Wieso?«

»Na ja ... also ich finde das komisch, zuallererst nach meiner politischen Haltung gefragt zu werden, bevor ... Ich meine ... Wir haben uns noch nicht mal richtig vorgestellt.«

»Man will doch wissen, mit wem man es zu tun hat, oder nicht?«

Gut, dachte Nick, dann ist das in Italien wohl normal. »Und was hast du ihm gesagt?«

Sie sah ihn an, als wäre er nicht ganz bei Trost. »Na rechts natürlich. Was denn sonst? Ich bitte dich, du bist Polizist!«

Bevor Nick etwas entgegnen konnte, ergänzte sie leise: »Ich glaube, Solari ist ein Faschist.«

Der BMW rollte auf eine Kreuzung zu.

»*A sinistra*«, kommandierte Solari, aber diesmal war es offensichtlich eine Richtungsangabe, und Nick bog nach links ab. Im Rückspiegel sah er Solaris Gesicht. Eine ganze Menge Leben hatte sich darin festgesetzt.

»Er sieht irgendwie traurig aus«, flüsterte er.

»Es gibt auch traurige Faschisten«, sagte Graziella.

Von nun an war rechts und links kein Thema mehr, denn es ging immer geradeaus. Die Wohnblocks am Straßenrand sahen aus, als hätte man sie nach dem Krieg eilig hochgezogen. Vereinzelt dazwischen vierstöckige Palazzi, die vom Bombenhagel verschont geblieben waren. Im Gegensatz zu seinem Mailänder Kollegen schien sich Solari nicht dafür zu interessieren, was in München passiert war. Er sah schweigend aus dem Fenster. Wie alt mag er sein?, überlegte Nick. Um die sechzig? Auf jeden Fall war er im Krieg gewesen. Vielleicht war er es immer noch.

Auf einmal veränderte sich die Umgebung. Linker Hand begann ein weitläufiger Park – »Campo Marzo«, sagte Solari –, und rechts standen plötzlich, wie hingewürfelt, nur noch einstöckige Flachbauten. Schuppen, Lagerhallen, Tankstellen. Dahinter Gleise. Solari sagte etwas, und Graziella übersetzte: »Da vorne ist der

Bahnhof.« Die Straße wurde immer schmaler, eingezwängt zwischen Park und Bahngleisen. Ein Kommando ertönte von der Rückbank, und Graziella sagte: »Du sollst hier parken.«

»Anfang November 1980«, begann Solari, während sie ausstiegen, »hat die Organisation LUDWIG ihr erstes Bekennerschreiben an die Redaktion des *Gazzettino* in Mestre geschickt.« Er führte sie auf die andere Straßenseite. »Wie ist denn Ihr Informationsstand? Sie wissen, dass LUDWIG in diesem ersten Bekennerschreiben die Verantwortung für drei Morde übernommen hat? Ein Obdachloser in Verona, dann ein Homosexueller in Padua und ein junger Drogensüchtiger in Venedig.«

Nick lauschte Graziellas Übersetzung. Schau an, dachte er, der Mann kann ja auch ganz normal. Und er kommt gleich zur Sache. Auch gut. Nick bestätigte, ja, er sei im Bilde. Sie gingen an den nackten Bäumen entlang, die den Park säumten. Eine trostlose Gegend. Das typische Niemandsland in Bahnhofsnähe.

»Drei Morde«, fasste Solari zusammen, »dann das Bekennerschreiben. Und dann, etwa acht Wochen später, es ist der 20. Dezember 1980. Ein kalter Abend, gegen neun Uhr … Dieser Teil des Viale Venezia …«, Solari zeigte die Straße hinauf, »ist der Straßenstrich von Vicenza. Alice Maria Baretta war eine zweiundfünfzig Jahre alte Prostituierte und ging hier wie jeden Abend ihrer Arbeit nach. Sie stammte aus Como und hatte einen körperlichen Makel, der es ihr, zusammen mit dem fortschreitenden Alter, immer schwerer machte, Freier zu finden: Sie hinkte stark.« Solari sah sich um, schien sich zu orientieren und blieb dann plötzlich stehen. »Hier«, übersetzte Graziella, »haben wir sie gefunden. Sie lag in einem See von Blut, lebte aber noch.« Solari fuhr sich mit der Hand über den kahlen Schädel. Nick sah, dass die Hand zitterte. »Alice Maria Baretta«, fuhr Solari fort, »wurde auf offener Straße mit einem Hammer und einem Beil massakriert. Sie starb am 4. Januar 1981 im Krankenhaus. Wir haben sie nicht mehr vernehmen können.«

Ein Güterzug ratterte über die Gleise, und im Park flatterten Krähen auf. Solari blickte ihnen nach. Dann zeigte er auf die Stelle am Boden, wo sie das blutverschmierte Beil gefunden hatten sowie eine Plastiktüte mit einem Hammer. »›Upex‹ stand auf dem Griff. In einer zweiten, identischen Plastiktüte waren Papiertaschentücher.«

Solari brach ab, starrte einen Moment lang schweigend in Richtung Campo Marzo.

»Frag ihn doch bitte«, wandte Nick sich an Graziella, »ob es Zeugen gegeben hat.«

Graziella stellte ihre Frage, und Nick beobachtete Solari, der aufmerksam zuhörte. Was war mit diesem Mann los? Irgendetwas passte nicht zusammen. Aber er hatte keine Zeit, weiter darüber nachzudenken, denn Solari nickte und sagte, ja, es habe Zeugen gegeben. »Einer von ihnen hat die Tat sogar beobachtet. Um kurz vor neun fuhr er den Viale Venezia entlang. Er kam vom Bahnhof. Genau hier, wo wir jetzt stehen, bemerkte er eine Gestalt. Sie hatte einen Gegenstand in der Hand und schlug damit auf eine am Boden liegende Frau ein. Er beschrieb den Täter als einen Mann von normaler Statur und Größe. Er trug eine dunkle Jacke und eine rote Mütze. Keine weiteren Merkmale. Auch zum Alter konnte der Zeuge keine Angaben machen. Sie müssen sich vorstellen: Es war dunkel. Hier gibt es keine Straßenlaternen. Deshalb waren die Beschreibungen des Augenzeugen auch nicht sehr hilfreich. Leider. Immerhin konnte er angeben, dass der Täter zu Fuß geflüchtet ist.«

»Nur ein Täter?«

»Ja.«

»Wohin ist er geflüchtet?«

»In Richtung Bahnhof.«

Nick versuchte sich zu orientieren. »Wo liegt denn das Stadtzentrum?«

»Dahinter.« Solari wies in Richtung Park. Dann wechselte er

einige Sätze mit Graziella. Nick entdeckte die beiden Falten über ihrer Nasenwurzel und wusste, dass etwas nicht stimmte. Als sich Graziella ihm wieder zuwandte, war ihr anzusehen, dass sie immer noch damit beschäftigt war, das eben Gehörte einzuordnen. »Commissario Solari wollte wissen«, begann sie, »was uns sein Chef über ihn erzählt hat.«

»Nichts«, sagte Nick erstaunt. »Wir wussten ja gar nichts von seiner Existenz.«

»Hab ich ihm auch gesagt.« Graziella wirkte unsicher. »Es war ihm jedenfalls wichtig, zu betonen, dass er in beiden Fällen die Ermittlungen geleitet hat. *Er* ist an der Front gewesen, nicht Burzomato ...«

»Der zweite Fall«, unterbrach Nick, »das war der Mord an den Kirchenleuten?«

»Ja, er will gleich mit uns zum Tatort fahren.« Graziella brach ab und sah Nick ernst an. »Aber das Wichtigste ist ... er wollte, dass wir wissen ... sie haben ihn in Pension geschickt. Solari ist gar kein Polizist mehr.« Und nach einer Pause fügte sie hinzu: »Und es klang so, als würde noch eine größere Geschichte dahinterstecken.«

Nick beobachtete den kahlköpfigen Mann, der im Gegenlicht vor dem weitläufigen Park stand, einschüchternd und verloren zugleich, und er dachte an die merkwürdige Mischung aus Anerkennung und Mitleid, die Solari seitens der ehemaligen Kollegen auf dem Flur der Questura entgegengebracht worden war. Eine größere Geschichte. Glaubte er sofort. Und noch eine Frage beschäftigte ihn: Was veranlasste Burzomato, ihnen einen Mann an die Seite zu stellen, der nicht mehr im Dienst war? War es Wertschätzung für den ehemaligen Kollegen, den man noch immer für den besten Kenner der Materie hielt? Oder hatte sich der Chef der Squadra Mobile einfach nur einer lästigen Aufgabe entledigt, indem er die »Betreuung« des deutschen Kollegen an einen Beamten im Ruhestand delegierte?

»*Andiamo!*« Solari machte eine auffordernde Kopfbewegung und ging zum Auto, ohne sich nach ihnen umzusehen. Er schien es noch immer gewohnt zu sein, dass man ihm widerspruchslos folgte.

Während er sie den Viale Venezia entlang und dann über einen Fluss lotste – Schilder zeigten die Richtung an: Padova, Verona, Monte Berico –, berichtete Solari, wie es im Fall Alice Maria Baretta weitergegangen war. Den Ermittlern war zu Ohren gekommen, dass zwei Tage nach dem Mord ein gewisser Giuseppe Verico, ein Jugendlicher aus der Nachbarschaft, in der Bar Moderno vor mehreren Zeugen damit geprahlt habe, dass sein Mitbewohner, der noch minderjährige Maurizio De Cao, am 20. Dezember, also am Tatabend, mit blutverschmierter Kleidung nach Hause gekommen sei. »Auf dem Campo Marzo habe ich eine Frau mit einer Axt erschlagen«, habe er gemurmelt. Als Grund für seine Tat habe er angegeben, die Frau habe ihn beim Diebstahl eines Autos überrascht. Es seien noch andere dabei gewesen. Einer habe mit ihm zusammen die Frau erschlagen, ein weiterer Komplize sei geflüchtet.

Sie fuhren stadtauswärts, einen Hügel hinauf. Die Häuser wurden immer herrschaftlicher, bald standen links und rechts der Straße nur noch Villen. Hier wohnten offenbar diejenigen, die im hässlichen Teil der Stadt produzieren ließen.

»Wir haben uns«, fuhr Solari fort, »auf diesen minderjährigen Maurizio De Cao konzentriert. Es war die einzige ernst zu nehmende Spur.« Graziella fügte hinzu: »Er hat das so gesagt, als müsste er sich dafür rechtfertigen.«

Als Komplizen von Maurizio De Cao identifizierten Solari und seine Kollegen einen weiteren Jugendlichen aus der Nachbarschaft namens Franco Munari. Die beiden wurden verhaftet und angeklagt. »So weit«, fuhr Solari fort, »waren wir mit den Ermittlungen gekommen, als im Februar 1981 bei der Redaktion des *Gazzettino* ein Bekennerschreiben der Gruppe LUDWIG einging. Reichsadler, Hakenkreuz, Runenschrift, Sie kennen das ja.«

»Das war dann«, unterbrach Nick, »das zweite Bekennerschreiben, richtig?«

»Richtig«, bestätigte Solari. Er gab den Text des Schreibens aus dem Kopf wieder:

»WIR BEKENNEN UNS ZUR EXEKUTION VON
ALICE M. BARETTA, 20-12-80, VICENZA.
BEWEISE FÜR DIE AUTHENTIZITÄT DES
BEKENNERSCHREIBENS:
DER HAMMER HAT EINEN GELBEN GRIFF
UND IST VON DER FIRMA UPEX,
ALS MARKENZEICHEN HAT ER DIE NUMMER 1500.
GOTT MIT UNS.«

»Die haben wirklich ›Exekution‹ geschrieben?«, fragte Nick.

Graziella fragte nach, und Solari bestätigte es. »Ja, ›Exekution‹. Das Schreiben hat natürlich einigen Aufruhr verursacht. Immerhin waren inzwischen zwei dringend Tatverdächtige in Haft. Wir haben also noch mal jeden Stein umgedreht. Aber es ließ sich beim besten Willen kein Hinweis auf irgendeine wie auch immer geartete Gruppierung finden. Und dass unsere Tatverdächtigen mit dem Bekennerschreiben und der Gruppe LUDWIG nichts zu tun hatten, war auch klar.«

Sie fuhren an einem Friedhof vorbei.

»Wir sind gleich da«, sagte Solari und fuhr fort: »Es gab außer diesem Schreiben nichts, was auf eine andere Spur hindeutete. Da wir nichts anderes in der Hand hatten, haben wir es also noch einmal genauestens analysiert …«

»Und?«, fragte Nick gespannt.

»Und wir kamen zu dem Ergebnis, dass die sogenannten Beweise eben kein exklusives Täterwissen waren. Man hätte sich die Informationen auch über die Berichterstattung in den Medien beschaffen können.«

Vor ihnen tauchte die Kuppel einer Barockkirche auf. »Die Wallfahrtskirche Monte Berico«, sagte Solari. »Der Parkplatz befindet sich auf der gegenüberliegenden Straßenseite. Der entscheidende Punkt aber war«, berichtete er weiter, »dass wir in dem Schreiben einen sachlichen Fehler entdeckt haben.«

Nick musterte Solari im Rückspiegel, während er auf Graziellas Übersetzung wartete.

»LUDWIG hat in dem Schreiben behauptet, dass das Markenzeichen des Hammers die Nummer 1500 ist. Das stimmte aber nicht. Die Zahl war kein Markenzeichen, sie bezog sich auf das Gewicht. Der Hammer wog 1500 Gramm. Wir haben uns auch die ersten drei Fälle und das dazugehörige Schreiben angeschaut. Unsere Einschätzung war, dass sich hier jemand zu Taten bekennt, die er nicht begangen hat. Aus welchen Gründen auch immer. Wir haben uns dazu entschlossen, diese Spur nicht weiter zu verfolgen.«

Sie hatten ihr Ziel erreicht. Während Nick den Wagen einparkte, berichtete Solari, dass in der Zwischenzeit das Verfahren gegen die Beschuldigten De Cao und Munari eröffnet worden sei. »Während des Verfahrens stellte sich aber heraus, dass Giuseppe Verico, der die ganze Geschichte ins Rollen gebracht hatte, psychische Probleme hatte. Außerdem war er schwer alkohol- und drogenabhängig. Eine krachende Niederlage sowohl für uns Ermittler als auch für die Staatsanwaltschaft bahnte sich an.« Sie stiegen aus dem Wagen. »Wir gingen auch ziemlich angeschlagen aus der Sache heraus. Am 10. Dezember 1982 wurden De Cao und Munari aus Mangel an Beweisen freigesprochen. Kommen Sie bitte.« Er ging auf die Kirche zu, hielt plötzlich an, murmelte etwas vor sich hin und ging dann in die entgegengesetzte Richtung. Nick sah Graziella fragend an. »Er will uns erst noch was anderes zeigen.« Sie zuckte mit den Schultern. Also folgten sie Solari über die weitläufige Piazza. Bis auf ein Liebespaar, das sich aneinander rieb, war sie menschenleer. Sie traten an die Balustrade. Links und rechts grüne Hügel. Kiefern, Zypressen. Unter ihnen lag die Stadt. Der Ausblick war großartig, aber der Gesamteindruck blieb: Vicenza hatte durch den Krieg großen Schaden genommen. Was sich die Stadtplaner einmal gedacht haben mochten, war nur noch im Zentrum zu erkennen. Das allerdings schien sehr schön zu sein. Bei guter Sicht, sagte Solari, könne man da drüben die Dolomiten sehen und dort bis zur Lagune von Venedig. Aber die Sicht war nicht gut. Sie reichte nur bis zu einem Militärkonvoi, der sich westwärts schob. »Die Amerikaner«, sagte Solari verächtlich, »erst werfen sie Bomben auf unsere Stadt, und jetzt schützen sie uns vor den Kommunisten. Camp Ederle. Keine zwanzig Kilometer von hier. Der größte NATO-Stützpunkt in Italien.«

»Va be'«, sagte er plötzlich. *»Venite.«* Der touristische Teil des Ausflugs schien zu Ende zu sein. Solari führte sie zurück zur Kirche. Neben dem Barockbau ein gotischer Campanile. Irgendwie übrig geblieben. Eine breite Treppe führte zum Portal. »Zurück zum Tötungsdelikt Alice Maria Baretta«, nahm Solari den Faden wieder auf. »Ich habe Ihnen erzählt, dass im Dezember 1982 der Prozess gegen die beiden Tatverdächtigen mit einem Freispruch endete. Aber vorher ist etwas passiert.« Sie hatten die Kirche erreicht. »Im Sommer desselben Jahres, am 20. Juli 1982, um genau zu sein. Es war ein Mittwoch. Um kurz nach acht verlassen zwei Brüder des hiesigen Ordens, Pater Giuseppe und Pater Gabriele, mit bürgerlichen Namen Mario Lovato und Giovanni Battista Pigato, der eine siebzig, der andere neunundsechzig Jahre alt, die Kirche und gehen in diese Richtung.« Solari zeigte nach rechts und ging vorneweg. »Ein heißer Tag, die Sonne geht gerade unter. Es ist eine Art Ritual, die Geistlichen unternehmen diesen Spaziergang jeden Abend. Eigentlich hätte noch ein weiterer Ordensbruder mitkommen sollen, aber der hat sich nicht wohlgefühlt. Sie sind also zu zweit unterwegs.« Solari führte sie an der Kirche vorbei über einen schmalen Gehsteig zwischen der Fahrbahn und einer

Mauer, die einen gepflegten Park begrenzte. Von hier aus war das eigentliche Kloster zu sehen, ein schlichter, moderner Bau. »Hier haben die Ordensbrüder gelebt«, sagte Solari. Die Straße machte eine Kurve und führte auf einen Weinberg zu. Davor zweigte ein schmaler Weg nach rechts ab. Der Viale Enrico Cialdini, ein Hohlweg, Mauern aus Naturstein auf beiden Seiten, war völlig ausgestorben. »Im Sommer ist das anders«, erklärte der Commissario. »Da sind die Hügel hier oben ein beliebtes Ziel für jugendliche Liebespaare aus der Stadt. Auch an dem Abend, als die Padres ihren Spaziergang machten, waren hier oben Jugendliche unterwegs.«

Sie gingen an einer herrschaftlichen Villa vorbei. Stuck. Heiligenstatuen über dem Portal. Sie gehörte offenbar zum Klosterkomplex. Solari führte sie weiter die Straße entlang und blieb dann plötzlich stehen. »Hier«, sagte er, »wurden die beiden Padres von zwei Personen mit jeweils einem Hammer von hinten angegriffen. Sie wurden völlig überrascht und haben sich nicht gewehrt. Mario Lovato, der ältere, war sofort tot. Giovanni Battista Pigato starb einige Stunden später im Krankenhaus. Ein junges Liebespaar hat die beiden entdeckt und sofort die Polizei verständigt. Neben den blutverschmierten Tatwerkzeugen«, berichtete Solari weiter, »haben wir zwei Plastiktüten gefunden, in einer der beiden befand sich eine unbenutzte Axt. Gleich mehrere Augenzeugen gaben an, sie hätten zwei – manche sagten: drei – junge Männer mit Plastiktüten gesehen, die sich zur Tatzeit und davor hier in der Gegend aufgehalten hätten. Drei Tage nach der Tat kam bei der ANSA in Mailand das Bekennerschreiben an …«

»›Wir sind die letzten Erben des Nazismus‹«, schaltete sich Nick ein, »›Ziel unseres Lebens ist der Tod derer, die den wahren Gott verraten.‹«

Graziella übersetzte und Solari nickte. »Ganz genau. Und im selben Umschlag waren Teile der Aufkleber von den Griffen der Tatwaffen. Wir haben sie zusammengesetzt. Sie haben perfekt gepasst. Das war der Unterschied zu unserem Prostituierten-Fall: Diesmal mussten wir davon ausgehen, dass die Verfasser des Bekennerschreibens und die Täter identisch waren.«

Nick bat Graziella, dem Commissario zu erklären, dass sie im Zusammenhang mit dem Mord an Padre Bison auf das Bekennerschreiben gestoßen waren. »Die Ermittler in Trient hatten einen Zusammenhang mit dem Mord auf dem Monte Berico hergestellt. Stimmt das?«

»Ja«, sagte Solari, »damit ging die Geschichte überhaupt erst richtig los.« Einen Moment lang zögerte er, dann schlug er vor, zu ihm nach Hause zu gehen. Er wirkte dabei ein wenig verschämt, fast als hätte er Nick und Graziella gerade einen unsittlichen Antrag gemacht. Wie um sich dafür zu rechtfertigen, erklärte er wortreich, dass sie nur bei ihm zu Hause alle Unterlagen zur Verfügung hätten. Nur dort gebe es alle Akten und Dokumente, die sie benötigten, »um«, wie er sich ausdrückte, »die ganze Geschichte verstehen zu können«.

Commissario Solari, dieser harte Hund, wirkte fast rührend in seiner Hilflosigkeit. Nick wurde einfach nicht schlau aus dem Mann. Schien er anfangs nur eine lästige Pflichtaufgabe zu erfüllen, war ihm jetzt offenbar ernsthaft daran gelegen, dem deutschen Kollegen seine Ermittlungen zu erklären.

»Gut«, sagte Nick. »Fahren wir.«

Eine halbe Stunde später standen sie vor einem Wohnblock an der Peripherie Vicenzas. Zu Nicks Erleichterung zog Solari die Benutzung des Fahrstuhls gar nicht erst in Betracht. Sie gingen zu Fuß hinauf in den dritten Stock. Solari schloss auf. *Permesso. Avanti.* Das italienische Eintrittsritual, wie Graziella erklärte. Gedämpftes Licht. Steinfußboden. Ein langer Flur, von dem mehrere Türen abgingen. Solari schritt voran, öffnete eine Tür am Ende des Flurs und bat sie einzutreten. Ein mächtiger Schreibtisch auf Löwentatzen, ein Samtvorhang vor dem Fenster. An der

Wand Heiligenbilder, dazwischen muskelbepackte römische Legionäre und Schwarz-Weiß-Fotos von Männern in Uniform.

»Mein Arbeitszimmer«, erklärte Solari lächelnd, »*accomodatevi.*« Als er kurz den Raum verließ, um zwei Stühle zu holen, zeigte Graziella auf das Foto eines Mannes, ein Barett auf dem Kopf, das Eiserne Kreuz an der Brust. »Faschistenführer Junio Valerio Borghese«, flüsterte sie ehrfürchtig, »der schwarze Prinz.«

Solari kam zurück und stellte ihnen zwei Stühle hin. Während Nick und Graziella Platz nahmen, griff Solari nach Akten, die auf dem Schreibtisch bereitlagen. »Nach dem Mord an den beiden Padres und nachdem die Organisation LUDWIG sich dazu bekannt hatte …«, er schlug einen Aktenordner auf, Tatortfotos kamen zum Vorschein, ein blutverschmierter Hammer, eine Axt, das Foto einer Frau mittleren Alters, »… mussten wir nun auch den Mord an der Prostituierten Alice Maria Baretta neu bewerten. Denn die Parallelen waren offensichtlich. Sowohl was die Tatwerkzeuge anging, als auch im Hinblick auf den Umstand, dass die Täter in beiden Fällen Plastiktüten am Tatort zurückgelassen hatten. Wohlgemerkt: Zu der Zeit lief noch das Verfahren gegen die beiden jugendlichen Verdächtigen im Baretta-Fall. Wir haben jeden Tag weniger daran geglaubt, die Richtigen erwischt zu haben. Wir versuchten also, uns mit dem Gedanken anzufreunden, dass ein und derselbe Täter die Prostituierte und die Kirchenleute umgebracht hatte. Wir studierten die Bekennerschreiben. Alice Maria Baretta wurde ›exekutiert‹, im anderen Fall wurden ›Männer, die den wahren Gott verraten‹, bestraft. Legte man ein moralisches Motiv zugrunde – wie verquer auch immer das sein mochte –, konnte man vielleicht noch sagen, dass hier eine Frau mittleren Alters für die ›Sünde‹ bestraft wurde, ihren Lebensunterhalt als Prostituierte zu verdienen. Aber was war den beiden Kirchenmännern vorzuwerfen? Wann hatten diese beiden den wahren Gott verraten? Und wie war mit den anderen drei Morden zu verfahren, die LUDWIG ebenfalls für sich reklamiert hatte? Wir haben also die Vergangenheit der beiden Padres durchleuchtet. Dabei haben wir festgestellt, dass sich beide für straffällig gewordene Jugendliche eingesetzt hatten, dass sie als Seelsorger in Waisenhäusern und Jugendstrafanstalten aktiv gewesen waren, aber daraus hat sich zunächst nichts weiter ergeben. Bis wir feststellten, dass der in Venedig erstochene Claudio Costa als Fünfzehnjähriger für ein paar Monate in einem Erziehungsheim gelebt hatte, in dem einer der beiden Padres, Mario Lovato, als Seelsorger tätig gewesen war. Es gab also eine Überschneidung. Wir hatten plötzlich zwei Opfer, die sich gekannt haben mussten. Mehr aber auch nicht.«

»Daraus folgte nichts?«, fragte Nick.

»Nein, erst einmal nicht. Wir waren in sämtlichen Heimen, in denen die beiden Padres tätig gewesen waren, haben mit Angestellten und ehemaligen Bewohnern gesprochen, aber nichts in Erfahrung gebracht. Keine Auffälligkeiten. Bis auf den Umstand vielleicht …« Solari schob unschlüssig Akten hin und her, als überlegte er, welche nun an der Reihe war. »Bis auf den Umstand, dass sowohl Angestellte als auch Heimbewohner eingeschüchtert wirkten.«

»Sie meinen verängstigt?«

»Ja. Das war damals mein Gefühl. Keiner traute sich, ein Wort mehr zu sagen als unbedingt notwendig. Als wären sie alle in einem System der Angst gefangen. Aber wie gesagt, das war damals mein persönlicher Eindruck. Ich habe es dann aber auf die autoritäre Struktur geschoben, die generell in solchen Einrichtungen herrscht. Wer schon mal in einem italienischen Waisenhaus war, weiß, wovon ich rede. Das sind Straflager, nichts anderes.«

Nachdem Graziella übersetzt hatte, kommentierte Nick verblüfft: »Der erste Faschist, der ein Problem hat mit autoritären Strukturen.«

»Ich habe Hunger«, sagte Graziella und lachte nach einem Blick in Nicks Gesicht schallend auf. »Schau nicht so entsetzt, *dich* ess ich schon nicht.« Sie wechselte ein paar Sätze mit Solari, der Graziella daraufhin einen Aktenordner in die Hand drückte und den Raum verließ.

»Was passiert jetzt?«, fragte Nick.

»Der Faschist zaubert uns was Schönes. Hat er von sich aus angeboten«, schob sie schnell hinterher, »nicht dass du denkst …«

Es war bereits 20 Uhr, Nick hatte die Zeit völlig vergessen. »Gut, dass dein Appetit unbestechlich ist«, sagte er. Und gut, dass sie bei einem Fachisten gelandet waren, der gerne kochte. Was für ein Typ, dieser alte Bulle – oder Ex-Bulle.

Graziella schlug den Aktenordner auf. »Das sollen wir uns anschauen, während er kocht.« Sie vertiefte sich in die Unterlagen, und Nick trat ans Fenster, denn Graziella würde Zeit brauchen. Die Seelsorger in den Erziehungsheimen. War das die Richtung, in die Solari ermittelt hatte, die neue Wendung im Falle LUDWIG?

Auf dem Balkon gegenüber stand eine Frau. Sie hatte dunkle Ringe unter den Augen und rauchte. Es sah so aus, als redete sie mit sich selbst. Doch dann begriff Nick, dass sie mit einer Person auf dem Nachbarbalkon sprach, die auf einem Stuhl hinter der Sichtblende saß. Nur ein paar schwarze Strümpfe in schwarzen Sandalen waren zu sehen. Nick tippte auf eine alte Frau.

Da wurde die Tür geöffnet. Solari, mit Kochschürze, schob einen Buffetwagen mit Flaschen und Gläsern herein, dessen Räder quietschten.

»Der Aperitif!«, rief Graziella.

Solari nickte ihnen zu, mit ausdrucksloser Miene, und verschwand wieder. Graziella wählte Campari-Orange, Nick einen Martini. »Worum geht’s da?«, fragte er mit Blick auf die Akte.

»Ich brauche noch einen Moment«, sagte Graziella und nippte an ihrem Glas.

Nick trat zurück ans Fenster. Die Frau mit den Augenringen war verschwunden. Die Balkontür stand offen. Auf dem Nebenbalkon war dafür – Strümpfe, Sandalen – alles noch beim Alten.

Nick nahm seine Gedanken von vorhin wieder auf: Sollte Solari tatsächlich in Richtung der Seelsorger ermittelt haben, konnten seine Erkenntnisse – was auch immer dabei herausgekommen sein mochte – für die Soko Liverpool überhaupt von Bedeutung sein? Da passte nun, soweit Nick das bis jetzt beurteilen konnte, gar nichts mehr zusammen, weder der Modus Operandi noch die Auswahl der Opfer. Es war niederschmetternd. Wie sollte unter diesen Umständen ein weiteres Attentat verhindert werden? Wenn nicht einmal klar war, auf wen es die Täter eigentlich abgesehen hatten?

»Das liest sich ziemlich verstörend, Nick.« Graziella nippte mit ernster Miene an ihrem Drink. »Das sind keine Ermittlungsakten … eher Abschriften von Interviews.«

»Hat Solari irgendwas dazu gesagt?« Nick setzte sich zu ihr.

»Nein. Nur, dass wir uns das anschauen sollen. Wenn ich das richtig verstehe, sind die meisten Interviewten ehemalige Heiminsassen, also Leute, die als Kinder in italienischen Waisenhäusern oder ähnlichen Institutionen untergebracht waren. Gibst du mir mal eine Zigarette, bitte?«

»Dürfen wir hier drinnen denn? Solari raucht nicht, oder?«

Nein, tue er nicht, bestätigte Graziella, aber wenn sie am geöffneten Fenster rauchten, war er einverstanden, das hatte sie schon geklärt. Also holte Nick die HBs hervor.

»Die Berichte sind alle ähnlich.« Graziella zog an ihrer Zigarette. »Die Interviewten erzählen von ihrem Leben im Heim. Von den Schikanen, den Schlägen, der Gewalt. Und dann taucht immer ein Geistlicher auf, der den Jungs zuhört, ihnen Zeit widmet und sie ernst nimmt. Der ihnen Hoffnung gibt. Einige sagen, der Heimseelsorger war ihr einziger Freund.«

»Geht es da immer um dieselbe Person?«

»Soweit ich das bis jetzt beurteilen kann«, sagte Graziella, »hat da jemand verschiedene Fälle zusammengetragen. Also verschiedene Heime, verschiedene Seelsorger. Aber die Geschichten ähneln sich, und sie spielen alle hier in Oberitalien, Lombardei, Venetien …«

»Also da«, ergänzte Nick, »wo auch LUDWIG sein Unwesen treibt.«

»Ja.« Graziella berichtete weiter, dass sich alle Geschichten dahingehend ähnelten, dass die Geistlichen ihre kleinen Freunde – die Jungs waren alle zwischen zehn und fünfzehn Jahre alt – zu Ausflügen eingeladen hätten. Und natürlich waren die Jungs froh, für ein paar Stunden aus dem Heim rauszukommen.

»Ich les dir das am besten einfach mal vor«, sagte sie. »Ein gewisser Fabio erzählt hier … Er war elf Jahre alt, als ihm das passiert ist.« Langsam und stockend übersetzte sie: »Nach der Siesta sind wir losgefahren. Ich durfte vorne neben Padre Vincenzo sitzen … Wir fuhren aus der Stadt hinaus und eine ganze Weile durch die Hügel. Einmal hat der Padre angehalten und mir einen Esel gezeigt … der in einem Garten stand. Der Esel kam zu mir, und wir haben ihn gestreichelt. Dann sind wir weitergefahren. Zu einem Haus …« Graziella brach ab und sagte: »Jetzt stellt der Interviewer einige Fragen. Er versucht offenbar herauszufinden, wo genau das Haus war, aber Fabios Angaben sind vage. Mauern aus Naturstein. Grüne Fensterläden. Alleinlage. Ländliche Gegend. An einem steilen Hang. Mehr kann er nicht sagen. Der Padre, so berichtet er weiter, hat ihn durch ein Tor ins Untergeschoss des Hauses geführt, ein einzelner großer Raum, in den Berg hineingehauen wie eine Höhle. Der nackte Fels war zu sehen. Der Raum war zu einer Art Partykeller ausgebaut. Mit Theke, Barhockern und einer Dartscheibe. Der Padre hat ihm etwas zu trinken gegeben, woraufhin ihm schwindelig geworden ist. An alles weitere kann er sich nur noch undeutlich erinnern. Schemenhafte Bilder, die ihn aber bis heute, auch fünfzehn Jahre später noch, verfolgen. Wie in einem Albtraum. Er spricht von Menschen mit Tiergesichtern. Wolf, Katze, Esel, der Esel war ihm noch in besonderer Erinnerung, weil er Esel doch so mochte.« Graziella blickte auf. Sie schüttelte kaum merklich den Kopf, dann beugte sie sich wieder über den Bericht. »Der Interviewer fragt nach. Er will wissen, ob es sich um Männer mit Tiermasken gehandelt hat. Fabio bestätigt das, betont aber, dass die Gestalten für ihn damals keine Masken trugen, sondern wirklich Tiergesichter *hatten.* Seine nächste Erinnerung ist dann, wie er nachts aufwacht. Da liegt er wieder in seinem Bett im Schlafsaal. Alles tut ihm weh, und ihm ist so übel, dass er aufs Klo rennt, um sich zu übergeben. Dabei stellt er fest, dass sein ganzer Körper übersät ist mit blauen Flecken. Und er blutet aus allen Körperöffnungen. Die nächsten Tage ist er krank, muss im Bett bleiben, und Padre Vincenzo kümmert sich rührend um ihn …«

Die Tür wurde geöffnet, und Solari rief zum Essen. Er führte sie über den Flur ins Wohnzimmer, das mit schweren Samtvorhängen und Bildern an den Wänden ähnlich ausgestattet wie das Arbeitszimmer, aber viel geräumiger war. In der Mitte stand eine weiß gedeckte Tafel, an der Stirnseite befand sich ein Kamin, in dem ein Feuer brannte. Das gesamte Interieur passte eher zu einem englischen Landhaus – im dritten Stock eines Neubaus an der Peripherie von Vicenza hätte man dergleichen niemals vermutet. Als Vorspeise tischte Solari Vitello tonnato auf. Als der Wein eingeschenkt war, kam Nick sofort auf den Bericht von Fabio zu sprechen, aber Solari unterbrach ihn. Graziella übersetzte: »Der Commissario bittet darum, diese Fragen nach dem Essen beantworten zu dürfen.«

»Natürlich«, sagte Nick. Aber es fiel ihm schwer zu warten.

Das Vitello tonnato schmeckte vorzüglich. Verstohlen musterte er Solari, der mit bedächtigen Bewegungen das Fleisch zerschnitt und zum Mund führte. Er kaute lange, die Augen halb geschlossen. Er schien zu meditieren. Ob Solari hier allein lebte? Nick gab die Frage an Graziella weiter, die Antwort, prompt und kurz angebunden: »Ja. Er lebt hier allein.« Offenbar war auch das kein Thema, das Solari zu einer längeren Plauderei verleitet hätte.

Aber Nick wollte sich nicht so einfach abschütteln lassen. »Hat er Familie?«

»Ja.«

»Aber?«

»Jetzt ist sie weg. Und Solari lebt hier allein. Wie er bereits gesagt hat.«

»Kinder?«

»Solari«, sagte Graziella, »lässt dich fragen, ob du noch etwas Wein möchtest.«

Nick gab auf und ließ sich Wein nachschenken. Als Hauptspeise gab es Pasta alla Norma. Altes Familienrezept. Ebenfalls köstlich. Solari war vielleicht ein Faschist und nicht besonders gesprächig, aber kochen konnte er. Nach Kaffee, Grappa und einem Limoncello für Graziella räumte Solari das Geschirr ab und wollte sich dabei partout nicht helfen lassen. Sie hörten ihn nebenan in der Küche werkeln. Als er zurückkam, hatte er den Aktenordner mit Fabios Geschichte unter dem Arm und einen Aschenbecher in der Hand. Sie würden hier weitermachen, übersetzte Graziella. »Das ist gemütlicher, findet er, und er hat auch nichts dagegen, wenn wir hier rauchen.«

»Das ist gut«, sagte Nick dankbar. Er holte die Zigaretten hervor, und sobald sich Solari gesetzt hatte, fragte er mit Blick auf den Aktenordner: »Wer hat diese Interviews geführt?«

Solari sah Nick durchdringend an, dann begann er zu sprechen. Graziella lauschte konzentriert und musste Solari, der langsam ins Rollen kam, immer mal wieder bremsen, um seine Aussagen vollständig wiedergeben zu können. Solari war es wichtig, die Situation noch einmal zu vergegenwärtigen. Ende 1982 standen er und seine Kollegen im Fall Alice Maria Baretta mit leeren Händen da. Die beiden Tatverdächtigen waren freigesprochen worden. Für die Morde an den beiden Padres auf dem Monte Berico gab es weder ein Motiv noch einen Tatverdächtigen. Die Augenzeugenberichte hatten zu nichts geführt. Allerdings gab es Ähnlichkeit mit dem Mord an der Prostituierten. Die Plastiktüten am Tatort und so weiter. Die wirklich neue Erkenntnis war, dass die Organisation LUDWIG aufgrund des Bekennerschreibens nun ernst genommen werden musste. Aber sie blieb ein Phantom. »Wir hatten weiterhin keine Erkenntnisse über die Gruppe, außer dass ihre Ideen rechtsextrem beziehungsweise fanatisch christlich waren. Und wir wussten, dass sich zwei der Opfer bereits einmal begegnet waren, Padre Mario Lovato und der junge Drogenabhängige Claudio Costa nämlich, der in Venedig umgebracht worden war.« Solari nahm einen Schluck Wein und ließ Graziella übersetzen. Dann fuhr er fort: »Ende Februar 1983 wurde dann Padre Armando Bison in Trient ermordet. Wie schon bei den Morden auf dem Monte Berico ging auch hier das Bekennerschreiben sehr schnell, nämlich nur zwei Tage später, bei der ANSA in Mailand ein. Ich war von Anfang an in engem Kontakt mit den Kollegen in Trient. Über den Fall sind Sie im Bilde?«, fragte er.

Nick bestätigte, dass sie die Akte Bison studiert hätten.

»Das heißt, Sie wissen über die Vergangenheit Padre Bisons Bescheid? Sie wissen, dass er als Gemeindepfarrer abberufen wurde, weil er sich an einem Minderjährigen vergangen haben soll? Und über den zweifelhaften Charakter der Congregazione di Gesù Sacerdote in Trient wissen Sie folglich auch Bescheid?«

Als Nick auch das bestätigte, nickte Solari zufrieden und sagte: *»Bene, bene.«*

Graziella nutzte die Gelegenheit und schnappte sich eine Zigarette. Nick hatte ihr kaum Feuer gegeben, als Solari auch schon fortfuhr: »Anfang Mai, also rund zwei Monate nach dem Mord an Padre Bison, bekam ich eines Morgens Besuch. Der Mann stellte sich als Journalist vor und sagte, er habe etwas Wichtiges mit mir zu besprechen. Ich weiß noch«, Solari legte die Fingerspitzen aufeinander, »es war ein hektischer Tag. Ich hatte keine Zeit und wollte den Mann abwimmeln. Aber er blieb hartnäckig und bat mich, diese Papiere durchzulesen«, er tippte auf den Ordner mit

Fabios Geschichte, der vor ihm auf dem Tisch lag. »Er wollte einfach nicht gehen und sagte, er würde vor meiner Tür warten. Also habe ich angefangen zu lesen.« Nach einer kurzen Pause berichtete Solari weiter, dass er den gesamten Ordner in kürzester Zeit durchgearbeitet habe, atemlos und voller Spannung. Dass er danach den Journalisten, Franco Marin sei sein Name gewesen, in sein Büro gebeten und dass damit eine intensive Zusammenarbeit begonnen habe.

»Marin war schon seit geraumer Zeit einem Ring von Kinderhändlern auf der Spur. Er glaubte, dass Kirchenleute, die selbst pädophil und somit erpressbar waren, als Zuhälter fungierten. Sie bauten zu den Jungs, die alle vom Rande der Gesellschaft kamen und in betreuten Einrichtungen lebten, zu denen die Kirchenmänner als Seelsorger Zutritt hatten, ein Vertrauensverhältnis auf, das sie dann missbrauchten. Die Gefahr, dass sich diese Jungs wehrten, war gleich null, denn sie waren ja in einem Abhängigkeitsverhältnis, und niemand hätte ihnen die Geschichte geglaubt.«

»Klingt auch ziemlich wild«, warf Nick ein. »Muss ich gestehen.«

Graziella war die ganze Zeit hochkonzentriert. Sie schien auf der Lauer zu liegen, damit ihr kein einziges Wort durch die Lappen ging. »Solari sagt«, übersetzte sie weiter, »dass ihm die Geschichte anfangs auch unglaubwürdig vorgekommen ist … aber wir sollen uns das gesamte Material anschauen, wir müssen alles lesen. Von vorne bis hinten. Franco Marin hat fünfzehn Betroffene ausfindig gemacht, zwölf davon waren bereit, mit ihm zu reden und ihre Geschichte zu erzählen. Die Jungs kannten einander nicht, das hat Marin sorgfältig untersucht, sie lebten alle in unterschiedlichen Heimen, aber ihre Geschichten ähneln sich auf geradezu unheimliche Weise. Zum Teil scheinen sie sogar im selben Haus gewesen zu sein. Drei der Jungs beschreiben einen höhlenartigen Partykeller …«

»Und Männer mit Tiermasken?«, unterbrach Nick.

»Ja«, sagte Solari. »Und Männer mit Tiermasken.«

Schweigen. Die Holzscheite im Kamin knisterten. Solari erhob sich und legte Holz nach.

»Und dieser Journalist …«, sagte Nick.

»Franco Marin«, ergänzte Solari.

»Genau«, sagte Nick, »dieser Franco Marin glaubte nun, dass einer oder mehrere der von LUDWIG ermordeten Kirchenmänner zu diesem Ring gehörten?«

»Sagen wir so«, Solari setzte sich wieder. »Er glaubte, dass die Fäden bei der Congregazione di Gesù Sacerdote zusammenliefen. Er vermutete, dass mehrere der dort lebenden Geistlichen in die Sache verstrickt waren. Als er dann vom Tod Padre Bisons hörte, war er natürlich sofort alarmiert.«

»Hatte er denn Beweise für seine Vermutungen?«

»Nein. Und das war der Grund, weshalb er zu mir kam. Er hoffte, über unsere Ermittlungen endlich an die Beweise zu kommen. Und für mich und meine Kollegen in Trient war der Gedanke verführerisch. Wir hatten plötzlich, was uns die ganze Zeit gefehlt hatte: ein Motiv.«

»Also die Rache ehemaliger Heimkinder für das Unrecht, das die Kirchenleute ihnen angetan hatten?«

»Ja.«

»Und wie passt der Tote von Venedig, der drogenabhängige Claudio Costa, da rein?«

»Unsere Theorie war, dass er so etwas wie die rechte Hand des Heimseelsorgers gewesen sein könnte, ihm gewissermaßen assistiert hat.«

»Gab es darauf irgendwelche Hinweise?«

Solari schüttelte den Kopf. »Nein.« Er wirkte plötzlich erschöpft.

»Aber wie sollten sich denn …«, überlegte Nick laut. »Wie sollten sich denn die anderen Morde, die LUDWIG für sich reklamiert hat, in diese Theorie einfügen lassen? Wie passt der Mord an der Prostituierten, der ja Ähnlichkeiten aufwies mit dem Mord an den beiden Padres, dazu?«

»Überhaupt nicht.« Solari sah Nick bedrückt an. »Genau das war unser Problem. Die Kinderhändler-Theorie funktionierte nur, wenn man die Morde an Claudio Costa und an den drei Kirchenmännern aus dem LUDWIG-Komplex herauslöste. Das habe ich dann, in Abstimmung mit den Kollegen in Trient, auch getan. Einfach aus dem Grund, weil wir zum ersten Mal überhaupt eine Theorie hatten, die einigermaßen Erfolg versprechend war.« Solari brach ab und starrte geistesabwesend vor sich hin. »Das war vielleicht ein Fehler«, sagte er schließlich mit leiser Stimme. »Ziemlich sicher sogar ... Wenn ich gewusst hätte, wohin das führt ...«

Wieder schien er sich in Gedanken zu verlieren, doch plötzlich sagte er energisch:

»Aber es ist nun mal nicht rückgängig zu machen. Wir sind also dem päpstlichen Orden auf die Pelle gerückt, und Franco hat parallel dazu noch mal all seine Quellen befragt, und er hat auch Hinweise bekommen, die vielversprechend klangen. Wir waren immer überzeugter davon, endlich die richtige Spur zu verfolgen. Auch Franco war geradezu euphorisch.« Er hielt inne, starrte schweigend ins Feuer. Dottor Burzomato allerdings, fuhr er dann fort, sein Vorgesetzter, sei von Anfang an skeptisch gewesen. »Er hat die Ansicht vertreten, dass an der Kinderhändler-Geschichte etwas dran war, dass sie aber mit dem LUDWIG-Komplex nichts zu tun hat. Aber er hat mich erst mal machen lassen. Und dann ...«, Solari wirkte auf einmal wie ein angeschlagener Boxer, »... ist mit Franco etwas passiert. Etwas ging vor sich. Er veränderte sich. Ich habe erst spät mitbekommen, dass er Drogen nahm. Kokain vor allem.« Solari stockte und fuhr dann mit leiser Stimme fort: »Im Rückblick würde ich sagen, dass es Mitte August losging. Da kam er zum ersten Mal zu mir und sagte, er fühle sich verfolgt. Ich weiß noch ... er saß vor mir und zitterte vor Angst. Von da an wurde er jeden Tag paranoider. Er hat von mir verlangt, ihn zu schützen. Du bist doch bei der Polizei, hat er gesagt, du musst dafür sorgen, dass mir nichts geschieht. Er war davon überzeugt, dass ihn die Hintermänner des Kinderhändlerrings aus dem Weg räumen wollten. Weil er zu viel wusste. Selbst mir hat er irgendwann misstraut.« Solari war anzusehen, wie sehr ihn das noch immer schmerzte. »Er hat mich dann nicht mehr in seine Recherchen einbezogen, hat mir nicht mehr erzählt, mit wem er gesprochen und was er herausgefunden hatte. Ende September ist er zu einer mehrtägigen Reise aufgebrochen. Ich weiß weder, wo er war, noch, wen er getroffen hat. Er war gerade wieder nach Hause zurückgekehrt, als … Ich war derjenige, der ihn gefunden hat. Tot in seinem Bett. Kreislaufversagen aufgrund des Drogenmissbrauchs, haben die Rechtsmediziner gesagt.«

»Sie haben das nicht geglaubt.«

»Natürlich nicht. Ich wollte, dass er obduziert wird. Ich habe Himmel und Hölle in Bewegung gesetzt …« Er brach ab. »Ich habe mich da sicher nicht korrekt verhalten, das steht außer Frage. Ich stand völlig neben mir. Und habe mich gleichzeitig in die Ermittlungen verbissen. Ich muss im Rückblick auch meinen Chef in Schutz nehmen. Burzomato hatte wahrscheinlich gar keine andere Wahl, als mich von dem Fall abzuziehen. Dass die Verwaltung das zum Anlass genommen hat, mich vorzeitig in den Ruhestand zu schicken, war nicht seine Schuld. Wie auch immer: Franco war tot, und ich war meinen Job los. Damit waren gleichzeitig auch die Ermittlungen gegen die Geistlichen und den Kinderhändlerring gestorben. Alles war mit einem Schlag vorbei.«

Nick sah Solari schweigend an. Vor ihm saß ein gebrochener Mann.

»Sie sagten«, hob er schließlich an, »dass Sie es waren, der Franco Marin leblos in seiner Wohnung vorgefunden hat.«

Solari nickte nur.

»Gab es denn Hinweise darauf, dass jemand in seiner Wohnung gewesen war? Dass man ihn umgebracht hat?«

Solari schüttelte den Kopf. »Ich habe nichts feststellen können. Allerdings darf man auch davon ausgehen, dass, falls er tatsächlich ermordet wurde, der oder die Täter sehr sorgfältig und professionell vorgegangen sind. Die einzige Chance, das herauszufinden, wäre eine Obduktion gewesen. Und das wurde ja nicht gemacht. Entschuldigen Sie mich bitte einen Moment.« Solari stand auf und verließ den Raum. Nick und Graziella sahen einander an.

»Puh«, machte Graziella und nahm sich eine Zigarette. Sie rauchten schweigend. Als Solari zurückkam, hatte er ein Blatt Papier in der Hand. »Das«, sagte er, »lag auf seinem Schreibtisch, als ich ihn gefunden habe.« Er reichte es Nick. »Bitte.«

In der Mitte des Blattes die schlechte Kopie eines kleinen Schwarz-Weiß-Fotos: Zwei Männer standen vor einer Mauer aus Ziegelsteinen, ihre Körper unnatürlich verrenkt. Sie hatten die Köpfe in den Nacken gelegt, ihre Münder waren geöffnet, die Augen geschlossen.

Graziella beugte sich über das Papier. »Ist das eine Hinrichtung?«

»Möglich«, sagte Nick. Die Körper der Männer wurden jedenfalls durch eine unsichtbare Gewalt in diese unnatürliche Haltung gezwungen. Aber irgendetwas stimmte hier nicht. Und plötzlich wurde Nick klar, was so verstörend an diesem Bild war. Die unnatürliche Körperhaltung der beiden Männer, die offenen Münder, die geschlossenen Augen ließen nur eine Deutung zu: Die beiden waren tot. Aber auf dem Foto *standen* sie vor der Mauer, zwar verrenkt, aber doch aufrecht, und es war nicht zu erkennen, dass die Körper irgendwo festgebunden waren.

Zwei stehende Tote.

»Was ist das für ein Foto?«, fragte er.

Als Graziella ihm die Frage übersetzt hatte, lächelte Solari bitter. »Das versuche ich herauszufinden, seit Franco tot ist. Ich beschäftige mich mit nichts anderem mehr. Das Einzige, was ich bislang in Erfahrung bringen konnte, ist, dass das Foto Anfang des Jahrhunderts entstanden sein muss, wahrscheinlich in den Zwanzigerjahren. Die Kleidung des einen«, Solari zeigte auf den

Mann rechts im Bild, »könnte eine Uniform sein. Sehen Sie sich die Füße an. Er trägt eine Art Wickelgamaschen. Ich habe das Foto Historikern gezeigt. Keiner konnte die Uniform zuordnen.«

»Wenn es denn überhaupt eine ist«, sagte Nick. »Der zweite Mann trägt ganz andere Kleidung.«

Unter dem Foto standen zwei Wörter, von Hand notiert: »*Abbiamo sbagliato*«. Nick sah Graziella fragend an. »Wir haben uns geirrt«, übersetzte sie.

»Ist das seine Handschrift?«

»Ja«, sagte Solari, »ich … glaube schon.«

»Aber sicher sind Sie nicht?«

»Schauen Sie. Ich bin Polizist. Sie wissen doch, wie das ist. Ich bin der Erste, der in die Wohnung tritt. Ich finde ihn tot in seinem Bett liegend vor. In seinen Kleidern.«

»Wer hat Sie eigentlich verständigt?«

»Niemand. Ich war … privat da. Ich wollte ihn besuchen. Als er auf mein Klingeln hin nicht geöffnet hat … Es brannte Licht in der Wohnung. Ich habe mir Sorgen gemacht, verstehen Sie?« Er sah gequält aus.

»Ja«, sagte Nick, »ich verstehe. Sie haben sich Sorgen gemacht und sich Zutritt zu der Wohnung verschafft. Dann haben Sie Franco Marin tot auf seinem Bett gefunden. Und das Papier mit dem Foto? Wo lag das?«

»Auf seinem Schreibtisch. Bei den anderen Unterlagen. Sein Arbeitszimmer war ein einziges Chaos, und auf dem Tisch stapelten sich die Papiere. Aber das war nichts Ungewöhnliches. So hat er gearbeitet.«

»Lag es zwischen den anderen oder war es irgendwie … besonders exponiert? Oder anders formuliert: Hatten Sie den Eindruck, es war eine Botschaft, die er Ihnen hinterlassen hat, so was wie ein Testament?«

»Natürlich habe ich es als Botschaft an mich verstanden«, sagte Solari. »Aber es war nicht so, dass er das Papier für mich bereitgelegt hätte. Es war, so erschien es mir zumindest, einfach das letzte Dokument, mit dem er sich befasst hat, bevor er ins Schlafzimmer gegangen ist. Wahrscheinlich hätte er mir am nächsten Tag davon erzählt.«

Nachdenklich betrachtete Nick das Foto. »Wenn ich das richtig verstanden habe«, wandte er sich wieder an Solari, »gehen Sie immer noch davon aus, dass Franco Marin umgebracht worden ist.«

»Ja.«

»Wenn die Mörder also in seine Wohnung eingedrungen sind, um ihn zu töten, wäre es dann nicht naheliegend, dass sie auch belastendes Material beiseitegeschafft haben? Ich meine, wenn sie schon mal da waren?«

»Ich hatte nicht den Eindruck, dass wichtige Unterlagen fehlten.«

»Und umgekehrt«, spann Nick seinen Gedanken weiter, »wäre es denkbar, dass die Täter das Papier auf dem Schreibtisch deponiert haben, um Sie auf eine falsche Spur zu führen?«

»Das habe ich auch schon überlegt«, sagte Solari. »In dem Fall hätten die Täter seine Handschrift gefälscht. Aber dann ist die große Frage: Wer macht sich die Mühe, eine Spur zu legen, die kein Mensch versteht?«

Einen Moment lang betrachteten alle schweigend das verstörende Foto.

»Nein«, sagte Solari schließlich, »ich glaube, dass Franco auf seiner Reise neue Erkenntnisse über den Fall gewonnen hat. Er ist einfach nicht mehr dazu gekommen, sie mir mitzuteilen.« Nach einer kurzen Pause fügte er mit leiser Stimme hinzu: »Ich glaube noch immer, dass er umgebracht worden ist. Ob wegen der neuen oder der alten Erkenntnisse, weiß ich nicht.«

Nick bat um eine Kopie sowohl des Fotos als auch der von Franco Marin geführten Interviews.

»Kein Problem«, sagte Solari, »gleich morgen früh kümmere ich mich darum.«

Es war weit nach Mitternacht, als Nick plötzlich einfiel, dass sie etwas Entscheidendes versäumt hatten. »Wir haben noch keine Unterkunft, Graziella!«

Nachdem sie einige Sätze mit Solari gewechselt hatte, wandte Graziella sich wieder an Nick: »Der Commissario meint, es ist schwierig, jetzt noch eine Unterkunft zu finden. Er bietet uns an, bei ihm zu übernachten. Platz ist genug da.«

Sie wirkte nicht sehr begeistert von der Vorstellung.

»Ich fürchte, wir haben keine Wahl«, sagte Nick.

»Fürchte ich auch«, seufzte Graziella.

»Dann sag ihm doch bitte, dass wir sein Angebot dankend annehmen.«

Zu den Ermittlungen fiel ihnen nichts Bahnbrechendes mehr ein, also verlegten sie sich aufs Plaudern, was mit Solari allerdings kaum möglich war. Ja. Nein. Glaube nicht. Als der Wein leer war, gähnte Graziella, und auch Solari schien froh zu sein, ins Bett zu kommen. Er führte sie über den Flur zu zwei nebeneinanderliegenden Zimmern. Im größeren stand ein frisch bezogenes Doppelbett, im kleineren eine Liege, die ein wenig an ein Feldbett erinnerte. »Das müsste noch bezogen werden … es sei denn …« Solaris Blick wanderte zwischen Nick und Graziella hin und her. »Es sei denn, Sie entscheiden sich für das Doppelbett.«

Bevor Nick intervenieren konnte, war Graziella schon in einen Disput mit Solari verstrickt, an dessen Ende der Commissario eine Verbeugung andeutete, eine gute Nacht wünschte und sich zurückzog. Einmal mehr fühlte Nick sich Graziella vollkommen ausgeliefert. Sie bestimmte die Geschicke. »Was habt ihr ausgemacht?«

»Ich habe ihm gesagt, dass er sich nicht kümmern muss. Wir regeln das unter uns und beziehen zur Not die Liege mit dem Bettzeug von drüben. War das in deinem Sinne?«

»Ich nehme die Liege«, sagte Nick und ging nach nebenan, um das Bettzeug zu holen. Graziella folgte ihm. »Was hältst du davon, wenn ich dein Bett mache und du in der Zwischenzeit zum Auto gehst und unser Gepäck holst? Ich würde mir nämlich zumindest gern die Zähne putzen.«

Ich muss unbedingt mit Graziella reden, dachte Nick auf dem Weg zum Auto. Sie konnten nicht so tun, als wäre letzte Nacht nichts gewesen. Denn auch wenn er sich an nichts erinnern konnte – etwas war passiert. Kopf in den Sand stecken half da nicht. Allerdings gab es viele Dinge, die er mit Graziella zu klären hatte, und er fürchtete, das Gespräch über die gemeinsame Nacht – an und für sich schon unangenehm genug – würde unweigerlich ein weiteres, noch unerfreulicheres nach sich ziehen: darüber nämlich, dass sie im Augenblick niemand für die Arbeit bezahlte, die sie hier leistete, und dass sie längst zurück in München hätte sein sollen. Dass er sie aber nicht gehen lassen konnte … Dann würde er ihr erklären müssen, warum das so war, und dann, fürchtete er, würde es richtig kompliziert werden. Er holte das Gepäck aus dem Kofferraum. Morgen, sagte er sich. Jetzt war er zu müde. Aber morgen würde er mit ihr reden. Über alles. Er knallte den Deckel zu.

Die Liege war noch nicht hergerichtet, als er zurückkam. Also ging Nick ins große Zimmer. »Graziella?«

Die Nachttischlampe brannte. Der holzvertäfelte Raum wirkte düster. An den Wänden hingen alte Fotos. Ernst dreinblickende Damen und Herren. Vermutlich aus dem vorigen Jahrhundert. Graziella, in ihrem Papageienkostüm, saß auf dem Rand des Bettes, die Hände im Schoß gefaltet.

»Was ist los, Graziella?« Nick stellte das Gepäck ab.

»Machst du bitte die Tür zu?« Ihre Stimme bebte.

Nachdem er die Tür geschlossen hatte, sagte sie: »Ich habe dir doch von Michael erzählt, nicht wahr?«

»Dem Deutschlehrer?« Nick war verwirrt. »Mit den Kassetten und der Einliegerwohnung?«

»Genau.« Sie atmete tief durch. »Ich war mit einem kleinen Kind in einer fremden Stadt und verstand die Sprache nicht. Und als ich Michael kennenlernte, dachte ich, er wäre meine Rettung. Ich wollte alles richtig machen. Ich habe seine Kassetten hoch und runter gehört. Ich wollte so schnell wie möglich Deutsch lernen, weil es ihm so wichtig war. Als wir ein Jahr bei ihm im Haus gelebt hatten, waren wir wie eine Familie. Ich habe mich um die Kinder und den Haushalt gekümmert, und er ist arbeiten gegangen. Und er war gut zu mir. Ich mochte ihn. Und als er nachts immer öfter zu mir ins Bett kam, dachte ich, das ist normal, wir sind ja schließlich fast wie ein Ehepaar. Michael hatte ein offenes Haus, und am Anfang waren viele Freunde da, für die ich gekocht habe. Aber je näher wir einander kamen, umso weniger Freunde hat er nach Hause eingeladen ... Ich habe ihn irgendwann gefragt, warum ... weil ... ich fand seine Freunde nett und hätte mich gefreut, sie wiederzusehen ...« Sie brach ab und fuhr dann zögernd fort: »Während dieses Gesprächs habe ich plötzlich verstanden, was los war: Ich dachte, ich wäre mit ihm zusammen, aber für ihn war es ... eine Affäre mit dem Hausmädchen. Aber das Hausmädchen war ihm zu nahegekommen, weil es die Regeln nicht verstand. Und ich habe plötzlich begriffen, warum er keinen seiner Freunde mehr eingeladen hat: Ich war ihm peinlich.« Einen Moment lang saß sie stumm auf dem Bett. Sie war in sich zusammengesunken und knetete nervös ihre Finger. Dann sagte sie: »Diese Erkenntnis war wie ein Schock für mich. Ich habe meinen Sohn eingepackt und bin gegangen. Und ich habe mir eines geschworen.« Sie sah Nick ernst an. »Ich habe mir geschworen, dass ich nie mehr irgendwem peinlich sein werde. Nie mehr!«

Sie saß da, in ihrem Papageienkostüm, und kämpfte mit den Tränen.

»Graziella«, sagte er.

»Nein!« Sie wischte die Tränen weg und sah ihn trotzig an. »Dazu sollst du nichts sagen, das musst du einfach nur wissen.« Und nach einer kurzen Pause: »Als mich dein Chef gebeten hat, mir dir nach Italien zu fahren, habe ich mich sofort zur Verfügung gestellt, obwohl ich mir geschworen hatte, dieses Land nie mehr zu betreten …«

»Warum wolltest du nicht mehr nach Italien?«

»Andere Geschichte. Egal. Ich habe jedenfalls sofort Ja gesagt, habe meinen Sohn untergebracht und befasse mich jetzt seit zwei Tagen durchgehend mit verbrannten Obdachlosen und Patern mit Kruzifixen im Nacken, die wahrscheinlich Pädophilen mit Tiermasken Kinder vermitteln …«

»Ich weiß, das ist eine Zumutung«, sagte Nick.

»Hab ich mich beschwert?«

»Nein, hast du nicht.«

»Und jetzt soll ich in diesem Bett schlafen …« Sie sah sich um. »Was ist das überhaupt für ein Bett? Das Ehebett? Und was ist mit seiner Frau passiert? Wenn er überhaupt …«

»Möchtest du lieber auf die Liege?«

»Ich möchte nicht allein schlafen, du Idiot! Ich habe *Angst*. Ich will, dass du dich hier neben mich legst …«

»Graziella, ich …«

»Vor allem will ich dich nicht länger darum bitten müssen. Also pass auf, was du jetzt sagst.«

Als sie kurz darauf aus dem Bad kam, trug sie ihr geblümtes Nachthemd. Als wäre es das Selbstverständlichste von der Welt, krabbelte sie unter die Bettdecke, die wie alles in diesem Raum aus dem vorigen Jahrhundert zu kommen schien. »Brrr«, machte sie. »Kalte Füße.«

Sie wünschten einander eine gute Nacht und löschten die Nachttischlampen, die wie zwei Blütenkelche aus der Wand herauswuchsen.

Nick war schon fast eingeschlafen, als Graziella sich zu ihm drehte und flüsterte: »Schläfst du schon?«

»Nein.«

»Eines würde ich gern noch wissen. Letzte Nacht …«

Schlagartig war er hellwach. Oh Gott, dachte er. Jetzt kommt's. »Pass auf, Graziella«, stammelte er. »Ich weiß, wir müssen reden. Wir können das nicht so … Vor allem dürfen wir nicht zulassen, dass es unsere Zusammenarbeit belastet … außerdem, und das ist mir wichtig, entschuldige ich mich für alles …«

»Das ist schon mal gut«, sagte Graziella.

»Ganz ehrlich. Ich kann mich an nichts erinnern. Ich hoffe nur, ich habe nichts … Hab ich irgendwas gemacht, was dich …?«

»Na ja …«

»Was habe ich gemacht, Graziella?«

»Erst mal das, was alle betrunkenen Männer machen, wenn sie mit einer Frau im Zimmer sind …«

»Oh Gott.«

»Du hast geweint. Und ich habe dich getröstet. Du hast dich dann auch beruhigt. Ich habe dich ins Bett gebracht und zugedeckt und wollte eigentlich auf mein Zimmer gehen …«

»Und dann?«

»Dann bist du plötzlich hochgeschreckt … als wäre irgendwas in dich gefahren. Du hast mich angestarrt … und dann hast du angefangen, die Möbel umzustellen.«

»Bitte, was?«

»Du warst aus irgendeinem Grund der Meinung, das Hotelzimmer umräumen zu müssen. Ich habe erst versucht, dich daran zu hindern, aber du warst wild entschlossen. Du schienst einen klaren Auftrag zu haben, und ich dachte, ich lass dich jetzt am besten mal machen. Als es vollbracht war, hast du dir alles angeschaut und gesehen, dass es gut war, wie Gott nach dem siebten Tag, und dann bist du wieder ins Bett gefallen.«

»Und dann?«

»Du bist sofort eingeschlafen, und ich habe das Zimmer zurückgebaut.«

Eine Welle der Erleichterung erfasste ihn. »Danke, Graziella.« Er hatte nur das Hotelzimmer umgeräumt! Einfach nur ein paar

Möbel umgestellt! »Das ist ganz großartig!« In seiner Begeisterung küsste er Graziella auf die Wange.

Sie tätschelte seinen Arm. »Jetzt beruhige dich mal wieder.« Nach einer kurzen Pause fügte sie hinzu: »Im Augenblick treibt mich die Frage um: Machst du das öfters? Muss ich damit rechnen, dass du heute Nacht unser Doppelbett auseinandernimmst?«

»Ich hoffe nicht … aber zu hundert Prozent garantieren kann ich's auch nicht, nach allem, was du gerade …« Sie einigten sich darauf, die Sache im Auge zu behalten, und wünschten sich zum zweiten Mal eine gute Nacht. Diesmal schlief Nick sofort ein. Mitten in der Nacht allerdings schreckte er hoch. Ein Geräusch hatte ihn geweckt. Graziella wälzte sich unruhig im Schlaf. Sie brabbelte Unverständliches und schrie plötzlich auf. Ihre Augen waren geöffnet, und Nick brauchte einen Moment, um zu begreifen, dass sie dennoch schlief. Er beugte sich zu ihr: »Schsch. Alles ist gut, Graziella. Keiner tut dir was.« Er strich ihr beruhigend über den Kopf, wie er das früher bei Jo gemacht hatte, wenn ihn Albträume plagten, und es funktionierte. Graziellas Körper entspannte sich, und bald atmete sie wieder ruhig und gleichmäßig.

Am nächsten Morgen wurde Nick durch das Klingeln eines Telefons geweckt. Das Bett neben ihm war leer, die Decke zurückgeschlagen. Graziella war also bereits aufgestanden. Zu seiner Beruhigung standen die Möbel noch an ihrem Platz. Nachdem er ausgiebig geduscht hatte, zog er sich an und ging ins Wohnzimmer. Graziella saß am Tisch, eine Zigarette in der Hand und eine Tasse Kaffee vor sich. Sie trug wieder Rock und Bluse, das Papageienkostüm war verschwunden. Das Klappern von Geschirr aus der Küche. Offenbar war Solari auch schon auf.

»Gut geschlafen?«, fragte Graziella. Da erst bemerkte Nick, dass etwas nicht in Ordnung war. Er hörte es am Klang ihrer Stimme.

»Was ist los?«

»Du sollst in München anrufen.« Sie blies Rauch aus.

Nick war mit einem Schlag hellwach. »Aki hat … der hat hier angerufen? Hast du mit ihm gesprochen?«

»Ruf ihn an, Nick. Solari sagt, du darfst sein Telefon benutzen. Und danach unterhalten wir uns.«

Das Telefon stand auf einer Kommode im Flur. Ein unscheinbarer grauer Apparat und dennoch furchteinflößend. Er nahm den Hörer in die Hand und ließ die Wählscheibe schnurren. Nach zweimaligem Klingeln nahm Aki ab. »Ja?«

»Guten Morgen, Aki.«

»Ich höre?«

Nick entschuldigte sich für die kurzfristige Planänderung und die Unannehmlichkeiten, die Dr. Wengert und wahrscheinlich auch Aki selbst dadurch entstanden seien, »aber die Erkenntnisse aus Vicenza sind wirklich wichtig, Aki, wir haben es hier mit einem …«

»Nick!«, unterbrach Aki. »Du musst mir jetzt zuhören.« Er klang ruhig und freundlich. Ein bisschen wie ein Arzt, der mit einem störrischen Patienten spricht. »Du bist und bleibst mein Freund, Nick. Auch wenn du ein verdammter Sturkopf bist und ich wirklich nicht verstehe, was dich gerade umtreibt. Vielleicht erklärst du es mir bei Gelegenheit. Dein Verhalten verursacht jedenfalls Probleme an allen Fronten, völlig unnötige Probleme, und das Einzige, was dich und Graziella gerade schützt, ist die Tatsache, dass wir euch in Italien brauchen.«

»Was ist denn eigentlich los, Aki?«

»Dr. Wengert war sehr ungehalten. Sehr, sehr ungehalten, Nick, wenn du verstehst, was ich meine. Er sitzt schon wieder im Zug nach München. Falls du das erreichen wolltest, ist es dir geglückt. Allerdings, und das ist weniger glücklich, hat deine Weigerung, einer dienstlichen Anweisung Folge zu leisten, hier ein mittelschweres Beben ausgelöst.«

»Was heißt das?«

»Das heißt, es wird dienstrechtliche Konsequenzen geben. Was das für dich genau bedeutet, ist noch nicht ganz klar, aber dass Graziella weiter bei der Mordkommission arbeiten wird, kann ich mir nicht vorstellen.«

»Aki, bitte. Graziella hat damit überhaupt nichts zu tun. Sie wusste gar nicht, dass sie nach München zurücksollte.«

»Ich weiß, hat sie mir auch schon gesagt. Dann bist du womöglich deiner Sorgfaltspflicht nicht nachgekommen und hast sie ins offene Messer laufen lassen. Aber das müsst ihr untereinander ausmachen, das ändert nichts an der Situation.«

»Du hast ihr alles schon gesagt, ja?«

»Ja.« Und nach einer kurzen Pause fügte Aki hinzu: »Aber immerhin: Du hast deinen Willen durchgesetzt, und Graziella bleibt bei dir. Das scheint dir ja, wenn ich das richtig verstanden habe, das Wichtigste zu sein. Wie auch immer, ich hoffe, ihr seid inzwischen wirklich so gut eingespielt, wie du sagst, denn wir sind auf eure Informationen angewiesen. Wir kommen hier nämlich mit unseren Ermittlungen keinen Schritt voran. Und jetzt erzähl, was ihr in Vicenza herausgefunden habt.«

Nick erstattete detailliert Bericht, und Aki lauschte aufmerksam.

»Hm, also ein völlig anderer LUDWIG als in Mailand«, sagte er dann. »Und in Verona erwartet euch wahrscheinlich noch mal eine ganz andere Geschichte.«

»Das steht zu befürchten.«

»Melde dich, sobald es Neuigkeiten gibt. Servus, Nick.« Ein Klacken in der Leitung, Aki hatte aufgelegt.

Schweigend und mit grimmigem Blick verfolgte Graziella, wie Nick zurück ins Wohnzimmer kam und ihr gegenüber Platz nahm. Dann sagte sie: »Wegen dir verliere ich meinen Job!«

»Dass es solche Konsequenzen haben würde, war mir nicht klar … das tut mir wirklich leid.«

Sie nahm sich eine Zigarette und ließ sich Feuer geben.

»Was hast du dir dabei gedacht? Ich verstehe überhaupt nicht ... ich meine, du hättest mir doch einfach sagen können, dass sie einen Übersetzer gefunden haben und dass ich nach München zurück soll. Genau wie es verabredet war.«

Sie sah ihn an, als wäre er ein Kind, das gerade die Wohnung angezündet hatte, obwohl es doch die Finger von den Streichhölzern lassen wollte. Es würde sehr schwer werden, ihr sein Verhalten plausibel zu erklären, aber er musste es versuchen. »Ich habe doch gesehen, wie du dich angestrengt hast ... ich mein, ich hab ja mitbekommen, wie schwer dir das gefallen ist, zumindest am Anfang. Und dann hab ich gedacht, du bist vielleicht gekränkt, wenn man dich jetzt einfach durch jemand anderen ersetzt ...«

»Gekränkt?« Sie beugte sich vor und blies den Rauch knapp an seinem Gesicht vorbei. »Ich weiß nicht genau, was du für Vorstellungen hast, Nick, aber ich kann es mir nicht leisten, gekränkt zu sein. Zumindest darf ich's mir nicht anmerken lassen. Ich habe diesen Job angenommen, weil ich damit mehr Geld verdienen konnte als mit der Putzerei. Ich bin alleinerziehend, ich muss Miete bezahlen und dafür sorgen, dass mein Sohn zu essen bekommt ...«

»Ich weiß ... und es tut mir ...«

»... und eigentlich müsste ich dir ins Gesicht springen und dir die Augen auskratzen. Gekränkt«, schnaubte sie, »so was Idiotisches!«

»Du hättest dich also anstandslos in den Zug gesetzt und wärst zurück nach München gefahren?«

»Ja natürlich! Und eigentlich müsste ich jetzt sofort dahin, ich muss mir nämlich einen neuen Job besorgen.« Sie drückte die Zigarette aus, lehnte sich zurück und verschränkte die Arme vor der Brust.

Schweigen. Solari hantierte noch immer in der Küche herum.

»Ganz so weit sind wir ja noch nicht«, sagte Nick, »noch hast du einen Job.«

»Übrigens glaub ich dir kein Wort.«

»Wie … was meinst du?«

»Von wegen, du wolltest mich nicht kränken und so. Das ist doch Quatsch. Du kränkst mich andauernd: Du hast mich als Übersetzerin für unbrauchbar gehalten …«

»Das stimmt nicht, Graziella!«

»Du hast dich bei Aki über mich beschwert, hat er mir doch eben am Telefon gesagt …«

»Das hat er dir …« Nick war ehrlich erschrocken.

»Es war kein schönes Telefonat, Nick, aber egal: Du beschwerst dich, weil ich so langsam lese, du schämst dich für mich wegen meiner Klamotten, und die Vorstellung, du könntest mit mir geschlafen haben, versetzt dich in Panik. Warum, um Himmels willen, wolltest du, dass ich bei dir bleibe? Erklär mir das bitte mal!«

In dem Moment schlurfte Solari herein. *»Buon giorno.«* Er hatte eine Bratpfanne in der Hand und servierte Nick ein duftendes Omelett. Die Deutschen brauchten ja, wie er wisse, ein richtiges Frühstück, im Gegensatz zu den Italienern, die einfach nur Kaffee tränken, übersetzte Graziella.

»Danke«, sagte Nick, froh über die Ablenkung, und machte sich über das Omelette her.

Als Solari die Bratpfanne wieder zurück in die Küche brachte, raunte Graziella Nick zu: »Du bist mir noch eine Erklärung schuldig. Vergiss das nicht.«

Zum Glück kam aber Solari gleich zurück, eine Mappe in der Hand, die er neben Nick auf den Tisch legte. »Ich habe Ihnen alle wichtigen Unterlagen kopiert, bitte sehr.«

Nick bedankte sich, und Solari und Graziella wechselten ein paar Sätze. Eine intensive Unterhaltung entwickelte sich. Nick verfolgte, während er das Omelett aß, wie Graziella immer emotionaler wurde und gestenreich auf Solari einredete. Beide blickten wiederholt in Nicks Richtung. Ganz offensichtlich sprachen sie über ihn. Aber Graziella schien es nicht für nötig zu halten, ihn daran teilhaben zu lassen.

»Übersetzt du bitte mal?« Allmählich fand er ihr Verhalten unhöflich.

»Das ist eine private Unterhaltung«, fauchte Graziella, »das geht dich nichts an!« Und sie redeten einfach weiter über seinen Kopf hinweg. Irgendwann fragte sich Nick, ob er Graziella nicht doch besser in den Zug gesetzt hätte.

»Er möchte wissen, ob wir noch zum Mittagessen bleiben«, sagte sie plötzlich.

»Darf ich wieder mitmachen, ja?«

»Spiel bloß nicht den Beleidigten. Essen wir noch hier oder nicht?«

»Meinst du nicht«, sagte Nick, »wir strapazieren seine Gastfreundschaft etwas zu sehr?« Aber Solari betonte mehrfach, dass er sich freue, sie zu Gast zu haben. Und dass es ihm sehr gut getan habe, über den Fall reden zu können. Denn viel schlimmer als seine berufliche Ausbootung hatte ihn getroffen, dass seine Kollegen, ja dass sein gesamtes Umfeld ihn nicht mehr für voll genommen hatte. Es war ein schleichender Prozess gewesen und ein ungemein schmerzhafter dazu. Solari erinnerte sich noch gut daran, dass Kollegen nach seinen Äußerungen die Augen verdreht hatten, im Glauben, er würde es nicht mitbekommen. An das Getuschel auf den Fluren. »Und eigentlich habe ich nur das getan, was ich ein Leben lang gemacht habe. Ich bin konsequent der vielversprechendsten Spur gefolgt.«

Sollte sich Solari, überlegte Nick, zum ersten Mal in seinem langen Ermittlerleben grundlegend getäuscht haben?

»Aber man merkt immer noch«, sagte Nick, der sich an seine Beobachtung auf dem Büroflur erinnerte, »wie viel Respekt die Kollegen vor Ihnen haben.«

Nachdem Graziella übersetzt hatte, lächelte Solari – er lächelte überhaupt zum ersten Mal – und sagte: »Vielen Dank. Sehr nett, dass Sie das sagen.«

Der alte Pitbull. Nick hatte ihn inzwischen richtig ins Herz geschlossen. Er bat darum, ein weiteres Mal sein Telefon benutzen zu dürfen. Graziella sollte in Verona anrufen, um ihr Kommen für den Nachmittag anzukündigen. »Haben Sie den Kollegen in Verona kennengelernt?«, fragte Nick.

Er habe, erzählte Solari, lediglich einmal mit ihm telefoniert. »Massagrande hieß der Mann. Ich weiß nur noch, dass er von unserem Ermittlungsansatz überhaupt nichts hielt.«

XII. DER LEGUAN

Der Himmel war bleiern, und das Industriegebiet von Vicenza nahm kein Ende. Sie fuhren über die Autobahn, die hier so wenig befahren war, dass sich ganze Vogelschwärme auf der Fahrbahn versammelten und erst aufflatterten, als der BMW heranrauschte. »Ob die hier Nahrung suchen?« Graziella hatte die Karte auf dem Schoß ausgebreitet.

»Ich frag mich vor allem, wo der ganze Verkehr ist.«

Graziella vermutete, dass hier, an der Peripherie Vicenzas, wenig Fernverkehr unterwegs war und dass, wer nur kurze Strecken fuhr, lieber auf die mautfreien Landstraßen auswich.

Sie hatten mehrmals erfolglos versucht, Capitano Massagrande in Verona zu erreichen und ihren Besuch anzukündigen. Solari hatte sie, wie zuvor schon Tomei, darauf hingewiesen, dass in Verona die Carabinieri für die Ermittlungen zuständig seien und nicht, wie in den meisten anderen Fällen, die Polizia di Stato. »Das wird schwierig«, hatte Solari gesagt, »die Carabinieri sind ein verschwiegener Haufen. Da kommt ihr nicht so leicht ran.« Und er schien recht zu behalten. Entweder war Capitano Massagrande nicht anwesend oder gerade in einer Besprechung gewesen, und schließlich hatten sie beschlossen, einfach loszufahren. Wenn sie an seine Bürotür klopften, würde er sie schon reinlassen.

»Diese Autobahn, die A4, auf der wir unterwegs sind«, sagte Graziella nachdenklich, »verbindet Triest mit Turin, einmal quer durch Norditalien.«

»Und?«

»Mailand, Verona, Padua, Vicenza, Venedig …«

»Alles Tatorte der Organisation LUDWIG.«

»Und sie liegen alle an der A4«, sagte Graziella. »Möchtest du noch eins?«

Sie reichte ihm die Dose mit dem Proviant. Obwohl es nur knapp sechzig Kilometer bis Verona waren, hatte Solari wohl befürchtet, sie könnten unterwegs verhungern, und ihnen einen Berg Tramezzini mitgegeben. Nick nahm sich eines. Solari ging ihm nicht mehr aus dem Kopf. Dieser Vorzeigepolizist, dem zum Ende seiner Karriere alles entglitten und dem nichts geblieben war als ein rätselhaftes Schwarz-Weiß-Foto, mit dem er nichts anzufangen wusste. Wie Tomei in Mailand hatte auch Solari beim Abschied darum gebeten, ihn doch zu informieren, sobald es neue Erkenntnisse gebe. Er hatte diese Bitte mit der ihm eigenen höflichen Zurückhaltung vorgetragen, aber die Dringlichkeit war dennoch spürbar gewesen.

»Jetzt ist der Moment«, sagte Graziella, nachdem sie gegessen hatten. Sie sah ihn auffordernd an. »Okay«, sagte Nick, »ich versuch es. Aber ich muss ein bisschen ausholen …«

»Bitte sehr.« Sie verschloss die Proviantdose. »Achtung!«, schrie sie plötzlich. »Du überfährst die noch!« Eine Wolke von Vögeln flatterte vor ihnen auf.

»Keine Sorge, die wissen genau, wann sie losfliegen müssen.«

»Woher eigentlich?«

»Willst du meine Erklärung jetzt hören oder nicht?«

»Klar. Erzähl.«

Also erzählte er, während sie über die gespenstisch leere Autobahn fuhren, zunächst stockend und fast widerstrebend, dann immer flüssiger, dass Susanne nicht zu Hause gewesen sei, als er an jenem 14. Juni 1982 gegen 21 Uhr von der Arbeit gekommen sei. Keine Nachricht, nichts. »Als sie zwei Stunden später immer noch nicht da war, bin ich in den Keller gegangen und hab gesehen, dass ihr Fahrrad fehlte. Dann hab ich Jo angerufen, der aber auch nichts wusste. Zu dem Zeitpunkt war mir klar, dass etwas passiert sein musste, denn dass Susanne so lange wegblieb, ohne eine Nachricht zu hinterlassen, war noch nie vorgekommen. Ich habe die Kollegen von der Vermisstenstelle informiert, obwohl ich natürlich wusste, dass entsprechende Maßnahmen normalerweise erst eingeleitet werden, wenn die vermissten Personen länger als drei Tage abwesend sind ...«

Ein DAF mit Mannheimer Kennzeichen und mehreren Koffern auf dem Dachgepäckträger tuckerte gemächlich vor sich hin. Offenbar verirrten sich doch ab und zu Urlauber in diese Region. Nick scherte aus und überholte. »Die Kollegen haben mir trotzdem versprochen, dass sie alles in ihrer Macht Stehende unternehmen ... Frühmorgens am nächsten Tag klingelte das Telefon. Susannes Fahrrad war am Ufer des Tegeler Sees gefunden worden. Von Susanne selbst fehlte jede Spur. Die Ungewissheit war das Schlimmste ...«

»War dein Sohn bei dir?«

»Ja ... allerdings war ich ihm keine große Hilfe, fürchte ich. Und er mir auch nicht.« Wieder ein Vogelschwarm. Aber diesmal flog einer der Vögel zu spät vom Boden auf und knallte gegen die Kühlerhaube. Das Geräusch war erstaunlich leise, als wäre einem zerstreuten Kind ein Gummiball aus der Hand geglitten, und Nick nahm nur einen Schatten wahr, der am Seitenfenster vorbeiwirbelte. »Verdammt!«

»Der Arme«, sagte Gaziella, und nachdem sie eine Weile schweigend weitergefahren waren: »Warum funktioniert bei einigen nicht, was alle anderen hinbekommen?«

Die Gegend wurde ländlicher, sie hatten die Randgebiete der Stadt endgültig hinter sich gelassen. Einzelne Gehöfte links und rechts, die meisten halb verfallen.

»Polizeitaucher haben sie dann gegen Mittag gefunden«, fuhr Nick fort, »dreihundert Meter vom Ufer entfernt, ziemlich genau in der Mitte des Sees. Tod durch Ertrinken. Keine Fremdeinwirkung.«

»Das tut mir leid, Nick.« Aber sie klang merkwürdig unbeteiligt. Nick warf ihr einen irritierten Blick zu. Sie hielt sich am Haltegriff fest und starrte mit ernstem Gesicht auf die Fahrbahn.

»Ihr Handtuch klemmte noch auf dem Gepäckträger«, sagte er. »Nimmst du ein Handtuch mit, wenn du dich umbringen willst?«

»Wie meinst du das?«, fragte Graziella. »Du glaubst, sie hat sich umgebracht?«

»Das weiß ich eben nicht genau. Und diese Ungewissheit macht mich fertig, bis heute.«

»Aber wenn sie wirklich ein Handtuch dabeihatte …«

»Ich denke, es war eine spontane Entscheidung«, unterbrach er sie. »Sie war labil.« Nach einer kurzen Pause fuhr er fort: »Zwei Tage nach ihrem Tod habe ich ihre Unterlagen entdeckt. In einem Regal im Keller. Kisten voller Dokumente, Tagebuchaufzeichnungen, Zeugenaussagen. Susanne hatte belastendes Material gegen ihren eigenen Vater gesammelt, der seit fünfzehn Jahren tot war. Sie meinte beweisen zu können, dass er bei der SS gewesen war. Ein Kriegsverbrecher. Ich wusste, wie sehr sie unter der Lieblosigkeit ihrer Eltern gelitten hatte, aber ihre Unterlagen zeichneten noch ein ganz anderes Bild. Überzeugte Nazis und Sadisten, die ihr zweijähriges Kind mit dem Rohrstock gezüchtigt haben, im festen Glauben, es damit zu einer starken Persönlichkeit zu erziehen. Vor ihrem Tod war sie in einer psychischen Ausnahmesituation. Das hab ich zwar bemerkt, aber ich habe nichts unternommen …« Nick brach ab und fuhr eine Weile schweigend. Graziella blickte weiterhin starr aus dem Fenster. Sie wirkte abweisend, fast feindselig. Ihr Verhalten irritierte ihn zunehmend. Dennoch fuhr er fort: »Obwohl sie sich jahrelang mit Familiendokumenten beschäftigt hatte, war sie nun offenbar in dem Glauben, dass ihre Eltern gar nicht ihre leiblichen Eltern waren. Ein reines Hirngespinst, denn dazu fand sich in den Unterlagen nicht ein einziger

Hinweis. Jedenfalls hatte sie mit der Vermisstenstelle des Roten Kreuzes Kontakt aufgenommen. Sie hat immer wieder versucht, mit mir darüber zu sprechen, aber ich war damals an einem komplizierten Mordfall … Ich habe viel gearbeitet und war nicht präsent genug. Ich hätte viel mehr …« Er unterbrach sich erneut, blickte zu Graziella. Sie sah aus dem Fenster, verfolgte den Flug der Vögel oder hatte sonst etwas Interessantes entdeckt. Nick hatte den Eindruck, dass sie ihm schon lange nicht mehr zuhörte.

»Graziella?«

»Was?«

»Langweile ich dich?«

»Nein, nein.« Aber es klang nicht überzeugend.

»Du wolltest eine Erklärung von mir, und ich war gerade dabei, sie dir …«

Sie atmete tief durch, dann sagte sie: »Ich kenne die Geschichte, Nick, ich weiß, wie sie weitergeht.«

»Aha?« Jetzt überraschte sie ihn wirklich. »So gut kennst du mich also?« Er spürte Wut in sich aufsteigen. Was war mit ihr los? Sie hatte doch unbedingt wissen wollen, was ihn dazu gebracht hatte, Akis Dienstanweisung nicht zu befolgen und ihre Jobs aufs Spiel zu setzen. Und nun, da er bereit war, sich ihr zu öffnen, was ihm, ganz nebenbei, alles andere als leichtfiel, wirkte sie plötzlich merkwürdig desinteressiert, fast schien es sie abzustoßen, was er erzählte. »Gut, wenn du alles schon weißt, kannst ja du weitermachen«, sagte er trotzig. »Bitte schön.«

Mit zitternden Fingern pulte er eine Zigarette aus der Schachtel. Ihr Verhalten ging ihm näher, als er das für möglich gehalten hätte. Er musste an Susanne denken, an das Kind, das seinem Vater das Haus aus Bauklötzen zeigen will, und den Vater, der es mit einem Handgriff zum Einsturz bringt. So verhielt sich Graziella gerade ihm gegenüber. Und er hatte absolut keine Ahnung, warum. Hatte er ihr irgendetwas angetan? Sie starrte weiter auf die Fahrbahn oder durch sie hindurch.

»Gibst du mir wenigstens Feuer, bitte?«

Das tat sie und sagte dann: »Also, ich erzähl dir jetzt deine Geschichte. Nach dem Tod deiner Frau bist du in ein tiefes Loch gefallen. Du wolltest nicht mehr weiterleben, und wären Jo und Aki nicht gewesen, dann hättest du dich wahrscheinlich zu Tode gesoffen …« Sie hielt kurz inne und betrachtete ihn von der Seite. »Ja, du hättest dich zu Tode gesoffen, du bist nicht der Typ, der sich erschießt. Aki hat dich also aus deiner verwahrlosten Wohnung in Reinickendorf geholt und mit …«

»Sag mal«, Nick war fassungslos, »hat Aki dir das erzählt?«

»Das weiß die ganze Mordkommission, Nick. Guck nicht so verstört. Also«, fuhr sie fort, »du hast dich halbwegs wiederhergestellt und bist nach München gezogen. Dort hast du irgendwie funktioniert, du hattest deine Arbeit, deine Wohnung, deine Routine, aber von einem normalen Leben mit Empfindungen wie Freude und Glück warst du noch weit entfernt. Bis hierher stimmt's?«

Nick antwortete nicht. Die Sache wurde ihm allmählich unheimlich.

»Der Rest ist einfach: In Mailand ist etwas passiert mit dir, erst ganz langsam, du hast es zunächst gar nicht recht gemerkt …« Graziella redete inzwischen scharf und laut, und Nick meinte, beißenden Spott in ihrer Stimme zu hören. Gleichzeitig schien sie das alles abgrundtief zu langweilen, als hätte sie die Geschichte schon tausendfach erzählt. Er wünschte mit einem Mal, sie würde sofort aufhören, denn das Schlimmste war, dass alles, was sie sagte, zutraf. »Aber dann«, ihre Stimme überschlug sich fast, »als du im Fiorucci mit mir getanzt hast, da hast du es gespürt … Es war wie ein Geruch aus der Kindheit, so vertraut und trotzdem ganz neu, die Wiederentdeckung des Glücks – das Leben war zurück!« Graziella saß kerzengerade da, den Blick in die Ferne gerichtet, und über ihre Wange liefen Tränen. »Das ist deine Geschichte, Nick, richtig? Ich habe dich an diesem Abend zurück ins Leben geholt, und du hattest zum ersten Mal seit Langem wieder das Gefühl, dass es weitergehen könnte. Dieses Gefühl ist eng mit meiner Person verknüpft, und deswegen konntest du mich nicht gehen lassen. Richtig?«

»Ja«, sagte Nick leise. Völlig richtig. Jeder Satz, jedes Wort stimmte. Aber Graziella hatte seine Geschichte in eine ätzende Lauge aus Hohn und Spott getaucht, und nun war sie entstellt. Es tat weh, sie so zu hören.

»Willkommen zurück im Leben, Nick!« Sie zog den Bauklotz weg, das Haus brach zusammen.

Da rastete er aus. »Meine Frau ist gestorben«, schrie er, »ich war am Boden ... mein Leben war zerstört ... was gibt dir das Recht, dich darüber lustig zu machen?«

Sie blickte ihn ruhig an und wischte sich die Tränen von der Wange. »Ich mache mich nicht lustig, Nick, wirklich nicht.«

»Bist du sauer, weil du wegen mir den Job verloren hast? Ist es das?«

»Quatsch!«

»Was dann? Erklär mir bitte, was das alles soll!«

»Achtung, Vögel«, sagte sie und schaltete das Radio ein. *»More than this«*, Roxy Music. Sie lauschte der Musik, summte leise mit.

»Wir können das nicht so stehen lassen, Graziella, du musst mit mir reden.«

»Ich muss gar nichts«, sagte sie und nahm sich eine Zigarette.

»Graziella!«

»Roxy Music sind echt gut, hab ich lange nicht mehr gehört.«

Der Verkehr wurde nun dichter, die Industrieanlagen häuften sich wieder. »Ich kann eigentlich nur hoffen, dass wir möglichst lange mit diesem LUDWIG beschäftigt sind«, sagte sie plötzlich.

»Warum?«

»Weil sie mich dafür gut bezahlen und weil ich danach keinen Job mehr habe, wie du vielleicht mitbekommen hast.« Dann fügte sie noch hinzu: »Etwas muss ich doch tun: Ich muss Matteo anrufen.«

Sie wollte nicht mehr darüber sprechen. Nick beobachtete sie aus dem Augenwinkel. Er hatte geglaubt, sie in den letzten Tagen besser kennengelernt zu haben, aber nun war sie ihm plötzlich zum Rätsel geworden.

An einer Raststätte fuhren sie raus, tankten und erwarben einen Stadtplan von Verona. Leichter Regen setzte ein, als sie weiterfuhren. Es war kurz nach drei. Sie näherten sich Verona. »Wir fahren direkt zu den Carabinieri«, sagte Nick. »Wir probieren es einfach.«

Graziella nickte und faltete den Stadtplan auseinander. Plötzlich hielt sie inne und schnupperte daran: »Der riecht noch ganz frisch.«

Die Caserma Pastrengo, ein gesichtsloser Gebäudekomplex, war von einem hohen Zaun mit Stacheldraht umgeben. Gerade fuhr ein gepanzertes Fahrzeug vom Hof. Zwei Carabinieri mit Maschinenpistolen bewachten die Zufahrt. Der größte Teil der Kaserne war für die Öffentlichkeit nicht zugänglich. »Comando Provinciale«, »Comando Compagnia«, »Comando Stazione« stand am Fuß der Treppe, die zu dem Teil des Gebäudes führte, in dem offenbar der Publikumsverkehr abgewickelt wurde. »Was bedeutet das?«, fragte Nick, aber Graziella winkte ab. »Das sind die Dienststellen, die hier untergebracht sind. Aber die Organisation der Carabinieri versteht kein Mensch, vermutlich nicht mal die Carabinieri selbst, also versuch es gar nicht erst.« Sie gingen die Treppe hinauf. Hinter der Tür ein Warteraum, Schalensitze aus Plastik. Schreibmaschinengeräusche von irgendwoher. Von den fünf Personen, die hier saßen, schaute nur ein alter Mann auf, als sie den Raum betraten. Er nickte ihnen zu. Die anderen schienen vor sich hin zu dämmern. Ein Jugendlicher hörte Musik mit seinem Walkman. Sein Bein wippte in rasender Geschwindigkeit auf und ab, es schien völlig außer Kontrolle geraten zu sein. Der Warteraum war durch einen hölzernen Tresen vom Bürobereich abgetrennt.

An einem Tisch saßen zwei Uniformierte. Der eine bearbeitete die Schreibmaschine, der andere erhob sich, als Graziella und Nick an den Tresen traten. Graziella redete auf den Mann ein und schob ihm die Ausweise zu, die der Carabiniere mit regloser Miene prüfte. Dann nahm er den Telefonhörer ab. Während er ihre Daten durchgab, flüsterte Graziella Nick zu: »Die wissen hier von nichts.«

»Was wissen die nicht?«

»Von uns. Von unserem Besuch. Und weshalb wir hier sind. Die wissen gar nichts.«

»Aber du hast doch mehrmals mit denen gesprochen.«

»Ja, aber das ist offenbar nicht weitergegeben worden.«

Während einer Gesprächspause rief der Carabiniere Graziella etwas zu und wies auf die Sitzgelegenheiten.

»Wir sollen warten.«

»Was passiert jetzt?«, fragte Nick, als sie Platz genommen hatten.

»Keine Ahnung. Jetzt wird erst mal telefoniert.«

Das vibrierende Bein des jungen Mannes machte Nick nervös. Er versuchte es zu ignorieren und woandershin zu schauen, aber das war unmöglich. Endlich winkte der Carabiniere sie wieder heran. Graziella hörte ihm zu und übersetzte: »Capitano Massagrande hat erst übermorgen für uns Zeit. Um fünfzehn Uhr könnten wir einen Termin bekommen.«

Verdammt, dachte Nick. Auf die Weise verloren sie wertvolle Zeit. »Kannst du nicht versuchen, ihnen klarzumachen … Sag ihnen, wir müssen zurück nach München …«

Aber Graziella war schon wieder im Gespräch mit dem Carabiniere. »Sie schicken uns jemanden«, erklärte sie dann, »der sich gut auskennt mit dem Fall und uns schon mal erste Fragen beantworten kann.«

»Ist es nicht möglich, dass wir –«

»Mehr ist nicht drin, Nick«, unterbrach Graziella ihn streng. »Die haben hier nicht auf uns gewartet.«

Also setzten sie sich wieder. Graziella, zwei Falten über der Nasenwurzel, blätterte in den LUDWIG-Unterlagen. Er hatte noch immer den ätzenden Ton ihrer Stimme im Ohr. Was hatte sie bloß geritten? Es fiel ihm schwer, sich wieder auf seine eigentliche Aufgabe zu konzentrieren. »Was stand über Verona in dem Bekennerschreiben?«, fragte er Graziella schließlich.

»Moment.« Als sie das richtige Papier gefunden hatte, sagte sie: »Es war dasselbe Schreiben, mit dem sie sich auch zum Mord an den beiden Padres vom Monte Berico bekannt haben. ›*LUDWIG dopo il rogo di S. Giorgio a Verona ha colpito di nuovo.*‹ Also etwa: ›LUDWIG HAT NACH DEM SCHEITERHAUFEN‹ ... oder ›Feuertod‹? ... ›VON SANKT GEORG IN VERONA ERNEUT ZUGESCHLAGEN.‹« Sie blätterte in der Mappe herum und zog ein weiteres Bekennerschreiben hervor. »In Mailand haben sie denselben Ausdruck verwendet: ›*Rivendichiamo il rogo dei cazzi.*‹ – ›Wir bekennen uns zum Scheiterhaufen der Schwänze‹ ... oder ›zum Brand der Schwänze.‹«

»Der ›Scheiterhaufen von Sankt Georg‹«, wiederholte Nick. »Dazu haben wir ansonsten keine Information?«

»Nein. In Mailand hatten sie dazu gar nichts.«

»Wir hätten Solari fragen müssen.«

»Es klang nicht so, als wäre sein Kontakt nach Verona eng gewesen.«

»Aber er hätte uns zumindest grob sagen können, was da los war.«

Etwa eine Stunde später wurde die Tür aufgerissen. Ein kleiner, kompakter Herr mit Brille und Steppjacke federte durch den Raum, knallte die Faust auf den Tresen und brüllte die beiden Carabinieri an. Die reagierten zu Nicks Erstaunen nicht etwa ungehalten, sondern erhoben sich und reichten dem Mann fast ehrerbietig die Hand. Nachdem sie ein paar Sätze gewechselt hatten – der kompakte Herr weiterhin brüllend –, verstand Nick, dass der Mann nicht wütend oder unhöflich war, sondern einfach laut redete.

Nachdem ihn der Carabiniere auf Nick und Graziella aufmerksam gemacht hatte, knallte er erneut die Faust auf den Tresen, wohl zum Abschied, und stürmte auf sie zu. Er schüttelte erst Graziellas Hand und schlug dann Nick mehrmals auf die Schulter. Was er dazu brüllte, übersetzte Graziella wie folgt: »Das ist Giacomo Ferrati, angenehm, ein guter Freund von Capitano Massagrande, der ihn gebeten hat, sich um uns zu kümmern. Er ist seit fast zehn Jahren Polizeireporter bei der Tageszeitung *L'Arena* und hat sämtliche Verbrechen verfolgt, die in und um Verona begangen wurden …« Sie kam kaum zum Luftholen. »Und vorher war er bei der ANSA in Mailand …«

»*Der* Presseagentur ANSA?«

»Ja, *der* ANSA.«

»Ich persönlich«, schrie der Journalist, »habe Feltrinelli identifiziert, als der, statt den Hochspannungsmast zu erwischen, sich selbst in die Luft gejagt hat, der Idiot, und das war nicht einfach, denn von dem Verleger – einem guten Freund von Rudi Dutschke übrigens, wie ihr sicher wisst – war wirklich kaum mehr was übrig. Und warum war ich so früh dort an dem Hochspannungsmast in Segrate? Weil ich von dem Plan wusste. Ich habe mich nämlich schon Anfang der Siebziger in die extreme Linke eingeschleust … hab die ganze Szene infiltriert, hab sie gewissermaßen im Alleingang unterwandert …«

Ferrati öffnete die Steppjacke und präsentierte sein Schulterhalfter, in dem ein Colt Cobra .38 special steckte.

Graziella hinkte mit der Übersetzung hinterher: »… das hat den Linken natürlich nicht gefallen, deshalb ist er auf der Todesliste der *Brigate Rosse* gelandet. Aber bis heute – toi, toi, toi – ist alles gut gegangen … Trotzdem: Ohne sein ›Spielzeug‹ geht er seither nicht aus dem Haus …«

Da stürmte der Journalist aus der Tür.

»Wir sollen einfach mitkommen, er erklärt uns alles«, sagte Graziella. »*Dio mio!* Ich bin jetzt schon fix und fertig.«

Das ist jetzt die Strafe für dein Verhalten im Auto, dachte Nick schadenfroh. Trotzdem klopfte er ihr ermutigend auf die Schulter und hielt ihr die Tür auf. Der Journalist erwartete sie voller Ungeduld.

»Er will, dass wir seinen Wagen nehmen.«

Aber ganz so einfach war es nicht, denn als Ferrati erfuhr, dass sie den BMW einige Meter hinter der Kaserne am Straßenrand abgestellt hatten, bestand er darauf, dass der Wagen auf den Kasernenhof gefahren werden müsse. Viel zu unsicher sei es hier, Carabinieri-Präsenz hin oder her. Er schrie die wachhabenden Carabinieri an, die Nick daraufhin mit lässiger Geste auf den Kasernenhof winkten.

Dann stiegen sie in seine rote Alfetta. Der Kaltstart sei, erklärte Ferrati, für einen Ungeübten möglicherweise ein Problem: Man musste es ein bisschen im Gefühl haben, Kupplung drücken, leicht antäuschen, als wollte man in den Zweiten schalten, und dann ganz schnell und entschlossen in den Ersten. Er machte es vor. Der Motor heulte auf. Aber wenn sie mal lief, war sie ein Gedicht. Ein echter Schatz. Während er in Höchstgeschwindigkeit durch die Straßen Veronas jagte – Nick hatte das Gefühl, die Leute machten den Weg frei, sobald die Alfetta am Horizont auftauchte –, erkundigte sich Ferrati nach dieser Pfeife von Übersetzer, die die Deutschen ihnen runtergeschickt hätten.

»Redet er von Dr. Wengert?«

»Ja«, sagte Graziella.

»Und wieso sagt er ›ihnen‹? Er gehört weder zu den Carabinieri noch war er dabei, oder?«

Graziella zuckte mit den Schultern. »Er fühlt sich auf jeden Fall verantwortlich.«

Dr. Wengert, dieser Schwachkopf, erklärte Ferrati, habe dauernd Montale rezitiert. Sein Freund Massagrande, eigentlich ein ruhiger Typ, sei fast wahnsinnig geworden. »Nichts gegen Montale, aber … ihr wisst, was ich meine.«

Nein, dachte Nick, weiß ich nicht. Wie musste es erst Graziella gehen, die das Ganze zu moderieren hatte?

Während sich Ferrati weiter über Dr. Wengert ausließ, sagte Nick zu Graziella: »Wahrscheinlich haben wir das hier Dr. Wengert zu verdanken. Capitano Massagrande hatte danach einfach keine Lust, schon wieder Deutsche zu empfangen.«

Graziella nickte, aber bevor sie antworten konnte, rief Ferrati etwas, und Graziella zischte Nick zu: »Wir müssen jetzt zuhören, jetzt kommt was Wichtiges.« Ferrati schaltete hoch, drückte aufs Gas und sagte: »Um zu verstehen, was hier passiert ist, müsst ihr zwei Sachen unbedingt wissen. Erstens: Bis Anfang der Siebzigerjahre gab es in Italien eigentlich keine nennenswerten Probleme mit Drogen. Klar, über die Türkei kam auch damals schon Heroin ins Land, aber es blieb nicht hier. Es wurde sofort von der Mafia weitergeleitet, nach Amerika vor allem. In Italien selbst spielte es keine Rolle. Und dann wurden plötzlich die Schleusen geöffnet. Das war eine geplante Aktion. Das Land wurde mit harten Drogen geradezu überschwemmt. Jeder kleine Kiffer hat plötzlich Heroin ausprobiert. Mitte der Siebziger gab es etwa zwanzigtausend Heroinabhängige, 1982 waren es schon dreihunderttausend. Es war wie eine Epidemie, die sich über das Land ausgebreitet hat. Verona war der Ausgangspunkt und ist bis heute das Zentrum. Das Bangkok Italiens. Von überall kommen junge Leute hierher, mittlerweile aus allen gesellschaftlichen Schichten, und versorgen sich mit billigem Stoff, den sie an jeder Straßenecke problemlos bekommen. Und seither versinkt diese Stadt im Dreck. Es sind ja nicht nur die Drogensüchtigen selbst, die armen Hunde, die hier vor sich hin vegetieren, die mittlerweile das ganze *centro storico* bevölkern und Verona zu einer Stadt der lebenden Toten machen, das größte Problem ist die Beschaffungskriminalität. Letzte Woche zum Beispiel hatte ich einen Fall, da haben vier Süchtige, alle um die zwanzig, einen geistig Behinderten überfallen, der gerade seine Rente abgeholt hatte. Sie haben ihn mit einem Damenstrumpf erdrosselt und gar nicht weit von hier in die Etsch geworfen. Ein paar Tausend Lire haben sie erbeutet. Es ist nicht übertrieben, zu behaupten, dass sich das Leben in dieser Stadt nur noch um Drogen dreht. Jeder hat in irgendeiner Form direkt oder indirekt damit zu tun: Polizei, Ärzte, Lehrer, Seelsorger. Die ganze Gesellschaft wird gerade auf den Kopf gestellt.«

»Das klingt ja so«, sagte Nick, »als würde irgendein finsterer Plan dahinterstecken. Frag ihn doch bitte mal, ob er das so meint.«

Graziella und Ferrati wechselten ein paar Sätze. Nick wandte sich zu Graziella um, die auf der Rückbank saß. Sie konnte ihre wachsende Irritation kaum verbergen. Schließlich, als Ferrati zu Ende geredet hatte, erklärte sie Nick: »Also … Ferrati sagt, ja, es gibt einen Plan, und er hat sogar einen Namen: Operation *Blue Moon*. Die CIA und Teile des italienischen Staatsapparates haben diese Strategie entwickelt und das Land mit Heroin überschwemmt, ursprünglich, um den Protest linker Gruppen zu schwächen. Heroin kriegt selbst die härtesten Revoluzzer klein. Die organisierte Kriminalität übernimmt den Vertrieb. Dass Verona derart betroffen ist, ist kein Zufall. Die CIA ist hier stark vertreten, sowohl in der Stadt selbst als auch auf den Militärbasen in der Umgebung.«

»Guarda che faccia!« Ferrati brach plötzlich in schallendes Lachen aus. Nick erschrak und blickte Graziella fragend an. »Er hat sich über dein ungläubiges Gesicht amüsiert«, klärte sie ihn auf.

Ferrati, nun wieder ernst, brüllte weiter: »Ich weiß, dass es so ist, aber es wird noch ein paar Jahre dauern, bis das an die Öffentlichkeit kommt. Ihr müsst mir das mit der Operation *Blue Moon* auch nicht glauben. Ob geplant oder nicht, es bleibt eine Tatsache, dass Verona ein massives Problem mit Heroin hat. Darum geht es hier. Es ist wichtig, das im Hinterkopf zu behalten.«

»Wofür ist das wichtig?«, fragte Nick, der nicht mehr recht mitkam. »Keine Ahnung.« Graziella zuckte mit den Schultern. »Aber er wird es uns ganz bestimmt gleich erklären.« Sie hatten plötzlich die Etsch vor sich, aber Ferrati überquerte den Fluss nicht, sondern bog nach links ab und fuhr, zum ersten Mal überhaupt, *langsam* die Via Lungadige Catena entlang, die zwischen hohen, sechsstöckigen Wohnblocks und dem Fluss verlief. Eine wohlhabende Gegend. Von den angeblich so furchtbaren Zuständen im Stadtzentrum, wie Ferrati sie eben beschrieben hatte, war hier nichts zu sehen. Er fuhr rechts ran, schaltete in den Leerlauf, aber der Motor blieb an. Ferrati zeigte zur anderen Flussseite. »Da drüben liegt Borgo Trento, eines der noblen Viertel von Verona; das große Gebäude links ist das Ospedale di Borgo Trento, die Universitätsklinik.« Er sprach, so kam es Nick vor, plötzlich in ganz normaler Lautstärke. Entweder hatte er sie wirklich heruntergefahren oder Nick hatte sich an das Geschrei gewöhnt. »Der zweite Punkt, der uns bewusst sein muss«, übersetzte Graziella, »ist die Gesamtsituation in Italien. Weil, die Verbrechen der Organisation LUDWIG passieren nicht im luftleeren Raum, sondern in einem Land, das sich seit Jahren und noch immer im … wie sagt man? Notfallzustand?«

»Ausnahmezustand«, schlug Nick vor.

»Genau. Italien ist also seit Jahren im Ausnahmezustand. Das Verbrechen, von dem er uns gleich berichten wird, ist im Mai 1981 geschehen, gar nicht weit von hier, fünfhundert Meter Luftlinie vielleicht. Aber erst mal sind im Februar 1981 bei Padua zwei Carabinieri erschossen worden. Sie haben Mitglieder der rechtsextremen Terrorgruppe *Nuclei Armati Rivoluzionari* dabei überrascht, wie sie Waffen aus einem Versteck holten. Im März hat die Guardia di Finanza die Villa des Unternehmers und Faschisten Licio Gelli durchsucht. Dabei wurde die Existenz der Geheimloge *Propaganda Due* aufgedeckt. Fast zeitgleich hat das Gericht in Catanzaro im Verfahren zum Piazza-Fontana-Attentat in Mailand alle Beschuldigten freigesprochen. Im April wurde in Mailand der Anführer der Roten Brigaden, Mario Moretti, festgenommen. Ein paar Wochen später verübte Mehmet Ali Ağca auf dem Petersplatz in Rom das Attentat auf Papst Johannes Paul II. Ebenfalls im Mai geschah dann unser Verbrechen hier in Verona. Und schon im Juni ging's auf der großen Bühne weiter. Da entführen und ermorden die Roten Brigaden den fünfundzwanzigjährigen Roberto Peci.«

Ferrati wartete, bis Graziella ihre Übersetzung beendet hatte, und als für einen Moment Stille herrschte und ihn beide erwartungsvoll ansahen, fing er plötzlich an zu singen. Wagner. Der »Walkürenritt«. Gebrüllt. Graziella und Nick erschraken. Der Sturm, der über sie hinwegfegte, wurde immer heftiger. Auch wenn Ferrati bereits wieder mit normaler Stimme weitersprach, hatte Graziella größte Mühe, mit dem Übersetzen nachzukommen: »17. Dezember. Der Himmel ist plötzlich voller Helikopter. Wie riesige Insekten hängen sie über der Stadt. Das Dröhnen ist ohrenbetäubend. Kurz zuvor, etwa zur Abendessenszeit ...«, Ferrati zeigte auf das Wohngebäude am Straßenrand, »ist ein Kommando der Roten Brigaden in dieses Gebäude, Via Lungadige Catena 5, eingedrungen und hat den amerikanischen NATO-General James Lee Dozier aus seiner Wohnung im sechsten Stock entführt. Danach kamen, wie gesagt, die Hubschrauber. Die Amerikaner machten Druck. Präsident Reagan verspottete die italienische Regierung, die es nicht mal schaffen würde, einen amerikanischen General vor ein paar linken Spinnern zu schützen. Es gab Hunderte von Durchsuchungen und zahlreiche Festnahmen. Der Ausnahmezustand dauerte, bis ein Spezialkommando den General am 28. Januar 1982 aus dem Versteck der *Brigate Rosse* in Padua befreite. Das ist jetzt ziemlich genau zwei Jahre her.«

»Und was hat das alles mit der Gruppe LUDWIG zu tun?«, fragte Nick. Als Graziella diese Frage auf Italienisch an Ferrati weitergab, löste sie damit einen Wutanfall aus, wenigstens kam es Nick so vor. Ferrati legte den Gang ein, wendete mit quietschenden Reifen und fuhr auf der »Ponte Catena«, wie er sie wissen ließ, über die Etsch, wobei er pausenlos brüllte. Irgendwann schien er keine Luft mehr zu bekommen und verstummte schlagartig. Nick sah Graziella fragend an, aber die sagte nur: »Er findet, wir hören ihm nicht richtig zu. Er hat doch laut und deutlich gesagt, dass man all diese Sachen wissen muss, um das zu verstehen, was jetzt kommt.«

»Das heißt, es geht jetzt erst richtig los, ja?«

Da lachte Graziella auf und sagte: »Guck nicht so gequält.« Dann fügte sie noch hinzu: »Ich glaube, hier ... wie heißt das so schön auf Deutsch? ... Hier ›reitet einer sein Steckenpferd‹ und freut sich, dass ihm endlich mal jemand zuhört.«

»Haben wir eine Wahl?«

»Klar«, sagte Graziella, »wir können aussteigen und warten, bis uns Capitano Massagrande übermorgen empfängt. Der fasst sich wahrscheinlich etwas kürzer.«

»Also gut«, sagte Nick ergeben.

Der Fluss führte in einem Bogen um das Stadtviertel herum. Sie durchquerten es auf einer schnurgeraden Straße, an deren Ende wieder die Etsch auf sie wartete. Ferrati parkte am Straßenrand und lotste Graziella und Nick durch einen kleinen Park zum Lungadige San Giorgio, einem gepflasterten Weg, der am Ufer entlangführte. Der mäandernde Fluss machte Nick die Orientierung schwer. Ferrati zeigte auf die gegenüberliegende Seite und erklärte, dass sich dort das eigentliche *centro storico* befinde, der Turm dort drüben gehöre zur Kathedrale Santa Maria Matricolare, dann gehe es weiter Richtung Piazza delle Erbe, zum Haus von Shakespeares Julia bis zur Arena. »Und irgendwann«, er lachte, »steht ihr wieder vor eurem Wagen.« Nach einer kurzen Pause fuhr er fort: »Ich habe euch das vorhin so ausführlich geschildert, weil ich glaube, dass man diese Dinge wissen muss. Das war ja nur ein kleiner Ausschnitt. Im August 1980 hatten wir den Anschlag in Bologna. Fünfundachtzig Tote. Das Land wird sowohl mit Drogen vollgepumpt als auch von einer Welle politischer Gewalt heimgesucht, von links, von rechts, von oben, von unten, und das seit Jahren schon. Die meisten Italiener wissen gar nicht mehr, wo ihnen der Kopf steht. Man muss das wissen, um die beiden Verbrechen richtig einschätzen zu können, die LUDWIG hier in Verona angeblich begangen hat.«

»Hat er wirklich ›angeblich‹ gesagt?«

»Ja«, bestätigte Graziella, »hat er.«

Vor ihnen tauchte ein Turm aus schweren Steinquadern auf, vielleicht fünf Meter hoch. Das Bauwerk stand im Weg, man musste sich fast daran vorbeizwängen. Dahinter öffnete sich ein kleiner Platz. Von dieser Seite war das Innere des Turms mit einem Gitter versperrt, man konnte aber hineinsehen. Vier flache Stufen führten hinauf. Der Boden war voller Müll, die Wände verrußt. »Die Torretta ist Teil einer habsburgischen Festungsanlage«, sagte Ferrati. »Hier ist es passiert.« Das Bauwerk mit der großen Öffnung und dem verrußten Mauerwerk erinnerte Nick an einen Kamin, gebaut für die Burg eines Riesen. Nachdem Ferrati einen Moment lang fast andächtig vor der Torretta stehen geblieben war, berichtete er, was hier an jenem 24. Mai 1981 geschehen war:

Der 18-jährige Luca Martinotti und sein Freund Aurelio Angeli, beide Oberschüler der angesehenen, aber katholisch-strengen Internatsschule Filippin in Paderno, verbringen ein Wochenende zusammen in Verona. Sie wollen feiern, Freunde treffen, Mädchen kennenlernen. Am Abend sind sie mit einem in Verona lebenden Bekannten verabredet. Die jungen Männer möchten zusammen ausgehen, sich amüsieren und dann im Haus des Bekannten übernachten. So der Plan. Doch der Bekannte sagt kurzfristig ab. Es tue ihm leid, Verwandte hätten ihren Besuch angemeldet, er könne die Freunde nicht beherbergen.

Nun haben sie keine Übernachtungsmöglichkeit in Verona. Die Freunde beschließen jedoch, sich nicht die Laune verderben zu lassen, und stürzen sich mit altersgemäßer Wucht ins Nachtleben. Sie lernen den dreiundzwanzigjährigen Fabrizio Ancora kennen, der sich als Fremdenführer zur Verfügung stellt und sie durch die Bars und schließlich, als sie müde und vermutlich auch angetrunken sind, hierher zur Torretta führt, zum »Türmchen«. Ein ruhiger und sicherer Ort für die Nacht, sagt Fabrizio, und die beiden Schulfreunde glauben ihm, auch wenn ihnen der Ort alles andere als anheimelnd erschienen sein dürfte: die Luft modrig, strenger Uringeruch, verdreckte Matratzen auf dem feuchten Boden. Leere Flaschen, Abfälle und benutzte Spritzen. In diesem Gemäuer suchen normalerweise Obdachlose und Drogensüchtige Unterschlupf, nicht Bürgersöhne aus einem katholischen Internat. Vielleicht haben sie es als Abenteuer gesehen, vielleicht haben sie sich einfach nicht getraut, Bedenken anzumelden. Was auch immer sie dazu bewogen haben mag, sie folgen dem Rat ihres Fremdenführers und betten sich auf den stinkenden Matratzen zur Ruhe.

»Dieses Gitter ist neu«, erklärte Ferrati. »Als die Jungs hier Zuflucht gesucht haben, gab es auch schon ein Gitter, aber das war an mehreren Stellen so auseinandergebogen, dass sich ein normal gebauter Mensch problemlos hindurchzwängen konnte. Luca hat sich hier vorne ans Gitter gelegt, sein Freund Aurelio neben ihn und Fabrizio lag auf der anderen Seite. Um halb fünf am Morgen des 25. Mai, einem Montag, schüttet jemand Benzin über die Schlafenden, über ihre Klamotten, über die Matratzen, und wirft ein Streichholz hinterher. Alles geht in Flammen auf. Der Turm verwandelt sich sofort in einen Hochofen. Die Jungs sitzen in der Falle.«

Das also, dachte Nick, war der »Scheiterhaufen von Verona«.

Zum ersten Mal sprach Ferrati mit nahezu leiser Stimme. Er atmete tief durch, dann sagte er: »Luca Martinotti ist noch vor Ort gestorben, die Rettungskräfte konnten nichts mehr für ihn tun. Sein Freund Aurelio wurde in das Krankenhaus von Borgo Trento gebracht, das ich euch vorhin gezeigt habe. Er überlebte zunächst und wurde dann, nur sechs Monate später, bei einem Verkehrsunfall getötet. Sein Vater, ein bekannter Rechtsanwalt aus Lucca, hat sich daraufhin umgebracht. Aber das nur am Rande. Die Tragödie überlebte, wenn auch mit schweren Verbrennungen, am Ende nur

Fabrizio Ancora. Ich war hier, da waren die Flammen noch nicht ganz gelöscht, und ich habe am nächsten Tag einen Artikel geschrieben für *L'Arena*. Ich habe darin ein mögliches Szenario beschrieben, wie man es eben macht als Reporter. Ich habe geschrieben, dass das Feuer mit Fackeln entzündet wurde – dafür gab es keinen Anhaltspunkt. Das ist komplett meiner Fantasie entsprungen. Ich betone das«, sagte er und sah Nick dabei direkt an, »weil das noch eine Rolle spielen wird. Im Juli 82, also mehr als ein Jahr später, reklamierte die Organisation LUDWIG das Geschehen für sich. Und zwar wie nebenbei in dem Bekennerschreiben, in dem es eigentlich um den Mord an den beiden Padres auf dem Monte Berico ging.«

»Hat die Polizei daraufhin etwas unternommen?«

»Die Polizei hatte guten Grund, das nicht ernst zu nehmen. Ich komme noch darauf zu sprechen. Und ich habe das Thema LUDWIG selbst in mehreren Artikeln behandelt und meine Meinung dazu öffentlich gemacht.«

Endlich kam Ferrati zum Punkt. Nick sah ihn erwartungsvoll an. »Und was war Ihre Meinung?«

»Meine Meinung war – und ist übrigens noch heute –, dass es sich bei den Verfassern dieser Bekennerbriefe um Spinner handelt, die sich zu ungelösten Morden bekennen und mit Reichsadler und Hakenkreuz Grusel verbreiten. Überlegen Sie mal: Das war zusammen mit den Padres auf dem Monte Berico das sechste Verbrechen, zu dem sich die Organisation LUDWIG bekannt hat. Sie sind doch Polizist. Sie wissen doch, dass sich bei so einer Mordserie irgendwann mal ein Muster oder irgendwelche Ähnlichkeiten ergeben müssen. Vielleicht sogar Spuren. Aber das war nicht der Fall. Ich habe oft und lange mit Capitano Massagrande darüber gesprochen. Wir waren und sind noch immer davon überzeugt, dass es sich bei dieser Gruppe LUDWIG um ein Phantom handelt. Spinner, die sich wichtigmachen wollen. Vielleicht rechte Spinner, wie es in dieser Gegend viele gibt. Irgendwelche Paranoiker. Es gab einfach nichts, was auf eine irgendwie organisierte Gruppe als Täter hindeutete. Diese Meinung habe ich in meiner Tageszeitung vertreten. Ich habe, zugegeben, auch ein wenig provoziert und von ›dummen Jungs‹ gesprochen. Dann kam im April 1983 ein weiteres Bekennerschreiben.«

Ferrati rezitierte mit lauter Stimme und Graziella übersetzte:

»UNSER GLAUBE IST NAZISMUS.
UNSERE GERECHTIGKEIT DER TOD.
UNSERE DEMOKRATIE IST AUSROTTUNG.
WIR GEBEN BEKANNT, DASS WIR UNS PÜNKTLICH ZUM SCHEITERHAUFEN VON SANKT GEORG IN VERONA BEKANNT HABEN MIT EINER BOTSCHAFT AN ›LA REPUBBLICA‹.
WIR LEGEN EINE METALLSCHEIBE BEI, DIE IDENTISCH MIT DERJENIGEN AUF DER GRÖSSTEN DER DREI FACKELN IST.«

»Damit«, fuhr er wieder etwas leiser fort, »war für mich der Beweis erbracht, dass unsere Theorie richtig war. Wir hatten es mit Spinnern aus der Gegend zu tun. Sie haben meine Artikel in *L'Arena* gelesen und einfach meine Erfindung mit den Fackeln übernommen. Die Brandermittler haben nichts gefunden, was darauf hindeutete, dass Fackeln zum Einsatz gekommen wären. Einem Journalisten verzeiht man so eine falsche Behauptung, aber dem Täter, der damit seine Authentizität beweisen will, nicht.«

»Und die Metallscheibe?«

»Wurde nicht gefunden. Hat es nicht gegeben. So wie es die ganze Gruppe LUDWIG nie gegeben hat. Meiner Meinung nach. Folgt mir bitte. Ich möchte euch jemanden vorstellen.«

Er führte sie, ununterbrochen redend, wenige Meter weiter zu einer Kirche. »Das ist San Giorgio beziehungsweise St. Georg«, erklärte Graziella, »daher auch der ›Scheiterhaufen von St. Georg in Verona‹. Don Sergio Marcazzan, der Pfarrer, ist ein alter Freund von ihm.«

Sie befanden sich auf der Rückseite der Kirche. Ferrati führte sie an Olivenbäumen vorbei durch eine Pforte zu einem vorgelagerten Gebäude, das an eine toskanische Villa erinnerte. Das Pfarrhaus. Ferrati betätigte den Türklopfer. Kurz darauf wurde das mächtige Portal geöffnet. Don Marcazzan, groß und dünn, schien sie zu erwarten. Lächelnd bat er sie einzutreten und führte sie in sein Arbeitszimmer. Wie viele große Menschen ging der Geistliche leicht gebückt, als wäre es ihm unangenehm, andere zu überragen. Seine Soutane war zu weit und schlotterte um den schmalen Körper. Entweder hatte er einen schlechten Schneider oder eine Krankheit, die ihn in Windeseile auszehrte. Auf einem runden Tisch standen eine Schale mit Gebäck und vier Tassen. Mit leiser Stimme, fast flüsternd, bat Don Marcazzan, Platz zu nehmen. Wenn Ferrati dem Geistlichen einen Teil seiner Stimmgewalt abgäbe, wäre allen gedient, dachte Nick. Eine Haushälterin, die tatsächlich eine weiße Schürze trug, brachte Kaffee und Tee. Ferrati und der Pfarrer unterhielten sich angeregt, aber Nicks fragenden Blick beantwortete Graziella mit einem entschiedenen Kopfschütteln. Es schien um nichts Weltbewegendes zu gehen, und sie war offenbar wild entschlossen, den kurzen Augenblick zu nutzen, um durchzuatmen und Kaffee zu trinken. Das gönnte ihr Nick von ganzem Herzen, aber einmal mehr wurde ihm seine Abhängigkeit bewusst. Hatte Graziella einmal entschieden, dass ein Gespräch unwichtig war, würde er dessen Inhalt nie erfahren. Das Bild, überlegte er, das er sich bis jetzt von der Organisation LUDWIG gemacht hatte, war allein durch Graziellas Übersetzung entstanden. Durch die Informationen, die sie für wichtig und mitteilenswert erachtete – und natürlich auch durch diejenigen, die sie wegließ, weil sie sie für unbedeutend hielt. Er fragte sich, wie sehr es sich wohl von dem Bild unterschied, das er sich gemacht haben würde, wäre er in der Lage gewesen, selbst die Akten zu lesen und Fragen zu stellen. Aber sein Vertrauen in Graziellas Fähigkeiten war gewachsen. Er war sich inzwischen fast sicher, dass das von ihr vermittelte Bild den Sachverhalt ziemlich genau traf. Auch wenn dieser äußerst widersprüchlich war. Eigentlich, musste er sich eingestehen, wurde es immer widersprüchlicher und unklarer, je mehr Informationen sie zusammentrugen. Es war genau so, wie Aki prophezeit hatte: Die Organisation LUDWIG, von der Solari in Vicenza gesprochen hatte, war eine völlig andere als diejenige, die hier in Verona zugeschlagen hatte. Würde sich aus all diesen unterschiedlichen Informationen jemals ein einheitliches Bild ergeben?

Der Pfarrer beugte sich über den Tisch und reichte Nick die Schale mit dem Gebäck. Seine leisen und eindringlichen Worte befand Graziella nun wieder für mitteilenswert: »Er sagt, du sollst unbedingt das mit dem Kakao probieren. Es ist ganz neu auf dem Markt, aber schon sein Lieblingsgebäck: *pan di stelle.* ›Sternenbrot‹.« Nick bedankte sich und nahm eines. Es schmeckte wirklich gut. »*Molto bello*«, sagte er. Der Pfarrer schien ihn verstanden zu haben, jedenfalls lächelte er freundlich. Langsam wurde es mit dem Italienisch, fand Nick, aber ein Blick in Graziellas spöttisches Gesicht ließ ihn sofort wieder zweifeln. Was zum Teufel war falsch an »*molto bello*«?

Da erhob sich Don Marcazzan und bat sie, ihm zu folgen. Er führte sie eine steinerne Treppe hinauf in einen großen, kargen Raum. Ein Bett stand darin, darüber hing ein Holzkreuz. Das schlichte Schlafzimmer eines Geistlichen. Eine Truhe und ein Schrank waren die einzigen weiteren Möbelstücke. Der Pfarrer führte sie zum Fenster, von dem aus man einen herrlichen Blick über den Fluss und auf das *centro storico* hatte. Aber sie waren nicht hier, um den Ausblick zu bewundern, das wurde sofort klar, als Don Marcazzan zu sprechen begann. »Er erzählt uns jetzt«, erklärte Graziella, »was er in jener Nacht, als die Torretta brannte, erlebt hat. Es war früher Morgen, halb fünf. Er hat im Bett gelegen und geschlafen. Und plötzlich weckt ihn ein Geräusch. Er ist sofort hellwach. Als er aus diesem Fenster schaut, sieht er in der

Dunkelheit eine Gestalt, die sich auf allen vieren auf das Pfarrhaus zubewegt. Zunächst glaubt er, dass es sich um ein Tier handelt.« Der Pfarrer hielt inne und starrte einen Moment lang schweigend aus dem Fenster. Dann sprach er stockend weiter, und Graziella übersetzte: »Eine Kreatur aus der Hölle, denkt er. Erst dann wird ihm klar: Es ist ein bis zur Unkenntlichkeit verbrannter Mensch.« Nach einer kurzen Pause fügte sie hinzu: »Wir sollen ihm folgen.« Don Marcazzan ging voran und führte sie die Treppe wieder hinunter, aus dem Pfarrhaus hinaus. »Hier, genau an dieser Stelle«, sagte Graziella, »hat die Gestalt gekauert. Jetzt erst erkennt er, dass es sich um einen jungen Mann handelt. Er hört ihn flüstern: ›Hilfe, Herr Pfarrer, die verbrennen uns!‹ Dann verlassen ihn die Kräfte. Doch der Pfarrer kommt nicht dazu, sich um den Jungen zu kümmern – dass er Aurelio Angeli heißt, erfährt er erst später –, denn ein furchtbarer Schrei ertönt. Als Don Marcazzan aufschaut, sieht er das Feuer in der Torretta.« Der Pfarrer führte seine Zuhörer am Ufer entlang in Richtung Turm, während er weiter erzählte: »Im Bauch des Turms, wo sich die Nachtlager der Obdachlosen und Drogensüchtigen befinden, lodern die Flammen. In diesem Moment stürzt sich lichterloh brennend eine menschliche Gestalt aus einer Fensteröffnung – wieder eine *torcia umana*«, kommentierte Graziella –, »und bewegt sich brüllend vor Schmerz auf das Ufer des Flusses zu. Aber Luca Martinotti, denn um ihn handelt es sich, erreicht das Wasser nicht, bricht nach wenigen Metern zusammen und stirbt qualvoll. Der Pfarrer kann nichts mehr für ihn tun.« Inzwischen hatten sie die Torretta erreicht.

Don Marcazzan zeigte auf eine Stelle am Fuß des Turms. Graziella übersetzte: »Dort bemerkt er eine weitere Gestalt, zusammengekauert auf einer der Treppenstufen. Es handelt sich um einen jungen Mann. Ein Ärmel seiner Jacke ist verbrannt, die Haarsträhne über seiner Stirn versengt, neben ihm auf dem Boden befindet sich eine merkwürdige Pfütze aus geschmolzenem Plastik. Diesen jungen Mann kennt der Pfarrer. Es handelt sich um den sechsundzwanzigjährigen Vittorio Salierno, einen verrückten Kerl, ›*una testa matta*‹, hat er gesagt«, fügte Graziella an, »mit dem Spitznamen *Centauro*, ›Zentaur‹, alkohol- und drogenabhängig, der in den Psychiatrien der Stadt ein- und ausgeht.«

»Der *Centauro*«, schaltete sich Ferrati nun wieder ein, »ist stadtbekannt. Der war immer schon ein armes Schwein, aber die Drogen haben ihn völlig fertiggemacht. In seinem jungen Alter ist er ein Wrack mit einem zerrütteten Gehirn.« Ferrati wandte sich nun an Nick. »Der Junge sitzt also am Tatort, mit versengtem Haar und verbrannter Kleidung. Was machen Sie da als Polizist? Zumal«, brüllte er weiter, ohne Nicks Antwort abzuwarten, »wenn Sie kurz darauf aus seiner Akte erfahren, dass er ein paar Tage vorher am selben Ort eine Matratze angezündet hat, um einen anderen Drogensüchtigen zu vertreiben, der den Schlafplatz belegte, den der *Centauro* für sich beanspruchte. Da werden Sie als Polizist doch wahrscheinlich hellhörig, richtig?«

»Richtig«, bestätigte Nick. »Ich würde wissen wollen, was er zu sagen hat.«

Genau so sei es auch gemacht worden, berichtete Ferrati. Der *Centauro* wurde stundenlang vernommen. Er redete sich um Kopf und Kragen und gestand schließlich die Tat. Sie haben ihn sofort ins Gefängnis gesteckt. Aber er war nicht der einzige Verdächtige. Zwei weitere Jugendliche wurden verhaftet. Einer von ihnen gestand, das Benzin, das andere vorher über den Schlafenden ausgeschüttet hätten, mit einem Streichholz entzündet zu haben. Es gab also plötzlich sogar zwei Geständnisse. Trotzdem mussten erst die beiden Jugendlichen und später, nachdem er sein Geständnis widerrufen hatte, auch der *Centauro* aus Mangel an Beweisen freigelassen werden. »Aber für uns«, sagte Ferrati und meinte damit sich und Capitano Massagrande, »war und blieb der *Centauro* der Täter. Massagrande hat damals wirklich alles getan, um ihn zu überführen. Dazu eine kleine Geschichte am Rande. Ich habe im Zuge meiner Recherchen mit einem Händler gesprochen, der seinen Stand auf dem Platz hatte, auf dem der *Centauro* immer herumstreunte, und der ihn gut kannte. Er hat mir erzählt, der *Centauro* hätte ihm bei seinem letzten Besuch einen kleinen Plastikpapagei gestohlen. Er hat ihn nicht einmal zur Rede gestellt, weil er wusste, dass es sinnlos war. Der *Centauro* hätte gar nicht verstanden, dass er einen Diebstahl begangen hatte, so vollgepumpt mit Drogen, wie er war.« Wie auch immer, als Ferrati Capitano Massagrande die Geschichte erzählte, marschierte der sofort los und kaufte solch einen Plastikpapagei. Ferrati war selbst anwesend, als Massagrande den Papagei verbrannte, um das geschmolzene Plastik mit der Pfütze zu vergleichen, die die Ermittler auf der Treppenstufe neben dem *Centauro* gefunden hatten. Die beiden Pfützen waren identisch.

»Und was war damit bewiesen?«, fragte Nick verwirrt.

»Eben gar nichts!«, rief Ferrati. »Ich will damit nur sagen, dass Massagrande alle Hebel in Bewegung gesetzt hat, wirklich alle, um dem *Centauro* die Tat nachzuweisen. Aber dem Staatsanwalt hat es nicht gereicht. Wie auch immer – ich bin fest davon überzeugt, dass mit dem *Centauro* der wahre Schuldige gefasst wurde. Und dass eine Organisation LUDWIG, wer immer das sein soll, mit der Sache nichts zu tun hatte. Übrigens auch nicht mit dem Tod von Guerrino Spinelli, dem ersten Mord, den LUDWIG für sich reklamiert hat. All diese Taten von 1977 an bis zum Brand in der Torretta im Mai 1981 sind meiner Meinung nach genau das, wofür die Ermittler sie gehalten haben: Morde im Drogen-, Prostituierten- und Strichermilieu. Ein armes Schwein hat das andere arme Schwein umgebracht. Und dann gab es noch eine dritte Partei, die kindische Bekennerschreiben mit Reichsadler und Hakenkreuz gebastelt hat, diese Verbrechen mit einem LUDWIG-Stempel versehen und für sich reklamiert hat. Die rechten Spinner, die Paranoiker, keine Ahnung, was mit denen los ist …« Graziella hielt erschöpft inne und schien, wenn Nick das richtig deutete, mehrmals nachzufragen. Nachdem Ferrati gestenreich geantwortet hatte, wandte sie sich an Nick. »Das ist jetzt der Punkt, wo er wieder auf seine Ausführungen über Drogen und politische Verbrechen zurückkommt ... Er sagt in etwa: Man macht doch nicht Jagd auf ein Phantom, wenn rings herum das ganze Land brennt. Verstehst du?«

»Ja«, sagte Nick, »so weit kann ich das nachvollziehen. Aber ab dem Mord an den beiden Padres auf dem Monte Berico haben wir es mit etwas anderem zu tun.« Graziella übersetzte, und Ferrati stimmte Nick zu. Ja, das sehe er auch so. Er habe sich zu wenig mit den späteren Fällen befasst, um sich da ein Urteil erlauben zu können, aber er habe auch das Gefühl, dass diese Fälle anders gelagert seien. Er schien noch etwas sagen zu wollen, verwarf dann aber den Gedanken und schwieg. Sie standen einen Moment lang unschlüssig vor dem ausgebrannten Turm, unter ihnen der bleierne Fluss – eine seltsame Touristengruppe, gestrandet auf ihrer Reise ins Herz der Finsternis.

Sie begleiteten Don Marcazzan zurück zu seinem Pfarrhaus. Als sie sich von ihm verabschiedeten, fielen Nick zwei Dinge ein, die er unbedingt noch fragen wollte. Er bat Graziella zu übersetzen: »Don Marcazzan, Sie haben doch sicher von den Morden an den Kirchenmännern in Vicenza und Trient gehört, die LUDWIG ebenfalls für sich reklamiert hat?«

Der Pfarrer nickte. Ja, das hatte er. Furchtbare Geschichte.

»Haben Sie dazu nähere Informationen? Oder kannten Sie die Opfer zufälligerweise persönlich?«

»Nein.«

»Und«, begann Nick vorsichtig, »ist Ihnen die Congregazione di Gesù Sacerdote in Vicenza ein Begriff? Da gibt es ja Gerüchte, die besagen ...«

Unmerklich straffte sich der Körper des Pfarrers. Kerzengerade stand er nun da und überragte Nick, der nicht eben klein war, um mindestens einen Kopf. Kühl sagte er: »Ich kenne die Gerüchte. Ich halte sie für bösartig und zum größten Teil frei erfunden. Haben Sie noch weitere Fragen?«

Nick wusste, dass die Unterredung damit beendet war. Mist, dachte er, diese Frage hätte ich zum Schluss stellen müssen. Aber so leicht wollte er nicht aufgeben und erkundigte sich noch danach, wie der Pfarrer die radikal-christlichen Passagen in den Bekennerschreiben einschätzte, Sätze wie »Unser Ziel ist der Tod derer, die den wahren Gott verraten«.

Das sei die Ausgeburt kranker Hirne, war die Antwort. Don Marcazzan schien nun wirklich ungeduldig zu werden, also beeilte sich Nick damit, Solaris Akte aus seiner Tasche hervorzukramen. Das Schwarz-Weiß-Foto von den beiden stehenden Toten. Er zeigte es Ferrati und dem Pfarrer. »Fällt Ihnen zu diesem Foto irgendetwas ein?«, fragte er. »Ein historischer Zusammenhang? Wer da abgebildet sein könnte?«

Aber nachdem sie das Foto eine Weile betrachtet hatten, schüttelten beide Männer den Kopf. Nein, dazu könnten sie leider nichts beitragen. Don Marcazzan verabschiedete sich hastig und verschwand in seinem Pfarrhaus. Während Ferrati sie zurück zum Wagen führte, erkundigte er sich, woher Nick das Foto hatte und in welchem Zusammenhang es mit den LUDWIG-Morden stand. Nick antwortete knapp und ausweichend. Er wollte Ferrati nicht zum Nachfragen ermutigen. Das schien zu funktionieren. Schweigend gingen sie nebeneinander her.

Erst als sie den Wagen fast erreicht hatten, blieb Ferrati unvermittelt stehen und wandte sich ihm zu: »Sie haben übrigens völlig recht damit, dass meine Einschätzung, was LUDWIG angeht, nur für die ersten Morde funktioniert. Für alles, was nach dem Brand in der Torretta kam, aber nicht mehr. Deshalb …« Er brach ab, schien einen Moment lang zu überlegen, ob es nicht besser wäre zu schweigen, doch dann sprach er weiter: »Ein Gedanke ging mir durch den Kopf … nachdem mir, ich habe es euch ja erzählt, eine sehr verlässliche Quelle von der Operation *Blue Moon* berichtet hatte. Da habe ich kurz überlegt, ob die kranken Hirne vielleicht an höherer Stelle sitzen.« Er sah Nick und Graziella nachdenklich an. »Denn wenn es tatsächlich Strategen gibt, die den Plan, ein ganzes Land mit Heroin zu fluten, für gut und sinnvoll halten, ist ihnen dann nicht auch zuzutrauen, dass sie noch einen Schritt weiter gehen und überlegen, was sie in ihrem Versuchslabor – denn als solches sehen sie Verona und ganz Oberitalien offenbar – noch alles anstellen könnten? Sie pumpen also ihre Laborratten mit Drogen voll und beobachten, was sie einander antun. Und wenn die Ratten sich dann gegenseitig massakrieren, versehen sie die Taten mit einem Nazi-Stempel und steigern die Paranoia so noch weiter. Sie zaubern in einer Umgebung, in der ohnehin schon Ausnahmezustand herrscht, eine weitere rechte Terrorgruppe aus dem Boden, die einen teuflischen Plan zu verfolgen scheint, den keiner versteht. Die Ratten werden noch unruhiger und ängstlicher, und wer von ihnen unter diesen Umständen immer noch Umsturzpläne verfolgt haben sollte, lässt sie nun endgültig ruhen. Das Experiment ist geglückt. Und die Strategen lachen sich tot.«

Als er seinen Vortrag beendet hatte, blickte er Nick und Graziella unsicher an. Auch ein Kugelblitz wie Ferrati, dachte Nick, offenbart also Momente des Zweifels. Der Moment war allerdings schnell vorbei, denn der Journalist machte eine Armbewegung, als wollte er alles eben Gesagte wegwischen, und rief: »Aber diese Überlegungen führen zu nichts. Sie helfen nicht weiter.« Nach einer kurzen Pause fügte er noch hinzu: »Das Beunruhigende ist allerdings, dass es bis jetzt die einzige Theorie ist, die das Gesamtphänomen LUDWIG halbwegs ... ich will nicht sagen: plausibel, aber doch irgendwie schlüssig erklärt.« Dann schloss er die Alfetta auf und schrie: *»Andiamo, ragazzi!«*

Auf dem Rückweg zur Kaserne bekam Ferrati mit, dass Nick und Graziella noch keine Unterkunft für die Nacht hatten. »Kein Problem«, sagte er und versprach, sich darum zu kümmern. Die Carabinieri an der Kaserneneinfahrt salutierten, als die Alfetta vorfuhr, und winkten sie durch. Der BMW müsse hier stehen bleiben, kommandierte Ferrati, sie sollten schon mal das Gepäck umladen, er kümmere sich um ihre Besucherpapiere. Er ließ sich von beiden die Ausweise geben und stürmte auf das Gebäude zu.

»*Dio mio!*«, stöhnte Graziella zum zweiten Mal heute. Ja, dachte Nick, der Mann ist anstrengend, und einen ganzen Nachmittag lang sein Gebrüll übersetzen zu müssen, ist es bestimmt auch. Andererseits hatte er das Gefühl, trotz aller Abschweifungen gut über die Situation in Verona informiert worden zu sein, besser vielleicht, als wenn sie mit Capitano Massagrande direkt gesprochen hätten, der sicher ein vielbeschäftigter Mann war und offensichtlich keine Zeit für sie hatte. Mit ein bisschen Abstand, und ohne das wirklich begründen zu können, glaubte er sogar, dem Wesen der Gruppe LUDWIG einen Schritt näher gekommen zu sein, obwohl objektiv betrachtet alles nur noch verwirrender geworden war. Dieses Gefühl hatte mit Verona zu tun. Je länger er über alles nachdachte, desto überzeugter war er, dass hier, in dieser Stadt, der Schlüssel zu LUDWIG verborgen lag. Sie hatten das Gepäck gerade umgeladen und eine Zigarette angezündet, da kam Ferrati auch schon zurück und reichte ihnen ihre Ausweise und die Papiere, die sie vorzeigen mussten, wenn sie zu ihrem Auto wollten. »Auf geht's! Weiter!«

Kaum war die Alfetta vom Hof geglitten und um die nächste Ecke gebogen, hatte Nick die Orientierung auch schon wieder verloren. Er hatte keine Ahnung, wohin sie sich bewegten, aber er begann sich daran zu gewöhnen, die Dinge einfach geschehen zu lassen.

Ferrati stieg plötzlich auf die Bremse und zeigte auf eine Bar am Straßenrand: »Nehmt einen Aperitif und wartet dort auf mich.« Kaum waren sie ausgestiegen, raste er davon.

Die Bar und der Wirt waren klein und alt und die Tische aus Plastik. Italienische Schlager im Radio. Graziella bestellte einen Campari Orange und Nick ein Bier. Nachdem sie eine Weile schweigend an ihren Drinks genippt hatten, sagte Graziella unvermittelt: »Das mit deiner Frau tut mir leid, Nick, ehrlich. Und ich wollte dich und deine Gefühle ganz bestimmt nicht verletzen oder mich irgendwie über dich … lustig machen. Darum ging es überhaupt nicht …«

»Worum ging es dann, Graziella? Ich verstehe einfach nicht, was da plötzlich …«

»Es ging ganz allein um mich …«, sagte Graziella, »um mich und mein Leben.«

»Geht's ein bisschen genauer?«

Graziella legte den Kopf zurück und blickte einen Moment lang zur Decke, als erwartete sie von dort eine Eingebung, dann sagte sie: »Ich glaube, ich hab es selbst noch nicht ganz verstanden. Also hab noch ein bisschen Geduld mit mir, ja?«

Eine halbe Stunde später stürmte Ferrati herein, eine blonde Dame um die fünfzig im Schlepptau. Sie wirkte hastig frisiert und atemlos, lächelte aber freundlich und reichte beiden die Hand. Sie bestellte einen Cynar und rauchte Chesterfield. Graziella schien gar nicht auf die Idee zu kommen, das Gespräch zu übersetzen. Nicht einmal den Namen der Dame bekam er mit. Ihm war es recht. Die Musik aus dem Radio, das Stimmengewirr und hin und wieder das Zischen der Espressomaschine erzeugten zusammen mit dem Bier die Illusion von Normalität. Überhaupt das Bier. Nick bestellte gleich ein zweites. Er musste es dann herunterkippen, denn Signora Chesterfield drängte plötzlich zum Aufbruch. Während sie die Bar verließen, versorgte Graziella ihn hastig mit den wichtigsten Informationen: »Die Dame ist eine Nachbarin von Ferrati. Ihr Onkel, Besitzer einer Wohnung im *centro storico*, ist vor Kurzem gestorben. Wir dürfen in der Wohnung übernachten, so lange wir wollen.«

»Schön, manchmal fügen sich die Dinge.«

»Ja«, sagte Graziella, »allerdings müssen wir uns dafür auch um die Wohnung kümmern.«

»Kann ja nicht so schwierig sein«, meinte Nick. »Oder ist sie in der Pubertät?«

Zu viert rasten sie in der Alfetta um ein paar Ecken, und auf einmal schrie Ferrati: *»Ecco, Piazza delle Erbe!«* Er reichte Graziella seine Karte und brüllte so lange *»Ciao!«*, bis alle ausgestiegen waren, dann fuhr er davon. Die Dame lächelte und ging voran. Sie folgten ihr durch Gassen, die immer finsterer wurden. Ausgemergelte Gestalten drückten sich scheu in Ecken und Winkel. Wenn man sie ansah, senkten sie sofort den Blick, als hofften sie, dadurch unsichtbar zu werden. Die lebenden Toten, von denen Ferrati gesprochen hatte. Überall lagen Spritzen und blutige Papiertaschentücher herum. Es roch nach Urin. Signora Chesterfield schien von alldem nichts mitzubekommen. Unaufhörlich lächelnd lotste sie ihre Gäste durch immer schmalere Gassen und immer größeres Elend, bis sich vor ihnen ein kleiner Platz auftat, in dessen Mitte sich ein steinerner Brunnen befand. Während die Dame stehen blieb und Graziella etwas zu erklären schien, beobachtete Nick die Gestalten, die allein oder in kleinen Gruppen herumstanden, manche schwankten, als hätten sie jegliche Kontrolle über ihren Körper verloren. Ein junges Paar, noch keine zwanzig, lehnte mit dem Rücken am Brunnen. Sie war schon völlig weggetreten, er fummelte an dem Stofffetzen herum, mit dem ihr Arm abgebunden war. Signora Chesterfield wies lächelnd auf den Brunnen, und Graziella erklärte: »Das ist der berühmte *Pozzo dell'Amore*, der ›Liebesbrunnen‹. Es gibt auch eine Legende dazu, aber die erzählt sie uns ein andermal. Erst will sie uns die Wohnung zeigen.«

Eine steinerne Außentreppe führte zum Hauseingang hinauf. Darunter lagerte ein Junkie. Nur seine Beine waren zu sehen, die Socken waren dreckig. Die Signora öffnete die Haustür. Im Treppenhaus war es kalt und roch modrig. Die Wohnung befand sich im obersten Stock. Während die Dame die Tür aufschloss, erzählte sie, dass ihr Onkel sehr zurückgezogen gelebt habe. Die Gesellschaft seiner Tiere sei ihm lieber und wichtiger gewesen als die von Menschen. »Kommen Sie herein. Und nicht erschrecken!« Die Wohnung war groß und bestand zu einem wesentlichen Teil aus Terrarien, in denen der verstorbene Onkel Schlangen, Skorpione und Vogelspinnen gehalten hatte. In jedem Zimmer befanden sich mindestens zwei Glaskästen unterschiedlicher Größe. »Die Landschaften darin«, sagte Graziella, »hat der Onkel selbst gebastelt.« Die Dame führte sie ins Wohnzimmer. Hier stand nur ein Terrarium, aber das war riesig. Es füllte fast die ganze Wand aus. An der Behausung für den Königspython, erklärte sie, habe der Onkel fast zwei Jahre lang gebaut. Aber die Mühe habe sich gelohnt. Fanden auch Nick und Graziella. Das Ergebnis war beeindruckend. Beeindruckend durchaus, sagte die Signora und führte sie weiter durch die Wohnung, aber leider auch kompliziert. Ihr Onkel war nämlich plötzlich gestorben. Herzversagen. Von einem Tag auf den anderen war sie für die Wohnung und die Tiere verantwortlich gewesen. Die Wohnung würde sie gern vermieten, aber so war das kaum möglich. Natürlich hatte sie sich sofort darum gekümmert, einen neuen Besitzer für die Reptilien zu finden, aber auch das gestaltete sich schwierig. Jedenfalls hatte sie bis jetzt noch keine befriedigende Lösung gefunden. In der Zwischenzeit mussten die Tiere aber weiter versorgt werden. Und sich als Laie in die Welt der Reptilien einzuarbeiten, war nicht ohne. Sie hatten es, zum Beispiel, gerne warm. Die Thermostate mussten regelmäßig überprüft werden, denn zur Überhitzung durfte es auch nicht kommen. Bestimmte Schlangen, Kornnatter und Königspython beispielsweise, brauchten Lebendfutter, das bedeutete, dass der Nachschub an Mäusen und jungen Ratten sichergestellt sein musste. Das übernahm eine Zoohandlung um die Ecke, einmal die Woche kam eine Lieferung. Im Moment hielten die Schlangen zwar noch Winterschlaf, aber der Frühling rückte näher. Zum Glück hatte der Onkel sehr genau Buch geführt und Listen angelegt, denen zu entnehmen war, welches Tier welches Futter wann zu bekommen hatte und welche Temperatur in den jeweiligen Terrarien tagsüber und nachts zu herrschen hatte. Sie habe die Aufgaben nicht ungern übernommen, sei aber ehrlich gesagt durchaus froh, sie nun für eine gewisse Zeit abgeben zu können. Ob sie denn schon wüssten, wie lange sie in Verona bleiben würden?

Nick und Graziella sahen einander an. »Vielleicht gar nicht so lange«, sagte Nick, »was meinst du?«

Graziella fand das auch, und als sie es der Signora sagte, wirkte die zunächst ein wenig enttäuscht, fasste sich aber schnell wieder. Nach einer Stunde waren Nick und Graziella mit den wichtigsten Aspekten der Reptilienhaltung vertraut und hatten für den Notfall eine Telefonnummer, unter der sie die Signora Tag und Nacht erreichen konnten. Die Dame drückte Graziella die Schlüssel in die Hand, wünschte ihnen einen angenehmen Aufenthalt und verabschiedete sich lächelnd.

»Was meinst du?«, fragte Nick, als sie gegangen war.

Graziella zuckte mit den Schultern. »Bei uns auf dem Land hätte man solche Viecher mit Terpentin überschüttet und angezündet, aber wenn's sein muss, füttere ich sie auch.« Sie schien sich in der Gesellschaft von Vogelspinnen, Skorpionen und Schlangen weniger unwohl zu fühlen als in Solaris Wohnung. Sich mit Nick das Schlafzimmer zu teilen, war insofern kein Thema. Graziella bezog ein kleines, aber helles Zimmer am Ende des Flurs, in dem zwei Skorpione und eine Schlange lebten, deren Namen Nick bereits wieder vergessen hatte. Er räumte seine Sachen in einen Schrank, der nach Mottenpulver roch. Dann setzte er sich ans Fußende des Bettes und beobachtete seinen neuen Mitbewohner, den Leguan.

XIII. STADT DER LEBENDEN TOTEN

Ein Wohngebiet, nach dem Krieg hochgezogen, aber weitläufiger und freundlicher, als Nick es sich vorgestellt hatte. Am Ende der Via Taormina stand, wie ein Riegel quer zur Straße, eine Kirche. Das Haus Nummer 9 war ein vierstöckiger Wohnblock. Balkone mit Markisen davor. Hier war Guerrino Spinelli in seinem Alfa Romeo verbrannt. Nick hatte sich auch diesen Tatort anschauen wollen. Nun hatte er ihn gesehen.

»Und jetzt?«, fragte Graziella.

Ja, was jetzt? Darüber hatte er schon gestern nachgedacht, während er auf dem Bett vor dem Leguan gesessen hatte. Was jetzt? Sie hatten nun alle Taten der Organisation LUDWIG zusammengetragen, eine grausiger als die andere, und die unterschiedlichsten Theorien über die Täter gehört. Bis hin zu der Vermutung, dass LUDWIGs Untaten einzig und allein darin bestünden, sich schriftlich zu Verbrechen zu bekennen, die die Gruppe nicht begangen hatte. All diese Überlegungen waren mehr oder weniger plausibel, aber Nick hatte inzwischen das Gefühl, dass sie ihn immer weiter wegführten von seiner eigentlichen Aufgabe. Denn irgendwer hatte am 7. Januar zwei braune Reisetaschen mit Benzin ins Liverpool in der Schillerstraße geworfen und entzündet, um die dort anwesenden Personen zu töten und den Laden in Schutt und Asche zu legen. Vanessa schwebte noch immer in Lebensgefahr. Das waren unumstößliche Tatsachen, alles andere war Spekulation. Nick war es völlig egal, ob die Täter rechte Paranoiker waren, ob sie sich an Kinderschändern rächen oder ihr Revier im Rotlichtviertel vergrößern wollten. Auch egal war, ob sie Deutsche oder Italiener waren und ob sie Ludwig oder Zigeuner-Heinz oder sonst wie hießen. Wichtig war nur eines: Er wollte sie kriegen und ihnen das Handwerk legen. Darum ging es. Und jetzt, hier in der Via Taormina, fühlte er sich von diesem Ziel sehr weit entfernt. Er wusste weder, nach wem, noch, wo er suchen sollte. Das war, nachdem sie so viele Akten studiert und Gespräche geführt hatten, ein ziemlich niederschmetternder Befund.

»Jetzt gehen wir erst mal essen«, sagte Nick, denn es war Mittagszeit, und er kannte Graziella inzwischen gut genug, um zu wissen, dass sie Hunger hatte. Also fuhren sie über den Corso Milano zurück in Richtung Zentrum und hielten vor dem nächstbesten Restaurant. »Ich habe mit Matteo gesprochen«, begann Graziella, als ihr größter Hunger gestillt war, »dem geht es gut, er ist versorgt.«

»Schön, freut mich.«

»Es geht darum, dass … Ich will einfach so viel Geld mit nach Hause nehmen wie möglich. Jetzt werde ich noch bezahlt, aber in München steh ich erst mal ohne Arbeit da. Also lass uns das hier noch ein bisschen rauszögern, Nick, ja?«

»Das wird nicht unendlich lange …«

»Soll's ja auch nicht. Aber ein bisschen noch. Komm, das bist du mir schuldig.«

Da hatte sie natürlich recht. Sie einigten sich schließlich darauf, das morgige Gespräch mit Capitano Massagrande abzuwarten. Sollten sich daraus keine neuen Erkenntnisse ergeben, wovon Nick momentan ausging, wollten sie noch genau eine Woche in Verona bleiben. Wenn sie dann immer noch nicht weitergekommen waren, würden sie nach München zurückfahren.

»Klingt vernünftig«, fand Graziella.

Nach dem Essen stellten sie den BMW auf dem Kasernenhof ab und gingen zu Fuß nach Hause. Sie hatten beobachtet, dass morgens weniger Junkies unterwegs waren. Inzwischen waren sie alle wieder aus ihren Löchern gekrabbelt. Vor dem Liebesbrunnen stand ein ganzer Trupp. Die jungen Leute schienen sich zu streiten. Als Nick sich bei Graziella erkundigte, worum es ging, winkte sie ab. Verwaschene Aussprache, sie habe kein Wort verstanden.

Als die Geschäfte nach der Siesta wieder öffneten, bummelten sie durch die Stadt. Haus der Giulietta, Arena – und überall Junkies. Lebende Tote in jeder Gasse. Es war furchterregend.

Am Abend versorgten sie die Tiere. Die Aufzeichnungen des verstorbenen Onkels waren dabei tatsächlich eine große Hilfe. Uneins waren sie nur darüber, ob der Königspython und die Kornnattern, die ja noch Winterschlaf hielten, gefüttert werden sollten oder nicht. Graziella fand, lieber einmal zu viel als zu wenig, und steckte den Kornnattern zwei Mäuse und dem Königspython eine Ratte zu. Die Frage war, ob sie überhaupt reagieren würden. Und tatsächlich: Es dauerte ein bisschen, aber dann kamen die Tiere aus ihren Verstecken. Graziella stellte Stühle vor die Terrarien, und sie sahen den Schlangen beim Jagen zu.

»Besser als fernsehen«, sagte sie.

Und sie hatte recht. Es war ein faszinierendes Schauspiel. Mit einer pfeilschnellen Bewegung schossen die Köpfe vor, und die Schlangen bissen sich an ihrer Beute fest. Dann wickelten sie sich um die Körper der Säugetiere und erstickten sie. Graziella erinnerte sich, irgendwo gehört zu haben, dass sie dabei solche Kräfte entwickelten, dass die Organe des Beutetiers durch den Druck platzten. Als die Vorstellung zu Ende war, war es spät geworden, und sie beschlossen, schlafen zu gehen. Mitten in der Nacht hörte Nick Graziella schreien, doch gerade als er aufstehen und nach ihr sehen wollte, kehrte wieder Ruhe ein. Der Albtraum war vorbei.

Um kurz nach drei am nächsten Tag bat Capitano Massagrande sie freundlich und zuvorkommend in sein Büro. Er drückte sich etwas knapper und sachlicher aus, bestätigte aber im Wesentlichen Ferratis Sicht der Dinge. LUDWIG existiere wenn überhaupt, dann nur als Verfasser der Bekennerschreiben. Die Taten selbst hätten andere begangen. Drogenabhängige, Stricher und so weiter. Diejenigen eben, die die Kollegen in Padua, Vicenza und Venedig als Tatverdächtige ermittelt hätten und die dann, wie in seinem Fall hier in Verona, aus Mangel an Beweisen wieder hätten entlassen werden müssen. Aber die Polizeiarbeit sei in allen Fällen sauber und sehr professionell gewesen. Nichts, aber auch gar nichts habe auf einen anderen Täter oder gar eine »Organisation« hingedeutet. Auch beim tragischen Tod von Luca Martinotti nicht. Der *Centauro*, erklärte er, sei der Täter. Das stand für ihn noch immer fest. Wie es sich mit den Morden an den Kirchenleuten und den Anschlägen in Mailand und München verhalte, könne er nicht beurteilen. Aber auch im Bekennerschreiben zum Liverpool-Attentat habe sich LUDWIG doch zu einem Anschlag bekannt, den die Gruppe mit Sicherheit nicht begangen habe – dem auf das Casa Rosso in Amsterdam nämlich. Das sei doch ein ziemlich klarer Beweis dafür, dass sich hier jemand, warum auch immer, mit fremden Federn schmücke. Nick erkundigte sich, ob er eine Theorie habe, wer diese Leute seien und welches Motiv sie haben könnten. Massagrande glaubte, dass es sich um rechtsgerichtete Jugendliche handle, die sich einen Spaß daraus machten, Nazi-Grusel zu verbreiten und die Öffentlichkeit an der Nase herumzuführen. »Halbstarkenhumor« nannte er das. So wie Ferrati glaubte auch er, dass sie aus Verona oder der näheren Umgebung kämen. Auf Nicks Frage, wie diese Leute an die Seriennummer des Weckers gekommen sein sollten, der in einer der Reisetaschen im Liverpool gefunden worden sei, erklärte Massagrande, darauf habe er keine Antwort. Es sei auch nicht seine Aufgabe, die zu finden. Noch mal: Er trenne die ersten fünf Taten ganz bewusst vom Rest des LUDWIG-Komplexes ab. »Keine Ahnung, was danach war«, übersetzte Graziella, »aber was die ersten Taten angeht, verhält es sich so, wie ich gesagt habe.«

Nick bat Graziella nachzufragen, was der Capitano ihm, dem deutschen Kollegen, raten würde. »Wo würde er denn ansetzen, wenn er im Liverpool-Fall ermitteln müsste?«

»In der Nachbarschaft des Liverpool«, lautete die knappe Antwort. Massagrande schielte verstohlen auf die Uhr. Er war ein höflicher, aber auch ein vielbeschäftigter Mann, und Nick wusste, dass die Unterredung vorbei war. Also holte er das Schwarz-Weiß-Foto hervor und reichte es Massagrande über den Tisch. Der Capitano betrachtete es lange. »Ein eigenartiges Foto«, sagte er schließlich, »die sehen aus, als wären sie tot.« Mehr konnte er dazu aber auch nicht beitragen.

Das Gespräch hatte keine halbe Stunde gedauert. Als sie aus der Kaserne traten, regnete es. Graziella holte einen Knirps aus ihrer Handtasche, den sie entfaltete und Nick in die Hand drückte. Sie hakte sich bei ihm unter, und so gingen sie langsam durch den immer stärker werdenden Regen. Lange schwiegen sie, dann sagte Nick:

»Wir haben also noch eine Woche Zeit, was fangen wir damit an?«

Gemeinsam überlegten sie, ob sie bei ihrer Suche nach LUDWIG etwas übersehen hatten. Gab es in Italien noch irgendeine Spur, der sie nicht gefolgt waren, oder einen möglicherweise interessanten Gesprächspartner, mit dem sie noch nicht geredet hatten? Hatten die italienischen Ermittler irgendetwas übersehen, dem sie nachgehen mussten? Aber als der trübe Nachmittag allmählich in den Abend überging, war ihnen noch immer nichts eingefallen.

»Irgendwas werde ich Aki sagen müssen.«

»Erst mal sollten wir etwas essen«, sagte Graziella.

Also holten sie sich zwei Pizzen und eine Flasche Wein und gingen, vorbei an den lebenden Toten, die in den Gassen Schutz vor dem Regen suchten, nach Hause. Sie schalteten in allen Terrarien die UV-Beleuchtung an, damit die Tiere etwas Abwechslung hatten. Außerdem, fand Graziella, war das Licht angenehm gruselig, weshalb sie darauf bestand, dass alle anderen Lichter aus blieben, auch in der Küche, in der zwei Molche und eine Vogelspinne lebten. Sie aßen und tranken Wein dazu. Im Anschluss versorgte Graziella die Tiere und überprüfte die Thermostate. Nick hörte sie in der Wohnung herumfuhrwerken und zündete sich eine Zigarette an. Er öffnete das Küchenfenster. Der Regen klatschte aufs Fenstersims. Im Hauseingang gegenüber meinte er, das Junkie-Pärchen wiederzuerkennen, das gestern am Liebesbrunnen gesessen hatte. Beide waren völlig durchnässt. Sie hatte eine verdreckte Mullbinde in der Hand. Ihre Bewegungen waren derart verlangsamt, dass Nick einen Moment brauchte, um zu begreifen, dass sie offenbar versuchte, ihrem Freund das Handgelenk zu verbinden.

»Sie haben alle gut gegessen.« Graziella trat zu Nick ans Fenster und ließ sich eine Zigarette geben. Sie rauchten und beobachteten, wie sich drei Gestalten mit unsicheren Schritten auf das Pärchen zubewegten. Sie steckten dem Mädchen etwas zu und diskutierten lautstark. Dann gingen zwei von ihnen weiter und die dritte Gestalt half dem Mädchen, den jungen Mann vom Boden hochzuziehen. Er konnte sich kaum auf den Beinen halten. Sie nahmen ihn in die Mitte und stolperten durch den Regen wie zwei Soldaten, die ihren verwundeten Kameraden vom Schlachtfeld trugen.

»Stell dir mal vor«, sagte Graziella, »einer von denen wäre dein Sohn.«

Da überkam Nick eine große Sehnsucht nach Jo. Am liebsten hätte er alles stehen und liegen gelassen und sich sofort auf die Suche nach ihm gemacht. Er ging zum Tisch und schenkte Wein nach. Die Anspannung der letzten Tage schien mit einem Mal abzufallen, was aber keine Erleichterung brachte, sondern nur große Leere. Und das Bedürfnis, seinen Sohn zu sehen.

»Schau mal.« Im Bücherregal des Onkels hatte Graziella eine Stadtgeschichte Veronas gefunden. Darin enthalten war auch die Legende vom Liebesbrunnen, die Signora Chesterfield dann doch vergessen hatte zu erzählen. »Die Geschichte hat sich zwischen 1509 und 1516 zugetragen, zu der Zeit, als französische und deutsche Truppen die Stadt besetzt hatten«, sagte Graziella, nachdem sie den kurzen Text etwa eine Stunde lang studiert hatte. So war es Nick zumindest vorgekommen. »Die Kurzfassung geht so: Corrado von San Bonifazio, ein junger Soldat, hatte sich unsterblich in eine gewisse Isabella aus dem Hause Donati verliebt. Sie hat seine Liebe aber nicht erwidert, obwohl er nichts unversucht ließ. Sie wollte ihn einfach nicht erhören. An einem kalten Wintertag begegneten sich die beiden zufällig in einem Hof bei der Kirche San Marco, wo der Brunnen steht. Müde von seinem vergeblichen Liebeswerben sagte der Soldat zu der jungen Frau, dass sie ihm vorkommt, als wäre sie aus Eis und genauso kalt wie das Wasser im Brunnen. Isabella befahl dem jungen Mann, sich in den Brunnen zu stürzen und zu prüfen, ob das Wasser wirklich so eisig war, wie er glaubte. Der verzweifelte Corrado gehorchte und stürzte sich in den Brunnen. Als Isabella, die tief in ihrem Herzen den Soldaten natürlich doch liebte, sah, was ihre Worte angerichtet hatten, folgte sie ihm und verschwand im Brunnen – für immer vereint mit ihrem Geliebten. Die ganze Stadt hörte die traurige Geschichte, und niemand ging mehr an dem Brunnen vorbei, ohne an das unglückliche Liebespaar zu denken.«

Isabella und der Soldat Corrado, das unglückliche Liebespaar. Nick fragte sich, ob es dem Junkie-Mädchen inzwischen wohl gelungen sein mochte, seinem Freund den Arm zu verbinden, und Graziella nahm einen Schluck Wein. »Wie viel Leid man sich ersparen könnte, wenn man dem anderen einfach sagen würde, dass man ihn liebt.«

»Ich weiß nicht, ob das immer eine gute Idee ist«, sagte Nick. »Manchmal ist es besser, man behält die Dinge für sich.« Nach einer kurzen Pause fügte er hinzu: »Wahrscheinlich ist es aber auch egal, denn Liebesgeschichten gehen immer tragisch aus.«

»Nur die, die erzählt werden«, sagte Graziella. »Es gibt viele glückliche, aber die erzählt keiner.«

»Weil sie meist in einer unglücklichen Ehe enden. Und solche Geschichten will wirklich niemand hören.«

»Du bist ja ein echter Romantiker.«

»Hast du jemals eine glückliche Liebesgeschichte erlebt?«

»Immer nur den Anfang. Bis zum Abspann bin ich nie gekommen.«

»Siehst du.«

»Aber ich bin ja noch jung.« Ein scheues Lächeln. Sie fischte eine HB aus der Packung. Er gab ihr Feuer. Auf der Gasse zankten sich die Junkies.

»Warum wolltest du nicht mehr nach Italien zurück?«, fragte Nick.

»Weil ich jahrelang in der Angst gelebt habe, dass sie mich umbringen, sobald ich einen Fuß ins Land setze.«

»Sie?«

Graziella sah ihn unsicher an. »Das Dorf, in dem ich aufgewachsen bin …« Sie brach ab, sah schweigend zu Boden. Graziella schien um die richtigen Worte zu ringen, und Nick glaubte plötzlich, dass jetzt der Moment gekommen sei. Gleich würde er den Grund für ihr rätselhaftes Verhalten im Auto erfahren.

Mit leiser Stimme berichtete Graziella von dem Dorf, in dem sie ihre Kindheit und Jugend verbracht hatte, von den steilen Wegen, im Sommer staubig, im Winter voller Schlamm und kaum passierbar. Von den giftigen Vipern, deretwegen man immer dicke Schuhe tragen und einen Stock bei sich haben musste, mit dem man auf den Boden schlug, um sie zu verscheuchen. Sie erzählte, wie die Frauen nach der Knoblauchernte vor den Häusern saßen, die Knollen säuberten und zu Zöpfen flochten. »In meiner Erinnerung ist die Welt, aus der ich komme, dunkel und brutal. Für

Mädchen wie mich war es nicht wichtig, in die Schule zu gehen. Wir sollten nicht lesen und schreiben lernen, sondern mussten wissen, wie man Hühner rupft und Käse macht. Ich habe die Kirchenglocken noch im Ohr. Und das Knallen der Gewehrschüsse, wenn die Männer im Wald jagten. Die Glocken läuteten ständig. Entweder um zur Messe zu rufen oder um den Tod eines Gemeindemitgliedes zu verkünden. Menschen und Tiere starben andauernd. Zweimal die Woche kam der Pfarrer aus dem Tal herauf. Im August, am Gedenktag der heiligen Maria, zog das ganze Dorf, vom Pfarrer angeführt, in einer Prozession den steilen Berg hinauf. Vier Männer trugen die schwere Marienstatue auf den Schultern zur Kapelle Santa Maria della Neve. Dort trafen wir uns mit den Leuten vom Dorf aus dem Nachbartal und feierten gemeinsam die Messe. Danach wurde gegessen, und dann, wenn die Männer betrunken waren, versammelten sie sich vor der Kapelle und prügelten aufeinander ein. Jedes Jahr war das so. Mit neunzehn war ich verlobt mit einem netten, fröhlichen Kerl, der anfangs nur gewalttätig wurde, wenn er betrunken war. In einer Sommernacht, ich weiß noch, es waren viele Glühwürmchen unterwegs, habe ich plötzlich mein ganzes Leben vor mir gesehen. Ich wusste, sobald ich verheiratet war, würde mein Mann immer öfter trinken und immer schneller zuschlagen. Ich würde die Kinder großziehen, mich um die Tiere und den Knoblauch kümmern und *Donne rurali* lesen, diese Zeitschrift, die ich dir gezeigt habe, die bei uns alle Frauen lasen. Wenn ich dieses Leben nicht führen wollte, musste ich gehen, und zwar für immer. Ich musste bereit sein, meine Familie zu verlassen und meine Eltern nie mehr wiederzusehen. Denn wenn ich zurückkommen würde, würden mich mein Verlobter und seine Freunde umbringen, weil ich seine Ehre beschmutzt hatte. Kurz vor meinem zwanzigsten Geburtstag war ich so weit. Ich habe eine Tasche mit dem Allernötigsten gepackt, habe sie im Wald versteckt und gesagt, dass ich mich krank fühle und zum Arzt unten im Tal muss. Dann bin ich in den Bus gestiegen, zuerst nach Genua, wo ich festgestellt habe, dass ich schwanger war, und von da aus, mit einem Jungen, der Silberschmuck verkaufte, weiter nach München.« Graziella trank einen Schluck Wein und sagte nach einer kurzen Pause wie zu sich selbst: »Ja, so war das … Und es gibt noch immer Momente, in denen ich mich ernsthaft frage, ob ich die richtige Entscheidung getroffen habe. Denn mein Leben danach war kein bisschen leichter. Es war einfach nur auf eine andere Art schwierig.«

Ungeduldig wartete Nick darauf, dass sie weiterredete, aber Graziella starrte nur schweigend vor sich hin.

»Diese Albträume«, fragte er also, »kommen die daher?«

»Die hatte ich jahrelang. Und irgendwann waren sie plötzlich verschwunden.«

»Seit wann sind sie wieder da?«

»Seit wir in Italien sind.« Sie zuckte ratlos mit den Schultern. Ihr Gesicht, vom UV-Licht aus der Dunkelheit herausgelöst, schien im Raum zu schweben.

»Und der Junge mit dem Silberschmuck?«

»Der war nett, aber niemand, mit dem man als Frau ein Kind großzieht. Außerdem war er links.« Und dann sagte sie: »So, und jetzt bin ich müde.«

»Deine Reaktion auf meine Erzählung im Auto«, sagte Nick schnell, »die hatte was mit dieser Geschichte zu tun, richtig?«

Graziella schien scharf nachzudenken, dann sagte sie: »Ich glaube schon … doch, bestimmt.« Sie stand auf. »Mit der Kindheit hat ja irgendwie alles zu tun, oder nicht? Gute Nacht, Nick, schlaf gut.«

»Du auch.«

Sie verließ die Küche. Er hörte ihre Schritte auf dem Flur, dann das Knarzen der Tür, als sie in ihr Zimmer ging. Nick blieb sitzen und rauchte noch eine Zigarette. Er war enttäuscht und unzufrieden. Aber das hatte nicht nur mit Graziella und der noch immer ungeklärten Situation im Auto zu tun, sondern auch mit den stockenden Nachforschungen zur Gruppe LUDWIG. Wie, verdammt noch mal, sollte er Aki gegenüber begründen, dass sie noch länger in Verona bleiben wollten? Mit dem vagen Gefühl, dass hier der Schlüssel zum Fall LUDWIG liegen könnte? Aki würde ihn zu Recht auslachen. Du musst dir etwas einfallen lassen, dachte Nick. Dann löschte er alle UV-Lichter in den Terrarien, sagte dem Leguan Gute Nacht und ging ebenfalls schlafen.

»Nick, wach auf!« Graziella stand an seinem Bett. Sie hatte sich offenbar hastig einen Pulli übergeworfen, darunter hing das Nachthemd heraus. Nick brauchte einen Moment, um sich zurechtzufinden. »Was ist denn los?«

»Zieh dich an«, sagte Graziella.

Während er aus dem Bett stieg, hörte er die Geräusche, schwer einzuordnen, Schläge vielleicht, dann schrie jemand.

»Das kommt aus dem Treppenhaus«, flüsterte Graziella. »Beeil dich.«

Er schlüpfte in seine Hose und warf eine Jacke über. Das Treppenhaus war dunkel. In den unteren Stockwerken herrschte Unruhe. Getrampel, gedämpfte Stimmen, es klang, als würde etwas über den Boden geschleift. Graziella wollte den Lichtschalter drücken, aber Nick hielt ihren Arm fest und schüttelte den Kopf.

Er ging voran und tastete sich Stufe für Stufe die Treppe hinunter. Graziella hielt sich dicht hinter ihm. Seine Augen gewöhnten sich an die Dunkelheit, und je weiter sie nach unten kamen, desto heller wurde es, auf der Gasse vor dem Haus stand eine Straßenlaterne. Sie waren im dritten Stock angekommen. Eine Wohnungstür stand offen. Auf dem Treppenabsatz davor kauerte eine Gestalt. Sie wimmerte leise – und fuhr, von ihren Schritten alarmiert, plötzlich herum. Erstaunlich flink stand sie auf den Beinen. Sie hatte ein Metallrohr in der Hand und schrie so laut, dass Nick vor Schreck zusammenzuckte. Die Frau war jung, und sie war in Panik. Graziella trat vor und versuchte sie zu beruhigen, was ihr schließlich auch gelang. Die Frau ließ das Metallrohr sinken. Plötzlich zitterte sie am ganzen Körper. Da wurde die Wohnungstür weiter aufgeschoben. Ein kleines Mädchen, vielleicht fünf Jahre alt, stand verängstigt auf der Türschwelle: »Mama?« Die Frau schloss das Mädchen in die Arme und strich ihm beruhigend über den Kopf. Sie sagte etwas in Nicks und Graziellas Richtung. Während sie mit dem Mädchen in der Wohnung verschwand, erklärte Graziella: »Wir sollen reinkommen und unbedingt die Tür hinter uns schließen.«

»Was ist hier los?«, fragte Nick.

»Lass uns reingehen. Sie wird es uns schon sagen.«

»Psst!« Nick legte den Finger auf die Lippen und lauschte. Aus den unteren Stockwerken drangen noch immer merkwürdige Geräusche, Getrampel und gedämpfte Stimmen herauf. Einen Moment lang standen Nick und Graziella unschlüssig im Treppenhaus. Dann folgten sie der Frau in die Wohnung. Nick schloss die Tür und vergewisserte sich, dass sie auch wirklich zu war. »Wir sollen in der Küche auf sie warten«, flüsterte Graziella. Der Grundriss der Wohnung war der gleiche wie oben. Die Küche lag am Ende des Flurs. Der Raum war unordentlich, aber gemütlich. Kinderzeichnungen an der Wand. Ein lachender Mond. Geschirr stapelte sich in der Spüle. Sie hatten eben am Küchentisch Platz genommen, als die junge Frau hereinkam. Dunkles Haar, Ende zwanzig, schätzte Nick, und zu Tode erschöpft. Sie reichte beiden die Hand. Franca hieß sie, stellte mit zitternden Händen eine Karaffe Wein und Gläser auf den Tisch und begann zu reden. Graziella schien überhaupt nicht daran zu denken, dass sie vielleicht übersetzen sollte, aber das war auch nicht notwendig, denn Franca ließ sich auf einen Stuhl fallen, schlug die Hände vors Gesicht und weinte. Nick konnte sich ungefähr vorstellen, was in ihr vorging. Graziella legte ihr den Arm um die Schulter, machte »Schsch …« und flößte ihr Wein ein. Nachdem sich die beiden Frauen eine ganze Weile unterhalten hatten und Franca etwa ruhiger wirkte, hielt

Graziella die Zeit offenbar für gekommen, Nick einzubeziehen, und erklärte ihm, was los war: »Sie sagt, sie weiß nicht, wie lange sie das noch aushält … Sie hat zwei kleine Kinder, die inzwischen völlig verängstigt sind.« Es sei ein schleichender Prozess gewesen, der sich über Wochen hingezogen habe. Erst hatten sie sich draußen in den Gassen aufgehalten, dann das Haus umlagert. Immer näher waren sie gekommen, und schließlich waren die Ersten ins Gebäude eingedrungen, vermutlich aus dem Nachbarhaus durch den Keller. Da gab es einen Durchbruch, von dem sie nichts gewusst hatte. Während die Junkies vom Keller aus nach und nach das Haus in Besitz genommen hatten, waren immer mehr Bewohner ausgezogen. Wer es sich leisten konnte, ging. Die leer gewordenen Wohnungen im Erdgeschoss hatten die Junkies schon übernommen, und nun arbeiteten sie sich weiter nach oben. Stockwerk für Stockwerk. »Am Anfang war ich noch naiv und dachte, ich kann mit ihnen reden, kann ihnen klarmachen, dass ich hier allein bin mit zwei kleinen Kindern, die ihren Schlaf brauchen und die ich nicht jeden Tag über benutzte Spritzen und blutverschmierte Treppenstufen tragen kann. Ich dachte, sie verstehen vielleicht, dass ich meine Kinder schützen muss, und nehmen Rücksicht.« Sie lachte bitter. »Ich habe schnell gelernt, dass sie gar nicht wissen, wovon ich rede. Sie verstehen einen nicht.« Sie erschauderte, als wäre ihr plötzlich kalt, und sagte: »Habt ihr mal in ihre Augen gesehen?«

Nach einer kurzen Pause meinte sie, nebenan wohne eine alte Frau, die Contessa, die sich überhaupt nicht mehr aus der Wohnung traue. Für sie erledige sie nun die Einkäufe. »Noch zusätzlich zu allem anderen. Und wenn ich von der Arbeit nach Hause komme und die Kinder versorgt und ins Bett gebracht habe, setze ich mich mit dem Metallrohr auf die Treppe und halte Wache. Ich werde nicht zulassen, dass sie bis hierher in den dritten Stock kommen. Aber ich habe keine Kraft mehr. Kurz bevor ihr kamt, wollte einer an mir vorbei, aber dem hab ich's gegeben …« Sie brach ab und atmete tief durch. »Aber irgendwann werde ich draußen einschlafen, und sie werden in meine Wohnung eindringen … bis zu den Türen, hinter denen meine Kinder schlafen, und vielleicht noch weiter …« Wieder begann sie zu weinen. »Ich weiß einfach nicht mehr, was ich machen soll. Es gibt niemanden, den man um Hilfe bitten kann. Die Polizei sagt, sie hat genug anderes zu tun, und solange sie niemanden angreifen, müssten wir eben damit leben. Alle haben sich insgeheim darauf verständigt, dass man sich irgendwie mit ihnen arrangieren muss. Aber wie soll das gehen?«

Nick bat Graziella, der jungen Frau zu sagen, dass er Polizist sei und dafür sorgen werde, dass ihr und ihren Kindern nichts passiere. Wie er das genau anstellen wollte, wusste er selbst noch nicht, aber die Ankündigung zeigte sofort Wirkung. Franca beruhigte sich. Gemeinsam überlegten sie, was sie konkret unternehmen könnten. Nick bot an, heute Nacht vor Francas Tür Wache zu halten, da rief Graziella plötzlich: »Ferrati! Wir müssen Ferrati darauf ansetzen. Der soll für *L'Arena* einen Artikel über das Haus schreiben. ›Eine junge Mutter kämpft gegen die Drogen‹, so was in der Art. Wenn es gelingt, das Interesse der Öffentlichkeit auf dieses Haus zu lenken, erledigt sich das Problem von selbst. Junkies stehen nicht gern im Scheinwerferlicht. Sie werden sich ein neues Versteck suchen. Damit ist das Gesamtproblem nicht gelöst, aber das von Franca vielleicht schon.«

Nick fand die Idee gut, und nach anfänglichem Zögern sagte Franca: »Gut, probieren wir's. Vielleicht funktioniert es ja.« Sie beschlossen, Ferrati gleich am nächsten Morgen anzurufen. Franca bereitete Tee zu, und kurz darauf bezog Nick, ausgerüstet mit Thermoskanne, Metallrohr, Taschenlampe und einer wärmenden Decke, Position auf dem Treppenabsatz. Er hatte sich gerade niedergelassen, als ihm einfiel, dass er sich ja gar nicht verständlich machen konnte, wenn die Junkies anrückten.

»Du sollst ja nicht mit ihnen plaudern«, sagte Graziella, »du sollst sie verjagen.« Dafür eigne sich die deutsche Sprache besser als jede andere. Hart und furchteinflößend klinge sie für italienische Ohren.

»Was soll ich denn sagen?«

»Keine Ahnung. Irgendwas Fieses. Vielleicht ›Kartoffelsalat‹.«

Franca, die nun sehr viel ruhiger wirkte, bedankte sich wortreich und schloss die Tür.

Graziella tätschelte zum Abschied seinen Arm und sagte: »Gute Nacht, Nick.« Sie ging die Treppe hinauf. Er hörte, wie die Tür oben geöffnet und wieder geschlossen wurde. Kurz darauf verlosch das Licht im Treppenhaus.

Nick saß in der Dunkelheit und versuchte, die Geräusche einzuordnen, die aus den unteren Stockwerken zu ihm drangen. Es war schwierig, und nur eines konnte er mit Sicherheit sagen: Lachen war nicht dabei.

Zwei Tage später erschien der Artikel in *L'Arena* und löste ein gewaltiges Echo aus. Lokalpolitiker aller Couleur, bis hinauf zum Bürgermeister, äußerten sich und warben mit Nachdruck dafür, das Drogenproblem in der Stadt endlich ernst zu nehmen und mit geeigneten Mitteln zu bekämpfen. Die Journalisten gaben sich die Klinke in die Hand, interviewten Franca, die Kinder und die Nachbarin gegenüber. Sogar der Leguan wurde fotografiert. Und genau wie Graziella vorausgesagt hatte: Nachdem das Haus in den Schlagzeilen erschienen war, patrouillierte die Polizei verstärkt in der Nachbarschaft, immer mehr Pressevertreter und Schaulustige fanden sich ein und mussten bald feststellen, dass es nichts mehr zu sehen gab, denn die Junkies verschwanden. Im Blitzlichtgewitter zerfielen sie zu Staub.

Franca war so dankbar, dass sie ein Festmahl zauberte, zu dem sie auch die Contessa, eine reizende alte Dame, verarmter Adel, einlud. Es war eine fröhliche Runde, und das Essen war fantastisch. Graziella hatte sich den ganzen Abend größte Mühe gegeben, Nick im Spiel zu halten. Jede noch so alberne Bemerkung hatte sie übersetzt, bis sich, sie waren bereits beim Limoncello angekommen, die Contessa vorbeugte und Graziella eine Frage stellte. Erstaunt beobachtete Nick, wie Graziella, die sonst auf jede Frage eine Antwort wusste, plötzlich unsicher wurde. Sie lachte zu laut, blickte dabei verschämt zu Boden und strich sich durch die Haare wie ein Teenager. Die Damen kicherten und schienen sich unanständige Witze zu erzählen.

Als Nick wissen wollte, worum es gehe, lächelte sie nur und schwieg. Franca hatte sich bislang streng an eine ausgeklügelte Menüabfolge gehalten, aber nun, da es auf Mitternacht zuging, wurden alle Regeln über Bord geworfen, und es ging wild durcheinander: Käse, Grappa, Kaffee, Tartuffo, und schließlich wurde nochmals auf den Tisch gestellt, was von den Antipasti und den Hauptgerichten übrig geblieben war, denn jetzt hatten die Kinder wieder Hunger. Zum Abschluss sang die Contessa »*Bella Ciao*«, und das Mädchen, es hieß Raffaela, begleitete sie auf der Blockflöte.

Es war spät geworden, als Nick und Graziella zurück in die Wohnung stolperten. Zwischen Kornnattern und Geckos blieben sie stehen. »Was hat die alte Dame gefragt, Graziella?«

Sie sah ihn durchdringend an. Dann sagte sie: »Sie wollte wissen, ob wir ein Paar sind. Wir würden so liebevoll miteinander umgehen, meinte sie.«

Ein Flur.

Ein Kuss.

Nick erlebte dieselbe Szene ein zweites Mal. Aber diesmal stellte er keine Möbel um, und es gab niemanden, der sich an ihrem Lärm gestört hätte. Zwischendrin stand Graziella auf und warf ihre Bluse über das Terrarium. »Ich kann nicht, wenn der Leguan zuguckt.«

Mit Graziella zu schlafen, zu essen und die Tiere zu füttern, war gleichzeitig das Aufregendste und Selbstverständlichste von der Welt. Es war eine Freude, ihr beim Anschalten der UV-Lampen zu-

zusehen und ihrem Gesicht zu folgen, das durch die Küche schwebte. Rührend, wenn sie bei Regen die Hand aus dem Fenster hielt und sagte: »Es regnet.« Und lange nicht mehr hatte Nick sich so behütet gefühlt wie in dem Moment, als Graziella ihn angesehen und »Guten Morgen, *caro*, du hast geschnarcht« gesagt hatte.

Es schien, als hätte die Jagd auf LUDWIG nur einem einzigen Zweck gedient: ihn mit Graziella in die Wohnung mit den Reptilien zu führen.

In die Nähe des Liebesbrunnens.

In die Stadt der Liebenden und der lebenden Toten.

Er fühlte sich glücklich und zufrieden wie lange nicht mehr, alles schien sich plötzlich auf wundersame Weise zusammenzufügen, obwohl davon, objektiv betrachtet, keine Rede sein konnte. Er wusste noch immer nicht, was Graziella auf der Fahrt von Vicenza nach Verona geritten hatte, aber die Frage hatte an Bedeutung verloren. Vielleicht würde sie es ihm eines Tages erzählen, vielleicht auch nicht. Sie war bei ihm. Das war wichtig.

Auch hatte er sich noch immer nicht bei Aki gemeldet, anfangs, weil er nicht wusste, was er ihm sagen sollte, dann, weil er immer weniger daran dachte. Alles, was mit LUDWIG zu tun hatte, schien zu verblassen und an Dringlichkeit zu verlieren. Zuletzt hatte er sich mehr und mehr mit dem Gedanken angefreundet, dass es ihm nicht gelingen würde, die Person oder Personen zu erwischen, die sich LUDWIG nannten. Erstaunlicherweise war ihm das nicht besonders schwergefallen. Vielleicht hatten ja die Stimmen recht, die behaupteten, LUDWIG existiere nur als Schreiber von Bekennerbriefen. Die italienischen Kollegen waren allen Spuren und jedem noch so kleinen Hinweis gefolgt. Sie hatten buchstäblich, wie es so schön heißt, *in alle Richtungen ermittelt*. Unerschrockene Männer wie Solari waren sogar bereit gewesen, sich mit dem Vatikan anzulegen. Aber keiner von ihnen hatte irgendetwas entdeckt, was auf eine Gruppe LUDWIG hinwies. Immer wieder hatte Nick sich das Hirn zermartert, hatte überlegt, ob ihm etwas entgangen, ob er irgendeiner halbwegs vielversprechenden Spur noch nicht gefolgt war, aber ihm war einfach nichts eingefallen. Je länger er darüber nachdachte, umso überzeugter war er davon, dass dies nur einen einzigen Schluss zuließ: dass eine Organisation LUDWIG, die für mittlerweile neun Verbrechen mit insgesamt 14 Toten verantwortlich sein wollte, nie existiert hatte. Er würde den Münchner Kollegen den Rat geben, weiter in der »Nachbarschaft des Liverpool«, also im Rotlichtmilieu zu ermitteln, wie Capitano Massagrande gesagt und wie sie es ja auch getan hatten, bevor das Bekennerschreiben eingetroffen war. Bis zu diesem Punkt, das wusste Nick, waren seine Überlegungen richtig und schlüssig, aber dann kam die Sache mit dem Wecker ins Spiel. Wenn er bei der Theorie blieb, dass ein Serienmörder LUDWIG nicht existierte, konnte das nur bedeuten, dass der- oder diejenigen, die das Liverpool angezündet hatten, in enger Verbindung zu den Personen standen, die die Bekennerschreiben verfasst hatten, oder zumindest vertraut genug mit den Schreiben waren, um sie selbst zu verfassen und eine einzelne Tat als Teil einer Serie darzustellen. Warum auch immer. Um von der eigenen Täterschaft abzulenken? Wenn man aber von einem Täter »in der Nachbarschaft des Liverpool« ausging … Schwer vorstellbar, dass Zigeuner-Heinz oder einer seiner Jugos auf diese Idee gekommen sein sollte. Nach all den Umwegen blieb die Kernfrage: Wer, verdammt noch mal, hatte das Liverpool, wer hatte Vanessa angezündet?

»Schaust du dir bitte mal die Vogelspinne an?«, rief Graziella aus der Küche. »Die sieht heute gar nicht gut aus.«

»Komme!« Während Nick aus dem Bett stieg und sich anzog, erklärte er die Jagd auf LUDWIG für beendet. Er hatte noch zwei volle Tage mit Graziella in Verona, und die wollte er genießen. Wie es danach in München weitergehen würde, wusste er nicht, und er wollte auch nicht darüber nachdenken. Nicht jetzt.

Es war schon Nachmittag, als sie das Haus verließen. Inzwischen zeigte sich die Sonne wieder, und Graziella trug ihre Sonnenbrille.

»Lass uns bummeln gehen«, sagte sie und hakte sich bei Nick unter.

»Bummeln« sei ein schönes deutsches Wort, fand sie und suchte nach einer passenden italienischen Übersetzung. Sie machte einige Vorschläge, die aber, da waren sie sich einig, alle nicht an »bummeln« heranreichten. Sie taten den ganzen restlichen Tag nichts weiter als zu bummeln, hin und wieder unterbrochen durch einen Café-Besuch, ein Eis oder einen Kuss, und waren dennoch erfüllt.

»Das könnte jetzt noch ein paar Wochen so weitergehen«, sagte Graziella, während sie am Ufer der Etsch entlangspazierten. Fand Nick auch. Die Stadt kam ihm plötzlich viel schöner vor, das *centro storico* weniger heruntergekommen, und er bildete sich sogar ein, täglich weniger Junkies zu sehen. Er überlegte tatsächlich kurz, ob sie noch ein paar Tage dranhängen sollten, traute es sich dann aber doch nicht, denn das würde er Aki gegenüber keinesfalls mehr rechtfertigen können. Morgen also war ihr letzter Tag in Verona. Übermorgen würden sie zurück nach München fahren.

Die Schatten wurden länger, die Sonne verschwand allmählich hinter den Häusern.

Nachdem sie in einem Restaurant in der Nähe der Piazza Brà zu Abend gegessen hatten, lotste Graziella sie mithilfe des Stadtplans wieder zurück nach Hause.

Sie schlossen das Tor auf und stiegen die Treppe hinauf. Auf dem Treppenabsatz vor ihrer Wohnungstür saß Solari. Er erhob sich. Keine Begrüßung, nichts. Nur: »Sie haben ihn.«

XIV. PROFESSOR KILLER

Das Gefängnis Campone war eine ehemalige habsburgische Kaserne. Tonnengewölbe. Endlose Flure und Modergeruch. Zwei Beamte der Justizpolizei gingen vorneweg. Ihre Schritte hallten von den Wänden wider. Irgendwann hatte Nick aufgehört, die Gittertore zu zählen, die sie vor ihnen auf- und hinter ihnen wieder zusperrten. Graziella war angespannt. Sie alle waren es. Solari hatte sie bis zum Haupteingang begleitet. Vorher hatten sie vereinbart, in welchem Café er auf sie warten würde.

Zwei Tage zuvor hatten sie ihn in die Wohnung gebeten und bis sechs Uhr morgens zusammen in der Küche gesessen. Solari hatte ihnen erzählt, sein Kollege in Brescia, ein alter Bekannter, habe ihn sofort über die Verhaftung informiert und ihm mitgeteilt, dass der Tatverdächtige tags drauf nach Verona überstellt werden würde. Er hatte sich sofort auf den Weg gemacht.

»Was soll das heißen?«, fragte Nick. »Dieser Mann soll LUDWIG sein und für alle neun Verbrechen verantwortlich?«

»Ja.«

»Also auch für den Anschlag aufs Liverpool?« Nick war fassungslos über diese plötzliche Wendung.

»Offenbar. Viel konnte mir der Kollege allerdings noch nicht sagen«, berichtete Solari. »Der Verdächtige heißt Alessandro Cassata, ist in Brescia geboren und unterrichtet an der Universität Pavia Physik. Ein Rabbi aus Padua hatte die Polizei auf seine Spur gebracht.«

So weit, so unklar. Sie hatten auf diesen wenigen Informationen Gedankengebäude und Theorien errichtet, die alle irgendwann in sich zusammenstürzten, bis sie – draußen dämmerte bereits der Morgen – eingesehen hatten, dass es zwecklos war. Sie mussten warten, mussten geduldig sein. Sie brauchten mehr Informationen. Klar war allein Solaris Anliegen. Da er nicht mehr im Dienst war, hatte er keine Möglichkeit, mit dem Tatverdächtigen persönlich zu sprechen. »Sie als Ermittler der Münchner Mordkommission«, wandte er sich an Nick, »werden ihn aber vernehmen dürfen. Und ich wäre Ihnen sehr dankbar, wenn Sie mich danach sofort ins Bild setzen würden.«

»Natürlich«, sagte Nick. Sie boten Solari für die Zeit, die er in Verona verbringen würde, das Zimmer am Ende des Flurs an.

»Ich möchte keine Umstände machen«, sagte Solari. Aber es waren keine Umstände.

»Wir freuen uns, Sie zu Gast zu haben«, sagte Nick, und das stimmte. Als Graziella Nicks Worte übersetzt hatte, bedankte sich Solari mit einem feinen Lächeln.

Bevor sie schlafen gingen, fragte Graziella: »Wie haben Sie uns eigentlich gefunden?«

»Ich bitte Sie!«, sagte Solari, wünschte eine gute Nacht und ging auf sein Zimmer.

»Habe ich ihn beleidigt?«, flüsterte Graziella bestürzt.

»Ich glaube nicht, dass es schlimm ist. Er mag dich.«

Den folgenden Vormittag verbrachten sie zunächst am Telefon. Aber es war nicht möglich, Capitano Massagrande an den Hörer zu bekommen oder einen Termin für ein Treffen auszumachen. Irgendwann sagte Nick: »Jetzt reicht's mir.«

Sie gingen zur Kaserne und zeigten den wachhabenden Carabinieri ihre Besucherausweise. Nick und Graziella durften passieren, Solari musste vor dem Gebäude warten. Sie stiegen hinauf in den dritten Stock, aber Massagrandes Büro war leer. Der Capitano war nicht da, und niemand konnte oder wollte ihnen sagen, wo er zu finden war. Schließlich schnappte sich Graziella einen jungen Brigadiere. Nachdem sie ihn eine Weile ebenso charmant wie bestimmt bearbeitet hatte, führte er sie zu einem Telefon.

»Was hast du vor?«, fragte Nick.

»Ich löse unser Problem.« Sie kramte Ferratis Karte aus ihrer Tasche, legte sie neben das Telefon und wählte seine Nummer. Das Gespräch war kurz. Als sie den Hörer wieder auflegte, erklärte sie: »Wir sollen hier warten. Er ruft gleich zurück.«

Eine Viertelstunde später hatten sie den Termin.

Massagrande empfing sie um 16 Uhr. »Tut mir leid, aber es geht hier drunter und drüber.«

Sie glaubten ihm.

»*Dunque*: Der Tatverdächtige Dottor Alessandro Cassata, fünfunddreißig Jahre alt, Spezialist für Flüssigkeitsphysik mit einem Lehrstuhl an der Universität Pavia, ist heute früh von Brescia nach Verona überführt worden und sitzt nun im Gefängnis Campone in Isolationshaft. Der Rabbi von Padua, Achille Viterbo, hatte die Polizei verständigt, nachdem der Mann ihm am Telefon mitgeteilt hatte, dass ein Jude das nächste Opfer LUDWIGs sein wird. Ihr könnt euch vielleicht vorstellen, was jetzt in Italien los ist. Versucht mal, alle jüdischen Gemeinden im Land zu schützen.«

Nick bat Graziella nachzufragen, woher der Rabbi den Namen des Anrufers kannte, der werde sich ja kaum mit seinem echten Namen vorgestellt haben. Aber zu Nicks Erstaunen sagte Massagrande, doch, genau so sei es gewesen. Deshalb habe die Polizei ihn auch sofort ausfindig gemacht. Zum Zeitpunkt seiner Verhaftung habe sich Cassata in der Wohnung seiner Eltern in Brescia aufgehalten, wo er noch ein Zimmer habe. Dieses Zimmer und seine Wohnung in Pavia waren sofort von den Kollegen vor Ort durchsucht worden. Dabei hatten sie ein ganzes Archiv an Materialien über die Taten der Gruppe LUDWIG, Motive und Hintergründe zusammengetragen. Sie hatten außerdem Briefmarken aus derselben Serie gefunden, mit denen auch die Bekennerschreiben frankiert waren. Erwiesen sei, dass Cassata am Tag des Mordes an Padre Bison in Trient gewesen sei.

»Aber das ist sicher noch nicht alles«, gab Massagrande zu bedenken, »die Kollegen in Pavia und Brescia sind noch mitten in der Auswertung.« Nach einer kurzen Pause fuhr er fort: »Ich komme direkt aus dem Gefängnis, habe gerade mit ihm gesprochen ...« Er brach ab, wirkte plötzlich nachdenklich, fast unsicher. »Der Mann ist meines Erachtens hochintelligent, sehr gläubig und sehr ... seltsam. Schwer einzuschätzen. Am liebsten wäre mir«, er wandte sich direkt an Nick, »Sie würden selbst mit ihm reden. Ich möchte Sie in Ihrem Urteil ungern beeinflussen. Gehen Sie hin, sprechen Sie mit ihm und lassen Sie uns danach beraten. Ihre Meinung würde mich interessieren.«

Nick hatte keine Zeit, sich darüber zu wundern, woher die plötzliche Kooperationsbereitschaft kam, denn Massagrande erklärte, dass der *professore* gerade Besuch von seinen Anwälten habe und morgen früh von der Staatsanwaltschaft befragt werden würde, aber er versprach, persönlich dafür zu sorgen, dass Nick den Mann vernehmen könne. »Ich besorge Ihnen einen Termin und benachrichtige Sie.«

Einen Tag später war es dann so weit, und sie folgten den Wärtern über den Flur. Die nächste Gittertür. Dann eine Treppe. »Ich glaube, die wollen uns mürbe machen«, flüsterte Graziella. Als hätte er sie verstanden, wandte sich einer der beiden Justizbeamten um und sagte: »Wir sind gleich da.«

Nach dem Gespräch mit Massagrande hatte Nick in München angerufen. Aki hatte von der Verhaftung Cassatas noch nichts gehört und fiel aus allen Wolken. Er fluchte und schimpfte wie ein Rohrspatz auf die italienischen Kollegen. Nick versuchte ihn zu beruhigen und erklärte ihm ein weiteres Mal das Problem mit den Zuständigkeiten. Da es in Italien keine zentrale Stelle gab, bei der alle Informationen im Fall LUDWIG zusammenliefen, fühlte sich hier auch niemand für deren Koordinierung verantwortlich.

»Ich bin wirklich gespannt, was der Mann zu sagen hat.«

»Das bin ich auch, Aki. Wenn das wirklich unser Mann sein sollte, wie sieht es denn dann für Graziella und mich aus, von wegen Disziplinarmaßnahmen und so?«

»Versprechen kann ich dir nix, aber ich könnte mir gut vorstellen, dass alles anders ausschaut, wenn ihr diesen LUDWIG überführt habt.«

Aber so weit waren sie noch nicht. Die Beamten machten vor einer Tür halt und klopften. Von innen wurde geöffnet. Neben der Tür standen zwei weitere Justizbeamte. Sie salutierten, als Nick und Graziella den Raum betraten. Hinter ihnen fiel die Tür ins Schloss und wurde verriegelt. An einem Tisch saß ein kleiner Mann. Anzug. Krawatte. Eine Brille mit dicken Gläsern verlieh ihm etwas Eulenhaftes. Er wirkte deutlich älter als fünfunddreißig. Als sie zu ihm traten, stand er auf und deutete eine Verbeugung an. Ein scheues Lächeln. Aber er sah ihnen nicht in die Augen, sein Blick ging ins Leere.

»Professor Cassata«, begann Nick, »ich möchte mich Ihnen vorstellen. Mein Name ist Kriminalhauptkommissar Marzek …«

Graziella begann zu übersetzen, doch da sagte Cassata auf Deutsch: »Ich denke, wir werden auch so zurechtkommen.« Als sei ihm das unangenehm, fügte er noch hinzu: »Entschuldigen Sie bitte.«

Sein Deutsch war gestochen scharf und grammatikalisch korrekt. Jetzt erst bemerkte Nick, dass vor ihm auf dem Tisch eine Bibel lag. In deutscher Übersetzung. Er warf Graziella einen Blick zu, aber sie wirkte eher neugierig als enttäuscht.

»Bitte nehmen Sie doch Platz.« Wieder das scheue Lächeln. Wieder der Blick ins Leere. Nick schien es, als drehte sich der Professor instinktiv von Graziella weg.

»Ich habe Ihr Kommen herbeigesehnt«, sagte Cassata, als sie sich gesetzt hatten.

»Wie darf ich das verstehen?«, fragte Nick.

Nach längerem Schweigen schob Cassata den Oberkörper ein wenig vor und sagte mit leiser Stimme: »Was wir hier zu verhandeln haben, ist für Menschen aus dem lateinischen Kulturkreis nicht zu verstehen. Es überrascht mich deshalb auch nicht, dass meine Gespräche mit Ihren italienischen Kollegen bislang leider wenig fruchtbringend verliefen.«

Das Deutsch, das der kleine, eulenhafte Mann sprach, war Gelehrtendeutsch. Es stammte aus Büchern.

»Was genau haben wir denn zu verhandeln, Herr Professor?«

»Auch wenn das eine rhetorische Frage ist, werde ich sie Ihnen dennoch beantworten: Wir beide, Sie und ich, wollen herausfinden, was es mit der Organisation LUDWIG auf sich hat, nicht wahr? Um aber herausfinden zu können, wer sich dahinter verbirgt, müssen wir LUDWIGs Gedankenwelt verstehen. Und dazu muss man mit der deutschen Kultur vertraut sein, sonst wird man zwangsläufig scheitern. Wie Ihre italienischen Kollegen das seit Jahren tun. Ich habe mehrfach darauf hingewiesen, dass sich die Organisation LUDWIG nennt und nicht etwa Ludovico.« Er beugte sich noch ein wenig weiter vor und wirkte fast amüsiert. »Es gibt tatsächlich Leute, die behaupten, das sei Zufall und die Gruppe hätte sich ebenso gut Ludovico nennen können. Diesen Leuten sage ich: Wer so etwas behauptet, hat nichts von dem verstanden, worum es hier geht. Gar nichts!«

Nick und Graziella wechselten einen Blick.

»Ihnen ist klar, Herr Professor«, sagte Nick, »dass man Sie verdächtigt, dieser LUDWIG zu sein?«

»Ja natürlich.«

»Was sagen Sie dazu?«

»Wissen Sie, um mich mache ich mir keine Sorgen. Auch Jesus Christus hatte Vertrauen, selbst unter der Last des Kreuzes.«

Gut, dachte Nick, dann andersherum. »Wären Sie denn bereit, mich an Ihrem Wissen über die Organisation LUDWIG teilhaben zu lassen, Herr Professor?«

»Ja natürlich.« Wieder verlor sich sein Blick im Leeren. Als er sich Nick wieder zuwandte, wirkte er bedrückt. »Ich bin hier allerdings sehr limitiert, denn ich habe meine Unterlagen nicht zur Hand. Meine Erkenntnisse speisen sich aus intensiven Studien. Ich benötige die Quellen, aber man lässt mich hier ja nicht …« Er brach ab. Dann sagte er: »Sie als Ermittler haben doch sicher Zugang zu meinen Unterlagen?«

»Zu welchen Unterlagen?«

»Na, zu meinen Forschungsergebnissen. Ihre Kollegen in Pavia und Brescia haben doch alle meine Papiere beschlagnahmt. Die müssen ja irgendwo sein.«

»Ja«, sagte Nick, »ich denke, da könnte ich rankommen.«

»Gut«, sagte Cassata. »Dann schlage ich in Anbetracht der Umstände vor, dass ich Ihnen meine Erkenntnisse referiere und Sie sich dann später die Quellen dazu ansehen. Haben Sie etwas zum Schreiben?«

»Ja«, sagte Nick und holte Stift und Papier hervor.

»Sehr gut.« Cassata lächelte ins Leere. Nick fiel auf, dass der Professor Graziella völlig ignorierte. Nachdem er sich anfangs noch dafür entschuldigt hatte, dass ihre Übersetzerdienste nicht gebraucht würden, schien sie für ihn nun überhaupt nicht mehr zu existieren.

»Ich habe mich gefragt«, hob Cassata an, »woher der Name LUDWIG eigentlich kommt, denn dass er eben keine zufällige Wahl ist, darüber sind wir uns doch sicher einig.«

Als Nick nicht widersprach, begann er zu deklamieren: »*Thar uaht thegeno gelih. Nichein soso hluduig.|Snel Indi kuoni. Thaz uuas Imo gekunni||Suman thuruh-skluog her. Suman thuruh-stah her.*« Er sah Nick erwartungsvoll an und fragte: »Sind Sie des Althochdeutschen mächtig?«

»Nein«, sagte Nick.

»Aber vielleicht haben Sie dennoch erkannt, um welchen Text es sich handelt?«

»Nein, auch das nicht«, gestand er.

»Übersetzt«, erklärte Cassata, »heißt das in etwa: ›Es focht ein jeder Krieger, doch keiner so wie Ludwig, so mutig und so kühn. Es war ihm angeboren. Den einen, den durchschlug er, den andern durchbohrte er.‹ Bei dem Text handelt es sich um das berühmte ›Ludwigslied‹ aus dem neunten Jahrhundert. Es besingt den Sieg des westfränkischen Königs Ludwig III. über die Normannen. Unter den gegebenen Umständen möchte ich mich zunächst darauf beschränken. Sie finden meine ausführlichen Anmerkungen in meinen Unterlagen. Eine weitere wichtige Figur«, fuhr Cassata fort, »die wir keinesfalls aus dem Blick verlieren dürfen, ist natürlich Ludwig Klages, promovierter Chemiker übrigens, wie ich auch, aber das nur nebenbei. Klages war Lebensphilosoph, Psychologe und Vertreter der biozentrischen Metaphysik. Zeitweise gehörte er zum Kreis um Stefan George …«

Nick wurde allmählich ungeduldig. Wo sollte das hinführen? Aber er wollte Professor Cassata auch nicht das Wort abschneiden, denn um ihn besser einschätzen zu können, musste er hören, was der Mann zu sagen hatte. Er war sicher, dass Cassata sich wie eine Auster verschließen würde, sobald er spürte, dass man ihn nicht ernst nahm und seine »Forschungen« infrage stellte. Noch sah der Professor in Nick einen Verbündeten, und das sollte möglichst lange so bleiben. Deshalb unterbrach er dessen Ausführungen mit großer Höflichkeit: »Erlauben Sie eine Frage, Herr Professor?«

»Bitte, fragen Sie.«

»Wenn ich Sie richtig verstehe, suchen Sie nach einem geschichtlichen Vorbild, dem die Gruppe LUDWIG durch ihre Namenswahl huldigt oder mit dem sie sich zumindest irgendwie verbunden fühlt, ist das so weit richtig?«

»Absolut.«

»Bei einem mittelalterlichen Krieger, der sich offenbar durch große Tapferkeit auszeichnete, kann ich das halbwegs nachvollziehen, aber was, außer dem Vornamen, hat dieser Ludwig Klages mit der Organisation LUDWIG zu tun?«

»Klages«, sagte Cassata gewichtig, »hat nicht nur sein Opus magnum *Der Geist als Widersacher der Seele* verfasst, sondern auch mehrere kleinere Werke, die zum Teil heute nahezu vergessen sind, unter anderem die Schrift: *Rhythmen und Runen* von 1944.« Er machte eine Kunstpause und faltete die Hände auf dem Tisch. »Ja, Sie haben richtig gehört, *Rhythmen und Runen*. Gerne würde ich Ihnen jetzt einige Passagen daraus vortragen, aber ich fürchte, Sie müssen sie selbst nachlesen. Sie finden die Schrift bei meinen Unterlagen. Zusammengefasst, versucht Klages darin die Überlegenheit der germanischen Rasse nachzuweisen. ›Das germanische Wesen war als die vollendete Mischung aller Erdelemente angelegt‹, schreibt er. Und man müsse ›dem Leben ein Monument errichten‹. Schön, nicht? Ist es vielleicht denkbar, dass LUDWIG mit seinen Taten ein solches Monument errichtet hat?«

Je länger er Cassata zuhörte, umso mehr hatte Nick den Eindruck, dass dem Professor tatsächlich gefiel, worüber er sprach, ja dass er solchen Ansichten keinesfalls kritisch gegenüberstand. Im Gegenteil, er meinte, eine gewisse Bewunderung herauszuhören. Dieser Eindruck verstärkte sich noch, als Cassata fortfuhr: »Lesen Sie bitte nach, was Ludwig Klages über Sittlichkeit und Verbrechen schreibt. In den Bekennerschreiben der Organisation LUDWIG erkenne ich ein Grundmuster: Mystizismus, Sittlichkeit, Puritanismus. Die Überzeugung, ein historisches Schicksal zu erfüllen. Der Mythos der Reinheit und der Purifikation.« Der kleine Mann sprach die deutschen Worte mit einer Ehrerbietung aus, als fürchtete er, sie könnten bei schlechter Behandlung in seinem Mund zerbrechen. »Die Rückkehr zur Kraft und Herrlichkeit des arischen Helden, die Suche nach dem Absoluten. Es geht um das Konzept des Übermenschen, und es geht um die Reinigung der Welt von den Schwachen und den Lasterhaften. ›An ihre große Gräberstraße setzte ich mich und selber zu Aas und Geiern …

Dort war's auch, wo ich das Wort ›Übermensch‹ vom Wege auflas, und dass der Mensch etwas sei, das überwunden werden müsse‹.«

Cassata schien tief bewegt zu sein von den Sätzen Nietzsches, und von Minute zu Minute kam er Nick befremdlicher vor. Er musste seinen ersten Eindruck revidieren. Hatte er anfangs noch geglaubt, einen harmlosen Spinner vor sich zu haben, hatte dieser sich im Lauf des Gesprächs in einen glühenden Fanatiker verwandelt, dem er plötzlich alles Mögliche zutraute. Nach einem Blick zu Graziella wusste er, dass es ihr ähnlich ging.

»Mit Eisen und Feuer«, fuhr Cassata fort, »zieht LUDWIG in den Kampf. Es ist ein Kreuzzug gegen das Laster. Denn Laster ist Sünde.«

Das, dachte Nick, sagt nicht mehr Cassata über LUDWIG, das ist Cassatas Meinung.

»›Unser Glaube ist Nazismus. Unsere Gerechtigkeit der Tod. Unsere Demokratie ist Ausrottung.‹ Das ist LUDWIG. Und das ist in Zeiten des Seichten und Unbestimmten, in Zeiten des *Alles ist möglich* und *Nichts ist bedeutsam* ein durchaus revolutionäres Konzept.« Der Professor lächelte.

Dieser Mann war fasziniert von LUDWIG. Ob er selbst LUDWIG war, war eine andere Frage.

»Was hat Sie denn veranlasst, sich so intensiv mit der Gruppe LUDWIG auseinanderzusetzen?«, fragte Nick. »Sie sind doch eigentlich Physiker, nicht wahr?«

»Ich bin Naturwissenschaftler.«

»Ja, ich weiß, aber würden Sie mir trotzdem meine Frage beantworten?«

»Das war die Antwort.«

Nick war aus dem Konzept, einen Moment lang wusste er nicht mehr weiter. Sofort wurde Cassata ungeduldig: »Haben Sie noch weitere Fragen?«

»Ja«, sagte Nick, der sich wieder gesammelt hatte. »Warum haben Sie den Rabbi in Padua angerufen?«

»Weil ich überzeugt davon bin, dass LUDWIG sich als Nächstes ein jüdisches Opfer erwählen wird.«

»Das glauben Sie zu wissen?«

»Das ist das Ergebnis meiner Forschung.«

»In welcher Absicht haben Sie den Rabbi angerufen?«, wiederholte Nick seine Frage.

»Um ihm eben dieses Forschungsergebnis mitzuteilen. Damit er gewarnt ist. Und damit er seine Gemeinde warnen kann.«

»Sie haben ihn nicht angerufen, um ihm zu drohen?«

Cassata sah ihn verständnislos an. »Warum sollte ich so etwas tun?«

»Aber der Rabbi hat Ihren Anruf ja wohl als Drohung verstanden. Jedenfalls hat er sofort die Polizei angerufen.«

»Seine Reaktion ist ja nicht falsch. Es gibt gute Gründe, alarmiert zu sein. Die Polizei war es, die daraus die falschen Schlüsse gezogen hat. Aber, wie gesagt, da mache ich mir keine Sorgen. Die Wahrheit wird ans Licht kommen. ›*Deus vult!*‹, wie die Kreuzfahrer sagen, ›Gott will es!‹.«

Die Wahrheit würde ans Licht kommen, davon war Nick auch überzeugt, aber in diesem Gespräch nicht mehr. Er beschloss wiederzukommen, sobald die Kollegen weitere Fakten und Indizien zusammengetragen hatten. Und er freute sich schon darauf, den Professor damit zu konfrontieren. Eine Frage hatte er dann aber doch noch: »Wo finde ich Ihre Aufzeichnungen, Herr Professor? In Pavia oder in Brescia?«

Cassata erklärte ihm ausführlich, dass seine wichtigsten Forschungsergebnisse in Pavia lägen, das Wenige, das im Haus seiner Eltern in Brescia lagere, sei zu vernachlässigen. »Wenn Sie das Wesen LUDWIGs verstehen wollen, dann fahren Sie nach Pavia«, sagte er.

»Danke, Herr Professor«, sagte Nick. »Das werde ich tun. Ich werde mich in Ihre Forschung einlesen, und danach werde ich Sie ein weiteres Mal besuchen.«

Cassata wirkte zufrieden. Er erhob sich und nickte ihm zu. Die Hand konnte er ihm nicht reichen, denn man hatte ihm die Handschellen nicht abgenommen.

Sie folgten den Justizbeamten stumm durch das Labyrinth der Flure. Als sie aus dem Gefängnistor traten, zündeten sie sich eine Zigarette an. Um sie herum Passanten, Berufsverkehr, ein Mädchen führte seinen Hund spazieren. Aber Nick erschien das alles künstlich. Wie eine Theateraufführung. Die Menschen bewegten sich wie Schauspieler in einer Kulisse. Selbst die Sonne wirkte ausgedacht. Sie überquerten die Straße und gingen zu dem Café. Solari hatte einen Platz gewählt, von dem aus er den Eingang überblicken konnte. Er hatte *L'Arena* vor sich liegen, aber Nick bezweifelte, dass er auch nur einen Blick hineingeworfen hatte. Er sagte nichts, sah sie nur erwartungsvoll an. Nick wollte Solari die Möglichkeit geben, sich ein eigenes Bild zu machen von dem so korrekt Deutsch sprechenden, eulenhaften Professor, deshalb berichtete er so neutral und gleichzeitig detailliert wie möglich. Er referierte das gesamte Gespräch. Am Schluss fragte er Graziella: »Hab ich was vergessen?«

»Nietzsche«, sagte Graziella und holte selbst das Versäumte nach. Solari hatte sich alles schweigend angehört, dann fragte er: »Glauben Sie, dass dieser Mann LUDWIG ist?«

»Am Anfang des Gesprächs«, sagte Nick, »hielt ich das für ausgeschlossen. Ich habe einen verschrobenen Wissenschaftler vor mir gesehen, der kaum in der Lage wäre, derartige Verbrechen zu begehen. Aber je mehr er geredet hat, je tiefer er sich in die Welt LUDWIGs hineinbegab, umso unheimlicher wurde er mir. Verrückt kam er mir vor. Aber nicht mehr harmlos verrückt wie am Anfang, sondern fanatisch und gnadenlos. Während ich vor ihm saß, habe ich mir überlegt: Vorausgesetzt, es gibt den Serienmörder LUDWIG wirklich, also eine oder mehrere Personen aus Fleisch und Blut, die sowohl sämtliche Morde begangen als auch die Bekennerschreiben verfasst haben, wie müssen wir uns solche Täter dann vorstellen?«

»Fanatisch und verrückt«, sagte Graziella.

»Ja. Und genau so einen Menschen hatte ich vor mir sitzen. Verrückt, fanatisch und gnadenlos.« Nick zündete sich eine weitere Zigarette an, während Graziella übersetzte. »Ich denke, wir müssen jetzt einfach abwarten, was die kriminaltechnischen Ermittlungen ergeben.«

»Für die Journalisten ist die Sache schon klar.« Solari schob die Zeitung über den Tisch. Die Überschrift konnte selbst Nick verstehen: *»Il Professor Killer«.* Prominent auf der Titelseite. Graziella übersetzte einige Auszüge: »›Den Blick ins Leere gerichtet, eine eigenartige Erscheinung, misstrauisch, jemand, der gewohnt ist, allein zu sein … tief religiös. Er liest das Neue Testament auf Deutsch und betet jeden Abend …‹«

Autor des Textes: Giacomo Ferrati.

»Egal, ob Cassata schuldig ist oder nicht«, sagte Graziella, »der Mann ist vernichtet.«

Solari erhob sich wortlos und ging mit schweren Schritten zum Tresen. Der Barmann reichte ihm den Telefonapparat herüber. Solari führte ein kurzes Gespräch. Als er zurückkam, sagte er: »Die Kollegen in Pavia erwarten uns.«

Nebel über der Po-Ebene. Die Straße führte an einem Kanal entlang. Ab und zu ein Baum. Sonst war nichts zu sehen. Am späten Nachmittag trafen sie in Pavia ein. Solari kannte den leitenden Ermittler, Commissario Perosi, noch von früher. Sie begrüßten einander höflich. Perosi schien wenig Zeit zu haben oder zu wissen, dass Plaudern mit Solari nicht möglich war, jedenfalls stellte er ihm schnell einen weiteren Kollegen vor. Schmal, ernst, fester Händedruck: »Lamberti, *piacere.*« Graziella erklärte Nick, dass Commissario Lamberti die Sichtung von Cassatas Unterlagen leite und sie zu dessen Wohnung mitnehmen werde. Sie fuhren einmal um die Altstadt herum. Graziella übersetzte während der Fahrt, was der Commissario berichtete: »Die kriminaltechnische Untersuchung der Wohnung ist inzwischen abgeschlossen. Sie haben nichts Handfestes gefunden, also keine Blutspuren, Tatwerkzeuge oder irgendwelche Gegenstände aus dem Besitz der Opfer. Mit allem anderen sind sie aber noch nicht ganz fertig, und das wird wohl auch noch dauern.«

Nick stellte keine Fragen. Obwohl sie nun, wie Lamberti mehrfach versicherte, direkt am Ticino entlangfuhren, war der Fluss nicht zu sehen, so dicht war der Nebel. Sie bogen in Richtung *centro* ab und hielten in der nächsten Querstraße vor einem fünfstöckigen Wohnblock. Die Balkone waren mit glasierten Kacheln in allen möglichen Brauntönen verkleidet. Hundertwasser in lustlos.

»*Venite!*«, rief der Commissario. Er führte sie in den dritten Stock und öffnete die Wohnungstür, die von einem uniformierten Beamten bewacht wurde.

Als Nick Cassatas Wohnung betrat, fühlte er sich sofort an den Dom von Mailand erinnert: Die Atmosphäre war ähnlich bedrückend, der Flur mehr oder weniger tapeziert mit Bestien, Fabelwesen und Monstern. Es handele sich, erklärte Lamberti, um mittelalterliche Darstellungen der Hölle. »Das hier zum Beispiel«, er wies auf eine Reihe von Bildtafeln, »sind stark vergrößerte Details von Giottos *Jüngstem Gericht* aus der Scrovegni-Kapelle in Padua.« Die Bilder zeigten nackte Menschen, die an Stricken von einem Ast baumelten, ein merkwürdiges Fantasiewesen, eine Art Lurch, das sich bei näherer Betrachtung aber als zwei auf Schulterhöhe zusammengewachsene menschliche Leiber erwies, ein gehörntes Monster mit Bart, aus dessen Maul ein halb verspeister Mensch ragte. »Wir sind in dauerndem Austausch mit Historikern und Literaturwissenschaftlern von der Uni«, erklärte Lamberti. »Ohne die Einschätzung dieser Experten wäre das hier nicht zu meistern. Bitte folgen Sie mir.« Die Wohnung bestand aus Wohnzimmer, Schlafzimmer und Arbeitszimmer sowie Küche und Bad.

An den Wänden, die nicht von Höllenbildern bedeckt waren, standen Bücherregale, zweireihig bestückt, die bis an die Decke reichten. Ansonsten war die Einrichtung spartanisch. Ein Tisch, zwei Stühle, ein Kleiderschrank. Nur das Nötigste. Im Schlafzimmer allerdings stand an der Wand hinter dem Bett ein schlichter Betstuhl aus Nussbaumholz, die Kniebank ungepolstert. Ist der Betstuhl ein Luxus, fragte sich Nick, oder eine Notwendigkeit wie das Bett und der Tisch? An der Wand darüber hing ein großes Holzkreuz mit einem sich vor Schmerz windenden Christus, der nichts Tröstliches an sich hatte. Das Arbeitszimmer war der größte Raum der Wohnung. Bücherregale an allen Wänden, auch über dem Schreibtisch aus dunklem Holz. Daneben standen zwei einfache Camping-Klapptische, die voller Akten und Bücher waren, wie der Schreibtisch selbst auch. Aber obwohl jeder Quadratzentimeter Fläche belegt war, herrschte eine geradezu unheimliche Ordnung. Die Akten waren sauber gestapelt, die Kanten akribisch ausgerichtet, nichts stand über. Nick bat Graziella, den Commissario zu fragen, ob sie das Arbeitszimmer in diesem Zustand vorgefunden hätten.

»Ja«, sagte Lamberti. »Und wir haben so weit wie möglich versucht, nichts am äußeren Erscheinungsbild zu verändern. Ich glaube nämlich, dass das wichtig ist.« Das glaubte Nick auch. Um zu verstehen, wie Cassata tickte, reichte es nicht zu wissen, welche Bücher er gelesen und welche Aufzeichnungen er gemacht hatte, man musste einmal in seiner Wohnung gestanden, man musste die Höllenbilder, den Betstuhl und diese unheimliche Ordnung gesehen haben. Lamberti holte eine Mappe aus seiner Tasche und wechselte einige Sätze mit Solari und Graziella. Solari nickte und Graziella übersetzte für Nick: »Lamberti hätte gerne den Literaturexperten dabeigehabt, aber der hatte leider keine Zeit. Er muss also auf dessen Aufzeichnungen zurückgreifen und hofft, dass er uns auf diese Weise einen Überblick geben und unsere Fragen beantworten kann.«

»All diese Stapel«, begann Lamberti, »sind unterschiedliche Themengebiete. Chronologisch geordnet. Es beginnt ganz links mit dem ›Ludwigslied‹. Zuoberst liegt immer der Originaltext, darunter liegt der Ordner mit Cassatas Aufzeichnungen, seine *Forschungsergebnisse*«, ergänzte Graziella und übersetzte weiter: »Und dann folgt die Sekundärliteratur. Das ist sein System, das ist bei allen Stapeln gleich.« Lamberti zeigte auf den nächsten: »Hier haben wir Ludwig IX., dann folgt Ignazio Silones *Die Abenteuer eines armen Christen.*« Er blätterte in seiner Mappe und referierte: »Das Buch ist von 1968, aber es beschreibt Geschehnisse aus dem 13. Jahrhundert. Diesem Buch hat Cassata offenbar besondere Bedeutung zugeschrieben. Die wichtigen Stellen sind gekennzeichnet. Würd ich mir mal näher ansehen.« Es gehe darin, fasste Lamberti zusammen, um die Lebensgeschichte des Eremiten Pietro Angelerio, der den antiklerikalen »Spiritualen« nahegestanden habe und der 1294 aus seiner Abtei geholt und auf den Papstthron gesetzt worden sei. Die Kardinäle glaubten, dass der weltfremde Greis ihnen nicht im Wege stehen, sondern vielmehr ihren Machenschaften eine neue, eine heilige Legitimität verleihen würde. Aber Papst Coelestin V., wie der Eremit nun hieß, durchschaute das Spiel schnell, erkannte die Gefahr, ein Komplize zu werden, und tat das Unerhörte: Er dankte ab und kehrte ins Kloster zurück. Sein Nachfolger Bonifatius VIII. glaubte ihm den Verzicht nicht und schickte Häscher, denen es 1295 gelang, den Achtzigjährigen in den Bergen einzufangen. Er starb ein Jahr danach im Verlies der päpstlichen Burg; 1313 wurde er in Avignon heiliggesprochen. »Das Thema des Buches«, erklärte Lamberti weiter, »ist der Konflikt zwischen dem wahren Glauben und der korrupten Amtskirche. Bruder Ludwig, eigentlich eine Nebenrolle, ist der hartnäckigste Anhänger des wahren, des reinen christlichen Glaubens und die heimliche Hauptfigur des Buches, zumindest wenn man Cassata glauben will.«

Nick wollte wissen, was es mit den Büchern darunter auf sich habe, denn der Stapel war bei Weitem der größte. Das sei alles Literatur über die Spiritualen, erklärte Lamberti, über eine Splittergruppe innerhalb des Franziskanerordens, die, grob gesagt, auf eine besonders strenge Auslegung der Ordensregeln bestanden habe und deren spirituelle Lehre deshalb vom Papst als Häresie angesehen worden sei.

»Christliche Fanatiker also«, sagte Nick.

»Oder die wahren Christen.« Graziella nahm das Buch auf. Sie zeigte Nick die Stellen, die Cassata angestrichen hatte, und setzte gerade an, sie zu entziffern, doch dann reichte sie es Solari, der noch kein Wort gesagt hatte, seit sie in Cassatas Wohnung waren. Ein kurzer Wortwechsel, dann las Solari vor und Graziella übersetzte: »Padre Ludovico ereifert sich hier: ›Siebzehn Jahre habt ihr diesen edlen Christen im finsteren Kerker festgehalten, habt ihn dann nach Kilikien verbannt, nur weil er in Wort und Schrift die wahre Lehre des heiligen Franziskus verkündet, und jetzt macht ihr wieder Jagd auf ihn.‹ Und weiter unten: ›Ihm wurde von Bruder Leo, dem treuesten Anhänger des heiligen Franziskus, die wahre Lehre des Heiligen übermittelt, und deswegen hasst und verfolgt ihr ihn wie einen Verbrecher.‹«

»›Zweck unseres Lebens ist der Tod derer, die den wahren Gott verraten‹«, sagte Nick. »Das hat LUDWIG nach dem Mord an den beiden Padres in Vicenza geschrieben. Spricht da dieser Padre Ludovico?«

Solari reichte Graziella stumm das Buch zurück und ging zu den Campingtischen.

»Was ich an dieser Theorie nicht verstehe«, sagte Graziella: »Ignazio Silone ist Italiener. Er hat sein Buch auf Italienisch geschrieben, und die Figur, die diese Sätze spricht, heißt Ludovico. Wie kommt ein Täter, der Italiener ist, darauf, die deutsche Übersetzung dieses Namens zu verwenden? Wenn ein Italiener sich auf diese Figur bezieht, nennt er sie doch Ludovico, genau wie im Buch.«

»Es sei denn, er ist in beiden Sprachen zu Hause und weiß, dass er mit dem deutschen Namen Ludwig, zumal in Verbindung mit Hakenkreuz und Reichsadler, ganz andere Assoziationen wecken kann.«

Lamberti, die Mappe in der Hand, machte unterdessen unermüdlich weiter. Einem kleineren Stapel zu *Die Makkabäer* von Otto Ludwig folgte ein stattlicher zu Ludwig Klages und allem, was nach Cassatas Logik dazugehörte: Nietzsches *Also sprach Zarathustra* und Oswald Spenglers *Der Untergang des Abendlandes* fanden sich ebenso in dem Stapel wie Ernst Jüngers *In Stahlgewittern*, alle im deutschen Original. Nicht einmal vor dem Wittelsbacher Ludwig II. hatte Cassata haltgemacht. Der hatte einen extra Stapel erhalten, wenn auch einen dürftigen. Er beinhaltete noch eine Videokassette mit Luchino Viscontis gleichnamigem Film. Daneben lagen zwei einzelne Werke: Kierkegaards *Entweder – Oder* und Dostojewskis *Schuld und Sühne*.

»Und in den Mappen auf den beiden Klapptischen«, erklärte Lamberti weiter, »hat er Zeitungsartikel zu den einzelnen Taten gesammelt. Bitte, sehen Sie sich in Ruhe um. Falls Sie Fragen haben, ich bin nebenan.« Er verließ den Raum.

Nick ließ seinen Blick über die Bücherstapel schweifen. »Das ist doch verrückt.« Er griff sich Cassatas Aufzeichnungen aus dem Stapel zu Ludwig II. Die Handschrift des Professors war sauber und akkurat. Nick bat Graziella, zu übersetzen. »Die Haupterkenntnis«, sagte Graziella, nachdem sie Cassatas Aufzeichnungen studiert hatte, »ist wohl, dass Ludwig II. am 25. August 1845 geboren wurde.«

»Bravo«, sagte Nick.

»Und was war noch an einem 25. August?« Graziella sah ihn prüfend an und gab die Antwort gleich selbst: »Genau. Da hat LUDWIG zum ersten Mal zugeschlagen. Guerrino Spinelli. 25. August 1977. Verona. Du erinnerst dich?« Sie las weiter, langsam und genau, und schüttelte plötzlich ungläubig den Kopf. »Jetzt wird es wirklich gruselig, Nick. Am 7. Januar war der Anschlag auf das Liverpool, richtig?«

»Richtig.«

»Du wirst nicht glauben, was an einem 7. Januar noch passiert ist.«

»Sag es mir.«

»Am 7. Januar 1845 wurde in München Ludwig III. geboren.«

»Nicht zu fassen«, sagte Nick. Professor Cassata war schlicht und einfach wahnsinnig. Die Frage war nur, mit welcher Art von Wahnsinn sie es zu tun hatten. Spielte hier ein verschrobener, aber harmloser Wissenschaftler Detektiv und versuchte mit allen ihm zur Verfügung stehenden Mitteln ein Täterprofil zu entwerfen? Nick sah sich nachdenklich im Zimmer um. Oder befanden sie sich hier in der Höhle des Löwen, im Reich eines Serienmörders, der seine Wahnsinnstaten mit einem wissenschaftlichen System zu unterfüttern versuchte? War das hier die Welt LUDWIGs? Wie schon nach dem Gespräch mit Professor Cassata fragte sich Nick, wie er sich den Serienmörder LUDWIG eigentlich vorzustellen hatte. Passte Cassata in dieses Bild?

»Schaut mal!«, rief Solari plötzlich. Er stand, eine Mappe in der Hand, vor den Campingtischen. Weiß im Gesicht. Wortlos reichte er Graziella die Mappe. Darin befanden sich Kopien von Zeitungsartikeln.

Der oberste trug den Titel: »Der seltsame Tod des Roberto Calvi«. Graziella begann gerade zu übersetzen, als Solari sie unterbrach: »Es geht nicht um den Inhalt. All diese Artikel stammen von einem einzigen Autor. Schauen Sie sich den Namen an.«

Graziella fand ihn am Endes des Textes: »Franco Marin.«

XV. VIVA CRISTO REY!

Mit Einbruch der Dunkelheit schien der Nebel noch dichter geworden zu sein. Unangenehm zu fahren. Nick musste sich konzentrieren. Graziella saß neben ihm, die Landkarte auf dem Schoß. Er war froh, sie an seiner Seite zu haben. Auf der Rückbank studierte Solari die Artikel seines verstorbenen Freundes. In der Questura hatten sie Kopien gemacht. Solari hatte sie seither nicht aus der Hand gegeben. Nach dem Fund hatten sie sofort in Verona angerufen und einen Besuchstermin im Gefängnis bekommen. Morgen um 14 Uhr würden sie mit Cassata reden können. Danach waren sie mit Capitano Massagrande verabredet.

»In der Mappe sind zehn Artikel«, sagte Solari. »Von Franco geschrieben und in verschiedenen Zeitungen erschienen. Ich kenne sie alle. Kritisches zu Kirche und Vatikan ist darunter.«

»In dem Fall«, sagte Nick, »ließe sich ja noch argumentieren, da überschneiden sich die Interessen. Die könnte Cassata einfach gesammelt haben, weil ihn die Themen interessierten.«

Nachdem Graziella übersetzt hatte, nickte Solari. »Richtig. Allerdings … wenn er Artikel zu Kirche und Vatikan gesammelt hat, warum dann nur die von Franco? Mal abgesehen davon, dass sie ihm nicht besonders gefallen haben dürften, er scheint ja ein sehr gläubiger Mann zu sein, und Franco stand der Kirche kritisch gegenüber. Das eigentlich Merkwürdige ist doch, dass keiner dieser Artikel etwas mit LUDWIG zu tun hat. Und trotzdem hat der Professor sie bei seinen LUDWIG-Unterlagen aufbewahrt.«

Dass sie aus Versehen oder aus Nachlässigkeit dorthin geraten sein könnten, hielt Nick für sehr unwahrscheinlich. Weder das eine noch das andere schien in Cassatas Welt vorzukommen. Nein, dass die Artikel Franco Marins bei den Zeitungsartikeln über LUDWIG lagen, hatte sicher einen Sinn. Aber welchen?

»In diesen Artikeln findet sich absolut nichts, was im weitesten Sinne mit LUDWIG zu tun haben könnte?«, fragte er.

»Ich kann keinen Bezug erkennen«, sagte Solari.

»Jetzt müsste bald die Autobahnauffahrt kommen.« Graziella musste nicht nur übersetzen, sondern gleichzeitig auch den Rückweg nach Verona finden. Keine leichte Aufgabe, hier wie dort kämpfte sie mit dem Nebel.

»Drei Artikel hat er geschrieben, als er sich bereits zurückgezogen hatte.« Solari blätterte durch die Kopien, hielt sie unter das Deckenlicht, um besser ablesen zu können. »Ja, alle drei sind zwischen Mitte August und Ende September 83 erschienen.«

»Also kurz vor seinem Tod«, sagte Nick.

»Die habe ich mir damals natürlich auch angeschaut. Ich war ja dauernd auf der Suche nach einer Erklärung … Aber sie hatten weder mit der Congregazione di Gesù Sacerdote noch mit dem Kinderhändlerring irgendwas zu tun … also habe ich sie nicht weiter beachtet.«

»Worum geht es denn?«

»Im ersten Artikel, der Mitte August erschienen ist, geht es um Licio Gelli und die Geheimloge *Propaganda Due* … Sind Sie mit der Geschichte vertraut?«

Nick fiel ein, dass auch der Journalist Ferrati die Geheimloge erwähnt hatte. Und er glaubte, sich an die eine oder andere Zeitungsnachricht zu erinnern, die er aber, wie so vieles in jenen Jahren, unter der Rubrik »Mal wieder ein Skandal in Italien« verbucht hatte. »Nein«, sagte er, »ich weiß nichts darüber.«

Also erklärte ihm Solari, dass Licio Gelli, Jahrgang 1919, ein glühender Faschist war. Er hatte sich freiwillig zu den »Schwarzhemden« gemeldet, einer Miliz, die Mussolini zur Unterstützung Francos im Bürgerkrieg nach Spanien geschickt hatte. Später wurde er Verbindungsoffizier zu Nazi-Deutschland und stand in direktem Kontakt zu Hermann Göring.

»Der müsste Solari doch eigentlich gefallen«, flüsterte Graziella Nick zu.

»Seiner drohenden Verhaftung«, erzählte Solari weiter, »entzog er sich durch Flucht nach Argentinien. Er soll ein guter Freund von Perón sein. Außerdem war er Meister vom Stuhl der geheimen Freimaurerloge *Propaganda Due*, Mitglied des Malteserordens und des Ritterordens vom Heiligen Grab zu Jerusalem. Bei diesem Mann liefen viele Fäden zusammen. Und deshalb ist sein Name auch im Zusammenhang mit dem Skandal um die Mailänder Bank Banco Ambrosiano aufgetaucht. Eine gut getarnte Abteilung dieser Bank, an der auch die Vatikanbank Istituto per le Opere di Religione beteiligt war, diente der Geldwäsche, um Kokaingeld aus Lateinamerika in die legalen Finanzmärkte einzuschleusen. Als nach dem Banco-Ambrosiano-Skandal Gellis Villa durchsucht wurde, fand sich dort eine Liste mit knapp tausend Mitgliedern der Geheimloge, unter ihnen die gesamte Führung der Geheimdienste, Parlamentsabgeordnete, hochrangige Militärs, Richter, Polizisten, leitende Geschäftsleute, Bankiers und Journalisten. Der gesamte italienische Staatsapparat war mit P2-Leuten durchsetzt. Ein Riesenskandal. Der zweite Artikel hat indirekt damit zu tun. Da geht es um den Tod von Roberto Calvi, auch ›Bankier Gottes‹ genannt, ebenfalls Mitglied der Geheimloge und Chef der Banco Ambrosiano. Calvi wurde im Juni 1982 erhängt in London aufgefunden. Sein Leichnam hing an einem Strick von der Blackfriars Bridge herunter.« Solari verstummte plötzlich und blätterte in den Papieren.

»Wo bleibt denn diese Autobahnauffahrt?«, fragte Graziella.

Aber in dem dichten Nebel ließ sich die Umgebung nur erahnen. Am Straßenrand schwebten, in großer Höhe und regelmäßig angeordnet, Laternen wie düstere Sonnen. Ein Industrieareal vermutlich.

»Franco Marin«, sagte Nick, »hat also Mitte und Ende August diese beiden Artikel veröffentlicht, und einen Monat später war er tot.«

»Ja.«

»Als Sie sagten, Sie seien davon überzeugt, dass Franco ermordet worden ist, sind Sie davon ausgegangen, dass sein Tod etwas mit den Recherchen zu dem Kinderhändlerring und der Congregazione di Gesù Sacerdote zu hat, richtig?«

»Ja.«

»Warum eigentlich?«, fragte Nick. »Ich könnte mir vorstellen, dass man ein großes Risiko eingeht, wenn man sich als Journalist mit Leuten wie diesem Gelli oder seiner Geheimloge anlegt.«

»Ganz bestimmt sogar«, sagte Solari. »Allerdings hat Franco in diesen beiden Artikeln nur über Dinge geschrieben, die zu dem Zeitpunkt bereits bekannt waren. Vielleicht hat er Verbindungen hergestellt, vielleicht Zusammenhänge aufgezeigt, das ja ... aber ich kann nicht erkennen, dass er hier irgendwelche Geheimnisse aufgedeckt hätte. Nein, ich kann mir nicht vorstellen, dass man ihn deswegen umgebracht hat.«

»Und der letzte Artikel, der kurz vor seinem Tod veröffentlicht wurde?«

»Der ist mir, ehrlich gesagt, völlig rätselhaft«, sagte Solari. »Er hat weder etwas mit seinen sonstigen Themen zu tun noch mit *Propaganda Due* oder Calvi.« Wieder hielt Solari eine Kopie unters Licht. »Es ist ein relativ kurzer Artikel über eine ursprünglich aus Indien stammende Sekte namens Ananda Marga. Franco beschreibt die Philosophie der Sekte und ihre Ausbreitung in Oberitalien. Keine Ahnung, was ihn daran interessiert hat. Und besonders brisant scheint mir daran auch nichts zu sein.« Wieder hielt er das Papier unter das Licht. »Das Einzige, was einen in unserem Zusammenhang aufmerken lässt, ist das Symbol der Sekte.« Er reichte die Kopie nach vorne. Graziella nahm sie ihm ab und hielt sie so, dass Nick einen Blick darauf werfen konnte: Das Symbol bestand aus einem Stern aus zwei ineinandergefügten, gleichseitigen Dreiecken. In deren Mitte befand sich eine aufgehende Sonne und darin: eine Swastika. »Aber dass die Swastika aus dem indischen Raum kommt, ist ja kein Geheimnis«, sagte Solari. »Daraus irgendeine Verbindung zu dem Hakenkreuz auf den LUDWIG-Bekennerschreiben zu konstruieren, scheint mir abwegig.«

»Macht Franco das?«, fragte Nick. »Stellt er eine Verbindung her?«

»Nein, tut er nicht«, sagte Solari.

Graziella versuchte den Text zu entziffern: »Das nach oben gespitzte Dreieck ...« Ungeduldig brach sie ab und reichte ihn Solari zurück. Sie verhandelten kurz, woraufhin Solari vorlas und Graziella übersetzte: »Das nach oben gespitzte Dreieck symbolisiert Energie und Dienst, das nach unten gespitzte Wissen und Erkenntnis. Die aufgehende Sonne symbolisiert Fortschritt und die Swastika permanente spirituelle Erfüllung.«

Nachdem sie eine Weile schweigend weitergefahren waren, sagte Solari unvermittelt: »Nein, ich glaube nicht, dass diese Artikel etwas mit Francos Tod zu tun haben, und ich glaube auch nicht, dass Professor Cassata sie gesammelt hat, weil er darin irgendwelche Erkenntnisse über LUDWIG vermutet hat.«

»Aber warum dann?«, fragte Nick.

»Ich glaube, Cassata hat sich für die *Person* Franco Marin interessiert. Er hat die Artikel gesammelt, weil er darin etwas über Franco zu erfahren hoffte.«

»Aber die Artikel lagen nun mal bei den LUDWIG-Unterlagen«, gab Nick zu bedenken, »das kann eigentlich nur bedeuten, dass Cassata eine Verbindung zwischen Franco Marin und LUDWIG erkannt hat.«

Spät erreichten sie Verona. Solari kochte eine schnelle Pasta, denn nach der langen, anstrengenden Fahrt hatten sie alle Hunger. Nach dem Essen kümmerten sie sich um die Tiere und gingen schlafen. Als sich Graziella zu Nick ins Bett kuschelte, sagte sie: »Ich hatte jetzt schon drei Nächte hintereinander keinen Albtraum mehr. Ich glaube, das liegt an dir.«

Sie küsste ihn und schlief sofort ein. Er konnte ihren regelmäßigen Atem hören. Was, überlegte Nick, wenn ihre Albträume gar nicht verschwunden sind, sondern sich einfach in die Wirklichkeit verlagert haben? War nicht, was sie gerade erlebten, ein einziger lang anhaltender Albtraum? Die Jagd nach einem Phantom, das nicht zu fassen war, Nebelfahrten, Märsche durch endlose Gefängnisflure, ein kleiner, eulenhafter Mann, auf einem Betstuhl kniend, der von Purifikation und dem germanischen Wesen redete, von Rhythmen und Runen. Bilder aus der Hölle, ein Lurch aus zusammengewachsenen Leibern. Verbrannte, erstochene und zerschlagene Menschen. Vanessa. Selbst die Tatsache, dass Graziella in ihrem geblümten Nachthemd neben ihm lag, kam Nick plötzlich unwirklich vor. Der Leguan beobachtete sie, und in den Gassen wanderten die lebenden Toten umher.

Der nächste Morgen war zerfahren. Alle waren nervös, keiner wusste so recht, was er mit der Zeit anfangen sollte. Solari brachte kaum ein Wort heraus, verzog sich schnell wieder auf sein Zimmer. Graziella sagte, sie wolle nach der Contessa sehen, aber Nick vermutete, dass es nur ein Vorwand war, um aus der Wohnung herauszukommen.

Nick rief Aki an, um ihm von seinem Treffen mit Cassata zu berichten. Doch der schnitt ihm das Wort ab: »Eines vorneweg: Wir haben Pavel Zelenka gefunden.« Der Hund eines Spaziergängers hatte seine Leiche im Wald entdeckt. Ihm fehlte die rechte Hand. Vom mutmaßlichen Täter Mirko/Marko fehlte aber noch immer jede Spur. »Wir vermuten, dass er sich nach Jugoslawien abgesetzt hat. Aus den Leuten von Zigeuner-Heinz war nichts herauszukriegen.«

Nick wollte wissen, ob Zigeuner-Heinz weiterhin wegen des Brandanschlags aufs Liverpool verdächtig sei. Aki meinte jedoch, sie hätten ihm absolut nichts nachweisen können. »Natürlich besteht immer noch die Möglichkeit, dass er irgendwen beauftragt hat, aber obwohl wir Tonnen an Material gesichtet haben, hat sich keine heiße Spur ergeben. Jetzt du.«

Also berichtete Nick von seinem Treffen mit Professor Cassata. Nachdem Aki sich alles angehört hatte, fragte er: »Und wie schätzt du ihn ein? Ist das unser Mann?«

»Ich bin mir nicht sicher«, sagte Nick. »Da ist noch eine Verbindung zu einem verstorbenen Journalisten aufgetaucht, der muss ich nachgehen.« Er berichtete, dass er Cassata später erneut treffen und danach hoffentlich schlauer sein werde. Es war nicht viel, was Nick zu bieten hatte, aber Aki wirkte dennoch erleichtert. »Immerhin«, sagte er, »bisschen was tut sich ja bei euch.«

Schließlich sagte ihm Aki noch, dass er mit »denen da oben« geredet habe, »wegen eurer Jobs und Disziplinarmaßnahmen und so …«.

»Und? Kann Graziella weitermachen?«

»Ich bearbeite sie noch ein bisschen, aber ich denke, das wird. Am besten wäre natürlich, ihr bringt uns diesen LUDWIG, dann hat sich das eh erledigt. Ich wünsche euch viel Glück, Nick«, sagte er und legte auf.

Bevor sie zum Gefängnis aufbrachen, trafen sie sich in der Küche und besprachen gemeinsam, was sie unbedingt von Cassata erfahren wollten. »Im Moment«, sagte Nick, »kann sich das ja in beide Richtungen entwickeln. Entweder haben die Ermittler inzwischen Beweise gegen ihn in der Hand, oder sie haben Entlastendes gefunden. Dann werden sie ihn nicht länger festhalten können, und wir müssen damit rechnen, dass dies die letzte Möglichkeit ist, mit ihm zu reden. Denn dass Cassata noch mit uns kooperieren wird, wenn er wieder in Freiheit ist, bezweifle ich.«

Dazu würde ihnen Capitano Massagrande sicher mehr sagen können. Auch auf dieses Treffen war Nick gespannt. Aber erst einmal war Cassata dran. Nach dem Fund der Zeitungsartikel hofften natürlich alle zu erfahren, welche Art von Verbindung der Professor zum Journalisten Franco Marin hatte. Das war das Wichtigste, nicht nur für Solari. Außerdem hatte sich Nick vorgenommen, den Professor zu seiner Bewertung des Anschlags auf das Liverpool zu befragen. Nicht weil er sich bahnbrechende Erkenntnisse erhoffte, sondern einfach weil er Cassatas Denkweise besser kennenlernen wollte. Die Antwort würde ihm helfen, den Mann noch besser einzuschätzen.

»Wir sollten ihm unbedingt das Schwarz-Weiß-Foto von den beiden stehenden Toten zeigen«, sagte Graziella. »Ich habe das Gefühl, wenn einer dazu etwas sagen kann, dann ist es Cassata.«

»Gute Idee«, sagte Solari, und Nick legte das Foto in die Mappe mit den Zeitungsartikeln. Dann sagte er: »Ich möchte heute allein mit ihm reden, Graziella.«

Zwei Falten über der Nasenwurzel. Sie war enttäuscht. Natürlich.

»Warum?«

»Er hat sich in deiner Anwesenheit unwohl gefühlt. Das hat nichts mit dir als Person zu tun. Er ist einfach gehemmt, Frauen gegenüber. Ich glaube, wenn du nicht dabei bist, öffnet er sich noch etwas mehr.«

»Der soll sich mal nicht so anstellen«, schimpfte Graziella, erklärte sich dann aber damit einverstanden und wollte mit Solari im Café warten.

Punkt 14 Uhr öffnete sich die Tür. Wieder salutierten die Justizbeamten. Cassata empfing ihn mit einem scheuen Lächeln. Als Nick an den Tisch trat und die Mappe mit den Papieren ablegte, bemerkte er die Blutergüsse im Gesicht des Professors. Die gesamte linke Gesichtshälfte war zerschlagen.

»Was ist passiert, Herr Professor?« Nick setzte sich.

»Ach.« Eine wegwerfende Handbewegung.

»Wer ist das gewesen?«

»Sie sind heute ohne Begleitung gekommen?«

»Ja.«

»Warum?«

»Ich weiß ja jetzt, dass Sie sehr gut Deutsch sprechen. Wir brauchen keine Übersetzerin. Sie können mir direkt sagen, wer Sie so zugerichtet hat.«

Ohne Nick anzusehen, sagte Cassata leise, aber eindringlich: »›Ihr habt gehört, dass gesagt wurde: *Auge um Auge, Zahn um Zahn.* Ich aber sage euch: Leistet dem, der Böses tut, keinen Widerstand! Nein, wenn dich einer schlägt auf die rechte Wange, halte ihm auch die andere hin.‹« Nach einer kurzen Pause fuhr er fort: »Nichts scheint Menschen mehr zu provozieren als Reinheit und guter Wille. Deswegen musste unser Herr Jesus Christus am Kreuz sterben. Die Menschen hatten jemanden vor sich, der Gutes wollte, ohne dabei nach dem eigenen Vorteil zu schielen, ohne Hintergedanken. Das haben sie nicht verstanden und nicht ausgehalten. Das hat sie so wütend gemacht, dass sie nur noch um sich schlagen konnten.« Wieder erschien ein sanftes Lächeln auf seinem Gesicht. »Daran hat sich offenbar nichts geändert.«

»Auch Sie wollten einfach nur Gutes tun, Herr Professor?«

»Ja, natürlich.«

»Sie wollten den Rabbi warnen, weil Sie fürchteten, ein Mitglied der jüdischen Gemeinde könnte das nächste Opfer LUDWIGs werden?«

»So habe ich es allen, die mich gefragt haben, immer wieder gesagt. Aber keiner will es hören, man scheint so lange fragen zu wollen, bis ich etwas anderes sage. Aber das wird nicht passieren, denn die Wahrheit ist die Wahrheit.« Er beugte sich ein wenig vor.

»Meine Fakultät an der Universität Pavia hat als Erste in der Region einen Computer angeschafft. Ich habe ein Programm geschrieben und den Computer mit allen Daten gefüttert, die ich zu LUDWIG gesammelt hatte.«

»Hat der Computer das Ergebnis geliefert, das nächste Opfer könnte ein Jude sein?«

»Richtig.« Cassata nickte zufrieden. »Und nun frage ich Sie: Hätte ich diese Erkenntnis für mich behalten sollen?«

Für Sie, Herr Professor, wäre es ganz bestimmt besser gewesen, dachte Nick. Aber er ging nicht darauf ein. »Darf ich Ihnen eine Frage stellen?«

»Natürlich.«

»Der Brandanschlag auf das Liverpool in München – wie weit sind Sie damit vertraut?«

»Ich habe alles darüber gelesen, was ich in italienischen und deutschen Zeitungen dazu finden konnte.«

»Sie kennen ja nun alle Fälle, die der Organisation LUDWIG zugeschrieben werden, bestens. Passt der Anschlag auf das Liverpool für Sie zu den anderen Taten? Zu den Morden im Prostituierten- und Drogenmilieu, zur Tötung der Geistlichen? Ist das für Sie ein und dieselbe Handschrift?«

Cassata sah Nick an, als verstünde er die Frage nicht. »Sie zweifeln daran, dass LUDWIG diese Taten begangen hat?«

»Ich wüsste gern Ihre Einschätzung dazu.«

»Ja natürlich hat LUDWIG all das getan!« Cassata wirkte empört. »Es geht ihm darum, die Sünde auszumerzen. Mit Eisen und Feuer. Es ist die Reinigung der Welt von Sünde und Laster, die sich LUDWIG vorgenommen hat, nicht mehr und nicht weniger. Und ich denke, jeder, der den Zustand unserer Welt kennt, wird das nachvollziehen können. Verstehen Sie mich bitte nicht falsch«, fügte er eilig hinzu. »Ich will damit seine Taten nicht verteidigen oder gar schönreden. Beileibe nicht. ›Du sollst nicht töten.‹ LUDWIG begeht eine Todsünde. Ganz ohne Zweifel. Aber das Konzept dahinter verstehe ich. LUDWIG reinigt die Welt von der Sünde. Darum geht es.«

»Danke, Herr Professor, für diese Einschätzung. Und hier ist noch etwas, worüber Sie mir vielleicht Auskunft geben können …« Nick öffnete die Mappe, holte das Schwarz-Weiß-Foto mit den stehenden Toten hervor und reichte es Cassata über den Tisch. Das eulenhafte Gesicht des Professors versteinerte. »Wo haben Sie das her?«, fragte er scharf.

»Sie kennen das Foto?«

»Es ist noch gar nicht so lange her, im September letzten Jahres, wenn ich mich recht erinnere, da wurde mir genau dieses Foto schon einmal vorgelegt …«

Und plötzlich erkannte Nick den Zusammenhang.

»Von wem?« Er wusste die Antwort, wollte sie aber aus Cassatas Mund hören.

»Von einem Journalisten, der …«

Nick reichte ihm die Artikel von Franco Marin über den Tisch. Cassata warf einen kurzen Blick darauf und nickte. »Ja, dieser Herr Marin war bei mir … Die Artikel haben Sie aus meiner Wohnung?«

»Ja«, sagte Nick. »Was wollte Franco Marin von Ihnen, Herr Professor?« Er war nun hellwach. Sein Instinkt sagte ihm, dass etwas Entscheidendes bevorstand.

»Herr Marin hat sich bei mir gemeldet«, begann Cassata zögernd.

»Hat er Sie angerufen? Zu Hause oder in der Universität?«

»Er hat ganz offiziell über das Sekretariat meiner Fakultät Kontakt aufgenommen. Wir haben miteinander telefoniert. Er schien mir sehr höflich und gebildet …«

»Was genau hat er gesagt?«

»Er sei Journalist und recherchiere zum Fall LUDWIG. Ihm sei zu Ohren gekommen, dass ich in diesem Fall Spezialist sei.« Ein selbstgefälliges Lächeln breitete sich über Cassatas Gesicht aus.

»Woher wusste er denn von Ihnen? Waren Sie zu dem Zeitpunkt schon mal irgendwo an die Öffentlichkeit getreten?«

»Ich habe ihm diese Frage auch gestellt …«

»Und?«

»Er hat sie mir nicht beantwortet. Und so bin ich davon ausgegangen, dass … Ich hatte zuvor, in einem sehr bescheidenen Rahmen, an meiner Universität einen Vortrag gehalten, in dem ich meine Einschätzung des Falls LUDWIG kundgetan habe. Ein paar Kollegen waren da und einige Studenten. Ich vermute, dass er vielleicht über einen der damals Anwesenden auf mich gekommen ist.« Cassata hielt inne. »Herr Marin war, wie gesagt, sehr höflich, aber auch sehr bestimmt. Ich hatte natürlich selbst Fragen und wollte einiges von ihm wissen. Aber er hat mir gleich zu Beginn unseres Gesprächs klargemacht, dass er mir dankbar wäre, wenn ich ihm helfen würde, dass er mir aber keine Fragen beantworten könne. Das habe, so erklärte er mir, mit seinem journalistischen Berufsethos zu tun. Er dürfe, wenn er mitten in den Recherchen sei, über bestimmte Dinge nicht sprechen …«

»Was für Recherchen? Hat er die näher benannt?«

»Nein«, sagte Cassata. »Er fürchtete wohl, sich oder andere zu gefährden, wenn er zu viel preisgäbe. Das habe ich akzeptiert.«

»Wann haben Sie den Vortrag gehalten?«, fragte Nick.

»Das muss Ende April letzten Jahres gewesen sein, nach dem Mord an Padre Bison in Trient …«

»Sie waren am Tag der Tat in Trient? Ist das richtig?«

»Ja. Ein Zufall, der mir das Leben gerade sehr schwer macht.«

»Das glaube ich«, sagte Nick und beließ es dabei. Die Überprüfung von Cassatas Alibis war Sache der italienischen Kollegen.

»Aber zurück zu Franco Marin. Er hat Sie also angerufen, und Sie haben sich getroffen …«

»Zuerst«, Cassata klopfte mit dem Finger auf die Kopien, »hat er mir diese Artikel geschickt. Denn ich wollte wissen, mit wem ich es zu tun habe. Schließlich kann am Telefon jeder behaupten, er sei Journalist.«

»Die Artikel dürften Ihnen nicht besonders gefallen haben.«

»Darum ging es nicht. Ich wollte wissen, ob ich es mit einem seriösen Journalisten zu tun habe. Und das hatte ich, das wusste ich nach der Lektüre. Also habe ich ihn empfangen.«

»Bei Ihnen zu Hause?«

»Sinnvollerweise. Dort befinden sich, wie Sie wissen, alle meine Unterlagen zu LUDWIG.«

»Franco Marin hat Sie also zu Hause besucht. Was genau wollte er von Ihnen wissen?«

»Er hat mich, wie Sie auch, nach meiner Einschätzung zum Fall LUDWIG befragt. Ganz generell. Und dann hat er noch ein paar spezifische Fragen gestellt. Besonders schienen ihn die Morde an den Geistlichen zu interessieren. Allerdings …« Cassata stockte. »Allerdings hatte ich im Nachhinein das Gefühl, dass das alles nur – wie sagt man auf Deutsch? – ein Vorspiel … nein, Vorgeplänkel war, ein schönes Wort übrigens.«

»Wie meinen Sie das?«

»Ich glaube, er hat mich nur treffen wollen, um mir dieses Foto zu zeigen.« Cassata betrachtete das Bild nachdenklich.

»Was hat er zu dem Foto gesagt?«

»Er hoffte, dass ich ihm helfen könnte, es einzuordnen. Er wollte wissen, was darauf zu sehen ist.«

»Und? Konnten Sie ihm helfen?«

»Ich denke, ja.« Cassata nahm das Foto auf, hielt es schweigend in den Händen. Nick konnte seine Ungeduld kaum mehr zügeln. Er wollte gerade nachhaken, als Cassata sagte: »Jetzt müssen Sie mir aber erst einmal erklären, wo Sie das Foto herhaben.«

Nick versuchte es mit der Kurzversion: »Wir haben es in Marins Wohnung gefunden. Es lag auf seinem Schreibtisch. Wir mussten davon ausgehen …«

»Heißt das«, unterbrach Cassata, »Herr Marin ist tot?«

»Ja. Er ist Ende September letzten Jahres an Herzversagen gestorben. Das wussten Sie nicht?«

»Nein«, sagte der Professor, und Nick glaubte ihm. Er wirkte ehrlich betroffen.

»Das muss ja dann sehr bald nach unserem Treffen passiert sein«, sagte Cassata nachdenklich. »Auf mich wirkte er völlig normal und gesund … Sind Sie sicher, dass er eines natürlichen Todes gestorben ist?«

Sicher war Nick keinesfalls. Aber er wollte endlich wieder zum Foto zurückkommen, das ihn so brennend interessierte, deshalb sagte er: »Ja«, und fügte schnell hinzu: »Aber was konnten Sie ihm denn nun zu dem Foto sagen?«

»Wie gut kennen Sie sich mit der Geschichte Mexikos aus?«, fragte Cassata, schien aber keine Antwort zu erwarten, denn er fuhr sogleich fort: »Zwischen 1926 und 1929 fand in Mexiko ein Bürgerkrieg statt, in dem katholische Aufständische, meist Bauern aus den ländlichen Gebieten, gegen die Soldaten von Staatspräsident Calles kämpften. Die Bauernmilizen wehrten sich gegen die Umsetzung der antiklerikalen Verfassung und bestanden auf ihrer Religionsfreiheit. Der Konflikt schaukelte sich hoch und entwickelte sich von einem Kulturkampf zu einer landesweiten Aufstandsbewegung gegen das Calles-Regime. Dieser Bürgerkrieg wurde von beiden Seiten mit unglaublicher Brutalität geführt. Im ganzen Land hingen die Leichen von den Bäumen und an den Masten entlang der Bahnstrecken. Die katholischen Aufständischen nannten sich schlicht ›*Cristeros*‹ oder ›*Guerrilleros de Cristo Rey*‹, also ›Krieger des Christkönigs‹. Schauen Sie, hier …« Cassata deutete auf das Foto. »An ihrer Kleidung ist gut zu erkennen, dass es sich bei diesen Männern um zwei solcher ›Krieger‹ handelt. Dieses Foto hat insofern eine gewisse Berühmtheit erlangt … nein, Berühmtheit ist in diesem Zusammenhang wohl sehr relativ. Ich glaube nicht, dass viele Menschen überhaupt je von diesem Bürgerkrieg gehört haben.«

Nick, dem das alles neu war, bezweifelte es auch.

»Das Foto«, fuhr Cassata fort, »zeigt die Hinrichtung zweier *Cristeros* durch Regierungssoldaten. Durch ihre Körperhaltung und dadurch, dass sie im Moment der Aufnahme noch stehen, wirken sie wie entrückt, bereits tot, aber doch noch lebendig. Und durch den Lichteinfall von rechts oben scheinen sie in göttliches Licht zu schauen und die Augen geblendet zu schließen.«

»Das heißt, da wurde genau im richtigen Moment auf den Auslöser gedrückt?«, fragte Nick. »Denn da geht es ja um Sekundenbruchteile.«

»So etwas ist natürlich nicht kalkulierbar«, sagte Cassata, »das ist einer dieser raren Momente, wo aus einem technischen Prozess etwas Magisches entsteht. Dieses Foto wurde schnell zu einem Symbol für die Unbezwingbarkeit der gesamten katholischen Aufstandsbewegung. Es wurde zum Inbegriff für die Kraft, ja die Unsterblichkeit der ›Krieger des Christkönigs‹, sozusagen der bildgewordene Schlachtruf ›*Viva Cristo Rey!*‹«

Eine Pause entstand. Nick betrachtete das Foto.

»Und genau das haben Sie Franco Marin auch erzählt?«

»Ja.«

»Hat er Ihnen gesagt, warum ihn das Foto so interessierte?«

»Ich habe ihn genau das gefragt. Aber er sagte, er könne mir das nicht beantworten.«

»Warum nicht?«

»Ich weiß es nicht. Er wollte dazu nichts sagen, deshalb habe ich auch nicht weiter insistiert.« Nick hatte genug gehört und kein Bedürfnis, das Gespräch unnötig in die Länge zu ziehen. Sie wechselten noch ein paar höfliche Floskeln, und am Schluss fragte Nick: »Kann ich noch irgendetwas für Sie tun, Herr Professor?«

»Nein, vielen Dank«, sagte Cassata mit feinem Lächeln. »Ich bin in sehr guten Händen.« Mit Blick auf sein verletztes Gesicht bezweifelte Nick das, aber er sagte nur: »Vielen Dank, Herr Professor, Sie haben mir sehr geholfen.«

Aber noch während Nick dem Justizbeamten über den Flur folgte, war er sich dessen nicht mehr sicher. Gut, er wusste jetzt, wie das Foto einzuordnen war, und hatte einiges über die politische Situation im Mexiko der Zwanzigerjahre erfahren. Aber wie hilfreich waren diese Informationen wirklich?

»Die ›Krieger des Christkönigs‹?« Graziella nippte ratlos an ihrem Kaffee.

»Ich frage mich«, sagte Nick, »was wir uns eigentlich erhofft haben. Dass es sich um ein altes Foto handelt, wussten wir. Sogar mit der ungefähren Datierung lagen wir richtig. Welche durchschlagenden Erkenntnisse haben wir von einem sechzig Jahre alten Foto denn ernsthaft erwartet?«

Solari, der so lange versucht hatte, das Rätsel um das Foto zu lösen, war doppelt enttäuscht. Er hatte die Lösung in Händen, wusste aber nichts damit anzufangen. »Franco hat dem Professor wirklich nicht erzählt, woher er das Foto hatte?«, fragte er nun schon zum dritten Mal. Er konnte es nicht glauben.

Graziella fasste die allgemeine Ratlosigkeit in der einen Frage zusammen: »Warum Mexiko?«

Sie ließen den ratlosen Solari im Café sitzen und gingen zu Fuß zur Caserma Pastrengo.

»Welche Verbindung gibt es zwischen der Organisation LUDWIG und dem Aufstand katholischer Bauern in Mexiko in den Zwanzigern?«, fragte Graziella plötzlich. Da hatten sie die Hälfte des Weges schon schweigend zurückgelegt.

»Ich frage mich, ob da überhaupt eine Verbindung besteht«, sagte Nick. »Wir wissen ja durch seine Artikel, dass sich Franco Marin im August und September 83 mit ganz anderen Themen befasst hat …«

»Mit Gelli und *Propaganda Due*.«

»Vielleicht«, führte Nick seine Überlegung fort, »hat das Foto ja damit irgendwas zu tun.«

»Wäre aber mindestens genauso seltsam«, sagte Graziella.

Weiter kamen sie nicht, denn sie hatten die Kaserne erreicht und mussten ihre Besucherausweise vorzeigen. Im dritten Stock war die Anspannung deutlich zu spüren. Es ging zu wie in einem Taubenschlag. Massagrande empfing sie freundlich, wirkte aber angegriffen. Der Druck steige gewissermaßen stündlich, erklärte er. Habe die Presse Cassata anfangs noch als Monster und klaren Schuldigen dargestellt, sei die Stimmung inzwischen umgeschlagen und richte sich nun gegen den italienischen Justizapparat, dem in seiner Gesamtheit Unfähigkeit und Willkür unterstellt werde. »Wenn das so weitergeht, ist Cassata morgen die verfolgte Unschuld in Person, ein Heiliger.« Massagrande stöhnte. »Aber so oder so, wir werden ihn nicht länger in Untersuchungshaft halten können. Das hat der Staatsanwalt schon durchblicken lassen.«

»Frag ihn doch bitte, welche neuen Erkenntnisse sie haben«, sagte Nick zu Graziella.

»Sein Aufenthalt in Trient am Tag der Tat«, übersetzte Graziella, »scheint wirklich reiner Zufall gewesen zu sein, und für die meisten der anderen Morde hat er, wie es im Moment aussieht, ein Alibi. Cassata scheint unschuldig zu sein. Zu dieser Einschätzung passt auch das hier.« Massagrande reichte Graziella einen Brief. Sie lächelte charmant und wechselte zwei Sätze mit dem Capitano, woraufhin der den Brief vorlas und Graziella seine Worte übersetzte. Der Brief war eine Art Petition, von mehreren Professoren der Universität Pavia unterzeichnet. Darin schilderten sie Cassata als einen etwas verschrobenen, aber allseits geschätzten und integren Kollegen, der keiner Fliege etwas zuleide tun könne. Das verbiete ihm allein schon sein tiefer Glaube. Sie forderten eine schnelle Freilassung Cassatas, denn andernfalls, so wörtlich, »begeht die italienische Justiz einen großen Fehler und bringt – wieder einmal – einen Unschuldigen hinter Gitter«.

»Wir stehen also wieder bei null«, resümierte Massagrande. Das Gespräch war eigentlich beendet, als Nick das zerschlagene

Gesicht des Professors erwähnte. Massagrande, der davon noch nichts gewusst hatte, wirkte betroffen und verärgert und wollte Genaueres erfahren. Nick erzählte, dass Cassata nicht gesagt habe, wie seine Verletzung zustande gekommen sei, sondern nur Andeutungen gemacht habe. »Und dann haben wir uns hauptsächlich über die politische Situation Mexikos in den Zwanzigerjahren und die ›Krieger des Christkönigs‹ unterhalten«, schloss Nick seinen Bericht scherzhaft ab. Als Graziella ihre Übersetzung mit *Guerriglieri di Cristo Re* beendete, wie »Krieger des Christkönigs« auf Italienisch heißt, wurde Massagrande plötzlich hellhörig. »*I Guerriglieri di Cristo Re*«, wiederholte er. Nachdem er einige Sätze mit Graziella gewechselt hatte, griff er zum Telefonhörer. Graziella erklärte Nick die Situation: »Er hat gefragt, ob wir noch einen Moment Zeit hätten ... Haben wir doch, oder?«

»Worum geht's denn?«

»Er selbst hat gleich einen Termin beim Staatsanwalt, aber er möchte gerne, dass wir uns etwas ansehen. Im Zusammenhang mit diesen ›Kriegern des Christkönigs‹. Er gibt gerade im Archiv Bescheid.«

Massagrande sagte zwei knappe Sätze, die für Nick wie Kommandos klangen, und legte den Hörer wieder auf. Nach einem weiteren kurzen Wortwechsel mit Graziella stand er auf, reichte beiden die Hand, »*Arrivederci*«, und verließ das Büro.

»Was ist denn los?« Nick sah Graziella hilflos an. Manchmal war es wirklich lästig, nichts zu verstehen. Aber sie versicherte ihm, sie wisse auch nicht mehr. Massagrande habe nur gesagt, sie sollten hier warten. Jemand werde sie abholen und ins Archiv bringen. Und tatsächlichklopfte es kurz darauf an der Tür, und ein junger Brigadiere rief: »*Venite!*«

Das Archiv befand sich im Keller der Kaserne. Beton, Neonlicht und Metallregale, bis oben vollgestellt mit Kartons. Drei Tische standen an der Wand. Der Brigadiere machte eine einladende

Handbewegung: »*Accomodatevi*«, und verschwand im Regallabyrinth. Nick schnappte sich einen Stuhl vom Nebentisch und setzte sich zu Graziella. Nachdem sie sich einen Moment lang stumm angesehen hatten, packte sie seinen Kopf mit beiden Händen und küsste ihn leidenschaftlich. Und dann, wie ein Kind, das sein Spielzeug fallen lässt, um sich dem nächsten zuzuwenden, ließ sie plötzlich von ihm ab. »Hörst du das?«, flüsterte sie.

Ganz still saßen sie da und lauschten. Jetzt hörte Nick es auch. Ein monotones, tiefes Brummen. Es schien aus der Wand zu kommen. Nick meinte, eine leichte Vibration zu spüren. »Wahrscheinlich ist der Heizungskeller nebenan«, sagte er.

Der Brigadiere kam in Begleitung eines zweiten Beamten, des Archivars offenbar, zurück, tippte sich grüßend an die Uniformmütze und verschwand. Der Archivar, verschlafen und dick, trug Handschuhe und stellte einen Karton auf den Tisch.

Graziella stellte ihm eine Frage. Er zuckte mit den Schultern, nuschelte etwas und ging dann ebenfalls.

»Lass mich raten«, sagte Nick. »Du hast gefragt, was in dem Karton ist, er hat geantwortet: ›Keine Ahnung‹, und ist gegangen?«

»Fast«, sagte Graziella, »er hat noch gesagt, dass sein Büro direkt gegenüber ist, falls wir Fragen haben.«

»Die er uns dann auch nicht beantworten kann.«

»*Esatto.*«

»Mauro Zamboni, 03/03/74« stand auf der Kiste. Nick hob den Deckel ab. Drei vergilbte Aktenordner und ein Briefumschlag lagen darin, eine Menge Papier. »Puh«, machte Graziella. »Ich denke, du kannst erst mal eine Zigarette rauchen gehen. Oder auch zwei.«

Aber Nick wollte nicht rauchen. Er wollte wissen, warum er hier war. Also verschafften sie sich gemeinsam einen Überblick. Die erste Mappe war voller Unterlagen zum »Tötungsdelikt zum Nachteil Mauro Zambonis«; in der zweiten Mappe ging es um einen weiteren Todesfall, der offenbar mit dem ersten zusammenhing. Der Name des Toten war Silvio Ferrari, gestorben am 19. Mai

1974 in Brescia. Die dritte Mappe trug die Aufschrift »*Anno Zero*«. Nachdem sie einen flüchtigen Blick hineingeworfen hatte, schüttelte Graziella ungeduldig den Kopf. »*Anno Zero*,› Jahr null‹. Keine Ahnung, schau ich mir nachher noch mal an.« In einem Briefumschlag befanden sich Schwarz-Weiß-Fotos. Also nahm sich Graziella die erste Mappe vor und drückte Nick den Umschlag in die Hand. »Das ist ein Job für dich.«

Nick sah sich die Fotos an. Das erste, das zweite ... Sie zeigten alle dasselbe Motiv, jeweils aus einer etwas anderen Perspektive aufgenommen. Erst als er das dritte Bild betrachtete, wurde ihm klar, was da eigentlich abgebildet war, und ihm wurde flau im Magen. Eine Hauswand mit zwei Türen im Hintergrund. Auf der Straße davor lag deformiert und ausgebrannt das Wrack eines Motorrollers, einer Vespa vielleicht, und im Vordergrund, auf dem Bauch liegend, der zerfetzte Leichnam eines jungen Mannes. Beide Beine waren auf Höhe der Oberschenkel abgetrennt. Bei genauerem Hinsehen meinte Nick, ein Bein neben dem Kopf des Mannes und das andere am Wrack des Motorrollers zu erkennen. Der Tote trug eine schwarze Jacke und lag in einer Blutlache, um ihn herum Metallteile und Scherben. Ein Detail wirkte in diesem Bild der Zerstörung geradezu grotesk: Der junge Mann war auffallend gut frisiert. Die anderen Fotos, aus größerer Entfernung aufgenommen, zeigten, dass der Ort des Geschehens mitten in einer Stadt war. Nick drehte die Fotos um, in der Hoffnung auf weitere Informationen, aber sie waren alle nicht beschriftet. Die übrigen Fotos zeigten eine Beerdigung. Viele Menschen. Ein opulent geschmückter Sarg. Ein besonders aufwendiges Blumengebinde erregte Nicks Aufmerksamkeit. Ein Kranz, in dessen Innerem aus weißen Blumen eine Doppelaxt gestaltet war. Nick zeigte Graziella das Foto. Ein kurzer Blick genügte ihr. »Das ist das Symbol von *Ordine Nuovo*, einer faschistischen Terrortruppe.«

Nach einer kurzen Pause fügte sie leise hinzu: »Ich kriege langsam Angst, Nick.«

Er deutete auf die Mappe in ihrer Hand. »Hast du schon einen Überblick?«

»Gib mir noch ein paar Minuten.«

Jetzt ging er doch eine rauchen. Oder zwei. Und machte einen Spaziergang durchs Gebäude.

Als er zurückkam, wirkte Graziella noch bedrückter.

»Ich habe zum ersten Mal das Gefühl, dass wir aufhören sollten«, sagte sie.

Er setzte sich zu ihr und nahm ihre Hand. Stille. Nur das monotone Brummen aus dem Heizungskeller.

»Was steht in diesen Unterlagen, Graziella?«

»Mauro Zamboni, siebzehn Jahre alt, Schüler aus Verona, wird am Abend des 3. März 1974 durch einen Kopfschuss getötet.« Sie flüsterte fast. »Mitten in Verona, in einer Wohngegend. Mauro war an diesem Abend mit zwei älteren Freunden unterwegs, die zu einer linken Studentengruppe gehörten. Auf dem Heimweg bemerkten sie vier junge Männer, dunkel gekleidet, die Plakate an eine Hauswand klebten. Es waren politische Plakate, gegen das liberale Scheidungsrecht. Als Mauro und seine Freunde die Plakatkleber ansprachen, kam es zum Streit, und einer der dunkel Gekleideten zog plötzlich eine Waffe und erschoss Mauro Zamboni. Die anderen konnten flüchten. Im Zuge der Ermittlungen stießen die Carabinieri auf eine rechtsextreme Gruppierung aus Schülern und Studenten, die sich ›*Guerriglieri di Cristo Re*‹ nannten.«

Graziella sah Nick unsicher an.

»Die ›Krieger des Christkönigs‹«, sagte Nick nachdenklich. »Also nicht nur Mexiko in den Zwanzigern, sondern auch Verona in den Siebzigern.«

»Ja.« Graziella blätterte die Akten durch. »Allerdings klingt das hier für mich so, als hätten die Ermittler diese Gruppierung nicht recht ernst genommen. Da waren wohl auch Dreizehnjährige dabei. Eine ›lose Gruppierung Jugendlicher‹, schreiben die Ermittler, die sich zu der Zeit auf der Piazza Vittorio Veneto traf und als rechtsextrem galt oder gelten wollte. Die meisten kamen aus dem Umfeld des Liceo Scientifico Girolamo Fracastoro. Das scheint ein elitäres Gymnasium im Reichenviertel Borgo Trento zu sein.«

»Die ›Krieger des Christkönigs‹, mit denen wir es hier zu tun haben, waren also rechtsgerichtete Bürgersöhne aus gutem Hause?«

»So klingt es, ja«, sagte Graziella. »Markenklamotten, Ray-Ban-Brillen, diese Ecke.«

»Was haben die Ermittlungen denn ergeben?«, fragte Nick. »Immerhin hat einer von denen einen Mord begangen.«

»Die Ermittlungen scheinen irgendwie im Sande verlaufen zu sein. Sie hatten diese Schüler, von denen zwei dringend verdächtigt wurden, zu den Plakatklebern zu gehören. Aber die haben alle geschwiegen, und man konnte ihnen nichts nachweisen. Es gab sogar eine Gegenüberstellung, aber die Begleiter des Opfers haben derart widersprüchliche Angaben gemacht, dass die Ermittler damit nichts anfangen konnten.« Graziella nahm sich die nächste Mappe vor. »Es gab allerdings noch eine vielversprechende Spur … und jetzt wird es richtig ernst, diese Spur führte nämlich zu einem gewissen Silvio Ferrari aus Brescia …«

»Aus Brescia?«, unterbrach Nick. »Wie Professor Cassata?«

»Ja.« Graziella nickte. »Aber ob die sich gekannt haben? Keine Ahnung. So klein ist Brescia dann auch wieder nicht. Ferrari ist Jahrgang 1953 …«

»Vier bis fünf Jahre älter dürfte Cassata schon sein. Aber ich kann mir schon vorstellen, dass sich Leute aus einem ähnlichen Milieu kannten … Egal – was ist mit diesem Ferrari?«

»Der ist 1974 zwar erst einundzwanzig Jahre alt, gilt aber schon als gestandener Faschist mit Kontakten zu *Ordine Nuovo* und einem ziemlichen Strafregister. Anschläge mit Brandsätzen und Molotowcocktails auf die Büros linker Parteien, solche Sachen. In der Nacht vom 18. auf den 19. Mai 1974 ist er auf einem Fest am Gardasee und fährt in Begleitung von zwei Kameraden gegen zwei Uhr morgens nach Hause. Niemand aus seiner Familie bekommt mit, dass er danach das Haus wieder verlässt und auf der Vespa seines Bruders davonfährt. Gegen drei Uhr dreißig fährt er auf der Via IV Novembre durch die Innenstadt von Brescia, als auf Höhe der Piazza del Mercato eine Bombe explodiert, die ihn zerfetzt und die Vespa völlig zerstört.«

Nun wusste Nick, was er auf den Fotos gesehen hatte. Er zeigte sie Graziella. Sie nickte stumm.

»Die Ermittler fanden später heraus, dass Silvio Ferrari den Sprengsatz zwischen seinen Beinen auf dem Boden der Vespa transportiert hatte. Die Bombe sollte um vier Uhr im Büro des Gewerkschaftsbundes explodieren. Die Ermittler gingen davon aus, dass der Sprengsatz zu früh gezündet wurde. Neben Silvios zerfetzter Leiche wurden eine Pistole …«, Graziella schaute in der Akte nach, »eine Beretta Kaliber 7.65 und fünf halb verbrannte Ausgaben der Zeitschrift *Anno Zero* gefunden … das ist, wie ich jetzt weiß, die Zeitschrift von *Ordine Nuovo*, die Redaktion war wohl so eine Art Zentrum … wo sich alle über den Weg liefen, Silvio Ferrari und die ›Krieger des Christkönigs‹. Dort kamen alle rechten Gruppierungen zusammen. Jedenfalls, zu Silvios Beerdigung am 21. Mai rückte die gesamte rechtsextreme Szene Oberitaliens an …«

Nick breitete die Fotos des geschmückten Sarges und des Blumengestecks mit der Doppelaxt auf dem Tisch aus. »Sieht aus wie ein Staatsbegräbnis.«

»Es kam schon während der Beerdigung zu Auseinandersetzungen zwischen linken und rechten Gruppierungen, aber was dann kam …« Graziella unterbrach sich. »… Ich wusste gar nicht, dass das eine Folge des Todes von Silvio Ferrari war oder dass es da einen Zusammenhang gibt. Aber die Geschichte, die dann kam, kennt jeder in Italien.« Sie holte einige Zeitungsartikel aus der Mappe. »Gewerkschaften und verschiedene linke Gruppen haben aufgrund dieser Geschehnisse zu einer großen Demonstration gegen das Erstarken der Faschisten in Italien aufgerufen. Die Demonstration fand am 28. Mai 1974 auf der Piazza della Loggia in Brescia statt. Obwohl es regnete, waren zehntausend Menschen gekommen. Die Leute hatten Angst vor einer reaktionären Bewegung gegen die politische Öffnung der vergangenen Jahre. Um kurz nach zehn Uhr, während der Rede eines Gewerkschafters, explodierte in einem Abfalleimer ein Sprengsatz. Acht Menschen wurden getötet: fünf Lehrer, zwei Fabrikarbeiter, ein früherer Widerstandskämpfer. Und hundertzwei Menschen wurden verletzt.«

Graziella breitete die Zeitungsausschnitte auf dem Tisch aus. Entsetzte Gesichter waren zu sehen, weinende, schreiende Menschen. Rauchschwaden über dem Platz. Polizisten, die am Boden liegende Leichen mit Tüchern abdeckten. »Diese Bilder aus Brescia haben sich eingebrannt. Jeder Italiener kann dir sagen, wo er am 28. Mai 1974 gewesen ist.«

»Wo warst du am 28. Mai 1974?«

»Ich habe Matteo vom Kindergarten abgeholt, weil er beim Klettern vom Spielgerüst gefallen war.«

»Da warst du schon in München?«

»Ja, schon seit ein paar Jahren.«

Nick sah sich die Fotos über den Zeitungsberichten an. »Haben sie die Attentäter gekriegt?«

Graziella winkte ab. »Dass da irgendjemand wirklich verurteilt wird, das erleben wir beide nicht mehr. Sie haben, wenn ich mich recht erinnere, vor drei oder vier Jahren ein paar Rechtsextreme aus Brescia dafür eingesperrt. Einer von ihnen ist dann im Gefängnis von anderen Faschisten umgebracht worden. Aber das waren alles kleine Fische … wie sagt man? Fußsoldaten. Bis sie diejenigen kriegen, die das geplant haben, das dauert noch. Wenn es überhaupt jemals gelingt.«

Schweigend saßen sie vor den furchtbaren Fotos. Tote und verstümmelte Menschen, Rechte wie Linke. Was für ein Wahnsinn, dachte Nick. »Was fangen wir denn damit jetzt an?«

»Wenn ich das recht verstehe«, sagte Graziella, »dann gab es hier in Verona in den Siebzigerjahren eine rechtsextreme Gruppierung, die sich ›Krieger des Christkönigs‹ nannte und die offenbar Beziehungen zu Silvio Ferrari und der Redaktion der *Ordine-Nuovo*-Zeitschrift *Anno Zero* hatte. Womöglich gehörte Silvio Ferrari sogar selbst zu diesen ›Kriegern‹ …«

»Ich sehe im Moment zwei Möglichkeiten«, unterbrach Nick. »Entweder machen wir es wie die Polizei damals und nehmen die Gruppe nicht ernst. Oder wir kommen zu dem Schluss, eine Gruppierung mit solchen Verbindungen könnte im Zusammenhang mit der Organisation LUDWIG interessant sein, und versuchen mehr über sie herauszufinden, zumal uns ›Krieger des Christkönigs‹ schon einmal begegnet sind, in der mexikanischen Variante zwar, aber trotzdem …« Nick hielt plötzlich inne und fragte dann unvermittelt: »Markenklamotten, Ray-Ban-Brillen. Stammt das von dir?«

»Was stammt von mir?« Graziella sah ihn verwirrt an.

»Du hast vorhin davon gesprochen, die rechten Jungs, diese Schüler, hätten sich auf einer Piazza getroffen, und du hast ihre Markenkleidung und ihre Ray-Ban-Brillen erwähnt. Stammt das von dir oder steht das so in der Akte?«

»Nein, das war eine Zeugenaussage, glaube ich.« Sie blätterte in der Mappe. »Hier! Das ist die Aussage des Lehrers Guido Amadeo. Er spricht von einer Gruppe rechter Schüler am Liceo Girolamo Fracastoro, die er offenbar verdächtigt, zu diesen ›Kriegern des Christkönigs‹ zu gehören. Er sagt wörtlich: ›Die gehörten zu den Rechten mit ihren Markenklamotten und Ray-Ban-Brillen, die sich auf der Piazza Vittorio Veneto treffen.‹«

»Bei dem Mord an Claudio Costa in Venedig«, sagte Nick, »wurde in der Nähe des Tatorts eine blutverschmierte Ray-Ban-Brille mit speziellen Linsen gefunden …«

»… und diese Brille«, ergänzte Graziella, »stammte von einem Optiker in Verona.«

Sie sahen einander stumm an. Nur das Brummen aus dem Heizungskeller war zu hören.

»Kann natürlich Zufall sein«, sagte Nick, »aber ich denke, wir sollten mit diesem Lehrer reden.«

Graziella notierte sich Namen und Anschrift des Mannes. Zur Sicherheit schrieb sie auch noch die Namen der jungen Männer ab, die von den Ermittlern verdächtigt worden waren, zu den »Kriegern des Christkönigs« zu gehören. Aber Nick hatte wenig Hoffnung, von diesen Leuten Informationen zu bekommen. Die hatten damals schon hartnäckig geschwiegen; warum sollten sie nun mit einem deutschen Polizisten reden, der in Italien nicht einmal offiziell ermitteln durfte? Nein, am erfolgversprechendsten war der Lehrer.

Sie meldeten sich beim Archivar ab, der ihnen schläfrig zunickte, und gingen in den dritten Stock hinauf. Capitano Massagrande war noch nicht wieder zurück. Nick war nicht unglücklich darüber. Er hatte das Gefühl, erst einmal mit dem Lehrer reden zu müssen, um die Spur, die sich neu aufgetan hatte, besser einschätzen zu können. Die ganze Geschichte um die »Krieger des Christkönigs« musste ohnehin mit mehr Informationen angereichert werden, bevor man irgendwelche polizeilichen Maßnahmen ergreifen konnte. Im Moment, da war sich Nick sicher, würde Massagrande mit ihren Überlegungen nichts Konkretes anfangen können. Was der Capitano aber tun konnte, war, nachzuprüfen, ob es Verbindungen zwischen Alessandro Cassata und Silvio Ferrari gab, die beide in Brescia aufgewachsen waren und beide, vorsichtig ausgedrückt, zum rechtskonservativen Milieu gehörten. Dass Professor Cassata Kontakte zur *Anno-Zero*-Redaktion gehabt hatte, konnte sich Nick zum Beispiel gut vorstellen. Sie hinterließen Massagrande eine entsprechende Notiz und gingen zurück zum Café. »Der arme Solari«, sagte Graziella, »ist bestimmt schon an seinem Stuhl festgewachsen.«

Aber als sie das Café betraten, war Solari nicht mehr da. Auf seinem Tisch standen eine halb volle Tasse Kaffee und ein leeres Wasserglas. »Vielleicht ist er auf der Toilette?«, sagte Graziella. Unschlüssig setzten sie sich an den Tisch und warteten. Aber bevor Solari zurückkam, trat der Kellner heran und erkundigte sich nach ihren Wünschen. Sie bestellten, und Graziella fragte nach dem Herrn, der hier gesessen hatte.

Nick beobachtete die beiden. Graziella, die beharrlich nachfragte, den Kellner, der geduldig antwortete. Er verstand nicht, was genau sie besprachen, aber je länger sie miteinander redeten, umso größer wurde seine Unruhe. Er spürte, dass hier etwas nicht stimmte. Etwas Außergewöhnliches musste vorgefallen sein, sonst hätte Solari seinen Posten im Café niemals aufgegeben. Er hätte sie hier erwartet, weil er über die neuesten Entwicklungen informiert werden wollte. Niemals wäre er einfach so gegangen. Und auf der Toilette war er ja offenbar nicht, sonst wäre das Gespräch zwischen Graziella und dem Kellner längst beendet. Auf unheimliche Weise fühlte sich Nick an Susannes Tod erinnert. An den schleichenden Prozess, als die Unruhe in Sorge überging und schließlich in nackte Panik. Inzwischen war der Kellner wieder zur Bar zurückgegangen, und Graziella wandte sich Nick zu: »Kann alles ganz harmlos sein …«, begann sie, und Nick dachte: Es ist immer dasselbe, eigentlich weiß man früh Bescheid, aber bis man bereit ist, die Hoffnung aufzugeben – das dauert. »Aber merkwürdig ist es auf jeden Fall«, führte Graziella ihren Satz zu Ende. Die zwei Falten. Sie glaubte auch nicht daran, dass alles ganz harmlos war.

»Solari hat einen Anruf erhalten«, erklärte Graziella. »Der Anrufer hatte die Nummer des Cafés gewählt – steht im Telefonbuch – und wollte mit Solari sprechen.«

»Was hat der Anrufer genau gesagt?«

»Er wollte mit dem kahlköpfigen Herrn sprechen, der am hinteren Tisch mit dem Rücken zur Wand saß. Der Kellner wusste sofort, wer gemeint war.«

»Der Anrufer war Italiener?«

»Ja.«

»Ist dem Kellner irgendwas aufgefallen? Akzent? Ausdrucksweise?«

»Nein, nichts Auffälliges«, sagte Graziella. »Der Kellner hat Solari dann ans Telefon geholt. Was die beiden besprochen haben, hat er nicht mitbekommen, weil er Gäste am anderen Ende des Raumes zu bedienen hatte. Aber das Gespräch war wohl kurz, denn als er wieder an der Theke war, ging Solari bereits an ihm vorbei, warf sich den Mantel über und sagte ihm, er würde gleich wiederkommen.«

Nick umfasste die Kaffeetasse. Sie war kalt. »Hat er gezahlt?«

»Hab ich nicht gefragt«, sagte Graziella. Sie stand auf und ging zur Theke, um es nachzuholen. Als sie zurückkam, schüttelte sie den Kopf. »Solari hat nicht gezahlt. Vor einer halben Stunde war das, hat der Kellner gesagt. So lange ist das noch nicht her. Vielleicht kommt er ja gleich wieder …«

»Nein«, unterbrach Nick. »Es ist etwas passiert.«

Graziella schien widersprechen zu wollen, nahm sich dann aber lieber eine Zigarette. Sie überlegten, wie sie nun vorgehen sollten, und beschlossen, dass Graziella im Café bleiben würde, für den Fall, dass Solari doch noch zurückkäme. Nick wollte unterdessen in der Wohnung nachsehen. Sie hatten Solari einen ihrer beiden Schlüssel überlassen, es war also denkbar, dass er dorthin gegangen war. Nick hielt beides für unwahrscheinlich, sah aber ein, dass dies die notwendigen Schritte waren. Solari bei der Polizei als vermisst zu melden, wäre seinem Gefühl nach angemessener gewesen, aber er wusste auch, dass es dafür zu früh war. Die Kollegen würden rein gar nichts unternehmen. Ebenfalls zu früh war es, bei Solari in Vicenza anzurufen, denn selbst wenn er sofort in einen Ferrari gestiegen und über die Autobahn gerast wäre – er wäre noch nicht zu Hause angekommen.

Nick küsste Graziella zum Abschied und strich ihr über die

Haare. Als er draußen am Café vorbeiging, blieb er kurz stehen, um sie durch die Scheibe zu betrachten. Sie bemerkte ihn nicht. Gedankenverloren kaute sie auf der Goldkette ihrer Sonnenbrille herum. Sie saß allein in diesem Teil des Cafés. Allein und verletzlich. Und plötzlich befiel Nick die Angst, sie könnte, genau wie Solari, verschwunden sein, wenn er zurückkäme. Am liebsten wäre er zurück ins Café gegangen und einfach mit ihr dort sitzen geblieben. Für immer. Aber er wusste, dass das nicht ging. Sie hatten viel vor. Zunächst mussten sie herausfinden, was mit Solari passiert war. Nick riss sich von Graziellas Anblick los und machte sich auf den Weg.

Die Schaufenster der Geschäfte waren mit venezianischen Masken und Girlanden geschmückt, überall konnte man Karnevalsutensilien und Kostüme kaufen. Da wurde Nick erst bewusst, dass der Februar schon fast zu Ende war und Karneval vor der Tür stand. Er hatte in den letzten Tagen und Wochen jegliches Zeitgefühl verloren. Eine zahnlose Bettlerin heftete sich an seine Fersen, redete auf ihn ein und bekreuzigte sich dabei. Er ging schneller und schüttelte sie schließlich ab. Es war Nachmittag, und die Junkies bevölkerten schon wieder das *centro storico*. Aber er nahm sie kaum wahr. Er dachte an Solari. Was konnte passiert sein, dass der alte Pitbull Hals über Kopf aus dem Café gestürmt war, noch dazu, ohne zu bezahlen? Oder anders formuliert: Was musste der Anrufer gesagt haben, um Solari derart aufzuscheuchen? Nick konnte es drehen und wenden, wie er wollte, er fand darauf nur eine einzige Antwort: Der Anrufer musste ihm versprochen haben, das Rätsel um den Tod Franco Marins lösen zu können. Je länger er darüber nachdachte, desto sicherer war er. Anders war Solaris Verhalten nicht zu erklären.

Das Junkie-Pärchen lehnte am Liebesbrunnen. Unter der Außentreppe lugten Beine hervor. Braune Socken diesmal. Nick schloss die Haustür auf und eilte nach oben. Hinter Francas Wohnungstür wurde Blockflöte geübt. Fast konnte man meinen, die

Normalität sei zurückgekehrt, aber für den nächsten Stock galt das schon nicht mehr. Atemlos steckte Nick den Schlüssel ins Schloss. »Solari!«, rief er, kaum dass er die Wohnung betreten hatte. Mehrmals rief er noch seinen Namen, obwohl er wusste, dass er keine Antwort bekommen würde. Solari war nicht da, auch nicht in seinem Zimmer am Ende des Flurs. Aber sein Waschzeug. Immerhin. Und ein Handtuch, das er zum Trocknen über die Stuhllehne gehängt hatte. Er war also nicht abgereist, sondern musste noch irgendwo in Verona sein.

Mit dieser Nachricht kehrte er zurück zum Café. Graziella saß noch genauso da wie vorhin. Er war ungeheuer erleichtert, als er sie durch die Scheibe entdeckte. Sie warteten noch, bis es draußen dunkel wurde. Dann baten sie den Kellner – für den unwahrscheinlichen Fall, dass Solari ins Café zurückkehrte –, diesen darüber zu informieren, dass seine Freunde ihn suchten. Nick beglich ihre und auch Solaris Rechnung, und sie verließen das Lokal. Sie waren beide nicht in der Stimmung, essen zu gehen. Außerdem wollten sie in der Wohnung sein, falls Solari nach Hause käme. Also holten sie sich zwei Pizzen und eine Flasche Wein. Aber als sie in der Küche saßen, hatten sie keinen rechten Appetit. Wieder und wieder stellten sie sich die Frage, was Solari in dieser Situation dazu bewogen haben mochte, das Café zu verlassen.

»Ist ja überhaupt merkwürdig«, sagte Graziella, »der Anrufer konnte dem Kellner beschreiben, wo Solari saß. Das heißt, er muss ihn vorher beobachtet haben.«

»Es sei denn, der Kellner hat ihn überhaupt erst auf Solari aufmerksam gemacht.«

»In dem Fall«, sagte Graziella, »hätte der Kellner mit dem Anrufer zusammengearbeitet.«

»Wir wissen natürlich nicht, ob die Aussage des Kellners überhaupt richtig ist«, gab Nick zu bedenken. »Aber das können wir im Moment nicht überprüfen, also gehen wir mal davon aus, dass seine Angaben richtig sind und dass er nicht mit dem Anrufer unter einer Decke steckt. Dann ist die Frage: War der Anrufer ein Bekannter oder ein Fremder?«

»Ein Bekannter wäre doch wahrscheinlich direkt zu ihm ins Café gegangen, wenn er ihn dort gesehen hätte, oder?« Graziella pulte eine Olive aus ihrer Pizza und steckte sie sich in den Mund.

»Ein Fremder also«, sagte Nick nachdenklich. »Ein Fremder, der Solari vorher beobachtet hat. Aber was kann ein Fremder Solari sagen, dass der sofort aufsteht und das Lokal verlässt?«

»Entweder hat er ihn mit irgendwas erpresst«, sagte Graziella, »oder er hat ihm Informationen über den Tod von Franco Marin versprochen.«

»Gibt es noch irgendeine andere Möglichkeit?«, fragte er.

Sie überlegten noch eine Weile weiter, aber es wollte ihnen einfach kein anderer plausibler Grund für Solaris Verhalten einfallen.

»Nein«, sagte Nick, »es muss etwas mit dem Tod Franco Marins zu tun haben.« Sie knabberten lustlos an ihrer Pizza herum und wussten bald nicht mehr, was sie einander sagen sollten. Etwas anderes als Solaris Verschwinden interessierte sie im Augenblick nicht, und dazu hatten sie inzwischen jeden Gedanken mehrfach hin und her gewendet. Sie beschlossen, am nächsten Morgen Capitano Massagrande zu verständigen, falls Solari heute Nacht nicht auftauchte, und gingen schlafen. Aber es wurde eine unruhige Nacht. Immer wieder lauschte Nick, meinte ein Geräusch zu hören, hoffte, es wäre Solari, dämmerte ein und schreckte kurz darauf wieder hoch, weil Graziella, der es genauso ging, über den Flur schlich, im Glauben, etwas gehört zu haben.

XVI. DER DISKRETE CHARME DER BOURGEOISIE

»Wie seh ich aus?« Graziella kam aus dem Bad. Sie hatte sich schick gemacht. Dunkler Rock, helle Bluse. Das Papageienkostüm blieb im Koffer. Sie hatte es seit dem Tag in Vicenza nicht mehr getragen.

»Fantastisch!«, rief Nick, aber seine Begeisterung klang gekünstelt. Beide versuchten, irgendwie die Stimmung aufrecht zu halten, aber es gelang ihnen nicht. Sie waren bedrückt und ratlos. Solari war nicht nach Hause gekommen. Am Morgen um kurz nach neun hatten sie Capitano Massagrande verständigt, der ihnen versichert hatte, seine Leute würden Augen und Ohren offen halten. Mehr könne er leider im Moment nicht tun.

Und sie? Was konnten sie tun?

Nachdem sie den ganzen Vormittag unruhig durch die Wohnung getigert waren, sagte Graziella irgendwann: »Jetzt reicht's mir. Das bringt ihn auch nicht zurück. Ich muss jetzt was machen.« Sie holte den Zettel mit ihren Notizen hervor und rief die Nummer des Lehrers Guido Amadeo an. Noch während sie telefonierte, beschlich Nick ein ungutes Gefühl. Nachdem sie aufgelegt und ihm erklärt hatte, dass Amadeo unter dieser zehn Jahre alten Nummer nicht mehr zu erreichen sei, sagte er: »Wir müssen jetzt vorsichtig sein. Wenn wir wirklich daran glauben, dass wir der Organisation LUDWIG näher kommen, dann müssen wir jetzt jeden Schritt sehr sorgfältig abwägen.«

»Glaubst du denn, wir kommen ihr näher?«, fragte Graziella.

Das war eine gute Frage, die Nick veranlasste, seine Gedanken zu sortieren. Seit Solaris Verschwinden hatte sich alles vermischt, Fakten mit Gefühlen, Indizien mit Vermutungen, und klares Denken unmöglich gemacht. »Also, die eine Sache«, begann er, »ist die mit Solari. Da gibt es zwei Möglichkeiten: Entweder hat sein Verschwinden etwas mit unserer Jagd auf LUDWIG zu tun oder nicht.«

»Und?«

Nick brauchte nicht lange darüber nachzudenken. »Ich halte es für sehr unwahrscheinlich, dass Solari zufällig gerade jetzt verschwindet. Nein, ich denke, das hat auf jeden Fall etwas mit unserer Suche zu tun. Allerdings sind wir gestern beide zu dem Schluss gekommen, dass Solari das Café eigentlich nur verlassen haben kann, wenn ihm jemand Informationen über Franco Marins Tod versprochen hat. Das wäre somit ein weiterer Hinweis darauf, dass Marins Tod etwas mit der LUDWIG-Sache zu tun hat. Was wir ja die ganze Zeit schon vermutet haben.« Nach einer kurzen Pause fügte er hinzu: »Denkbar ist natürlich immer noch, dass er selbst eine heiße Spur verfolgt und sich deshalb noch nicht bei uns gemeldet hat …«

»Hab ich am Anfang auch gedacht«, warf Graziella ein, »aber nachdem fast ein ganzer Tag vergangen ist, glaube ich das nicht mehr.«

»Sondern?«

»Ich fürchte, ihm ist etwas zugestoßen.«

»Ja«, sagte Nick, »das fürchte ich auch. Es könnte also sein, dass wir durch unsere Nachforschungen jemanden aufgeschreckt haben.«

Sie überlegten noch eine Weile hin und her, aber als sie sich in Spekulationen zu verlieren drohten, sagte Nick: »Hier kommen wir für den Moment nicht weiter. Der zweite Punkt sind die ›Krieger des Christkönigs‹. Nach allem, was wir bis jetzt wissen, würde ich das als eine sehr vage Spur bezeichnen, aber es ist immerhin eine Spur. Und das ist eine neue Qualität, denn bisher wussten wir überhaupt nicht, wo wir ansetzen sollten. Außerdem ist sie wie für uns gemacht.«

»Wie meinst du das?«

»Für die zuständigen Mordermittler der italienischen Polizei ist die Spur viel zu vage. Der Zusammenhang besteht nur dadurch, dass zweimal der Name ›Krieger des Christkönigs‹ aufgetaucht ist und zweimal Ray-Ban-Brillen im Spiel waren …«

»Und ein Optikgeschäft in Verona«, ergänzte Graziella.

»Das ist viel zu wenig«, fuhr Nick fort, »um ernsthafte Ermittlungen darauf aufzubauen. Aber wir beide, die wir in Italien sowieso nicht offiziell ermitteln dürfen, können zumindest ein wenig nachbohren.« Nick hielt inne und zündete sich eine Zigarette an. »Umgekehrt formuliert: Ich glaube, es wäre ein Fehler, diese Spur nicht weiterzuverfolgen. Nur – wenn wir das tun, wenn wir uns auf die Suche nach den ›Kriegern des Christkönigs‹ begeben, dann müssen wir das sehr ernst nehmen. Wir dürfen das nicht als harmloses Spiel betrachten.«

»Das heißt?«

»Wir müssen damit rechnen, dass diese Spur uns dahin führt, wo wir hinwollen – zur Organisation LUDWIG. Und das heißt: auf sehr gefährliches Gelände. Denn wenn unsere Überlegungen richtig sind, dann gibt es im Zusammenhang mit LUDWIG außer der Mordserie auch noch einen toten Journalisten und einen verschwundenen Polizisten.«

Sie sahen sich einen Moment lang stumm an. Nick überlegte, was sich durch die neuen Erkenntnisse verändert hatte. Vielleicht hatte ihn sein Gefühl, dass der Schlüssel hier in Verona zu finden wäre, nicht getrogen. So schrecklich es auch war: Durch Solaris Verschwinden war er nun sicher, dass eine Organisation LUDWIG tatsächlich existierte. Und zwar nicht nur als Verfasser irgendwelcher Bekennerschreiben, wie der Journalist Ferrati behauptet hatte, sondern tatsächlich als Verbrecher, die noch dazu ziemlich kaltblütig sein mussten, wenn sie sich an einen so erfahrenen Bullen wie Solari heranwagten. Dazu kamen die neuen Erkenntnisse über die »Krieger des Christkönigs«. Wenn er diese Spur ernst nahm und den Gedanken zu Ende dachte, einer oder mehrere dieser »Krieger« könnten LUDWIG sein, welches Bild von den Tätern ergab sich dann? Plötzlich hatte er einen jungen Professor Cassata vor Augen, wenn auch nicht ganz so verschroben, einen Bürgersohn aus gutem Hause, mit entsprechender Bildung, katholisch, fanatisch und absolut skrupellos.

»Wir müssen von jetzt an sehr vorsichtig sein, Graziella. Wir müssen zum Beispiel genau darauf achten, was wir den Leuten am Telefon sagen, wenn wir versuchen, die aktuelle Adresse des Lehrers herauszubekommen. Wir dürfen keine schlafenden Hunde wecken. Wir wollen LUDWIG nicht nervös machen.«

»Wenn das nicht schon passiert ist …«, sagte Graziella.

Sie hatte natürlich recht. Wie sonst war Solaris Verschwinden zu erklären, wenn nicht damit, dass irgendjemand nervös geworden war? Wenn ich bloß wüsste, warum, dachte Nick. Aber darüber zu grübeln, führte nicht weiter.

Sie beschlossen, sich von nun an als alte Freunde von Guido Amadeo auszugeben, die den Kontakt zu dem Lehrer verloren hatten. Das sagte Graziella der Sekretärin des Liceo Girolamo Fracastoro, und diese half ihr mit einer Nummer weiter, die zwar auch nicht die aktuelle war, aber schließlich doch dazu führte, dass sie irgendwann Guido Amadeo persönlich am Hörer hatten und sich mit ihm in einer Bar an der Piazza Vittorio Veneto verabredeten. Nick und Graziella hatten sich den Treffpunkt der »Krieger des Christkönigs« ohnehin ansehen wollen, und so nahmen sie den Vorschlag des Lehrers, sich doch gleich »vor Ort« zu treffen, gerne an.

Obwohl es schon dunkel war, fiel ihnen die Weite der Piazza Vittorio Veneto sofort auf. Viereckig, in der Mitte eine gepflegte Parkanlage und ringsum schöne Jahrhundertwende-Palazzi neben modernen Wohnblocks. Viel Platz für Fußgänger und Autos. Keine Junkies. So sauber und aufgeräumt wirkte die Piazza wie der architektonische Gegenentwurf zum *centro storico.* Auf der Suche nach der Bar Ederle fiel ihnen auf, dass sie schon einmal hier gewesen waren – zumindest waren sie an der Piazza vorbeigefahren: in der Alfetta des Journalisten Ferrati, als sie Borgo Trento durchquert hatten, um am anderen Ende wieder zur Etsch und über den Uferweg zur Torretta zu gelangen. Zu dem Ort, an dem Luca Martinotti und seine Begleiter mit Benzin übergossen und angezündet worden waren.

Die Bar Ederle wirkte hell und modern. Bistrotische aus Edelstahl. Wenig Betrieb. Als sie eintraten, erhob sich im hinteren Teil des Raumes ein Mann und winkte sie heran. Groß, dunkle Locken, runde Brille. *»Piacere.«* Guido Amadeo lächelte und bat sie, Platz zu nehmen. Er hatte ein Glas Weißwein vor sich stehen. Bald schon waren Graziella und der Lehrer – Nick schätzte ihn auf Mitte dreißig – in ein Gespräch vertieft. Und wie schon zuvor bei Burzomato, dem Leiter der Squadra Mobile in Vicenza, meinte Nick, auch bei ihm Geringschätzung wahrzunehmen. Der Lehrer behandelte Graziella freundlich, aber nicht so, als wäre sie auf Augenhöhe. Ein lässiger Intellektueller auf der einen, das tapsige Bauernmädchen auf der anderen Seite. Aber vielleicht bildete er sich das auch nur ein. Er verstand ja kein Wort und schloss das allein aus der Haltung des Mannes, der ansonsten durchaus sympathisch wirkte. Als die Getränke kamen, fragte Nick: »Was sagt er denn?«

»Er hat erzählt, dass er unsere Bitte um ein Treffen auch deswegen sofort angenommen hat, weil seine Kleinste gerade zahnt. Deshalb ist im Moment richtig Alarm zu Hause, und er ist froh, mal rauszukommen.« Und dann ergänzte Graziella: »Der arrogante Scheiß-Intellektuelle.«

Also hatte er mit seiner Einschätzung richtig gelegen. Nick hoffte nur, dass das Ganze ohne Eklat über die Bühne gehen würde. Vorsichtshalber rückte er den Aschenbecher ein wenig von Graziella weg.

Dann kamen sie offenbar endlich zur Sache. Amadeo erzählte, dass er seine Stelle als Literatur- und Geschichtslehrer am Liceo Girolamo Fracastoro im Herbst 1972 angetreten habe. Er hatte in Bologna studiert, kam frisch von der Uni. Seine erste Stelle. Er wusste nichts über Verona und auch nicht viel über die Schule. Er hatte dann schnell festgestellt, dass das Liceo speziell war. Ein Elitegymnasium, das Schüler einer ganz bestimmten Schicht anzog. »*Alta borghesia*« nannte er diese Schicht. »Großbürgertum«, übersetzte Graziella. Borgo Trento war ohnehin das Viertel der Wohlhabenden. Richter, Staatsanwälte, Ärzte, oft aus angesehenen, alteingesessenen Familien. Er bezeichnete das Bürgertum Veronas als »satt und selbstzufrieden«, und viele dieser einflussreichen Familien seien mit größter Selbstverständlichkeit politisch rechts. Sehr weit rechts sogar. »Ich hatte Schüler«, berichtete Amadeo, »die mir, kaum hatte ich sie kennengelernt, voller Stolz von der langen faschistischen Tradition ihrer Familie erzählt haben. Das war völlig normal. Und das Liceo Girolamo Fracastoro war, zumindest bis Ende der Siebziger, ein Sammelbecken für Schüler aus diesem Milieu. Wie es sich heute verhält, kann ich nicht sagen, ich bin Anfang 1980 an eine andere Schule gewechselt. Aber ich habe noch Kontakt zu alten Kollegen, und was ich von denen so höre, lässt nicht darauf schließen, dass sich sehr viel geändert hat.« Seine Entscheidung, die Schule zu wechseln, betonte er, habe damit aber nichts zu tun gehabt, sondern sei rein privater Natur gewesen. Sein zweites Kind war gerade geboren worden, und sie waren in eine größere Wohnung in einem anderen Stadtviertel gezogen. »Und nicht, dass Sie mich falsch verstehen«, sagte er, »das Liceo Girolamo Fracastoro ist eine gute, sehr renommierte Schule. Elitär eben. Und so fühlen sich die Schüler auch.« Er trank einen Schluck. »Das hier ist die Bar Ederle. Wenn Sie rausgehen und sich rechts halten, kommen Sie auf die Via Carlo Ederle …«

Nick meinte sich zu erinnern, dass Solari diesen Namen einmal erwähnt hatte. »Gibt es nicht eine Kaserne bei Vicenza, die ...?«

»Caserma Ederle, richtig!«, sagte Amadeo. »Eine der größten US-Militärbasen in Italien, das Hauptquartier der SETAF, der *Southern European Task Force,* sitzt dort. Und wissen Sie, wer der Namensgeber sowohl für dieses Lokal als auch für die Straße und die Militärbasis ist? Carlo Ederle. Ein junger Ingenieur aus Verona, der begeistert in den Ersten Weltkrieg zog, mehrmals verwundet wurde und gegen den Rat der Ärzte immer wieder an die Front zurückkehrte, zum Teil ohne seine schweren Verletzungen auskuriert zu haben, bis ihn dann 1917 eine Maschinengewehrsalve endgültig niedergestreckt hat. Da war er fünfundzwanzig Jahre alt und ein hochdekorierter Offizier. In ganz Italien, aber besonders hier in Verona wird er heute noch verehrt. Ende der Fünfzigerjahre haben sie ihm nicht weit von hier ein drei Meter hohes Denkmal errichtet. Er ist Teil der Tradition, auf die das Bürgertum in Borgo Trento besonders stolz ist. Und jetzt möchte ich wirklich gerne wissen, warum sich die deutsche Polizei für meine ehemalige Schule interessiert.« Er sah Nick herausfordernd an.

Diese Frage war verständlich. Am Telefon hatten sie ihm nur sehr vage erklärt, dass es um das Liceo Girolamo Fracastoro gehe. Sie waren darauf vorbereitet, dass er nachfragen würde. Nick trank einen Schluck Bier. Er verstand kein Wort, wusste aber dennoch, was Graziella dem Mann antwortete. Sie hatten es genau abgesprochen. Auf keinen Fall wollten sie den Namen LUDWIG erwähnen. Graziella erzählte dem Lehrer, dass Nick in einem Münchner Mordfall ermittle. Ein aus Verona stammender Zeuge habe eine rechtsextreme Gruppe erwähnt, die »Krieger des Christkönigs«, und die Münchner Polizei versuche nun an Informationen über diese Gruppe zu kommen. Die italienischen Kollegen hätten sie an ihn, Guido Amadeo, verwiesen, warum, wisse sie nicht, aber das werde er ihnen ja bestimmt gleich erzählen. Sie schien das hier souverän über die Bühne zu bringen, stellte Nick erleichtert fest. Es sah im Moment nicht danach aus, als würde es am Tisch zum Klassenkampf kommen. Amadeo hatte aufmerksam zugehört, und seine Miene war ernst geworden. Dann wollte er wissen, was in München passiert sei. Die Frage bog Graziella ab, indem sie ihm erklärte, dass der deutsche Kommissar leider nicht über seine laufenden Ermittlungen sprechen dürfe.

Das schien Amadeo hinzunehmen. Jedenfalls nickte er und erzählte, was er wusste. Zunächst waren es Gerüchte gewesen. Das Flüstern und Raunen, das durch die Flure der Schule wabert: Es gibt da eine Gruppe. Sie nennen sich »Krieger des Christkönigs«. Der gehört dazu, jener, vielleicht aber auch der dort. Für viele, vor allem für die jüngeren Schüler, hatte der Name etwas Faszinierendes. Von den älteren Jahrgängen und vom Lehrerkollegium wurde die Gruppierung eher belächelt und als Ausgeburt pubertärer Fantasien abgetan. Aber keiner wusste Genaueres. »Erst als dieser Schüler umgekommen ist nach der Plakat-Aktion … Darüber sind Sie im Bilde?« Er sah Graziella und Nick fragend an. »Ja«, sagte Graziella, »davon haben wir gehört.«

»Im Grunde haben erst die polizeilichen Ermittlungen ein wenig Licht ins Dunkel gebracht. Plötzlich wurden einzelne Personen, Schüler, junge Leute, mit denen wir jeden Tag zu tun hatten, unbarmherzig ausgeleuchtet, und es kamen furchterregende Dinge zum Vorschein …«

»Zum Beispiel?«

»Zum Beispiel Verbindungen zur radikalen rechten Szene im Dunstkreis von *Ordine Nuovo*. Es war vorher schon bekannt, dass es an der Schule einen harten Kern rechter Jungs gab. Das war eine lose Gruppe von etwa zehn Leuten, die sich auf der Piazza Vittorio Veneto und auch hier in diesem Café traf. Deren Einstellung war deutlich militanter als die rechte Gesinnung, die unter unseren Schülern ohnehin als normal galt. Und ich war nicht der Einzige, der der Ansicht war, dass vielleicht nicht alle, aber doch ein Teil dieser Leute zu der Gruppierung gehörte, die sich ›Krieger des Christkönigs‹ nannte.«

»Das haben Sie nach dem Tod des Schülers auch gegenüber der Polizei ausgesagt«, bat Nick Graziella zu übersetzen.

»Ja« war die Antwort.

»Und Sie haben Namen genannt.«

Amadeo nickte, aber er schien sich plötzlich unwohl zu fühlen.

Graziella hakte nach: »Was können Sie über diese Gruppe sagen, die sich hier im Café und auf der Piazza traf?«

»Das waren alles intelligente Jungs aus wohlhabenden Familien. Ich denke, ein Teil von ihnen war wirklich rechtsextrem, aber der andere Teil kokettierte nur damit, für den war Rechtssein eine Art Nervenkitzel. Sie hoben sich durch teure Markenklamotten von den anderen ab. Fühlten sich ihren Mitschülern überlegen. Aber die Ermittlungen gegen diese Gruppe sind dann im Sande verlaufen …« Nachdenklich nippte er an seinem Wein. Dann fuhr er leise fort: »Und ich habe mich danach immer wieder gefragt, ob ich nicht einen Fehler begangen habe, als ich der Polizei die Namen dieser Jungs genannt habe.«

»Warum?«

»Weil sie damit möglicherweise überhaupt nichts zu tun hatten. Etwa ein Jahr nach dem Tod des Schülers kam ich durch Zufall ins Gespräch mit einem älteren Kollegen. Er stand kurz vor der Pensionierung und war für seine rechte Gesinnung bekannt.« Erklärend fügte er hinzu: »Rechtssein war an unserem Liceo kein Privileg der Schüler, auch das Kollegium war generell eher rechts als links. Dieser Mann sagte mir nun, er wisse, wer hinter den ›Kriegern des Christkönigs‹ stecke. Ich weiß bis heute nicht, warum er mir das gesagt hat, denn ich hatte mit dem Kollegen bis dahin kaum etwas zu tun gehabt und danach auch nie wieder. Er nannte mir die Namen zweier Schüler und sagte mir, die beiden hätten in jener Nacht die Plakate geklebt. Ich kannte die beiden und dachte zuerst, er will mich auf den Arm nehmen, denn zum Zeitpunkt der Tat waren sie gerade mal vierzehn oder fünfzehn Jahre alt ...« Amadeo machte nun immer wieder längere Pausen, als kostete ihn die Erzählung Kraft. »Nach den Sommerferien bekam ich die beiden dann als Klassenlehrer ... und das war ...« Wieder brach er ab und schien die richtige Formulierung zu suchen. »Ich habe so etwas vorher und nachher nie wieder erlebt ...«

»Was?«

»Einen derart klaren und brillanten Geist, gepaart mit einer unfassbaren Gefühllosigkeit. Intellektuell waren sie ihren Mitschülern haushoch überlegen, aber sie waren sehr reserviert. Denkbar, dass sie früher einmal mit den anderen auf der Piazza abgehangen hatten, aber zu dem Zeitpunkt, als ich ihr Klassenlehrer wurde, sicher nicht mehr. Da waren sie immer nur zu zweit unterwegs. Soweit ich das mitbekam, waren sie viel draußen in der Natur, machten lange Märsche. Es ging immer darum, Körper und Geist zu Höchstleistungen anzutreiben ...«

»Frag ihn doch bitte«, schaltete sich Nick ein, »ob die beiden überhaupt rechts waren.«

»Ja, die waren rechts, aber auf eine viel intellektuellere Art als ihre Mitschüler. Da ging es um Nietzsche und das Konzept vom Übermenschen. Um moralische und ethische Fragen. Sie waren auf ihre Art tiefgläubig.«

Nick warf Graziella einen Blick zu. Sie war genauso elektrisiert wie er.

»Mein Gefühl war«, fuhr Amadeo fort, »dass die beiden mit voller Überzeugung lebten, was die anderen nur spielten. Da war so viel Ernsthaftigkeit dabei. Denen ging es um Leben und Tod. Manchmal bekam ich regelrecht Angst vor ihnen.«

»Frag ihn bitte nach dem Buch von Ignazio Silone. *Das Abenteuer eines armen Christen.*« Nick beobachtete Graziella, hörte zu, wie sie die Frage auf Italienisch stellte, und er sah das Erstaunen im Gesicht des Lehrers, hörte seine Antwort und musste voller

Ungeduld abwarten, bis Graziella übersetzte: »Er war sehr erstaunt über die Frage, denn das Buch hat er mit seiner Klasse fast ein gesamtes Schuljahr lang behandelt, und diese beiden Schüler haben sich intensiv mit dem Text auseinandergesetzt.«

»Mit den beiden«, fuhr der Lehrer fort, »ist mein Unterricht fast zu einem Philosophie-Seminar geworden. Der eine, Wolfgang, brachte Nietzsche mit und Kierkegaard ... Wohlgemerkt: Die waren damals sechzehn Jahre alt ...«

»Der hieß Wolfgang?«, unterbrach Nick.

»Ja«, übersetzte Graziella schließlich, »Wolfgang ist Deutscher, aber seine Familie lebte schon lange in Verona, er ist zweisprachig. Herr Amadeo meint gehört zu haben, dass er inzwischen wieder in Deutschland ist. Ich hab ihn gefragt, wo in Deutschland.«

»Und?«

»Er glaubt, in München.«

Die Tiere waren versorgt, das UV-Licht war an. Sie saßen in der Küche. Auf dem Tisch die Beute dieses Abends. Ein Zettel mit zwei Namen: Wolfgang Abel und Marco Furlan.

»Als der Schüler erschossen wurde«, sagte Graziella, »waren Abel und Furlan vierzehn, fünfzehn Jahre alt, hat Amadeo gesagt. Das heißt, als Guerrino Spinelli 1977 in seinem Auto angezündet wurde, waren sie siebzehn, achtzehn Jahre ...«

Sie brach ab.

Nur das Surren der UV-Lampen.

Auf der Gasse stritten sich die Junkies.

Sie hatten zwei Namen. Zwei junge Männer aus der *»alta borghesia«* Veronas, die jetzt etwa 25 Jahre alt sein mussten. Einer von ihnen ein Deutscher, der zeitweise oder aktuell in München lebte. Sie waren rechts, und sie waren gläubig, hochintelligent und auffallend gefühllos. Sie lasen genau die Literatur, die Professor Cassata als das Gedankengebäude LUDWIGs bezeichnet hatte. *Das*

Abenteuer eines armen Christen, Nietzsche, Kierkegaard. Waren sie deshalb LUDWIG? Nein, nicht unbedingt. Aber nach allem, was sie bisher in Erfahrung gebracht hatten, mussten sie diese beiden genau unter die Lupe nehmen, daran führte kein Weg vorbei. Sie hatten eine Spur. Endlich.

»Die Geschichte mit dem Vater«, sagte Graziella, »das ist so makaber ... brrr.« Sie schüttelte sich und pulte eine HB aus der Packung. Es war makaber, allerdings. Amadeo hatte ihnen erzählt, dass der Vater von Marco Furlan ein angesehener Chefarzt am Krankenhaus von Borgo Trento sei. Leiter der Abteilung für plastische Chirurgie. Spezialist für Verbrennungen. Die Vorstellung, Dottor Furlan hätte versucht, Guerrino Spinelli zu retten, den sein eigener Sohn angezündet hatte, war kaum erträglich.

Viel wussten sie noch nicht über Abel und Furlan, aber das Wenige, das Amadeo berichtet hatte, machte aus abstrakten Tätern plötzlich Menschen aus Fleisch und Blut. Menschen mit einer Biografie, mit Zeugnisnoten, mit Eltern, Geschwistern vielleicht, mit einem Vater, der Chefarzt am Ospedale Borgo Trento war. Nick kannte das von früheren Mordermittlungen. In dem Moment, da der Täter Namen und Gesicht bekam, verlor er in den meisten Fällen viel von seinem Schrecken. Denn nichts gebiert grässlichere Ungeheuer als die Fantasie. In diesem Fall allerdings herrschte noch so viel Unklarheit, dass die Fantasie weiter wuchern und die grauenhaftesten Bilder malen durfte. Und Nick musste aufpassen, dass die Pferde nicht mit ihm durchgingen. Diese beiden jungen Männer passten gut zu dem Bild, das er sich inzwischen von den Tätern gemacht hatte. Aber ob Wolfgang Abel und Marco Furlan wirklich LUDWIG waren? Das war noch völlig ungewiss. Es gab einen Verdacht, nicht mehr und nicht weniger, und dem musste Nick nun nachgehen. Die Frage war: wie? Sollte er den offiziellen Weg einschlagen, Capitano Massagrande und Aki in München benachrichtigen? Aber was hatten sie aus polizeilicher Sicht gegen die beiden in der Hand? Nüchtern betrachtet wenig bis gar nichts – außer seinem Bauchgefühl, das sich aus der Expertise eines verrückten Professors für Flüssigkeitsphysik und den Beobachtungen eines ehemaligen Lehrers speiste. Gefühle, Assoziationen, Eindrücke. Keine Indizien, kein einziger Beweis. Nein, es war zu früh für den offiziellen Weg. »Ich fürchte, wir müssen erst einmal so weitermachen, Graziella.«

»Wie meinst du das?«

»Wir müssen versuchen, mehr über die beiden herauszufinden. Und dabei aufpassen, dass sie nicht misstrauisch werden. Denn ganz realistisch betrachtet: Bei der aktuellen Sachlage wird kein Staatsanwalt dieser Welt die beiden festnehmen lassen. Sollten sie Verdacht schöpfen, dass man ihnen auf den Fersen ist, müssten sie nichts weiter tun, als die Füße stillzuhalten.«

Er nahm sich auch eine Zigarette.

»Das heißt«, Graziella gab ihm Feuer, »wir müssen sie also auf Schritt und Tritt verfolgen, ohne sie aufzuschrecken?«

»Genau«, sagte Nick. »So lange, bis wir wirklich etwas gegen sie in der Hand haben. Etwas, womit die Ermittler arbeiten können.«

»Hast du dich schon mal gefragt, ob ich das überhaupt will?«

Hatte er, durchaus. Aber er hatte auch ihre Reaktion erlebt, als er ihr berichtet hatte, dass sie ihren Job in München ganz bestimmt wiederbekäme, wenn es ihnen gelänge, die Gruppe LUDWIG zur Strecke zu bringen. Er wusste, dass sie dafür eine Menge Dinge tun würde, auf die sie keine große Lust hatte. Doch bevor er antworten konnte, brach vor dem Haus Gezeter los. Die Junkies wieder, dachte er. Aber während er sich noch darüber wunderte, dass die Stimme da unten sehr klar und selbstbewusst daherkam und so gar nichts vom verwaschenen Raunen der lebenden Toten hatte, stürzte Graziella schon zum Fenster und riss die Läden auf. Nick trat zu ihr. Vor dem Haus stand Ferrati und gestikulierte wild. *»Venite! Sbrigatevi!«* Eine Stimme wie Donnerhall.

»Wir sollen uns beeilen.«

Sie warfen ihre Jacken über und stürmten nach unten.

Die Alfetta, sagte Ferrati, stehe auf der Piazza delle Erbe. Sonst sagte er nichts.

Sie rasten schweigend durchs *centro storico*. Erst als sie die Porta Nuova erreicht hatten, richtete Graziella eine Frage an ihn. Aber Ferrati antwortete nur knapp und verfiel wieder in Schweigen.

»Was hat er gesagt?«, fragte Nick.

»Er weiß auch noch nichts Genaues. Aber es ist wichtig, dass wir dabei sind.«

»Frag ihn doch bitte …« Aber weiter kam er nicht, denn Ferrati brüllte etwas.

»Was sagt er?«

»Wir sollen die Klappe halten.«

Nicks Unruhe wuchs von Minute zu Minute. Was musste passiert sein, dass es dem Kugelblitz die Sprache verschlagen hatte?

Hinter der Porta Nuova ging es geradeaus weiter. Der Regen und das Scheinwerferlicht der entgegenkommenden Autos erschwerten die Sicht, aber den Scheibenwischer schien Ferrati nur ungern einzusetzen. Plötzliche Dunkelheit. Sie fuhren unter einer Eisenbahnbrücke hindurch. Je weiter stadtauswärts, desto unansehnlicher die Gebäude. Überdimensionierte Geräteschuppen. Flache Industriehallen, ungenutzt und halb verfallen. Der Journalist fuhr von der mehrspurigen Hauptstraße ab und durch einen unbeleuchteten Tunnel. Danach wurde die Straße schmaler. Fünfstöckige Wohnblocks linker Hand. Rechts eine hohe Mauer. Der rohe Ziegelstein wie eine offene Wunde unter dem abgeblätterten Putz. Dahinter Lagerhallen mit geschwungenen Dächern in endloser Reihe. Die Gebäude erinnerten Nick an die Studios im Vorspann von Warner-Brothers-Filmen, allerdings in verwahrloster Form. Zwanzigerjahre-Architektur, schätzte er. Auffallend dunkel war es. Kaum Straßenlaternen. Offenbar wenig Sehenswertes in dieser Gegend. Der Güterbahnhof schien in der Nähe zu sein. Plötzlich trat Ferrati auf die Bremse und steuerte die Alfetta durch ein offen stehendes Eisentor auf ein weitläufiges, unbefestigtes Gelände. Vor ihnen lag ein riesiges kreisrundes Gebäude. Eine Stierkampfarena mit Kuppel, dachte Nick, oder ein Ufo. Der Streifenwagen, der seine regelmäßigen Lichtsignale aussandte, wirkte daneben klein und verloren. Ferrati parkte hinter dem Polizeiauto und riss die Tür auf. Während sie ihm zum Eingang des Gebäudes folgten, sagte Nick: »Kann er uns wenigstens sagen, wo wir hier sind?«

»*I Magazzini Generali*« war die Antwort.

»Die öffentlichen Lagerhallen von Verona«, erklärte Graziella. Der Carabiniere am Eingang salutierte, als Ferrati an ihm vorbeistürmte. »Eingang« war das falsche Wort – sie betraten eine Art Tunnel, und je weiter sie ins Gebäude vordrangen, umso klarer wurde Nick, dass es sich tatsächlich um einen Eisenbahntunnel handelte. Auf dem Boden waren noch die Schienen zu sehen, stellenweise von Unkraut überwuchert. Er vermutete, dass früher Güterzüge vom nahe gelegenen Bahnhof hierhergeleitet worden waren. Das Gebäude mit der Kuppel war einmal ein Güterumschlagplatz gewesen. Die gewaltigen Rohre ließen auf ein Kühlsystem schließen. Wahrscheinlich waren hier Waren gekühlt worden und hatten im selben Gebäude verladen werden können. Aber die Zeiten waren lange vorbei, das Gebäude war verwahrlost, und die Natur eroberte es sich bereits zurück. Sie folgten den Gleisen, bis sich vor ihnen eine Art Arena öffnete. Hier musste sich einmal eine drehbare Plattform befunden haben, die das Be- und Entladen der Güterwaggons ermöglichte. Über ihnen die riesige Kuppel. In der Mitte stand Capitano Massagrande, den Blick nach oben gerichtet. Er wirkte wie der andächtige Besucher einer Kathedrale. Aber es war nicht die eindrucksvolle Architektur, die er bewunderte, sondern er inspizierte die Leiche eines Mannes, der etwa vier Meter über ihren Köpfen an einem Seil von der rostigen Balustrade herunterhing – Solari. Daran gab es keinen Zweifel, auch wenn sein Gesicht entstellt war, sofern Nick das aus der Entfernung richtig beurteilen konnte. Massagrande kam auf ihn zu. »Jugendliche«, übersetzte Graziella, »haben ihn gefunden. Die Spurensicherung müsste gleich hier sein.«

Ferrati schaltete sich ein. Er wollte wissen, ob das der Mann sei, den sie suchten. Erst nickte Graziella und dann, zeitverzögert, auch Nick. Ja, das war der Mann, den sie seit gestern suchten. Das war Solari, der alte Pitbull. Ihr Gefährte.

»*Si è suicidato*«, sagte Ferrati.

Nick hatte verstanden, aber sicherheitshalber wartete er die Übersetzung noch ab, bevor er dem Journalisten die Faust ins Gesicht rammte. Ferrati ging zu Boden, und Massagrande und Graziella mussten Nick mit vereinten Kräften von ihm wegzerren. Schließlich eilten ihnen noch zwei Kollegen von der Spurensicherung zu Hilfe, die gerade eingetroffen waren. Sie blieben zur Sicherheit bei Nick, während Graziella und Massagrande dem Journalisten auf die Beine halfen. Das Blut lief ihm in Strömen aus der Nase, aber er schrie und zeterte schon wieder, also alles halb so wild. Nachdem Graziella eine Weile beruhigend auf ihn eingeredet hatte, schickte sie die Beamten von der Spurensicherung weg und wandte sich streng an Nick.

»Was sollte das?«

»Hast du nicht gehört, was der gesagt hat? Ich lasse mich von dem Typen anbrüllen, okay, und ich lass mir sagen, dass ich die Klappe halten soll, auch in Ordnung, aber wenn der sich hier hinstellt und meinen toten Kollegen verhöhnt, dann ist Schluss. Dann ist einfach mal Schluss.«

»Er hat Solari nicht verhöhnt.«

»Er hat gesagt, dass Solari Selbstmord begangen hat. Was ist das sonst, wenn nicht purer Hohn?«

»Ich war noch nicht fertig mit dem Übersetzen, Nick. Du hast zu schnell zugeschlagen.« Geduldig erklärte sie ihm, Ferrati habe – zugegeben, vielleicht auf eine etwas zynische Art – seiner

Befürchtung Ausdruck verliehen, dass Solaris Tod bald Teil einer ganzen Reihe mysteriöser Todesfälle sein könnte. In einer Reihe mit Richtern, Staatsanwälten, Journalisten, die brisante Themen recherchierten und dann plötzlich Selbstmord begingen oder bei einem Verkehrsunfall ums Leben kamen. Als er Solari da hängen sah, war sein erster Eindruck, dass es sich um eine solche Geschichte handele. Nichts anderes habe er damit ausdrücken wollen. »Ich soll dir einen schönen Gruß von ihm bestellen. Es tut ihm leid, wenn er deine Gefühle verletzt hat. Du bist ein alter Hurensohn und sollst an ihn denken, wenn du das Obduktionsergebnis erfährst.«

»Warum?«

»Wenn das Obduktionsergebnis ›Suizid‹ lautet, dann weißt du, dass Solari einer großen Sache auf der Spur war. Einer wirklich großen Sache.«

»Das ist doch absurd«, sagte Nick. »Jeder hier weiß, dass das kein Suizid war.«

»Ja«, sagte Graziella, »hier weiß das jeder.«

Die Spurensicherung hatte die Arbeit aufgenommen. Solaris Leiche wurde endlich – Nick kam es vor wie eine Ewigkeit – heruntergelassen und vom Seil abgenommen. Zuerst ging Nick zu Ferrati und entschuldigte sich. Ein paar knappe Worte auf Englisch mussten genügen. Er reichte dem Journalisten die Hand. Ferrati schlug ein. Die Sache war gegessen. Danach ging Nick zu Solari. Er lag direkt unter der Kuppel auf dem Rücken. Sein Gesicht war ganz blau, das Hemd, in die Höhe gerutscht, offenbarte Blutergüsse unterhalb der Rippen. Jeder Laie konnte sehen, dass Solari schwer misshandelt, vielleicht sogar gefoltert worden war. Etwas mehr als dreißig Stunden waren vergangen, seit er das Cafè verlassen hatte. Was war ihm in dieser Zeit widerfahren? War er LUDWIG begegnet? Nick schwor sich, das herauszufinden. Das war er dem alten Pitbull schuldig. Die Leute von der Rechtsmedizin machten sich bereit zum Abtransport. Nick und Graziella wechselten noch ein paar Worte mit Massagrande und gaben einem Carabiniere ihre Aussagen zu Protokoll. Das war schnell erledigt. Mehr konnten sie im Augenblick nicht tun.

Ferrati schien nicht nachhaltig verstimmt zu sein. Jedenfalls bot er sich sofort an, sie nach Hause zu fahren. Auf dem Rückweg war er wieder der Alte. Er brüllte pausenlos. Nick hatte den Eindruck, Ferrati fragte Graziella aus, und er war ihr dankbar, dass sie nichts davon übersetzte. Sie pufferte das Gebrüll ab. Bald nahm er es gar nicht mehr wahr. Er sah aus dem Fenster, die Lichter der Stadt zogen vorbei. Der Regen lief in Strömen über die Scheibe. Sogar die Alfetta weinte.

An der Piazza delle Erbe ließ Ferrati sie aussteigen. Sie standen im Regen und sahen ihm nach. »Was wollte er denn?«

»Er ist Journalist. Hat eine Story gewittert. Das war der einzige Grund, weshalb er uns mitgenommen hat. Er dachte, er bekommt brisante Informationen von uns, und war ziemlich enttäuscht zu hören, dass wir selbst keine Ahnung haben ...«

»Nein, wir haben keine Ahnung.« Nick legte ihr den Arm um die Schulter.

»Gut, dass du ihm eine verpasst hast«, sagte Graziella und drückte sich an ihn.

XVII. DER MASKENBALL

Ein Schlag gegen die Tür. Nick zuckte zusammen, drehte den Hahn zu und wischte sich die nassen Hände an seiner Jeans ab. Er schob den Riegel zurück und die Tür auf. Vor ihm stand, mit vorwurfsvollem Blick, eine Biene. Etwa sieben Jahre alt. Ihre Fühler hatten sich im Haar verfangen, sodass es sich zu einem zitternden Spinnennetz auftürmte. Die Biene schlüpfte an ihm vorbei, Flügel aus Draht und Plastikfolie hingen wie ein müder Propeller auf ihrem Rücken. Sorgfältig verriegelte sie die Tür hinter sich.

Karnevalssonntag.

Solaris Leiche war noch nicht freigegeben, und es gab noch keinen Obduktionsbericht. Sie hatten überhaupt nichts mehr gehört aus dem Hause Massagrande. Auch Ferrati hatte sich nicht wieder blicken lassen.

Nach Solaris Tod waren sie zwei Tage lang wie betäubt in der Wohnung umeinander herumgeschlichen, doch dann hatte sich bei beiden das Bedürfnis eingestellt, weiterzumachen. Das waren sie Solari schuldig. Es ging nur noch darum, wie sie vorgehen wollten. Und das war durchaus heikel. Über die Informationen, die sie von Amadeo bekommen hatten, ließen sich zwar die Adressen der Elternhäuser von Abel und Furlan herausfinden, aber was war damit gewonnen? Die beiden waren keine Schüler mehr, die noch zu Hause lebten. Sie waren inzwischen um die 25 Jahre alt und entweder in der Endphase ihres Studiums oder sie hatten es schon beendet. Der Lehrer konnte dazu nur beitragen, was er hier und da gerüchteweise aufgeschnappt hatte. Demzufolge hatten beide in Padua studiert, Abel Mathematik und Furlan Chemie. Nach seinem Abschluss *cum laude* sollte Abel nach München gegangen sein, wohl der Arbeit wegen. Welche Art von Arbeit das war, konnte der Lehrer nicht sagen. Furlan schien kurz vor dem Abschluss zu stehen und noch in Padua zu wohnen. Allerdings wusste der Lehrer aus der Zeit, als er sie noch unterrichtet hatte, dass beide ein enges Verhältnis zu ihren Eltern hatten. Ob das auch heute noch zutraf, war ungewiss, aber für Nick und Graziella war es der einzige Anhaltspunkt, denn mit ihren begrenzten Ressourcen war es schlicht unmöglich, die beiden in München und Padua aufzuspüren und zu überwachen. Also sahen sie sich die Elternhäuser genauer an. Sie fuhren hinauf in die Hügel hinter Verona, wo die Familie Abel lebte. Eine propere Villa, sehr hübsch, sehr ordentlich. Aber der Ort war klein. Unmöglich, hier jemanden unbemerkt zu beobachten.

Das Grundstück der Familie Furlan hingegen war ein herrschaftliches Anwesen in Borgo Trento, nicht weit von der Klinik entfernt. In städtischer Umgebung also, aber fernab von jedem Trubel, an einer ruhigen Wohnstraße gelegen. Es war von allen Seiten dicht mit Büschen und Bäumen bewachsen, sodass der hohe Zaun ringsherum kaum auffiel und vom Wohngebäude nur das Dach zu sehen war. Sie hatten das Grundstück einmal ganz umrundet, um zu prüfen, ob es mehrere Zugänge gab. Das war nicht der Fall. Jenseits des Anwesens, auf der Rückseite, befand sich eine Sportanlage, dazwischen eine mit Müll übersäte Freifläche, auf der ein paar Hühner pickten. Ein Anblick, der überhaupt nicht zu der wohlhabenden Nachbarschaft passte. Von der Straße aus ließ sich die Zufahrt, die von einem Gittertor versperrt wurde, gut im Auge behalten. Entweder vom Auto aus, das sie am Straßenrand parken konnten, ohne allzu große Aufmerksamkeit zu erregen, oder aber von einer Bar aus, etwa fünfzig Meter die Straße hinunter.

Der Lehrer hatte ihnen freundlicherweise ein altes Klassenfoto zur Verfügung gestellt, auf dem Abel und Furlan abgebildet waren. Sie standen in der hintersten Reihe und blickten ernst in die Kamera. Zwei gut aussehende junge Männer. Allerdings war das Foto fast zehn Jahre alt, und die beiden hatten sich bestimmt sehr verändert, aber es war besser als nichts. An einem Donnerstag begannen sie mit der Überwachung. Und erst einmal passierte gar nichts. Am Freitagnachmittag fuhr eine Vespa die Straße hinauf, bremste ab und blieb vor der Toreinfahrt stehen. Vom Auto aus konnten sie den jungen Mann auf der Vespa gut sehen. Mitte zwanzig, schlank, mit halblangem, hellbraunem Haar. Er trug einen Rucksack. Das Tor öffnete sich automatisch. Der junge Mann gab Gas und fuhr auf das Anwesen. Während sich das Tor hinter ihm schloss, wedelte Graziella aufgeregt mit dem Klassenfoto herum und flüsterte: »Das war er. Das war Marco Furlan.«

Sie vermuteten, dass er nach der Uni aus Padua gekommen war, um das Wochenende in Verona zu verbringen, und beschlossen, ihn von nun an keine Sekunde aus den Augen zu lassen. Auf Schritt und Tritt würden sie ihm folgen. Allerdings gab es auch nach drei Nächten im Auto nichts Neues. Marco Furlan verließ das Anwesen kein einziges Mal. Sie bekamen ihn überhaupt nicht mehr zu Gesicht. Nick wurde irgendwann unruhig und fürchtete, sie hätten bei ihrer Runde einen Hinterausgang übersehen. Er schritt das Gelände noch einmal ab, aber es blieb dabei – es gab nur diesen einen Zugang. Es hieß also weiter warten. Tagsüber verbrachten sie viel Zeit in der Bar. Immer im Wechsel las der eine Zeitung, während der andere die Zufahrt im Auge behielt. Inzwischen war Sonntagnachmittag, und sie fürchteten, Marco Furlan würde wieder abreisen, ohne dass irgendetwas passierte. Dann allerdings, hatten sie beschlossen, würden sie ihm nach Padua folgen.

Die Bar war nicht besonders groß, aber die Toiletten befanden sich auf der anderen Seite des Raumes. Um zu Graziella zurückzukehren, musste sich Nick am Bartresen vorbeidrängen. Dort standen zwei Männer in Sonntagskleidung, der eine aufgebracht, der andere schweigsam. Der Aufgebrachte traktierte den Schweigsamen mit einer zusammengerollten *Tuttosport*.

Graziella fuhr herum, als Nick sich näherte. Das Make-up vermochte die Ringe unter ihren Augen kaum zu kaschieren. Anspannung und Erschöpfung hatten sich in ihre Gesichter gegraben. Lange würden sie das nicht mehr durchhalten, das war ihm bewusst. »Du hast nichts verpasst«, sagte sie, als er sich zu ihr an den Fenstertisch setzte. Eine Fliege wanderte über den Tisch in Richtung Aschenbecher.

Graziella öffnete eine neue Packung HB und bot Nick eine an. Sie rauchten stumm. Draußen sprang eine Katze auf die Kühlerhaube des BMWs und putzte sich. Eine Mutter zerrte einen schreienden Cowboy hinter sich her, dessen Gesicht von einem schwarzen Tuch bedeckt war. Zorro. Vom Karneval hatten sie kaum etwas mitbekommen, am Freitag hatte wohl irgendwo ein Umzug stattgefunden, aber der Karnevalssonntag schien keine große Rolle mehr zu spielen, hier und dort ein paar verkleidete Kinder und Jugendliche, aber das war's dann auch. Graziella hatte die Samstagsausgabe der *Repubblica* vor sich liegen. Eine Schlagzeile erregte Nicks Aufmerksamkeit: »*Esodo della Germania Est*«. Auf seine Frage hin studierte Graziella den Artikel, wie immer, indem sie Zeile für Zeile mit dem Finger nachfuhr. Nick beobachtete sie wehmütig. In den letzten Tagen und Stunden, die er mit Graziella entweder in diesem Café oder im BMW verbracht hatte, war er einen Gedanken nicht mehr losgeworden, wie eine Gewitterwolke war er am Horizont aufgetaucht. Zunächst war es ihm noch gelungen, ihn zu ignorieren, die andere Hälfte des Himmels war ja noch wolkenfrei. Aber natürlich war ihm klar, dass er das Problem dadurch nicht löste. Denn irgendwann würde ihre gemeinsame Zeit in Italien vorbei sein. Die Jagd nach LUDWIG würde zu Ende gehen. Das, was sie zusammengeführt, was sie erst zu einer Notgemeinschaft und dann zu einem … – ja, was eigentlich? Einem

Team? Einem Paar? – hatte werden lassen, würde vorbei sein. Was dann? Wie würde es dann mit ihnen weitergehen? Diese Frage machte ihm Angst. Aber noch gelang es ihm, sie wegzuschieben.

»Honecker«, verkündete Graziella, »will offenbar dreißigtausend Menschen offiziell ausreisen lassen.« Während sie weiterlas, bemerkte er, dass sich wie von Geisterhand das Tor des Anwesens öffnete. Kurz darauf erschien die Vespa.

»Es geht los.« Nick warf einen 50 000-Lire-Schein auf den Tisch. Graziella schnappte sich ihren Mantel, und sie stürzten aus der Bar.

Als sie in den BMW stiegen, sprang die Katze von der Kühlerhaube. Die Vespa stand noch in der Einfahrt. Marco Furlan ließ einige Autos passieren, blickte nach links und rechts – und Nick stockte der Atem, denn der junge Mann auf dem Roller war bleich wie der Tod. Es dauerte einen Moment, bis er begriff, dass sein Gesicht weiß geschminkt war. Eine dunkle Wollmütze bedeckte die hellbraunen Haare nicht ganz, auf seiner Wange prangte eine schwarze Träne – ein Pierrot, feingliedrig und gut aussehend. Er ließ noch einen Cinquecento passieren, dann gab er Gas. Nick legte den Gang ein und folgte der Vespa in gebührendem Abstand.

Sie fuhren am Krankenhaus vorbei und auf der Ponte Catena über die Etsch. Kaum Verkehr. Die Läden geschlossen, die Stadt wie ausgestorben. Graziella hatte die Karte schon wieder auf dem Schoß ausgebreitet. Sie fuhren schweigend. Es gab nicht viel zu sagen. Ihre Aufgabe war klar: dem Pierrot auf der Vespa zu folgen. Über die Via Lugagnano ging es in westlicher Richtung aus Verona hinaus. Die Umgebung wurde ländlicher, der Horizont weiter. Fabriken und Industrieanlagen schwammen wie Inseln zwischen Feldern und Wiesen. In der Ferne ein brennender Müllberg. Ein übler Geruch in der Luft, Nick kurbelte das Fenster hoch. Linker Hand die Autobahn. Am Straßenrand lag ein toter Hund.

»Irgendwo rechts muss der Gardasee sein«, sagte Graziella nach einem Blick auf die Karte.

Die Vespa bog von der *Strada statale* ab, fuhr unter der Autobahn hindurch und an einem Friedhof vorbei. Dahinter ragte zwischen Zypressen der mächtige Ziegelsteinbau einer Abtei auf. Am Straßenrand ein Verkaufsstand, aber weit und breit kein Mensch.

»Lombardei«, sagte Graziella.

Nick sah auf die Uhr. Sie waren schon über eine halbe Stunde unterwegs. »Wo will er hin, verdammt?«

Graziella beugte sich über die Karte. »So viele Möglichkeiten gibt's hier gar nicht. Castiglione delle Stiviere im Westen und Castel Goffredo etwas weiter südlich. Wer nach Guidizzolo will, fährt von vorneherein anders.« Das geringe Verkehrsaufkommen machte die Verfolgung einfach, andererseits bestand dauernd die Gefahr, entdeckt zu werden, und Nick versuchte den Abstand so groß wie möglich zu halten, ohne dabei die Vespa aus den Augen zu verlieren. Sie passierten das Ortsschild von Carpenedolo. In einem Garten brannte ein Feuer, Rauchschwaden zogen über die Straße. An einer Wäscheleine hing ein Indianerkostüm. Am Ortsausgang bog die Vespa auf ein verwahrlostes Gelände ab. Zwei Zapfsäulen. Ein Flachbau, den ein Neonschild als Tankstelle und Bar zugleich auswies. Verrostete Autowracks vor einem Holzschuppen. Nick bremste ab und fuhr rechts ran. Sie beobachteten, wie der Pierrot von der Vespa stieg und im Gebäude verschwand. Schmutzige Gardinen ließen keine neugierigen Blicke zu.

Nick kurbelte das Fenster herunter. Dann nahm er Graziellas Hand und drückte sie fest.

Zehn Minuten später fuhr ein weißer Mercedes an ihnen vorbei, bog auf das Tankstellengelände ab und hielt an der vorderen Zapfsäule. Der Wagen hatte ein deutsches Kennzeichen. M – München. Konnte Zufall sein, aber Nick schnappte sich vorsichtshalber Stift und Papier und notierte das Kennzeichen.

Graziella warf Nick einen besorgten Blick zu, aber sie sagte nichts.

Abwarten.

Seine Unruhe wuchs. Erst einmal passierte gar nichts. Kein Tankwart erschien, niemand stieg aus. Ein Windstoß wirbelte Staub durch die Luft und ließ eine Coop-Tüte tanzen. Da trat der Pierrot aus dem Gebäude – gefolgt von einem zweiten ganz ähnlich geschminkten. Aber statt einer Wollmütze trug dieser eine schwarze Lockenperücke.

»Ist er das?« Graziella kramte aufgeregt nach dem Klassenfoto. »Ist das Wolfgang Abel?«

Die Pierrots gingen auf den Mercedes zu. Marco Furlan öffnete die Beifahrertür, der andere nahm auf dem Rücksitz Platz. Graziella hatte das Klassenfoto endlich gefunden, aber nun war es zu spät, von dem Pierrot mit der Lockenperücke war nur noch ein Umriss zu sehen. »Sie sind zu dritt«, sagte Nick. Angespannt war er die ganze Zeit gewesen, jetzt war er alarmiert. Der Mercedes rollte langsam auf die Straße und fuhr in westlicher Richtung weiter.

Nick folgte ihm in gebührendem Abstand. Die Straße war kaum befahren, ein Schlagloch reihte sich ans nächste. Ein Raubvogel kreiste über dem Feld.

»Zigarette«, sagte Nick.

Graziella zündete eine an und reichte sie ihm. Der Mercedes hielt an einer Kreuzung. Obwohl weit und breit kein anderes Auto in Sicht war, blieb er einfach stehen. Links von ihm war eine Verkehrsinsel, vorbeizufahren war also unmöglich. Es sei denn, man wollte auf die Gegenspur ausweichen.

»Was machen die?«, fragte Graziella. Nick überlegte fieberhaft, wie er sich am unauffälligsten verhalten sollte. Um rechts ranzufahren und das Geschehen aus der Entfernung zu verfolgen, war es zu spät, dafür waren sie bereits zu nah. Also fuhr er langsam auf den Mercedes zu und kam dahinter zum Stehen. Die Männer darin schienen zu streiten. Der Pierrot auf dem Rücksitz hatte sich wild gestikulierend nach vorne gebeugt.

»*Ma che cazzo …*« Graziellas Finger trommelten nervös auf der Landkarte herum. Plötzlich griff sie an Nick vorbei und drückte mehrmals auf die Hupe.

Nick sah sie entgeistert an. »Spinnst du?! Willst du sie auf uns hetzen?«

Aber Graziella hupte erneut, riss die Tür auf und brüllte: *»Porca puttana, ragazzi! Spostatevi!«* Sie war drauf und dran, auszusteigen, als der Mercedes langsam anfuhr und nach rechts abbog.

»Na also, geht doch.« Zufrieden schloss sie die Tür wieder. Nick sank stöhnend in den Sitz zurück.

»Wären wir noch länger einfach stehen geblieben, hätten wir uns verdächtig gemacht.« Sie tätschelte seinen Arm. »*Andiamo*, sonst verlieren wir sie.«

Die Häuser von Castiglione delle Stiviere wirkten wie auf den Hügel geklebt, Dom und Kastell daraufgesetzt, fünfzehntausend Einwohner vielleicht. Die Berge dahinter waren wegen der tief hängenden Wolken nur schemenhaft zu erkennen. Es begann zu regnen. Der Mercedes fuhr die gepflasterte Straße am Fuß des Hügels entlang in Richtung Stadtzentrum. Die Rollläden vor den Schaufenstern waren heruntergezogen, der ganze Straßenzug wirkte verbarrikadiert. Eine Dame im Pelzmantel öffnete ihren Regenschirm und redete dabei auf ihren Hund ein. Der Mercedes bog auf einen großen Platz ab. Ein Brunnen in der Mitte. Fahrzeuge standen um ihn herumgruppiert wie Eisenspäne um einen Magneten. Die einzige Eisdiele war geschlossen.

Nick hielt am Straßenrand.

»Was jetzt?« Graziella sah sich um. Gegenüber, auf der anderen Seite des Platzes, stand ein düsteres Gebäude, ein ehemaliges Kloster womöglich. Neben dem Eingang ein Schild: *»Ospedale psichiatrico giudiziario«*.

»Was heißt das?«, fragte Nick

»Das ist die forensische Psychiatrie«, erklärte Graziella.

»Da wären sie zwar richtig«, sagte Nick, »aber ich glaube nicht, dass das ihr Ziel ist.« Sie beobachteten, wie die beiden Pierrots aus dem Mercedes stiegen. Sie gingen zum Kofferraum und hievten zwei Reisetaschen heraus.

»Verdammt«, flüsterte Nick.

Der Fahrer war im Wagen sitzen geblieben. Der mit der Perücke warf den Kofferraumdeckel zu. Ein paar Tauben flatterten auf.

Während sich der Mercedes langsam in Bewegung setzte, überquerten die Pierrots die Straße und gingen mit den offenbar schweren Taschen auf ein unscheinbares Gebäude zu, aus dem gerade zwei verkleidete Teenager torkelten und Funk-Musik zu hören war. Über der Tür der Schriftzug: »Discoteca Melamara«. Nicks Knie wurden weich. Er wusste, was die Pierrots vorhatten. »Fahr dem Mercedes nach, Graziella.«

»Und du?«

Er drückte ihr einen schnellen Kuss auf die Wange und stieg aus. Die Pierrots waren schon in der Diskothek verschwunden. Nick rannte über die Straße. Bevor er das Gebäude betrat, hörte er den Motor des BMWs aufheulen. Mit quietschenden Reifen nahm Graziella die Verfolgung auf.

An der Kasse saß eine Frau um die dreißig. Kurze Haare. Lächeln. Silberblick. Er reichte ihr zwei Geldscheine. Einen bekam er wieder zurück und ein bisschen Kleingeld obendrauf. Der Saal war groß. Die Funk-Musik höllisch laut. Stroboskoplicht. Discokugeln. Nick schätzte, dass hier um die vierhundert junge Leute, die meisten kostümiert, Karneval feierten. Und er konnte die Pierrots nirgendwo sehen. Er bedauerte, Graziella hinter dem Mercedes hergeschickt zu haben. Ohne sie war seine Mission doppelt schwierig – wie sollte er sich verständlich machen? Er würde keine Zeit haben für lange Erklärungen. Aber er hatte keine Wahl. Er musste es auf Englisch versuchen und hoffen, dass man ihn verstand. Aber erst einmal musste er die beiden Pierrots wiederfinden. Er bahnte sich einen Weg durch die Menge und sah sich dabei nach allen Seiten um. Die Musik war ohrenbetäubend laut, die Lichteffekte blendeten ihn. Plötzlich entdeckte er den Pierrot mit der Lockenperücke. Er saß an einem Tisch, nicht weit vom Haupteingang entfernt. Die Reisetasche konnte Nick aus seiner Perspektive nicht erkennen. Am Eingang! Genau so war LUDWIG beim Anschlag in Mailand vorgegangen. Das Benzin war am Eingang entzündet worden, sodass die Besucher in der Falle gesessen hatten. In dieser Disco waren vierhundert Leute, viele von ihnen noch halbe Kinder. Was tun? Eine Panik musste auf jeden Fall verhindert werden. Am Rand der Tanzfläche entdeckte er einen Security-Typen, also bahnte er sich einen Weg durch tanzende, schwitzende Leiber. Er brüllte den Typen auf Englisch an – anders konnte man sich bei der Lautstärke nicht verständigen – und zeigte ihm seinen Polizeiausweis. Er versuchte ihm klarzumachen, dass der Saal geräumt werden musste. Und zwar schnell. *Danger. Fire. Quick!* Der Typ guckte komisch. Er schien ihn für einen Spinner zu halten. Gerade setzte Nick erneut an, als er den zweiten Pierrot bemerkte, der aus der Toilette kam und sich langsamen Schrittes auf die Tanzfläche zubewegte. Nick konnte die Reisetasche nicht sehen, aber er wusste, dass der Pierrot sie in der Hand hatte, und er wusste, dass er jetzt keine Zeit mehr verlieren durfte. Er rief dem Rausschmeißer zu, dass er sich um den anderen Pierrot am Ausgang kümmern sollte. Keine Ahnung, ob der Typ ihn verstanden hatte, er durfte keine Zeit verlieren und schaufelte sich den Weg zum DJ-Pult frei. Kurz bevor er sein Ziel erreicht hatte, stieg ihm Benzingeruch in die Nase. »Ey!«, schrie er den DJ an. Der schaute genauso verdutzt wie zuvor der Rausschmeißer. Nick brüllte auf Englisch: »Musik aus! Alle raus hier!« Aber der DJ stand einfach nur da. Es kam Nick vor wie eine Ewigkeit, bis endlich Bewegung in den Mann kam. Doch dann handelte er schnell. Vielleicht hatte er auch den Benzingeruch schon wahrgenommen. Jedenfalls drückte er eine Taste, und die Musik verstummte. Ein Moment der völligen Orientierungslosigkeit.

Erste ängstliche Schreie. Der DJ griff zum Mikrofon. Seine Stimme zitterte, aber er versuchte, Ruhe und Besonnenheit zu vermitteln, und das schien ihm weitgehend zu gelingen. Während sich Nick auf den Pierrot zubewegte, registrierte er, dass die Menge der Aufforderung des DJs folgte und in Richtung der Ausgänge drängte.

Bloß keine Panik jetzt, dachte Nick.

Er hatte den Pierrot fast erreicht. Nur noch wenige Meter lagen zwischen ihnen. Aber Nick bewegte sich gegen den Strom – und der Pierrot bemerkte ihn. Er blieb stehen und ließ die Handtasche fallen. Er sah Nick in die Augen. Ein kühler Blick, ohne jedes Anzeichen von Angst. Er griff in seine Jackentasche und holte eine Schachtel Sturmstreichhölzer hervor. Der DJ redete die ganze Zeit mit ruhiger Stimme weiter, konnte aber nicht verhindern, dass in Nicks Rücken nun doch Panik entstand. Entweder beobachteten die Leute die Szene oder sie hatten den Benzingeruch bemerkt. Oder beides. Schreie ertönten. Der Pierrot entzündete das Streichholz. Nick stürzte auf ihn zu, kickte die Tasche weg und riss ihn zu Boden. Das brennende Streichholz fiel auf den Teppich, und eine Stichflamme schoss in die Höhe. Verdammt, du warst zu spät, dachte Nick.

Er drehte dem Pierrot den Arm auf den Rücken und hielt ihn fest. Er leistete keine Gegenwehr. Schreie um ihn herum. Nick sah auf und direkt in die Flammen, die vor ihm in die Höhe schossen. Er zerrte den Pierrot vom Boden hoch. »Los! Auf!« Der Junge wog fast nichts. Durch den Rauch sah er einen Security-Mann, der den Brand mit einem Feuerlöscher bekämpfte. Und er hatte Erfolg, denn die Flammen wurden kleiner. Wie war das möglich? Nick hatte das Benzin doch gerochen, eigentlich müsste hier längst alles lichterloh brennen. Aber das war nicht der Fall, das Feuer schien wirklich unter Kontrolle zu sein. Plötzlich stand ein weiterer Security-Typ neben Nick. Er redete auf Italienisch auf ihn ein und lotste ihn zu einem Raum, offenbar dem Büro der Geschäftsführung. Nick setzte den Pierrot auf einen Stuhl. Zwei bullige Rausschmeißer nahmen den schmalen Jungen in die Mangel. Aber der zeigte noch immer keinerlei Anzeichen von Angst geschweige denn von Reue. Er ließ das Geschrei der Rausschmeißer über sich ergehen. Fast schien er zu lächeln. Kurz darauf wurde der zweite Pierrot in den Raum geführt. Er blutete aus der Nase und hatte Blutflecken auf Hemd und Hose. Vielleicht hatte er sich gewehrt. Nick fiel auf, dass die beiden nicht einmal einen Blick wechselten. Es gab nur zwei Stühle. Sie waren die Einzigen, die saßen. Alle anderen standen und brüllten. Als sie einsahen, dass ihr Geschrei keinerlei Wirkung zeigte, machte sich bei den Rausschmeißern Ratlosigkeit breit. Einer bot Nick eine Zigarette an. Der nahm sie dankend an, denn seine HBs waren im Auto liegen geblieben. Wo Graziella wohl war? Sogar den beiden Pierrots wurden Zigaretten angeboten, aber sie lehnten angewidert ab. Sie waren selbst in dieser Situation noch herablassend. »Herr Abel?«, fragte Nick auf Deutsch. Alle verstummten und sahen Nick erstaunt an. Auch Wolfgang Abel. »Seit wann sind Sie wieder in Verona? Sie leben doch in München, richtig?«

Aber der junge Mann musterte ihn nur. Dann wandte er sich ab, faltete die Hände im Schoß und wartete schweigend, bis zwei Carabinieri hereinkamen. Die stellten ein paar Fragen und hatten offenbar Mühe, den Überblick zu behalten. Schließlich ging es um Nick, irgendwer wollte *documenti* sehen, also zeigte Nick seinen Ausweis vor. Einer der Carabinieri machte Notizen. Währenddessen saßen Abel und Furlan wie zwei Unbeteiligte auf ihren Stühlen. Ruhig und in sich gekehrt. Mit ihren weiß geschminkten Gesichtern. Wie zwei Mönche kamen sie Nick vor, getragen von einer fremden Kraft. Die Carabinieri zerrten Abel und Furlan von den Stühlen hoch, aber sie leisteten keinerlei Widerstand, sondern folgten schweigend. Eine kleine Prozession, der sich auch Nick anschloss, machte sich auf den Weg nach draußen, wo sich die Menge noch kaum aufgelöst hatte. Offenbar hatten alle auf diesen Moment gewartet. Unruhe entstand. Schreie waren zu hören, wüste Beschimpfungen, die Leute drängten auf die beiden zu, und die Carabinieri hatten alle Hände voll zu tun, um Abel und Furlan vor der wütenden Menge zu beschützen. Nick beobachtete, wie sie in das Polizeiauto verfrachtet wurden. Die Menge versperrte den Weg. Hupend und im Schritttempo ging es voran, dann schienen die Leute das Interesse an dem Spiel zu verlieren, und der Wagen fuhr davon. Nick sah ihm nach, bis er hinter einer Kurve verschwand. Langsam löste sich die Menge auf. Irgendwer klopfte Nick auf die Schulter. Jemand gab ihm eine Zigarette. Überall das Geräusch startender Motorroller und sich entfernender Motoren. Die Wogen glätteten sich. Ruhe kehrte ein. Nick warf die Kippe weg und ging wieder zur Diskothek zurück. Eine Frage beschäftigte ihn noch. Die Benzinspur war gelegt gewesen, es hatte eine Stichflamme gegeben. Warum hatte sich das Feuer nicht ausgebreitet? Warum war es nicht zu dem Flammeninferno gekommen, das Abel und Furlan eigentlich hatten herbeiführen wollen? Diese Frage stellte er den Security-Typen am Eingang, die strenge Order hatten, niemanden in das Gebäude hineinzulassen. Englisch konnte keiner so recht, die Verständigung erfolgte mit Händen und Füßen. Aber irgendwann hatte Nick eine Antwort. Und sie war simpel: Feuerfeste Teppiche hatten vierhundert jungen Leuten das Leben gerettet. »*Grazie a Dio*«, sagten die Security-Typen. Mag sein, dachte Nick, vielleicht hatte auch Gott seinen Teil dazu beigetragen und nicht nur der Teppich.

Er ging zum Platz mit dem Brunnen. Noch immer regnete es leicht. Er stellte sich unter die Arkaden und sah den Tauben zu, die um die Fenster der forensischen Psychiatrie herumflatterten, als wollten sie die Insassen verspotten.

Als der BMW endlich auftauchte, war er unendlich erleichtert. Der Wagen fuhr auf den Platz, Graziella stieg aus, und sie fielen einander um den Hals.

Auf der Rückfahrt berichtete Graziella, dass sie dem weißen Mercedes über die Landstraße Richtung Verona gefolgt war. Aber der Fahrer musste sie bemerkt haben, denn er fuhr auf die Autobahn und hängte sie ab.

»Hast du sein Gesicht gesehen?«

Ja. Hatte sie. Der Mercedes hatte vorher an einer Tankstelle angehalten. Der Fahrer war im Gebäude verschwunden. Als er zurückkam und ins Auto stieg, hatte sie sein Gesicht gesehen. »Ich kann ihn beschreiben«, sagte sie, »kein Problem.«

Die Felder. Die Fabrikgebäude. Graziella hörte genau zu, was Nick ihr über die Pierrots in der Diskothek erzählte. Sie ließ sich alles ausführlich schildern, und als die ersten Ausläufer der Stadt auftauchten, sagte sie: »Wir haben es geschafft, Nick.« Aber es klang eher wie eine Frage. »Ich glaube«, sagte Nick, »bis jetzt ist nur eines klar: nämlich, dass wir vierhundert jungen Leuten das Leben gerettet haben.«

»Na immerhin«, fand Graziella.

Zurück zu Hause, fütterte sie die Tiere, während Nick mit Aki telefonierte. Es war ein langes Gespräch, an dessen Ende Aki fragte: »Und du meinst, diese beiden Jungs haben das Liverpool in Schutt und Asche gelegt?«

Absurderweise traf ihn diese naheliegende Frage unvorbereitet. Waren die beiden jungen Männer die Brandstifter? Hatten sie Vanessa angezündet? »Ich weiß es nicht«, sagte er, »und ich bin sehr gespannt, was die nächsten Tage bringen.«

»Ja, schau mer mal«, sagte Aki. Sie beschlossen, dass Nick Abel und Furlan so bald wie möglich vernehmen und im Anschluss nach München zurückkehren sollte. Als Nick aufgelegt hatte, schnappte sich Graziella das Telefon und sprach mit ihrem Sohn. Danach machten sie eine Flasche Wein auf. Aber große Freude mochte sich nicht einstellen. »Vielleicht sind wir einfach zu erschöpft«, vermutete Graziella. Durchaus denkbar, nachdem sie mehrere Nächte im BMW verbracht hatten. Aber da war noch etwas anderes. Eine merkwürdige Unruhe. Das Gefühl, dass hier noch zu viele Fragen offen waren.

Gleich am nächsten Tag sollte sich dieses Gefühl bestätigen. Massagrande rief an und bat sie, in sein Büro zu kommen. Dort eröffnete er ihnen, dass das Obduktionsergebnis nun vorliege und es keinen Zweifel daran gebe, dass Solari Suizid begangen habe. Als er begriff, was Graziella da übersetzte, war Nick fassungslos, und im nächsten Moment war er drauf und dran, Massagrande an die Gurgel zu springen; Graziella hatte größte Mühe, ihn vor einer schlimmen Dummheit zu bewahren. »Ihr habt es gesehen«, brüllte Nick. »Ihr habt alle gesehen, was mit ihm passiert ist! Das kann nicht euer Ernst sein!«

Massagrande lehnte sich zurück und beobachtete Nick, während er tobte. Mit ruhiger Stimme wandte er sich an Graziella. »Massagrande selbst«, übersetzte sie, »war auch erstaunt. Aber Obduktionsbericht ist Obduktionsbericht, das müsstest du ja nun eigentlich wissen. Und er hat keine Lust, sich weiter von dir beschimpfen zu lassen. Das Gespräch ist beendet.«

Nick schnappte sich die Kopie des Obduktionsberichtes, die auf dem Tisch lag, und stürmte aus dem Zimmer.

»Erinnerst du dich an Ferratis Worte?«, fragte Graziella, als sie vor dem BMW im Kasernenhof standen. Und wie er sich erinnerte! »Wenn das Obduktionsergebnis ›Suizid‹ lautet, hat Ferrati gesagt, dann wissen wir, dass Solari an einer ganz großen Sache dran war.« Worum handelte es sich bei dieser ganz großen Sache? Waren damit die Verbrechen der Gruppe LUDWIG gemeint? Hatte LUDWIG Solari gefoltert und umgebracht?

Drei lange Tage vergingen, bis er Wolfgang Abel im Untersuchungsgefängnis von Mantua diese und andere Fragen stellen konnte. Abel sah noch schmaler und blasser aus, als er ihn in Erinnerung hatte. »Danke, gut«, erwiderte er auf Nicks Frage, wie es ihm gehe.

Aber von der kalten Souveränität, die er bei seiner Festnahme noch an den Tag gelegt hatte, war nichts übrig geblieben. Der junge Mann, der Nick gegenübersaß, wirkte verschreckt und eingeschüchtert. Auf Nicks allgemeine Fragen zur Gruppe LUDWIG reagierte Abel mit Befremden und Abwehr. Immer wieder schüttelte er ungläubig den Kopf oder machte eine wegwerfende Handbewegung, als fühlte er sich durch die Fragen belästigt und verstünde nicht, was man eigentlich von ihm wollte. Wenn überhaupt, antwortete er knapp mit Ja oder Nein, aber meistens schüttelte er nur den Kopf und schwieg. Es war äußerst mühsam. »Ich rate Ihnen dringend, zu kooperieren«, sagte Nick. »Sie und Marco Furlan sind mit zwei Taschen und jeweils einem Fünf-Liter-Kanister mit Benzin in die Diskothek Melamara spaziert. Wäre Ihr Plan aufgegangen, wären dort vierhundert junge Leute qualvoll verbrannt. Was sagen Sie dazu, Herr Abel?«

»Das war ein Scherz, mehr nicht.« Wieder diese wegwerfende Handbewegung, als wäre das alles Blödsinn.

»Ein Scherz?«

»Ja. Wir wollten denen ein bisschen Angst machen.«

»Vierhundert junge Leute, die nichts anderes gemacht haben als Karneval zu feiern.«

»Ich mag diese Orte nicht. Sie sind gefährlich.«

»Welche Orte meinen Sie?«

»Diskotheken. Orte wie das Melamara.«

»Warum sind die gefährlich?«

»Weil da Drogen verkauft und konsumiert werden.« Abel wurde nun selbstsicherer. »Weil es Orte geistloser Zerstreuung sind.«

Da war sie, die Moral, die sich über alles Niedere und Lasterhafte erhob. Die eifernde Moral der Bekennerschreiben.

»Das Pornokino in Mailand, das Liverpool in München. Sind das für Sie auch solche Orte?«

Wolfgang Abel musterte Nick eindringlich, dann ging ein feines Lächeln über sein Gesicht.

»Wollte LUDWIG die Welt von solchen Orten befreien?«

Abel sah Nick an, als hätte er etwas besonders Geistloses gesagt, und er schwieg von nun an. Keine einzige Frage beantwortete er mehr. Schließlich legte Nick ihm das Schwarz-Weiß-Foto der »Krieger des Christkönigs« vor.

»Was können Sie mir zu diesem Foto sagen, Herr Abel?«

Wolfgang Abel betrachtete das Foto aufmerksam. Und plötzlich redete er wieder:

»Ich glaube, das Foto zeigt zwei *Cristeros*-Milizen. Das war eine katholische Widerstandsbewegung im Mexiko der Zwanzigerjahre.«

»Woher kennen Sie dieses Foto?«

Abel zuckte mit den Schultern. »Darüber habe ich gelesen. Das sind Dinge, die mich interessieren. Politik. Geschichte.«

Mehr bekam Nick nicht aus ihm heraus. Dann stellte er ihm die allerletzte und wichtigste Frage: »Sagt Ihnen der Name Gabriele Solari etwas?« Er reichte ihm ein Foto des Polizisten über den Tisch. Auch dieses Foto betrachtete Abel aufmerksam. Dann schüttelte er den Kopf. »Ich habe diesen Mann noch nie gesehen. Wer ist das?«

Auch von Marco Furlan, den er kurz darauf zusammen mit Graziella besuchte, erfuhr Nick nichts. Die italienischen Kollegen hatten ihn schon vorgewarnt, dass sich Furlan offenbar auf Anraten seiner Anwälte dazu entschieden hatte zu schweigen. Er redete nicht mit den Ermittlern und beantwortete keine Fragen, und auch für Nick machte er keine Ausnahme. Unnahbar. Kühler Blick. Furlan hatte die überlegene Attitüde aus dem Melamara beibehalten.

»Und jetzt?«, fragte Graziella, als sie aus dem Gefängnis traten. Sie hatten mit Abel und Furlan gesprochen, mehr oder weniger jedenfalls. Sie hatten bei den Carabinieri ihre Aussagen gemacht – Nick zum Tathergang im Melamara und Graziella zum Fahrer des weißen Mercedes mit Münchner Kennzeichen, der

Abel und Furlan zur Diskothek gebracht hatte. Sie hatte den dritten Mann der Organisation LUDWIG genau beschrieben, und auf der Grundlage ihrer Beschreibung war ein Phantombild angefertigt worden. Schließlich hielten sie – Gipfel des Hohns – den Obduktionsbericht in Händen, der Solaris Ermordung zum Suizid umbog.

»Komm.« Nick hakte Graziella unter. »Lass uns was essen gehen.« Sie spazierten in Richtung *centro storico*. Nichts war geklärt. Weder ob Abel und Furlan LUDWIG waren noch ob sie überhaupt als Täter für irgendeines der LUDWIG-Verbrechen infrage kamen. Gut möglich, dass es genauso ablaufen würde wie bei Professor Cassata, als sich nach und nach herausgestellt hatte, dass der Mann die Verbrechen nicht begangen haben konnte. Die eigentliche Ermittlungsarbeit hatte gerade erst begonnen, und wer sich nur ein bisschen mit Polizeiarbeit auskannte, wusste, dass hier ein langwieriger und mühsamer Prozess bevorstand und es äußerst fraglich war, was man den beiden wirklich würde nachweisen können.

Sie hatten ein Restaurant gefunden und sich an einen Tisch gesetzt. Graziella schwieg. Sie wirkte bedrückt, wahrscheinlich war sie nach diesen aufregenden Tagen einfach erschöpft. Doch als das Essen kam und Graziella nur lustlos darin herumstocherte, war Nick besorgt. »Ist alles in Ordnung?«

»Ja, ja«, sagte sie ausweichend.

Nick fragte nicht nach. Er war mit seinen Gedanken schon wieder woanders. Gerne hätte er Capitano Massagrande noch einmal gesprochen. Von dem Mann, der LUDWIG für ein Phantom gehalten hatte, hätte er gerne gewusst, wie er Abel und Furlan beurteilte, aber leider war der Kontakt nach seinem Auftritt in Massagrandes Büro abgebrochen. Die Caserma Pastrengo war für Nick nicht mehr zugänglich.

Am Abend, die Sonne war bereits untergegangen, stand Nick am Küchenfenster und rauchte, während Graziella die Tiere fütterte. Als sie danach zu ihm trat, sagte er: »Wir können hier nichts mehr tun. Was meinst du?«

»Gut.« Graziella nickte. »Fahren wir nach Hause.«

Aber vorher machten sie noch einen Abstecher nach Vicenza, wo Solari auf dem Cimitero Maggiore beigesetzt wurde. In strömendem Regen. Die wenigen Trauergäste waren ehemalige Kollegen, vermutete Nick. Burzomato war das einzige bekannte Gesicht. Familienangehörige schienen nicht anwesend zu sein. Ebenso wenig wie ein Pfarrer oder sonst ein kirchlicher Vertreter. Ob das Solaris Wunsch gewesen oder eine Folge davon war, dass er als Selbstmörder galt und deshalb von der katholischen Kirche geächtet wurde, konnten sie nicht in Erfahrung bringen. Nick hielt beides für denkbar. Er warf eine Handvoll Erde auf den Sarg. »Gute Reise, alter Pitbull.«

Während der Sarg heruntergelassen wurde, schwor sich Nick erneut, diejenigen zu finden, die für Solaris Tod verantwortlich waren. Falls sie nicht schon im Gefängnis saßen. Aber wenn er ehrlich war, zweifelte er daran, dass Marco Furlan und Wolfgang Abel Solari gefoltert und umgebracht hatten. Er traute den beiden sehr viel zu, aber bei dem Gedanken, diese schmächtigen Jünglinge hätten Solari in irgendeiner Form gefährlich werden können, versagte seine Vorstellungskraft. Solari hätte einmal gepustet, und die beiden wären umgefallen. Aber Nick war gern bereit, sich eines Besseren belehren zu lassen. In den kommenden Tagen und Wochen würden italienische und deutsche Kollegen das Bewegungsprofil von Abel und Furlan penibel rekonstruieren, und bald würde man wissen, ob sie als Täter in Betracht kamen. Graziellas Hand schob sich in seine. Er umfasste und drückte sie.

Sie fuhren über den Brenner zurück. Hinter Franzensfeste begann es zu schneien. Je weiter sie in die Alpen vordrangen, desto schweigsamer wurde Graziella.

»Alles in Ordnung?«, fragte Nick besorgt.

Graziella nickte und steckte sich eine Zigarette an.

»Fahr da mal raus«, sagte sie kurz vor der österreichischen Grenze. Also fuhr Nick auf den Parkplatz und schaltete den Motor aus. Dichter Schnee um sie herum.

»Was ist los, Graziella?«

»Da vorne ist die Grenze.«

»Ja. Und?«

»Wenn wir da gleich rüberfahren …«

»Dann sind wir in Österreich«, vollendete Nick ihren Satz.

Graziella sah ihn an. Sie wirkte traurig und auf eine merkwürdige Art entschlossen. Wie jemand, der sein Schicksal angenommen hatte. Sie umfasste seine Hand.

»Ich danke dir, Nick.«

»Wofür?«

»Dass du mir eine Chance gegeben hast, obwohl du gemerkt hast, dass ich nicht gut lesen kann … und eigentlich überhaupt nicht geeignet bin … dass du Geduld mit mir hattest …«

»Graziella«, unterbrach Nick, »ohne dich hätte ich das alles nicht geschafft …«

Aber sie legte ihm den Zeigefinger auf die Lippen. »Du musst mir jetzt etwas versprechen …«

»Was?«

»Dass du nicht antwortest und nicht versuchst, mich umzustimmen, okay?«

Nick wurde es allmählich unheimlich. »Was ist los?«

»Versprichst du es mir?«

»Aber ich muss doch wissen …«, protestierte Nick.

»Tu es einfach. Vertrau mir.«

»Gut.«

»Damals im Auto, als du mir von deiner verstorbenen Frau erzählt hast … in dem Moment wusste ich, was mit uns beiden passieren würde … weil … ich habe es schon einmal erlebt …«

Allmählich dämmerte Nick, weshalb Graziella sich so seltsam verhalten hatte. »Mit diesem Michael?«

Sie nickte. »Ja. Auch Michael hatte seine Frau verloren, und ich war diejenige, die ihn zurück ins Leben geführt hat ... Er hat es genauso formuliert wie du ... Es war haargenau dieselbe Situation. Und als du mir das dann ... Ich wollte einfach nicht wieder Mittel zum Zweck sein. Ich will diese Rolle nicht, nie mehr.«

»Aber bei uns ist das doch etwas ganz anderes.«

Sie sah ihn mitleidig an. »Nein, ist es nicht. Es ist genau dasselbe.«

Nick wollte etwas sagen, aber sie schüttelte unwillig den Kopf. »Bitte lass es, du hast es mir versprochen.«

Als Nick schwieg, sagte sie mit leiser Stimme: »Mit uns beiden wird jetzt gleich etwas passieren. Wir werden uns verwandeln. Es wird sein wie in einem bösen Märchen, wir werden uns nicht dagegen wehren können.« Sie atmete tief durch. »Wir haben jetzt noch ein kurzes Stück Österreich vor uns. Dann kommt die deutsche Grenze, und kurz danach sind wir in München. Und spätestens dort werden wir uns zurückverwandelt haben. Ich werde wieder Graziella sein, die Putzfrau, und du wirst wieder Hauptkommissar Nick Marzek sein.«

»Ja, aber ...«

»Schsch!«, herrschte sie ihn an. »Du hast versprochen, ruhig zu sein.«

Er sagte nichts mehr, nickte nur.

»Wir können nichts dagegen tun. Es wird passieren. Und noch etwas wird passieren ...« Sie stockte. »Und das wäre etwas, das ich nicht ertragen könnte. Nicht ein zweites Mal und vor allem nicht mit dir.«

Nick sah sie fragend an.

»Ich würde dir peinlich werden.«

Nick wollte protestieren, aber sie legte ihm die Hand auf die Wange.

»Es würde so kommen, Nick. Ich versuche nur, mich zu schützen.« Nach einer kurzen Pause fuhr sie fort: »Deshalb möchte ich, dass wir uns hier voneinander verabschieden. Also küss mich bitte noch mal richtig.«

Er hatte einen dicken Kloß im Hals. Auch wenn sie es ihm nicht verboten hätte – viel hätte er nicht herausgebracht. Er umarmte und küsste sie und hoffte, dass der Moment nie vergehen würde. Und noch während er sie küsste, wurde ihm klar, dass sie recht hatte. Das war das Schlimmste: Sie hatte recht. Um sie herum tanzten die Schneeflocken.

Als sie die Stadtgrenze von München erreicht hatten, sagte Nick: »Wollen wir schnell im Raumschiff vorbeischauen, und danach fahr ich dich nach Hause?«

Graziella nickte. »Gut.«

Die Kollegen begrüßten sie freudig. Hier schien sich nichts verändert zu haben, auch das Loch war noch da. Gruber holte Bier für alle, und Nick und Graziella mussten erzählen. Alles. Ausführlich.

»Furlan und Abel«, sagte Aki schließlich nachdenklich. »Was sind das für Typen?«

»Ich weiß es nicht. Ich kann sie noch immer nicht recht einschätzen.« Mehr wusste er auf diese Frage nicht zu antworten.

»Sind die beiden die Gruppe LUDWIG?«

»Ich glaube schon. Aber nicht allein. Sie waren wenigstens zu dritt. Graziella hat den dritten Mann gesehen.«

»Wirklich?« Alle bestürmten sie mit Fragen, und Graziella berichtete von ihrer Verfolgungsfahrt. »Nicht schlecht«, sagte Mercks, als sie das Phantombild des Mannes herumreichte, »du solltest bei uns anfangen.« Gruber holte Bier für alle, und die gesamte Mordkommission 3 stieß auf Graziella an.

Es war schon dunkel, als sie nach Haidhausen fuhren. Jean-Michel Jarre im Radio. Graziella spähte aus dem Autofenster. In ihrer Wohnung brannte Licht. »Matteo ist schon da.«

»Gut«, sagte Nick.

Sie stiegen aus. Als Nick ihr den Koffer reichte, wurde die Haustür aufgerissen, und Matteo kam seiner Mutter entgegen. Er war ein Kopf größer als sie und umarmte sie auf jene linkische Art, die nur Teenager hinbekommen. *Ich liebe dich, aber es zu zeigen, wäre uncool.*

Aber Graziella scherte sich nicht um Coolness-Fragen. Sie drückte und herzte ihren Sohn, bis der irgendwann genervt »Mama!« sagte und sich den Koffer schnappte.

»Danke für's Herbringen«, sagte Graziella. Sie winkte Nick zum Abschied zu und verschwand mit Matteo im Haus.

Nick sah die Tür hinter ihnen ins Schloss fallen.

Der Krumme stand auf einer Leiter und kratzte irgendwas von der Wand. Als Nick aus dem BMW stieg, hob er grüßend die Hand.

Die Wohnung war eiskalt. In seiner dicken Winterjacke setzte sich Nick an den Küchentisch und betrachtete Jos Postkarte, die er aus dem Briefkasten gefischt hatte. Bizarre Felsformationen im Meer. Darüber der Schriftzug »ALGARVE«. Er hatte es tatsächlich bis nach Portugal geschafft. Auf der Rückseite, hingekrakelt in seiner Jungenschrift: »Es geht mir gut. Viele Grüße, Jo«.

Nachdem er sie mehrmals gewendet und noch den letzten Tropfen Information aus ihr herausgepresst hatte, legte Nick die Karte beiseite. Im Kühlschrank fand er noch ein Bier. Er öffnete es und trat ans Fenster. Die Birke und die Wäschespinne, die Gefährten. Sie immerhin hatten auf ihn gewartet.

In den folgenden Tagen und Wochen erfüllte sich Graziellas Prophezeiung. Sie verwandelte sich vor seinen Augen zurück in die wütende, etwas schlichte Putzfrau, ein wenig zu grell geschminkt und ein wenig zu laut. Er nahm das zur Kenntnis, wie man den Verfall eines Aktienkurses oder das heraufziehende Tiefdruckgebiet registriert, und verwandelte sich seinerseits zurück in den wortkargen Hauptkommissar der Münchner Mordkommission 3. Er hatte viel zu tun und musste sich erst wieder an den Routinebetrieb gewöhnen.

Den Informationen der italienischen Kollegen, die genau rekonstruiert hatten, wann sich Abel und Furlan wo aufgehalten hatten, war zu entnehmen, dass sie nichts mit Solaris Tod zu tun haben konnten. Sie hatten beide für den Tag des Mordes Alibis. Abel war sogar nachweislich gar nicht in Italien, sondern in München gewesen. Dafür fanden sie in Abels Münchner Wohnung in der Leonhard-Frank-Straße 7 sowie in der elterlichen Villa belastendes Material. Die Kollegen vom LKA konnten mittels elektrostatischer Dokumentenanalyse nachweisen, dass auf dem karierten Blatt eines Spiralblocks, der in Abels Münchner Wohnung gefunden wurde, das Bekennerschreiben für den Anschlag auf das Pornokino in Mailand entworfen worden war. Und Abels Mutter bestätigte gegenüber den italienischen Kollegen, dass der beim Anschlag auf das Liverpool verwendete Wecker der Marke Peter tatsächlich ihrem Sohn gehörte. Während also immer klarer wurde, dass Abel und Furlan Teil der Organisation LUDWIG waren, lag nun wieder völlig im Dunkeln, wer Solari umgebracht hatte. Und vor allem: aus welchem Grund? Wenn sein Tod in keinem direkten Zusammenhang mit der Gruppe LUDWIG stand – was war dann die von Ferrati prophezeite »große Sache«, der Solari auf der Spur gewesen war?

Am 27. April starb Vanessa in der Poliklinik Pettenkoferstraße, ohne das Bewusstsein wiedererlangt zu haben. Und im Sommer war vom dritten Mann der Gruppe LUDWIG keine Rede mehr. Obwohl das Ermittlungsverfahren noch lange nicht abgeschlossen war und obwohl einer der Staatsanwälte auf einer Pressekonferenz kurz nach dem versuchten Attentat auf das Melamara noch das Gegenteil behauptet hatte, sah die Staatsanwaltschaft in Marco Furlan und Wolfgang Abel inzwischen die einzigen beiden Mitglieder einer rechtsextremen Terrorgruppe, die in einer Art Säuberungswahn mit Eisen und Feuer durch das ganze Land und bis nach München gezogen war. In einem Blutrausch sollten Abel und Furlan bei zehn Anschlägen 15 Menschen umgebracht haben.

»Aber ich habe den dritten Mann doch gesehen!«, sagte Graziella, als sie wieder einmal gemeinsam am Fenster standen und rauchten.

»Ja«, sagte Nick, »wir wissen auch mit Sicherheit, dass Solari umgebracht worden ist. Und trotzdem steht im Obduktionsbericht ›Suizid‹.«

Tags darauf saß Nick mit Aki zusammen in dessen Büro. Es war schon spät. Alle waren bereits nach Hause gegangen. Nur Gruber hackte noch auf seine Schreibmaschine ein. Sie tranken ein Bier, und Aki erkundigte sich, wodurch sie eigentlich auf Abel und Furlan gekommen waren. »Gab es diesen einen Moment, der euch auf die richtige Spur gebracht hat?«

Nick musste kurz überlegen und kam dann zu dem Schluss, dass es die »Krieger des Christkönigs« auf dem Schwarz-Weiß-Foto gewesen waren. Über ein paar Ecken hatte sie dieses Foto letztlich zu Abel und Furlan geführt.

»Kann ich das Foto mal sehen?«, fragte Aki. Nick holte es aus seinem Büro und zeigte es ihm. Aki betrachtete es lange, und Nick konnte die wachsende Verstörung in seinem Gesicht sehen. Dann legte er das Foto beiseite, erhob sich und sagte: »Komm mit.« Sie gingen in den Aktenraum. Aki öffnete eine Schublade und holte eine Mappe heraus. »Anfang 83, da warst du noch in Berlin …«, sagte er, während er darin blätterte. »Dr. Friedhelm Reinhard. CSU. Ein hohes Tier in der Staatskanzlei. So was wie die rechte Hand von Strauß. Hanns-Seidel-Stiftung. Enge Beziehungen nach Italien. Wir haben ihn erhängt an einem Baum in seinem Garten gefunden. Und auf dem Schreibtisch in seinem Arbeitszimmer lag unter seinen Papieren dieses Foto.« Aki reichte es Nick. Es war die Hinrichtung der beiden *Cristeros*. Die Köpfe nach oben gewandt, die Augen geschlossen, um nicht geblendet zu werden vom göttlichen Licht. Es war das gleiche Foto, das Solari ihnen in Vicenza gezeigt hatte, das Foto, das sie letztlich auf die Spur der Gruppe LUDWIG geführt hatte.

»Gab es eine Obduktion?«, fragte Nick.

»Ja. Die hat den Suizidverdacht bestätigt.«

Neben dem Journalisten Franco Marin und dem Ex-Bullen Solari war dies nun also der dritte Todesfall im Zusammenhang mit diesem rätselhaften Foto aus einem unbekannten Bürgerkrieg in Mexiko. Von einem dieser Todesfälle wusste Nick, dass der Obduktionsbericht gefälscht war. Und nun war dieses Foto auch in München aufgetaucht.

»Was ist hier los, Aki?«

»Ich hatte gehofft, das könntest du mir sagen.«

Ratlos gingen sie zurück in Akis Büro, aber nun war jeder derart mit seinen eigenen Gedanken beschäftigt, dass das Gespräch zum Erliegen kam.

»Ich geh nach Hause«, sagte Aki schließlich.

»Ich mach auch gleich Schluss«, meinte Nick, aber das war gelogen. Er wollte nicht nach Hause gehen. Er wollte nur eines: Graziella von dieser Neuigkeit erzählen. Er ging in sein Büro und wartete. Irgendwann hörte auch Gruber auf, die Schreibmaschine zu bearbeiten. Ruhe kehrte ein. Nur die Geräusche und die Gerüche aus dem Bosporus drangen noch herauf. Ab und zu grölte ein Betrunkener. Je später es wurde, desto ruhiger und gleichmäßiger atmete die Stadt. Um halb fünf knallte die Eisentür ins Schloss. Nick erhob sich und trat auf den Flur. Er winkte Graziella zu, die gerade den Staubsauger aus dem Putzschrank holte.

»Was ist los?« Sie sah ihn alarmiert an.

»Lass uns eine rauchen.«

Sie gingen ins Besprechungszimmer. »Komm, wir stellen einen

Tisch ans Fenster. Können wir uns draufsetzen und rausschauen«, sagte Nick.

»Du machst mir Angst, Nick.« Aber sie half ihm trotzdem, den Tisch ans Fenster zu tragen. Er holte Zigaretten und Aschenbecher. Sie setzten sich, schauten auf die Lichter der Stadt, und Nick erzählte von dem zweiten *Cristero*-Foto, das zwischen den Unterlagen eines hohen bayrischen Politikers aufgetaucht war, den man erhängt in seinem Garten aufgefunden hatte. Graziella hörte konzentriert zu, dann sagte sie leise: »Seit ich zurück bin, habe ich jeden Tag ein bisschen mehr Angst.«

»Warum?«

»Weil ich den dritten Mann der Gruppe LUDWIG gesehen habe. Ich habe ihm in die Augen geschaut, Nick. Mit meinen Angaben könnte die Polizei nach ihm fahnden. Und ich verstehe einfach nicht, dass das keiner tut. Keiner spricht mehr von diesem dritten Mann.« Sie brach ab und fragte dann unvermittelt: »Was hat eigentlich die Suche nach dem Mercedes-Kennzeichen ergeben?«

»Nichts. Der Wagen war gestohlen gemeldet und das Nummernschild falsch. Hat nirgendwohin geführt.«

Graziella steckte sich die nächste Zigarette an. Motorengeheul von draußen. Auf der Bayerstraße lieferten sich ein paar Halbstarke ein Rennen.

»Das mit Solari«, begann Graziella wieder. »Schlimm genug, dass aus seiner Ermordung ein Suizid gemacht wurde. Aber es ist ja noch … viel grässlicher. Der Vorgang bedeutet nichts anderes, als dass hier von ganz oben etwas vertuscht werden soll.« Nachdenklich zog sie an ihrer Zigarette. »Es ist doch ganz einfach: Furlan und Abel haben Solari nicht umgebracht. Aber der Mann, den ich gesehen habe, der könnte der Täter gewesen sein. Dieser Mann weiß, dass ich ihn verfolgt und gesehen habe. Und deshalb habe ich Angst.« Sie schwieg einen Moment lang. »Und jetzt taucht auch noch dieses Foto hier in München auf …«

Nick legte ihr den Arm um die Schulter und hoffte inständig, überzeugend zu klingen. »Das wird sich alles aufklären, Graziella. Du brauchst keine Angst zu haben. Es ist vorbei.«

Graziella sah ihn prüfend an, als versuchte sie herauszufinden, ob er wirklich ernst meinte, was er eben gesagt hatte, dann legte sie den Kopf an seine Schulter und blies den Rauch ihrer Zigarette aus. »Nein«, sagte sie, »nichts ist vorbei. Es hat gerade erst angefangen.«

NACHWORT

Als sich am 4. März 1984 das Tor der Haftanstalt von Mantua hinter Wolfgang Abel und Marco Furlan schließt, beginnt ein neuer Abschnitt der Geschichte der Gruppe LUDWIG. Nun ist es Aufgabe der Justiz zu klären, ob diese beiden jungen Männer aus Veronas Oberschicht tatsächlich verantwortlich sind für eine unvergleichliche Mordserie, die am Ende – die 21-jährige Barangestellte des Liverpool, Corinna Tartarotti, erliegt am 27. April 1984 ihren schweren Verletzungen – 15 Menschen das Leben gekostet haben wird. In den folgenden Jahren versuchen Ermittler, Psychiater und Staatsanwälte herauszufinden, was diese beiden Bürgersöhne dazu gebracht haben könnte, derart monströse Taten zu begehen. Die Verstörung ist groß. In seinem Artikel für die *ZEIT* schreibt Erwin Brunner am 5. Dezember 1986: »Nach einem erkennbaren Motiv, einer rationalen Erklärung hat man lange gesucht. Warum wurden diese jungen Männer zu Mördern? Wie konnten zwei Söhne aus angesehenen Familien dieser Stadt 15 Menschen umbringen? Erstechen, erschlagen, verbrennen, vernichten; mittelalterlich, wie wahnbesessene Inquisitoren.« Als der Journalist diese Sätze schreibt, ist in Verona gerade der Prozess gegen Wolfgang Abel und Marco Furlan eröffnet worden. Die Indizien und Beweise sind erdrückend, aber das Motiv bleibt weiterhin unklar. Psychiater sprechen von einer *follia a due*, einer »induzierten Psychose«. Man versucht zu verstehen, was nicht zu verstehen ist.

Der Prozess endet am 10. Februar 1987 mit der Verurteilung Abels und Furlans zu dreißig Jahren Haft. Das Gericht erklärt sie für vermindert zurechnungsfähig und stellt für die Morde ab 1982 ihre Schuld fest; für die früheren Taten, zu denen sich LUDWIG bekannt hat, werden sie aus Mangel an Beweisen freigesprochen. Die Morde an Guerrino Spinelli 1977 in Verona, Luciano Stefanato 1978 in Padua, Claudio Costa 1979 in Venedig, Alice Maria Baretta 1980 in Vicenza und Luca Martinotti 1981 wiederum in Verona konnte das Gericht Abel und Furlan nicht nachweisen.

Doch mit dem Urteil vom Februar 1987 ist die Geschichte der Gruppe LUDWIG noch lange nicht zu Ende – und geklärt ist sie schon gar nicht.

Am 15. Januar 1988 wird in Venedig das Berufungsverfahren eröffnet. Ein halbes Jahr später dann der Paukenschlag: Das Berufungsgericht hebt das Urteil aus Verona auf. Abel und Furlan werden gegen Kaution entlassen und unter Hausarrest gestellt. Kurz vor der abschließenden Urteilsverkündung 1991 verschwindet Marco Furlan spurlos. Ist ihm die Flucht gelungen? Wurde er umgebracht? Jahrelang bleibt sein Schicksal ungewiss, bis er 1995 zufällig von italienischen Touristen auf Kreta erkannt wird, wo er für eine Autovermietung arbeitet. In seinem Zimmer wird eine hohe Summe Bargeld in verschiedenen Währungen entdeckt. Sofort werden in der italienischen Presse Stimmen laut, die darin einen Hinweis darauf erkennen, dass Furlan die Flucht durch ein gut organisiertes rechtsextremes Netzwerk ermöglicht worden sein könnte, denn die guten Beziehungen italienischer Neofaschisten nach Griechenland sind bekannt. So wird eine Diskussion wieder befeuert, die die italienische Öffentlichkeit bis heute führt: Waren Abel und Furlan allein für die Morde der Gruppe LUDWIG verantwortlich, oder waren sie Teil eines rechtsextremen Netzwerkes?

Zunächst aber wird Marco Furlan zurück nach Italien gebracht. Das Berufungsgericht in Venedig hatte die Haftstrafe in seiner Abwesenheit auf 27 Jahre festgesetzt. Marco Furlan wurde 2010, Wolfgang Abel 2016 aus der Haft entlassen.

Seit dem ersten Mord, den die Gruppe LUDWIG für sich reklamiert hat, dem Brandanschlag auf den in seinem Alfa Romeo schlafenden Guerrino Spinelli am 25. August 1977, sind jetzt, da ich dieses Nachwort schreibe, fast auf den Tag genau 43 Jahre vergangen. Die Morde der Gruppe LUDWIG sind ein Fall für die Geschichtsbücher geworden. Sollte man denken. Für Italien ist das sicher richtig, dort ist das Interesse an LUDWIG bis heute ungebrochen. In Deutschland aber scheint die Mordserie weitgehend vergessen zu sein. Das war zumindest mein Eindruck, als ich mit den Recherchen zu diesem Buch begonnen habe. Das hat natürlich naheliegende Gründe: LUDWIG hat nun einmal in Oberitalien am schlimmsten gewütet. Das einzige Verbrechen, das auf deutschem Boden verübt wurde, war der Brandanschlag auf die Diskothek Liverpool in München am 7. Januar 1984. Wenn man heute durch die Schillerstraße geht und am Gebäude mit der Nr. 11a vorbeispaziert, erinnert nichts an das grauenhafte Geschehen von damals, es gibt keinen Hinweis, keine Gedenktafel, nichts. Auch von den alteingesessenen Münchnern, mit denen ich während meiner Recherchen gesprochen habe, konnten sich nur die wenigsten erinnern. Will man sich heute über die Gruppe LUDWIG informieren, wird man auf Deutsch wenig Material finden. Der bereits erwähnte *ZEIT*-Artikel »Die Gnadenlosen« von Erwin Brunner vermittelt ein gutes Bild, ebenso der Artikel im *Spiegel* »Einige schlug er mitten entzwei« vom 25. Juni 1984. Beide Texte sind im Internet zu finden, stammen aber aus den Achtzigerjahren und können deshalb zum aktuellen Stand der LUDWIG-Forschung wenig beitragen. Die entscheidende Frage bei der Einschätzung der Gruppe LUDWIG lautet nach wie vor: Haben Wolfgang Abel und Marco Furlan allein gehandelt oder waren sie Teil eines Netzwerkes?

Drei Tage nach der Verhaftung von Abel und Furlan in der Diskothek Melamara in Castiglione delle Stiviere gibt Dottor Pasquale Pantalone, stellvertretender Staatsanwalt in Mantua, eine erste Pressekonferenz. Journalisten aller großen italienischen und deutschen Tageszeitungen sind anwesend. Pantalone, ein hochkompetenter Mann, der bei Ermittlern und Kollegen einen sehr guten Ruf genießt, beantwortet die Fragen so knapp und präzise, wie es ihm zu jenem Zeitpunkt möglich ist. »Herr Staatsanwalt«, fragt ein Journalist, »haben Abel und Furlan alleine gehandelt? Oder gibt es einen Komplizen?« Ohne zu zögern, antwortet der Staatsanwalt: »Ja, es gibt einen Komplizen.«

Inzwischen ist es den Ermittlern nämlich gelungen zu rekonstruieren, wie Abel und Furlan überhaupt zur Diskothek Melamara nach Castiglione delle Stiviere gekommen sind. Ihre Vespa wurde in Carpenedolo entdeckt, einem kleinen Ort sieben Kilometer vom Anschlagsziel entfernt. Abel und Furlan, als Pierrots verkleidet, müssten die Strecke am Karnevalssonntag also zu Fuß zurückgelegt haben, in der Hand die schweren Taschen mit den gefüllten Benzinkanistern, und wären am Rande der vielbefahreneren Landstraße niemandem aufgefallen, denn eine Zeugenbefragung war ergebnislos verlaufen. Allerdings hat es Zeugen gegeben, mehrere sogar. Diese Zeugen haben ausgesagt, sie hätten Abel und Furlan auf dem Parkplatz des Melamara aus einem weißen Mercedes steigen sehen. Staatsanwalt Pantalone sieht offenbar keinen Grund, an diesen Aussagen zu zweifeln. Und am 15. März erscheint in der Münchner *Abendzeitung* ein Artikel mit der Überschrift: »Sexbar-Attentäter aus München an 14 Morden beteiligt«. Darin steht: »An eine Alleinschuld von Wolfgang Abel und Marco Furlan wollen die italienischen Polizisten nicht glauben. Immerhin gab es bei dem Anschlag auf die Diskothek in Castiglione noch einen Dritten, der die beiden Brandstifter samt Benzin vor das Lokal fuhr – in einem weißen Mercedes mit deutschem Kennzeichen.«

Sowohl der weiße Mercedes als auch der dritte Mann, von dessen Existenz der Staatsanwalt noch so überzeugt gewesen war, haben sich dann im Laufe des Verfahrens in Luft aufgelöst.

Die Diskussion über die Mittäter wird in Italien trotzdem bis heute geführt. Die beste Kennerin der Materie, die Journalistin und Sachbuchautorin Monica Zornetta, sagte in einem Interview mit *Il Fatto Quotidiano TV*: »Meiner Meinung nach sind die beiden [Abel und Furlan] schuldig, aber sie waren nicht alleine. Dahinter steht ein komplexes Netzwerk [*una sovrastruttura*], das bis heute im Dunkeln liegt.«

Was, wenn Monica Zornetta recht hat? Wie müsste die Geschichte der Gruppe LUDWIG dann erzählt werden?

Mit genau dieser Frage beschäftigt sich die Krimireihe um Hauptkommissar Nick Marzek, denn Kriminalliteratur darf, was Dokumentaristen, Journalisten und Historikern verwehrt bleibt: Geschehnisse fiktional einkleiden, Spuren weiterverfolgen und Gedanken weiterspinnen. Sie darf eine Geschichte erzählen, und vielleicht ist deren Wahrheit am Ende gar nicht so weit weg von der Realität.

Bis auf Abel und Furlan sind deshalb alle Figuren des Romans fiktiv, und eine Ähnlichkeit mit lebenden Personen wäre rein zufällig. Einige Figuren sind der Realität entlehnt. Das Opfer des Brandanschlags auf das Liverpool beispielsweise heißt im Buch Vanessa und hat eine völlig andere Biografie als das reale Opfer dieser Tragödie, Corinna Tartarotti. Für Professor Alessandro Cassata gibt es ebenfalls ein reales Vorbild, aber so, wie er im Buch erscheint, ist auch Cassata ein fiktiver Charakter.

Um dieses Unternehmen umsetzen zu können, waren die Recherchen von Monica Zornetta für mich von großer Bedeutung. Ohne ihr Sachbuch *Ludwig – Storie di fuoco, sangue, follia* wäre es kaum möglich gewesen, *Die Krieger* zu schreiben. Eine zweite wichtige Quelle war *Il caso Ludwig* von Augusto Caneva. Beide Texte sind leider nicht auf Deutsch erschienen.

Genau wie die Geschichte der Gruppe LUDWIG sind auch die Ereignisse in München vor und nach dem Jahreswechsel 1983/84 authentisch. Der Brand der Wohnmobile auf dem Straßenstrich, die Schießerei im Sanssouci, die Bombendrohung in der Schillerstraße – all das hat genau so stattgefunden wie im Buch beschrieben.

Für die großartige Unterstützung meiner Recherche möchte ich an dieser Stelle Herrn Dr. Philip Zölls, Frau Dr. Brigitte Huber, Frau Elisabeth Angermair vom Stadtarchiv München sowie allen Mitarbeiterinnen und Mitarbeitern des dortigen Lesesaals herzlich danken. Außerdem danke ich den Mitarbeiterinnen und Mitarbeitern des Staatsarchivs München, die mir alle verfügbaren Presseartikel zum Brandanschlag auf das Liverpool herausgesucht haben. Ich danke außerdem Frau Dr. Grazia Prontera und Herrn Donato Smiraglia für ihre wertvollen Informationen über das Leben italienischer Gastarbeiter in München.

Und da es in einem Kriminalroman eben nicht nur um Historisches, sondern auch um Polizeiarbeit geht, danke ich der Pressestelle des LKA München sehr herzlich für die Unterstützung. Ich danke dem ehemaligen Ersten Hauptkommissar beim LKA München, Wolfgang Stoephasius, für seine Führung durch die Stadt, seine Geduld bei der Beantwortung meiner Fragen und seine Bereitschaft, das Manuskript aus fachlicher Sicht zu prüfen, und ich danke dem Sachbuchautor und ehemaligen Leiter der Münchner Mordkommission, Josef Wilfling, für wertvolle Informationen und Hinweise. Constanze Brahn aus Konstanz war so freundlich, das Italienisch im Text zu prüfen und zu berichtigen. Auch dir, liebe Connie, ganz herzlichen Dank dafür.

Martin Maurer im August 2020

Von Martin Maurer ist bei DuMont außerdem erschienen:
›Terror‹

FSC
www.fsc.org
MIX
Papier aus verantwortungsvollen Quellen
FSC® C083411

Erste Auflage 2020
© 2020 DuMont Buchverlag, Köln
Alle Rechte vorbehalten
Umschlaggestaltung: Lübbeke Naumann Thoben, Köln
Satz: Fagott, Ffm
Gesetzt aus der Haarlemmer, der Acre und der Arcadian Runes
Druck und Verarbeitung: CPI books GmbH, Leck
Gedruckt auf säurefreiem und chlorfrei gebleichtem Papier
Printed in Germany
ISBN 978-3-8321-8376-9

www.dumont-buchverlag.de

—

»Umwerfend spannend – dieser hochexplosive Thriller lässt den Boden der Wirklichkeit brüchig werden.«

NEON

384 Seiten / Auch als eBook

Der Kameramann Marc Burth fährt mit seiner Frau und seiner Tochter in ein italienisches Bergdorf. Bald geschehen merkwürdige Dinge. Marc recherchiert und stößt auf ein staatliches Terrornetzwerk. Und plötzlich scheint es keinen Ort mehr zu geben, an dem er und seine Familie sicher sind …

www.dumont-buchverlag.de DUMONT